Les Funambules des mers

DU MÊME AUTEUR
AUX ÉDITIONS DU ROCHER

LES FUNAMBULES DES MERS
Tome 1 : *Les Têtards*, 2007.
Tome 2 : *La Magie des coquillages*, 2007.

L'HISTOIRE DE MERLE (trilogie)
*La Reine des eaux**, 2005.
*La Lumière de pierre***, 2005.
*La Formule de verre****, 2006.

La Fille de l'alchimiste (roman), 2005.

KAI MEYER

Les Funambules des mers

Tome 3

LES TISSEURS D'EAU

Traduit de l'allemand par Françoise Périgaut

Jeunesse
éditions du
ROCHER

Titre original : *Die Wasserweber*.
Édition originale : Loewe Verlag GmbH, 2004.

Cette édition a été publiée par l'intermédiaire de l'agence Editio Dialog (www.editio-dialog.com).

ISBN : 978 2 268 06502 1

Chapitre 1
Le ver rêveur

Le matin de sa dernière journée à Aelenium, Jolly décida de rendre visite au Vermeilleux Ver du bois.

Son étroite maison située dans le quartier des poètes de la ville étoile de mer était juste assez large pour contenir une porte basse et une fenêtre côte à côte. Comme partout à Aelenium, la construction n'avait pas d'angles droits et aucun des murs n'était parfaitement rectiligne. Les bâtiments de la ville étaient faits d'une matière en corail pareille à l'ivoire. Certains s'étaient développés naturellement, d'autres avaient été confectionnés par des tailleurs de pierre et des artisans.

– C'est moi ! Jolly ! cria-t-elle en passant devant le gardien et en ouvrant la porte.

Elle ne s'attendait pas à recevoir de réponse et n'en eut pas. Elle savait dans quel état se trouvait le ver. S'il y avait eu le moindre changement, on l'aurait prévenue.

Jolly referma la porte derrière elle. Ce qu'elle avait à dire au Vermeilleux Ver du bois ne concernait en rien le garde posté à l'entrée. En outre, elle redoutait que Munk l'ait suivie et se faufile à l'intérieur de la maison dans son dos. Elle ne voulait à aucun prix qu'il entende sa conversation avec le ver.

C'étaient ses adieux à elle.

Elle grimpa les marches irrégulières jusqu'à l'étage où se trouvait la pièce principale. Le ver y était suspendu dans son cocon.

La pièce sous le toit était remplie du fil secrété par son corps inerte. C'était la seule preuve qu'il était encore en vie.

Quelques jours plus tôt, lorsqu'étaient apparus les premiers signes de sa nymphose, Jolly avait demandé qu'on lui fasse une place au palais, et même qu'on lui donne sa propre chambre. Mais le Père et le marchand aux esprits avaient refusé, sans motiver leur décision.

Jolly n'avait pas été vraiment surprise. Elle était avec Munk la personne la plus importante d'Aelenium, on le leur rappelait sans cesse. Le tout-venant n'était pas autorisé à s'approcher d'eux, et cela s'appliquait à plus forte raison à la créature qui sortirait du cocon lorsque le ver aurait achevé sa transformation. Si jamais il en sortait quelque chose.

– Bonjour, ver !

Jolly s'arrêta devant le mur de fils de soie. Les fenêtres de la mansarde étaient tendues de tissus translucides pour protéger la pièce des regards des personnes vivant dans les maisons d'en face et aussi parce que l'on craignait que des mouettes affamées ne découvrent le cocon sans défense. Seuls les palais des maîtres d'Aelenium étaient munis de fenêtres vitrées. Les habitants de la ville se protégeaient quant à eux du vent et des intempéries par des volets en bois faisant en même temps barrage à la lumière. Le tissu que l'on avait tendu devant les fenêtres du grenier donnait à la lumière une apparence laiteuse qui estompait les formes. Tout se mélangeait dans la pénombre à l'intérieur de la pièce.

– Bonjour, répéta Jolly.

La vue de cet incroyable amas de soie l'impressionnait davantage qu'elle ne l'avait pensé. Buenaventure, l'homme pitbull, venait ici deux fois par jour pour voir si tout se passait bien et il lui avait parlé de ses visites, mais c'était la première fois qu'elle voyait de ses yeux les dimensions qu'avait prise la nymphose.

Les fils de soie étaient mêlés en un incroyable réseau qui s'étendait du sol jusqu'au plafond incliné et n'était pas sans rappeler une toile d'araignée, bien que son maillage soit beaucoup plus fin et ne paraisse obéir à aucun motif précis. Ce mystérieux enchevêtrement faisait plusieurs pas de profondeur. On distinguait en son centre une forme ovale plus dense : le cocon du ver. Il paraissait flotter en l'air, car les fils qui le maintenaient au-dessus du sol, environ à hauteur d'épaule, étaient quasi invisibles.

On n'apercevait même plus le Vermeilleux Ver du bois, dissimulé au milieu du cocon par une couche de soie aussi épaisse que la main. Seule une faible vibration indiquait qu'il était encore en vie.

– C'est... impressionnant, dit Jolly d'une voix mal assurée.

Elle avait l'impression que les fils de soie collaient à ses lèvres et emplissaient sa bouche lorsqu'elle parlait.

– J'espère que tout va bien là-dedans.

Le ver ne répondait toujours pas. Buenaventure l'avait prévenue : les conversations étaient pour l'heure totalement unilatérales. Mais l'homme pitbull était persuadé que le ver pouvait les entendre. Jolly n'en était pas si sûre.

– Tu nous as fait sacrément peur, dit-elle. Tu aurais pu au moins nous prévenir de ce qui allait se passer. Nous ne savons pas grand-chose des Vermeilleux Vers du bois, tu sais.

Elle soupira, tendit la main pour toucher les premiers fils de la toile et eut l'impression de sentir un souffle d'air caresser le bout de ses doigts.

– Je suis venue te dire adieu, dit-elle en retirant la main et en passant gauchement le pouce dans sa ceinture. Le moment est venu pour Munk et moi de descendre dans la crevasse. Tout le monde à Aelenium espère que nous parviendrons à refermer la source du maelström : les nobles, le capitaine D'Artois, le marchand aux esprits, le Père. Et nous aussi, bien sûr... Munk est vraiment très fort en magie des coquillages. Peut-être y parviendra-t-il.

Elle marqua une courte pause, puis elle reprit :

– Je suis loin d'avoir le même niveau, même si personne ne veut l'admettre. Ou plutôt, personne ne me le dit en face. Il est au moins deux fois plus habile que moi... Tu le connais. Il est tellement ambitieux. Comme possédé. Et il est toujours furieux que j'aie retourné la magie des coquillages contre lui sur le *Carfax*. Mais m'avait-il laissé le choix ?

Elle se mit à faire les cent pas devant la toile. Elle aurait préféré avoir cette conversation avec quelqu'un qui puisse la conseiller. Mais aucun des compagnons qui étaient avec elle à Aelenium – que ce soit la princesse pirate Soledad, le capitaine Walker ou Buenaventure, son meilleur ami, le géant à la tête de chien – ne pouvait vraiment se mettre à sa place.

Sauf peut-être Griffin. Mais Griffin avait disparu. Son hippocampe était rentré seul à Aelenium. Jolly avait les genoux flageolants rien que d'y penser. De peur que ses jambes ne cèdent complètement sous elle, elle s'assit en tailleur sur le sol, un peu maladroitement. Il était trop tard pour retenir les larmes qui coulaient sur ses joues.

– Personne ne peut me dire ce qui est arrivé à Griffin. Tout le monde prétend qu'il est mort. Mais ce n'est pas possible. Griffin ne peut pas être mort. Il ne *peut* pas... Quelle drôle d'expression, n'est-ce pas ? constata-t-elle en secouant la tête. Comme si c'était une question de pouvoir... En tout cas, je suis persuadée, moi, qu'il est encore vivant.

Le cocon continuait à palpiter au cœur de la toile et une onde parcourait le réseau de soie à chaque respiration.

– À quoi ressembleras-tu quand tu sortiras de ce machin ? demanda-t-elle. Le sais-tu seulement toi-même ? Que devient ta sagesse proverbiale lorsque tu es dans cet état ?

Elle remarqua qu'elle s'enfonçait les ongles dans les genoux en parlant, tellement fort que cela lui faisait mal. Effrayée, elle relâcha ses jambes.

– Le Père et le marchand aux esprits font des cachotteries du matin au soir. Ils disent que l'attaque sur Aelenium est imminente. Ils ont pris leur décision ce matin. (Elle écarta une mèche de cheveux qui lui tombait dans les yeux.) L'heure est venue, déclara-t-elle, épuisée. La phase des exercices est terminée. Je crois qu'avec Munk nous ne savons même pas la moitié de ce que nous sommes censés connaître. Mais nous n'avons plus le temps. Dans deux ou trois jours au plus tard, la flotte de Tyrone sera ici et les tribus des profondeurs vont sans doute attaquer la ville en même temps, ou bien même avant. Personne ne sait combien de temps les soldats d'Aelenium peuvent résister. Peut-être quelques jours. Peut-être quelques heures seulement.

Elle se tut à nouveau longuement, les yeux rivés sur le plancher. Elle essayait d'imaginer ce qui allait se passer quand les serviteurs du maelström atteindraient la ville. L'immense tourbillon qui faisait rage en pleine mer avait pris le contrôle des goguelins. Des milliers de créatures se dirigeaient vers Aelenium par bancs entiers. Et Tyrone, le terrible roi des cannibales, allait lui aussi se battre avec sa flotte aux côtés du maelström.

Tôt ou tard, la ville d'Aelenium devrait s'avouer vaincue. Surtout si Jolly ne parvenait pas à vaincre le maelström avec Munk. Mais la bataille pour la défense de la ville étoile de mer était justement censée leur procurer le temps nécessaire. Des douzaines de gens, peut-être des centaines, allaient sacrifier leur vie afin que les deux têtards disposent de quelques précieuses heures et minutes supplémentaires pour enfermer le maelström dans sa coquille au fond de l'océan.

Beaucoup de choses tracassaient Jolly : la disparition de Griffin, l'ambition démesurée de Munk, la peur du terrible tourbillon qui faisait régner le mal sur Aelenium et sur l'ensemble des Caraïbes. Mais le pire était bien l'idée que des gens sacrifient leur vie pour les aider parce qu'ils plaçaient tous leurs espoirs en Munk et en elle-même.

–Je n'ai pas mérité une telle confiance ! murmura-t-elle, abattue. Ils doivent bien s'en rendre compte, non ? Ils doivent sentir que je vais les décevoir.

Elle n'était pas encore prête. Elle ne le serait peut-être jamais. Mais cela n'avait plus d'importance. Leur départ avait été décidé.

Elle s'était défendue, révoltée – en vain.

La crevasse les attendait.

C'était leur destin.

Jolly se releva, envoya un baiser de la main vers le cocon lové au cœur des fils de soie et essuya ses larmes.

– Les raies sont prêtes, dit-elle. Le capitaine D'Artois va nous conduire au maelström. Le marchand aux esprits va nous accompagner, dit-elle avec un sourire fatigué. Et Soledad. Tu la connais, elle a insisté pour venir. Personne n'ose la contredire.

Elle prit sur elle et se redressa :

– Adieu ! lança-t-elle tristement. Je ne sais pas quand tu sortiras de ce machin ni sous quelle forme, mais bonne chance à toi !

Elle quitta la chambre et descendit lentement les marches étroites. Le gardien à la porte l'observa avec de grands yeux en voyant qu'elle pleurait. Mais il ne dit rien, et elle lui en fut reconnaissante.

– Ils attaquent la baleine !

Griffin sursauta. Il laissa tomber son marteau et détacha les yeux de la chaise en bois grossière qui reposait devant lui sur le sol. C'était la vingt-huitième, il avait compté. Vingt-huit chaises pour le bar de haute mer d'Ebenezer, la première auberge aménagée dans les entrailles d'une baleine.

– Ils ont des harpons, Griffin ! Ils attaquent Jasconius au harpon !

– Qui ça ?

– Qui ? Qui ? Les goguelins, bien sûr ! s'exclama l'ancien moine en agitant les bras dans l'encadrement de la porte.

Griffin avait cru sa dernière heure arrivée lorsqu'il avait été avalé par le gigantesque cétacé quelques jours plus tôt. Mais étonnamment, il avait atterri sain et sauf dans l'estomac de la baleine où il avait été recueilli par Ebenezer.

Le moine n'avait plus toute sa tête après toutes ces années passées seul à l'intérieur de la baleine, Griffin en était convaincu. Son projet d'ouvrir un restaurant dans l'estomac du monstre en était la preuve. C'était à cause de cette idée absurde que Griffin passait ses journées à fabriquer des chaises et des tables. Tant qu'il n'aurait pas fini, ils n'accosteraient aucune île, avait décrété Ebenezer.

– Des harpons, Griffin ! répéta le moine avec effroi. Les goguelins ont des harpons !

Il arpenta nerveusement la pièce couverte de boiseries. De l'autre côté de la porte s'étendait l'estomac sombre de la baleine. Mais de ce côté-ci de la porte magique, on se serait cru dans une maison de campagne cossue et douillette.

– Ils sont nombreux ? demanda Griffin.

– Comment veux-tu que je le sache ? Tu connais beaucoup de baleines qui savent compter, toi ?

Griffin s'apprêtait à répliquer, mais un bruit assourdissant emplit au même moment le gouffre de l'autre côté de la porte. Une ombre fusa en direction de la porte ouverte avec un vacarme terrible, comme si quelqu'un avait percé un trou dans la carcasse de la baleine.

– Une vague géante ! hurla Griffin.

À peine avait-il dit cela que tous deux se ruèrent vers la porte et s'arc-boutèrent de toutes leurs forces contre le panneau de bois.

La vague, haute comme une maison, s'écrasa contre le battant et balaya du même coup l'homme, l'adolescent et la porte. Des trombes d'eau s'abattirent dans la pièce, inondèrent le parquet, renversèrent les outils, entrechoquèrent les chaises et en fracassèrent quelques-unes contre les murs. Griffin et Ebenezer se cognèrent la tête et le dos contre les arêtes des meubles en bois en hurlant de douleur.

La vague se retira aussi rapidement qu'elle était venue et il n'y en eut pas de deuxième. L'eau disparut aussitôt dans les fentes du plancher. Lorsque Griffin se releva en gémissant, la pièce n'était plus recouverte que d'un mince film d'eau, suffisant toutefois pour se casser la figure. Griffin retomba aussitôt sur son postérieur et lança un de ses jurons favoris de pirate. Il se heurta le coccyx dans sa chute ; la douleur fut si vive qu'il en aurait volontiers brisé de rage toutes ces chaises stupides qu'il avait mis tant de temps à fabriquer.

Ebenezer émettait des râles plus qu'il ne respirait. Il était assis par terre, le dos appuyé au mur, guettant une réaction de la baleine. Il affirmait qu'il communiquait avec l'animal par la simple force de la pensée et Griffin commençait à penser qu'il disait vrai.

Ebenezer se redressa tout à coup.

– Il les a avalés ! dit-il. Griffin, il a avalé les goguelins !

Son regard soucieux se tourna vers la porte et l'ombre glougloutante qui béait de l'autre côté.

– Et tu n'as aucune idée de leur nombre ? demanda Griffin en se remettant debout d'un bond.

Ebenezer gémit.

– Ils ne sont pas nombreux. Mais je doute qu'ils se soient noyés. À moins que Jasconius n'en ait écrasé quelques-uns au passage.

Griffin se précipita vers une caisse où Ebenezer conservait des armes qui s'étaient amassées au fil des ans dans l'estomac de la baleine. Des chargements entiers de sabres, de poignards, de pistolets et de fusils avaient été gobés par Jasconius. Malheureusement, les armes à feu n'étaient guère utiles à l'intérieur de la baleine – il était impossible d'allumer la poudre noire humide. En outre, le risque aurait été trop grand de mal viser et de transpercer la paroi de l'estomac.

Griffin tira un sabre de la caisse, le soupesa, puis glissa un deuxième couteau dans sa ceinture. Ebenezer quitta des yeux la porte et le regarda :

– Tu veux vraiment y aller ?

– Tu as une meilleure idée ?

Le moine hésitait.

– C'est la première fois que Jasconius avale des goguelins. D'habitude, ils l'évitent.

Griffin attrapa une lampe et s'approcha de la porte en passant devant Ebenezer.

– Reste ici et verrouille la porte. Je vais voir ce que je peux faire.

– Nous pourrions nous cacher ici tous les deux.

– Et ton auberge ? En plus, il faudra bien que nous sortions de là pour trouver à manger. Les réserves que nous avons en cuisine ne vont pas durer éternellement.

Ebenezer opina, mais il ne paraissait guère convaincu. Griffin était bizarrement ému par les craintes de son compagnon. Il s'était toujours senti prisonnier de la baleine et de son habitant et tout juste bon à fabriquer à longueur de journée des chaises et des tables pour qu'Ebenezer réalise son rêve. Mais il se rendait compte à présent que le moine appréciait sa présence. Et il était bien forcé de s'avouer que c'était réciproque. Bien sûr, Ebenezer était un peu fou et assurément étrange ; mais, dans le fond, c'était un brave homme.

–Je ne serai pas long, dit Griffin, plus pour lui-même qu'à l'intention d'Ebenezer.

Ces mots lui donnaient l'impression d'être plus courageux qu'il n'était en réalité. Il avait la voix qui tremblait, même Ebenezer avait dû s'en rendre compte.

Des goguelins avec des harpons. Même s'ils avaient perdu leurs armes dans le gosier de la baleine, ils n'en restaient pas moins dangereux. Leurs longues griffes et leurs dents pointues étaient aussi redoutables que des lames de couteaux.

Griffin sortit de la lueur de la pièce et descendit lentement le monticule de déchets en s'éclairant de sa lampe. Il regarda attentivement autour de lui en s'efforçant de prendre une mine décidée. Les goguelins n'aiment rien tant qu'une victime pétrifiée par la peur ; c'est d'autant plus facile pour eux de la capturer.

Ebenezer ferma la porte derrière lui. Griffin l'entendit rabattre le verrou. Les rais de lumière autour de lui disparurent, simplement remplacés par la lueur faiblarde de la lampe qui n'éclairait pas à plus de trois ou quatre mètres. Le reste était plongé dans l'obscurité la plus totale.

Il entendait de toutes parts des bruits d'eau et des clapotis. L'eau gouttait des bouts d'épaves et s'enfonçait dans le bois pourri. Les bruits se distinguaient à peine de sifflements de goguelins.

Griffin écarta nerveusement du coude quelques tresses qui lui barraient le visage. Sa chevelure blonde était partagée en plusieurs douzaines de nattes. C'était la coiffure des esclaves ramenés d'Afrique dans le Nouveau Monde ; il était rare de voir des Blancs des Caraïbes coiffés de la sorte et c'était précisément ce qui faisait la fierté de Griffin.

Il venait d'arriver en bas du monticule quand un feulement retentit sur sa droite dans l'obscurité.

Il brandit son sabre et vit quelque chose s'abattre sur lui, comme lancée d'une catapulte dans sa direction. C'était en fait un corps maigre couvert d'écailles sur lesquelles la lumière de la lampe se reflétait avec des nuances d'arc-en-ciel. Les longues griffes du goguelin étaient écartées en éventail et ses mâchoires claquaient dans le vide comme celles d'un requin.

Griffin se laissa tomber en brandissant la lame. Le métal pénétra sous la peau épaisse et transperça des muscles. Un cri retentit, puis le corps disparut quelque part dans l'ombre et s'immobilisa. Un bruit de digestion indiqua qu'il sombrait peu à peu dans les sucs gastriques.

« Eh bien, celui-là n'aura pas été trop coriace », se dit Griffin en se redressant.

De l'huile de poisson luisait sur la lame de son sabre. Le goguelin l'avait peut-être pris pour un naufragé fou et affamé. Les autres étaient désormais prévenus.

Si seulement il avait su combien ils étaient !

Il tint la lampe au-dessus de sa tête, le bras tendu, et perçut un bruissement quelque part devant lui, suivi de bruits d'éclaboussures rapides. Des pas qui s'éloignaient.

« Il en reste au moins un, pensa Griffin. Peut-être deux ou trois. Pas plus, espérons-le. »

Quelque chose toucha son dos et le fit trébucher vers l'avant. Il poussa un cri et tomba la tête la première dans les déchets. En voyant passer au-dessus de lui des griffes qui lui auraient sûrement broyé la nuque, il comprit que cette chute venait en fait de lui sauver la vie.

Il roula sur le dos et sa colonne vertébrale heurta quelque chose de dur. La lampe lui glissa des mains et s'enlisa à quelques pas de là.

Avant qu'elle ne disparaisse complètement, Griffin eut le temps d'apercevoir ses ennemis. Ils étaient deux. Leurs têtes plissées paraissaient inachevées autour de leurs gueules béantes, comme si le créateur des goguelins avait concentré toute son énergie sur leurs gigantesques bouches et leurs rangées de dents coupantes et avait simplement esquissé le reste de leurs traits, tel un enfant qui finit par se désintéresser de sa pâte à modeler et bâcle le reste de son ouvrage.

Griffin brandit aveuglément son sabre et essaya de se remettre debout en s'appuyant sur sa main gauche. Ses doigts s'enfoncèrent dans la vase noire qui céda sous lui avec un bruit de succion. Il donna un nouveau coup de sabre en l'air, mais manqua sa cible. Il sentit quelque chose attraper sa cheville droite dans le noir et tirer dessus. Une deuxième main s'empara de l'autre jambe et les créatures commencèrent à tirer en sens opposé.

« Ils essaient de m'écarteler ! » L'idée traversa l'esprit de Griffin en l'espace de quelques millièmes de seconde. Sans réfléchir, il se redressa et porta un coup désespéré en direction de son pied, par-dessus sa jambe écartée. Une douleur atroce lui parcourut le dos.

Il sentit une résistance, puis il y eut un bruit sec, suivi de cris furieux.

Sa cheville gauche fut libérée. Mais la créature qui le tenait par la jambe droite continuait à tirer dessus pour l'éloigner du blessé.

Les goguelins sont des créatures sournoises et méchantes, mais aussi sottes et presque un peu puériles. Quand elles peuvent tuer un ennemi de manière lente et douloureuse, elles préfèrent cela à une mort rapide. Non pas que la torture en soi leur procure du plaisir, mais tuer est un jeu pour elles : plus cela dure, plus elles sont contentes.

Voilà qui faisait bien les affaires de Griffin. Les goguelins n'auraient eu aucun mal à le tuer dans l'obscurité, mais l'attaque redoutée se faisait attendre.

Griffin essaya d'échapper au goguelin qui tenait sa jambe. En vain. Les longs doigts de la créature enserraient sa jambe comme un étau. Le goguelin le tirait à présent derrière lui dans la bourbe, les flaques et les trous de vase, par-dessus des bouts de bois coupants, des arêtes de poisson et des os qui éclataient sous lui et déchiquetaient ses vêtements et sa peau. Il eut à un moment l'impression que son visage était traîné dans l'herbe, mais il comprit bientôt qu'il s'agissait en fait du pelage râpé d'un cadavre de lion.

Le cri du goguelin blessé faiblissait derrière lui et se transforma bientôt en un râle entrecoupé de sanglots. Puis le bruit cessa.

La jambe de Griffin était libre.

Une obscurité ouatée l'entourait de tous côtés.

Il perçut des bruits de pas dans l'eau à sa droite.

Avant qu'il puisse se redresser, des pattes saisirent ses tresses et plaquèrent sa nuque dans la boue. Mais le goguelin n'était toujours pas d'humeur à le tuer. D'un coup de patte, il s'empara du sabre de sa victime. Griffin se retrouva désarmé en moins de temps qu'il n'en fallait pour le dire. Il entendit un bruit de métal au loin : le goguelin avait jeté le sabre.

« Pas très malin de sa part, se dit Griffin. Les goguelins sont décidément d'une bêtise inouïe ! »

Mais il n'était guère plus avancé.

Il banda les muscles de son cou, prit appui sur les bras et se redressa vivement. Il sentit une terrible secousse et comprit qu'il venait d'y laisser quelques bouts de cuir chevelu et au moins une ou deux tresses prises dans les griffes de l'ennemi. Mais il était libre.

Il se remit debout tant bien que mal, tandis que les bras musclés du goguelin tentaient de l'agripper dans le vide.

Cette fois, Griffin avait retenu la leçon. Il l'évita et s'enfonça dans l'obscurité. Soudain, il vit dans le noir une mince bande de lumière entre les énormes squelettes des épaves : Ebenezer avait entrouvert la porte magique. Cette petite lueur permit à Griffin de s'orienter dans l'obscurité. Le moine avait dû remarquer que la lampe s'était éteinte et il savait que Griffin avait besoin d'un repère qui lui indique la direction à suivre.

– Il y en a encore un ! cria Griffin, haletant. Au moins !

Si jamais le moine avait répondu quelque chose, il ne l'entendit pas dans le bruit d'éclaboussures qu'il faisait en marchant. Le goguelin lancé à ses trousses était lui aussi ralenti par les bouts d'épaves et les colliers d'algues. Un couinement retentit dans le dos de Griffin. Le goguelin était-il en train de rire ? Ou bien d'appeler à la rescousse ses congénères ?

Griffin continua à courir. Il trébuchait parfois, tombait, se remettait debout et reprenait sa course.

Il finit par atteindre le pied du monticule. En haut, la porte était grande ouverte. Une lumière vacillante se répandait sur les marches de fortune aménagées dans le tas d'ordures. La porte se dressait au sommet, toute seule, avec un simple cadre en chêne. Rien, à part la lumière, n'indiquait qu'il y avait quelque chose de l'autre côté. Certainement pas une pièce, puisque le monticule se poursuivait de l'autre côté. Et pourtant, il apercevait par l'encadrement de la porte la lueur de la grande cheminée.

Où pouvait bien être passé Ebenezer ?

Griffin escalada les marches à quatre pattes. Ses bottes étaient pleines de boue et il avait peur de glisser s'il ne prenait pas en même temps appui sur les mains. Il regarda par-dessus son épaule et vit le goguelin qui se tenait à moins d'une longueur d'homme derrière lui, lui aussi à quatre pattes, à la différence près que cette posture paraissait toute naturelle chez lui. La lumière qui passait par la porte baignait ses écailles d'un éclat irisé. Même en grimpant les marches, il continuait à agiter les griffes et à essayer d'agripper les jambes de Griffin en claquant des dents avec de drôles de feulements.

– Griffin !

C'était la voix d'Ebenezer.

– Reste où tu es !

Rester où il était ? Il n'y songeait pas un instant.

– Attention !

Une grande forme glissa au-dessus de lui et le força bel et bien à s'arrêter, mais sans le toucher. Elle heurta en revanche le goguelin qui se trouvait derrière lui.

La créature retomba en arrière dans les marches avec un bruit creux, perdit complètement l'équilibre et disparut dans les profondeurs. Griffin se retourna et l'aperçut au bord de la zone éclairée, coincée entre deux poutres, à moitié enterrée sous une boule presque aussi grosse que lui.

Le globe d'Ebenezer ! Le moine avait dû le faire rouler depuis la chambre tout au fond, puis il l'avait jeté à deux bras par la porte.

Le goguelin tendit une patte tremblante, ses griffes retombèrent sur la boule et cherchèrent un dernier appui auquel se raccrocher, puis glissèrent avec un grincement assourdissant. La lueur sournoise dans ses yeux s'éteignit. Une vergue brisée lui avait transpercé le corps dans sa chute.

Les mains d'Ebenezer attrapèrent Griffin et le hissèrent en haut des marches.

– Il n'y en a pas d'autres ?

– Je ne crois pas... non.

– Tu n'es pas blessé ?

– Si. Non. Enfin, pas trop.

À chaque mot, il avait l'impression de devoir se frayer un passage à travers des pans de douleur et de vertige.

– Juste quelques égratignures.

Ebenezer le tira sur le seuil de la porte vers la lumière. Griffin s'écroula sur le parquet.

– Jamais encore les goguelins n'avaient attaqué Jasconius ! dit le moine tandis que Griffin levait la tête vers lui en clignant des yeux. Les tribus des profondeurs n'auraient jamais osé faire ça.

Griffin avait du mal à respirer.

– Je t'ai dit que les goguelins partaient en guerre. Tu ne voulais pas me croire. Ce ne sera pas la dernière attaque. Le maelström a pris les goguelins sous ses ordres. Une simple baleine ne leur fait pas peur. Ni même des créatures beaucoup plus imposantes. Ils vont tout détruire.

Ebenezer fit quelques pas indécis à travers la pièce, murmura-t-il.

– Je ne peux pas laisser faire une chose pareille, se dit-il à lui-même.

Ses traits se durcirent et il se tourna vers Griffin :

– Je ne laisserai pas une chose pareille se produire, dit-il avec une détermination nouvelle. J'ai l'impression que nous allons devoir modifier nos plans.

– *Nos* plans ?

Ebenezer opina lentement ; son crâne paraissait plus lourd que d'habitude et ses paroles avaient aussi soudain plus de poids.

– L'auberge attendra. Nous allons commencer par nous occuper de cette bande de voyous.

Griffin avala sa salive, puis une esquisse de sourire se dessina sur ses lèvres :

– Ça veut dire que... ? commença-t-il.

– Nous allons aider tes amis à lutter contre ce fléau, l'interrompit Ebenezer, d'un ton aussi décidé qu'un capitaine donnant l'ordre à l'équipage de changer de cap. Jasconius va nous amener à Aelenium le plus rapidement possible.

Chapitre 2

Le vol des raies

Le nid des raies se trouvait dans une caverne creusée dans le cratère de corail dominant Aelenium et sillonné de douzaines de cascades qui se perdaient dans des canaux et des étangs. Le sommet paraissait avoir été rasé et remplacé par une vaste plate-forme naturelle. Au centre béait une ouverture ronde d'une cinquantaine de pas de diamètre. C'était là que les raies décollaient et atterrissaient.

Jolly était déjà venue dans cet endroit – le capitaine D'Artois les y avait menés avec Munk –, mais la vue des innombrables fossés disposés en étoile le long des parois de la caverne l'angoissait toujours autant.

Seule la grande ouverture au centre laissait passer la lumière et parfois les gouttes de pluie. Bien que les raies volantes ne vivent pas dans l'eau, elles aimaient l'humidité, et l'eau de pluie était donc amenée par des gouttières jusque dans leurs alvéoles. C'est là que ces drôles d'animaux passaient le plus clair de leur temps, allongés dans l'eau, assoupis en attendant que quelqu'un les réveille pour une nouvelle sortie dans les airs.

Jolly n'avait pas eu le temps d'en apprendre beaucoup plus sur ces étonnantes créatures, et elle les traitait avec un respect craintif. À la différence des hippocampes, qui présentaient des points communs avec les chevaux, non seulement par leur apparence, mais aussi et surtout par leur comportement, les raies lui faisaient peur. Ainsi étalées dans leurs fossés de corail, elles semblaient léthargiques et lourdaudes, mais dès qu'elles quittaient le sol, elles possédaient une majesté à couper le souffle. Elles étaient lentes – sans comparaison possible avec la vitesse à laquelle les hippocampes glissaient sur l'eau –, mais dotées d'une force incroyable. Chaque raie pouvait supporter le poids de trois cavaliers, voire plus lorsqu'il le fallait. Un simple coup de leur queue pointue pouvait tuer un être humain sur-le-champ.

Deux raies étaient prêtes à décoller lorsque Jolly et Munk arrivèrent sur les lieux. Les animaux attendaient, les ailes déployées, non pas dans leurs fossés, mais au centre du cercle de lumière qui tombait par l'ouverture du toit. Le capitaine était debout à côté de l'une d'elles.

Jolly regarda par-dessus son épaule. L'expression menaçante du capitaine Walker lui arracha son premier sourire de la journée. Walker, Buenaventure et la princesse se tenaient juste derrière elle et paraissaient prêts à sauter à la gorge de la moindre créature qui oserait s'approcher trop près de leur protégée. Jolly éprouvait une grande affection pour ces trois compagnons qui avaient tant compté pour elle au cours des dernières semaines : ils étaient à la fois ses amis et souvent ses protecteurs.

Ils n'étaient pas les seuls à assister au départ des deux têtards. Tout un cortège les avait suivis jusqu'au nid des raies. Parmi cette escorte figuraient notamment le comte Aristoteles et les membres du Conseil dans leurs habits d'apparat, avec leurs écharpes et leurs foulards de soie.

Jolly n'aimait guère tous ces hommes et ces femmes; elle les trouvait arrogants et ingrats. Certes, tous rendaient hommage à Jolly et Munk pour ce qu'ils s'apprêtaient à faire. Mais ils envisageaient manifestement cette mission comme un devoir – comme si c'était le destin inéluctable des deux têtards de se sacrifier pour Aelenium, sans se préoccuper de leurs propres sentiments.

Jolly avait cessé de s'en énerver depuis bien longtemps déjà. Elle avait d'autres soucis en tête. Le maelström. Les maîtres de la *Mare Tenebrosum*, ces forces d'un autre monde échappant à l'entendement et à l'origine de l'immense tourbillon. Au départ, le maelström était au service des maîtres et leur servait de porte d'accès à ce monde. Mais il s'était soustrait au pouvoir de ses créateurs et faisait désormais régner la terreur de son propre chef.

Jolly s'approcha du capitaine D'Artois. Du coin de l'œil, elle vit le marchand aux esprits passer sa cape autour de Munk et lui parler dans un coin. L'adolescent blond acquiesçait à chacune des paroles du borgne.

Ce moment d'intimité avant le départ pour le grand voyage était logique. Ils se connaissaient depuis des années. Pendant tout ce temps, le marchand aux esprits s'était efforcé de préparer Munk à la mission qui l'attendait, sans qu'il le sache.

– Tout va bien ? demanda Soledad.

Jolly se tourna à moitié vers la princesse pirate. En dépit de leur différence d'âge, Soledad était devenue son amie durant leur séjour à Aelenium, et même avant.

– Non, répondit-elle.

La princesse sourit tristement.

– Crois-moi, j'irais à ta place si je le pouvais.

– Oh, on va se débrouiller avec Munk.

– Bien sûr.

Ni l'une ni l'autre n'en paraissait vraiment convaincue, mais qu'auraient-elles pu dire d'autre ?

Walker se détacha du groupe et toucha le bras de Jolly. Il semblait encore plus mal à l'aise qu'elle en présence des raies volantes.

– Bonne chance, dit-il tout simplement, le visage dévoré par la peur.

Il la regarda un moment d'un air vide, puis comprit l'ironie de la situation. Il éclata alors de rire et, oubliant la proximité des raies, se pencha pour embrasser Jolly une dernière fois.

– Je compte sur toi pour revenir me casser les pieds très bientôt, compris ?

Incapable de dire quoi que ce soit, elle se contenta de hocher la tête et fit un signe à Buenaventure qui se tenait pendant tout ce temps à côté, le sourcil interrogateur. On ne savait jamais avec lui si c'était une marque d'inquiétude, une expression dubitative ou bien juste une de ses mimiques de chien. Il se gratta derrière l'oreille gauche – ce qui lui donna une apparence encore plus bestiale, en dépit de sa main d'homme –, puis pencha la tête de côté et parut un instant sur le point de lancer un jappement de douleur.

Jolly baissa les yeux. Elle ne pouvait pas éclater en sanglots, pas ici, devant tous les membres du Conseil. Le capitaine sembla deviner ce qui se passait en elle.

Il s'empara des rênes, bondit en selle et fit signe à Jolly et Soledad de monter derrière lui. Le marchand aux esprits et Munk prirent place quant à eux sur l'autre raie. Leur monture sembla émerger aussitôt de sa torpeur et des ondes parcoururent ses ailes déployées.

Quelques instants plus tard, la raie décolla avec de doux mouvements d'ailes. Jolly sentait battre sous elle le cœur de l'animal, très calmement, et chaque pulsation lui redonnait un peu de sa contenance.

Elle soupira et jeta un regard en bas. La deuxième raie venait de quitter elle aussi le sol et planait à travers la caverne pour rejoindre l'extérieur.

Walker et Buenaventure se tenaient tout près l'un de l'autre et les regardaient avec des mines qui en disaient long sur leur peur et leur désarroi. Les membres du Conseil leur adressaient de grands gestes emphatiques, mais Jolly ne faisait même pas attention à eux. Munk, de son côté, leur rendait leurs saluts d'un geste détaché, presque souverain, pareil à un roi qui prend congé de ses sujets. Il adoptait souvent des attitudes de ce genre depuis quelques semaines. Il aimait que les nobles d'Aelenium lui fassent la cour. Ne se rendait-il pas compte qu'ils l'oublieraient aussi rapidement qu'ils l'avaient accepté dans leurs rangs ? Si jamais les têtards échouaient dans leur mission, ils ne seraient que deux victimes de plus dans cette guerre désespérée.

– Capitaine D'Artois ? dit Jolly en se penchant vers lui, tandis que la raie planait au-dessus de la plate-forme et que le précipice de corail s'ouvrait peu à peu devant eux.

– Oui ?

– Si Aelenium survit... je veux dire, si jamais le maelström est vaincu, mais que je ne reviens pas de la crevasse, est-ce que vous pourriez faire quelque chose pour moi ?

Il hocha la tête pensivement sans se retourner.

– Si je survis moi aussi... bien sûr.

– Est-ce que vous pourriez partir pour moi à la recherche de Griffin et lui dire...

Elle se tut, réfléchit et prit son courage à deux mains :

– ... Est-ce que vous pourriez lui dire que je l'aime beaucoup ? Encore plus qu'il ne peut l'imaginer ?

– Je le ferai, tu peux compter sur moi.

– Dites-lui que j'ai beaucoup pensé à lui au cours des derniers jours. J'aurais tant aimé le revoir avant notre départ.

– Je comprends.

Jolly voulut ajouter quelque chose, mais elle se dit que D'Artois avait certainement compris ce qu'elle voulait dire. Si jamais il revoyait Griffin, il saurait trouver les mots pour lui transmettre son message, elle en était sûre.

Elle lança un dernier regard derrière elle. D'où ils étaient, ils voyaient distinctement les murs d'enceinte de la ville. Il y en avait deux : l'un au pied du cône de corail, au creux des pointes de l'étoile de mer géante sur laquelle se dressait Aelenium ; le deuxième situé quelques centaines de mètres plus haut dans le labyrinthe des ruelles, à quelques pas seulement du quartier des poètes. Si jamais il cédait, la ville était perdue. Les habitants ne pourraient plus alors que se barricader dans leurs maisons, et ce ne serait qu'une question d'heures avant que les goguelins, les cannibales et les pirates ne prennent le contrôle des derniers postes ennemis.

Le cœur lourd, Jolly détourna les yeux pour regarder devant elle. Les raies se dirigeaient vers le mur de brume qui encerclait Aelenium. Quelques instants plus tard, les animaux s'enfoncèrent dans les nappes de brouillard. Elle avait l'impression de voler au-dessus d'une étendue d'ouate grisâtre capable de les réceptionner à tout moment si l'un d'eux venait à tomber de selle. Des tentacules de brume se tendaient vers les raies qui les frôlaient parfois du ventre ou bien les découpaient par leurs battements d'ailes.

Jolly toussota.

– Est-ce que je peux vous poser une autre question, capitaine D'Artois ?

– Je t'écoute.

– Y a-t-il quelqu'un... avez-vous quelqu'un qui vous attend en bas ? quelqu'un pour qui vous faites tout ça ?

Les muscles de la nuque de D'Artois se tendirent, son dos se raidit.

– Je me bats pour...

Il s'interrompit. Peut-être avait-il voulu dire « pour tous les habitants d'Aelenium », mais il avait compris au dernier moment combien ces paroles auraient semblé creuses.

– Ma femme est morte, dit-il après une courte pause. Lors de l'attaque de la pointe nord de l'étoile de mer par les goguelins. Elle chevauchait l'un des hippocampes qui se sont noyés.

Jolly sentit sa gorge se serrer encore davantage.

– Je suis désolée.

D'Artois parut concentrer à nouveau toute son attention sur la raie. Il se cramponna un peu plus aux rênes, et elle remarqua ses phalanges blanches et saillantes. Il respira profondément, comme si cela pouvait le libérer de ces mauvais souvenirs.

Soledad posa brièvement la main sur l'épaule de Jolly, puis se raccrocha de nouveau à la selle ; elle ne se sentait guère à l'aise perchée sur la raie.

– Tout le monde ici a connu des sacrifices, murmura-t-elle à l'oreille de Jolly. Monk a perdu ses parents ; toi, tu as perdu le capitaine Bannon ; moi, j'ai perdu mon père. Et il en va de même des soldats.

Jolly le savait, mais elle était reconnaissante à Soledad de le lui rappeler. Toute à sa peur et à ses doutes, elle risquait parfois d'oublier que les autres avaient eux aussi enduré bien des pertes et des souffrances. Elle n'était qu'une parmi beaucoup d'autres. Elle n'avait rien de particulier, elle l'avait souvent dit elle-même quand le Père et le marchand aux esprits avaient tenté de la convaincre du contraire.

Elle n'était qu'une adolescente.

L'idée lui paraissait plus rassurante que toutes ces histoires de têtards et de magie des coquillages. Si jamais ils réussissaient à vaincre le maelström, ce ne serait pas parce qu'ils étaient différents des autres. Mais parce qu'ils n'auraient pas oublié qui ils étaient.

Et c'était pour cela qu'ils devaient se battre.

– Tu vois quelque chose ?

La baleine voguait sur la mer, la gueule ouverte. Ebenezer s'accrochait d'une main entre deux dents et se penchait le plus possible de manière à apercevoir le ciel depuis le gosier de l'animal. Le ciel était d'un bleu profond, comme une pierre précieuse taillée en creux. Des nuées de mouettes voletaient autour de la baleine comme sur toutes les mers du monde. Lorsque l'immense cétacé remontait à la surface, elles picoraient les algues et les petits coquillages accrochés à son dos.

Griffin était debout sur la tête de Jasconius. Pour arriver là, il avait dû suivre un chemin périlleux, semé d'embûches. Il était remonté le long de l'œsophage, puis, une fois dans la gueule de la baleine, avait sauté dans l'eau. La baleine avait alors plongé, il avait grimpé dessus et l'animal était ressorti de l'eau avec Griffin sur son dos.

– Griffin ! lui cria Ebenezer depuis la gueule ouverte. Dis quelque chose ! Tu vois la nappe de brouillard ?

Griffin mit ses mains en visière au-dessus de ses yeux, mais la lumière l'aveuglait. Il regarda dans toutes les directions à la recherche du mur de brume dissimulant Aelenium. Jasconius possédait sans nul doute une intelligence particulièrement vive pour un monstre marin, mais son sens de l'orientation était loin d'être parfait. Comment une baleine aurait-elle pu connaître les quatre points cardinaux, les longitudes et les latitudes ?

– Je ne vois rien ! hurla Griffin en retour. Le soleil m'aveugle complètement !

– Attends un moment, cria Ebenezer depuis le gosier obscur en s'efforçant de couvrir le vacarme des vagues qui se brisaient contre les dents de la baleine. Tu vas vite t'y habituer.

Ce n'était pas si facile de trouver des prises sur la peau lisse de la baleine. Griffin avait ôté ses bottes pour ne pas blesser l'animal. Il était accroupi à l'endroit le plus haut de l'énorme corps qui se dressait sous lui comme une carcasse de bateau chaviré, aussi noir que du goudron, couvert de milliers de minuscules crabes et coquillages.

Griffin se rendait mieux compte à présent des dimensions gigantesques de la baleine. Son corps était sans doute plus long que deux quatre-mâts – sans même compter l'énorme nageoire.

Il observa l'horizon à travers la nuée de mouettes. Plus ses yeux s'habituaient à la lumière du jour, plus le ciel lui paraissait bleu et radieux ; il avait l'impression que quelqu'un dans l'au-delà déversait de l'encre dans l'océan.

Mais toujours pas la moindre trace de brouillard. Ebenezer n'aurait-il pas pu lui dire plus tôt que Jasconius avançait au petit bonheur la chance ? Quand il l'avait guidé pour la première fois le long de l'œsophage jusqu'à la gueule de la baleine la nuit passée, Griffin avait vérifié leur position par rapport aux étoiles. La baleine avait ensuite plongé de nouveau et ils avaient poursuivi leur route. Pour plus de sûreté, Griffin avait toutefois tenu à s'assurer à la lumière du jour qu'ils avançaient bien dans la bonne direction. Peut-être étaient-ils plus proches d'Aelenium qu'ils ne le croyaient, avait-il expliqué, et il ne voulait pas courir le risque de manquer la ville étoile de mer.

Mais il ne distinguait rien en dehors des mouettes, de la lumière aveuglante et de la masse noire sous ses pieds. Pas la moindre langue de brume à l'horizon. Peut-être était-il trop près de la surface de la mer ? Ce n'était pas un hasard si la vigie était toujours installée en haut du plus grand mât. S'il avait pu voler comme les mouettes, peut-être que...

Un bruit terrible le fit sursauter. Une colonne d'eau surgit d'une ouverture dans le dos de Jasconius, à une dizaine de pas seulement. Le fracas lui fit mal aux oreilles et ses habits qui venaient tout juste de sécher au soleil furent à nouveau trempés en l'espace de quelques secondes. Les trombes d'eau faillirent même le faire tomber du dos de la baleine.

Furieux, à plat ventre, il essayait de se raccrocher à quelque chose lorsqu'une dernière fontaine montant des entrailles de la bête s'abattit sur lui. Il ferma les yeux pour les protéger de l'eau salée et pressa très fort la joue contre la peau de la baleine.

– Griffin ? cria Ebenezer d'en bas. Tout va bien ?

Griffin se remit debout en gémissant :

– Pourquoi ne m'as-tu pas prévenu ?

– Je croyais que tu connaissais les baleines.

Griffin secoua la tête en soupirant, épongea son visage dégoulinant et regarda l'ouverture dans le dos de Jasconius par où étaient sorties ces gerbes d'eau aussi hautes que dix hommes. Il fallait une pression incroyable pour soulever de telles masses d'eau.

– Griffin ?

– Attends un instant.

Une idée folle venait de germer dans son esprit. Une idée vraiment folle.

– Ebenezer, cria-t-il enfin, tu sais si ça lui prend souvent ?

– Oh, je peux lui demander de se retenir un moment.

– Non, non... Au contraire !

– Tu as trop chaud ? demanda Ebenezer d'une voix soucieuse.

Peut-être redoutait-il que Griffin ait attrapé un coup de soleil en restant sur le dos de la baleine sans aucune protection.

– Je veux juste essayer quelque chose.

– Essayer quoi ?

– Tu peux lui dire de recommencer ? De cracher encore une fois ?

– Bien sûr.

– Il le fait sur demande ?

Ebenezer se tut un moment. Griffin était bien content de pas avoir à le regarder dans les yeux en un instant pareil.

– Oui, sans doute, répondit le moine d'un ton sceptique après une courte pause.

Griffin chassa une mouette qui le prenait sans doute pour un bernard-l'hermite géant et s'approcha de l'ouverture dans le dos de Jasconius. Il remarqua que les bords s'étaient refermés.

Il respira profondément. S'il voulait savoir où se trouvait Aelenium, il fallait prendre ce risque.

Et si jamais la pression de l'eau était trop forte et lui brisait tous les os ?

Il hésita un instant, puis grimpa sur l'ouverture. Elle ressemblait à une énorme bouche pincée qui pouvait s'ouvrir sous lui d'un instant à l'autre. Il chercha la meilleure position et finit par s'accroupir, les genoux pressés, les mains croisées sur le ventre.

– Ebenezer ? Vas-y !

– Mais bon sang, qu'est-ce que tu es en train de faire ?

– Ne t'inquiète pas pour moi. Demande-lui simplement de cracher.

Le moine hésita.

– Tu as de la chance que je ne puisse pas monter là-haut pour t'enlever ces idées stupides de la tête, mon garçon.

Griffin sourit.

– Viens si tu l'oses, espèce de vieux bonhomme !

– La main des hommes saints est guidée par la volonté de Dieu, ne l'oublie pas. Même quand ils bottent les fesses des petits arrogants.

– Qui t'a raconté ça ?

– Un homme saint.

– Allez, vas-y, Ebenezer ! Nous n'avons pas de temps à perdre.

Griffin s'attendait à de nouvelles protestations, mais il sentit les muscles de la baleine vaciller sous ses genoux et ses pieds.

Il banda tous les muscles de son corps, redoutant le moment où il allait être percuté par une masse d'eau d'une telle violence qu'il ne sentirait peut-être même pas le choc lorsqu'il s'écraserait à la surface de l'eau.

– Dis-lui d'y aller douce...

Avant qu'il ait eu le temps d'achever sa phrase, une main géante le souleva avec une infinie délicatesse, comme s'il était en porcelaine.

Étonné, Griffin poussa un cri de joie qu'Ebenezer, tapi au fond du gosier, interpréta mal :

– Griffin, ne me quitte pas ! lança-t-il à travers les clapotis de l'eau.

– Tu mourras avant moi, Ebenezer.

Griffin se concentra pour rester en équilibre sur la colonne d'eau de plus en plus haute. Il tendit les bras sur le côté et se détendit un peu pour offrir une surface plus grande à la pression. C'était moins difficile qu'il ne l'avait cru. Les jambes tremblantes, l'estomac en bataille, il se laissa porter par le jet d'eau salée d'une incroyable douceur.

– C'est formidable ! cria-t-il en riant.

Il s'élevait au-dessus du dos de la baleine, suspendu en l'air. Une bonne douzaine de longueurs d'homme le séparait désormais de la surface de la mer. Les mouettes s'écartaient en piaillant, furieuses de cette intrusion dans leur domaine.

Griffin regarda autour de lui entre les éclaboussures et aperçut alors le brouillard, telle une bande de plomb coulée sur l'horizon. Ils en étaient encore très loin, mais il ne faudrait à la baleine sans doute pas plus d'un jour pour s'y rendre, peut-être même moins en se dépêchant.

À peine avait-il distingué le brouillard que la pression diminua sous lui et le jet d'eau se tarit peu à peu. Griffin redescendit comme sur un tapis volant et fut déposé presque tendrement sur le dos de la baleine.

Un peu étourdi, mais soulagé, il se laissa glisser sur le gros corps arrondi et tomba dans l'eau. En quelques brasses, il rejoignit la gueule ouverte et passa devant l'œil géant de Jasconius qui l'observait avec curiosité. Griffin s'arrêta en agitant les pieds dans l'eau et se tourna vers l'immense œil noir au moins deux fois plus grand que lui.

C'était la première fois qu'il pouvait contempler de la sorte une baleine. Son image se reflétait dans la surface courbe de l'œil ; on aurait dit que son reflet était prisonnier dans une boule de verre sombre. Mais il y avait plus que de la curiosité dans le regard de l'animal. Une certaine mélancolie, peut-être ?

Griffin resta ainsi quelques instants devant l'œil de Jasconius jusqu'à ce qu'Ebenezer l'appelle d'une voix étranglée par la peur. Il eut beaucoup de mal à se détacher de ce spectacle. Il n'avait encore jamais rien vu d'aussi beau. La vision le remplissait en même temps d'une tristesse inexplicable, comme si les siècles de solitude du cétacé déteignaient sur lui. Que se passait-il sous le crâne de la baleine ? Que pouvait bien penser le monstre des minuscules êtres qui vivaient dans ses entrailles ? La baleine était-elle heureuse d'avoir un peu de compagnie après toutes ces années de solitude ?

Un grondement sourd retentit, pareil à une trompette – c'était la voix de la baleine. Elle était chaleureuse, sympathique, et Griffin ne put s'empêcher de sourire et de lui décocher un clin d'œil. C'était un instant formidable et troublant. Il se détourna à regret, avec le sentiment que la baleine avait encore beaucoup de choses à lui dire, mille et une histoires survenues au cours des derniers millénaires.

Ebenezer lui tendit les mains et l'aida à grimper dans la gueule du cétacé.

Griffin fit un geste en direction de l'extérieur.

– Il faut aller par là, dit-il avant que le moine ne le prenne dans ses bras de soulagement.

Ils repartirent dans l'estomac du monstre et s'engouffrèrent par la porte dressée sur le monticule de ruines.

Jasconius referma la gueule derrière eux et attendit qu'ils aient atteint leur appartement magique. Puis il plongea et se dirigea majestueusement vers la ville étoile de mer.

Chapitre 3
Dans le tourbillon

Jolly aurait été incapable de dire depuis combien de temps ils étaient en route quand le capitaine D'Artois se retourna soudain et désigna quelque chose devant eux, sans un mot. Elle se redressa et plissa les yeux pour tenter de distinguer quelque chose dans la lumière crue du soleil. Sans bouger la tête, il était impossible d'embrasser du regard le spectacle immense qui s'étendait devant eux.

– C'est gigantesque, chuchota-t-elle.

La ligne formée par la mer se dissipait au loin dans une brume grise, comparable au mur de brouillard qui entourait Aelenium, mais beaucoup plus haute et insaisissable. La mer en dessous d'eux était démontée, sans pour autant donner l'impression qu'une tempête approchait ; d'ailleurs, il n'y avait pas un souffle de vent. En regardant plus attentivement, Jolly se rendit compte qu'ils survolaient déjà les abords d'un tourbillon aux proportions titanesques. La mer s'agitait de l'ouest vers l'est en larges bandes pareilles aux cernes des arbres sectionnés. Elle remarqua aussi que, défiant toutes les règles de la physique, la mer allait en s'enfonçant.

Des colonnes d'écume s'élevaient à intervalles réguliers, sans raison apparente, car il n'y avait ni récifs ni bancs de sable sur lesquels les vagues puissent s'écraser. La surface de l'eau grondait et bouillonnait, les vagues semblaient être habitées d'une volonté propre et s'affronter entre elles ou se révolter contre la force du terrible courant. L'écume dessinait à la surface de la mer des traînées semblables à des bouts de peau de lait. L'eau était si tumultueuse que le bleu du ciel ne s'y reflétait même pas. L'étendue infinie et lacérée était d'un noir pourpré qui n'était pas sans évoquer l'encre sécrétée par les seiches pour se camoufler. On aurait dit que les remous faisaient remonter l'obscurité des profondeurs.

– Et plus on se rapproche, pire c'est, dit D'Artois d'une voix râpeuse et sinistre.

– Parce que c'est ce que vous comptez faire ? demanda Soledad. Survoler le maelström ?

Jolly frissonna à cette idée.

– Bien sûr que non. Ce serait beaucoup trop dangereux. Mais j'ai pensé qu'il serait bien que nous voyions tous à qui nous avons à faire. Le maelström n'est qu'un simple mot. Mais ce qui se trouve en dessous de nous est...

Il secoua la tête, incapable de trouver des mots adéquats.

– C'est un gouffre entre les mondes, dit le borgne. Mais pour ma part, je dirais que ça ressemble davantage à la fin du monde.

Il avait raison. Si Jolly n'avait pas su de quoi il s'agissait, elle aurait été persuadée d'avoir atteint le bout de l'océan, ce lieu dont les hommes croyaient autrefois qu'il consistait en une falaise à pic d'où l'eau se déversait dans le vide. Bannon, qui s'était chargé de son éducation, lui avait expliqué que le monde était en fait une sphère et que le bout du monde n'existait pas. Mais c'était loin d'être évident à la vue du maelström.

Jolly se sentait affreusement petite, beaucoup trop petite pour lutter contre une pareille force de la nature. Et la mer hurlante qui s'étendait sous elle n'était sans doute rien par rapport à ce qui l'attendait au sein de la crevasse, au cœur du maelström.

D'Artois fit un signe au soldat qui conduisait l'autre raie et les deux animaux décrivirent aussitôt une large boucle.

– Nous allons maintenant retourner à un endroit où la mer est plus calme, expliqua-t-il par-dessus son épaule. C'est important que vous puissiez vous enfoncer à la verticale sans être aspirés par le courant.

– Mais il va bien falloir que nous nous en approchions, rétorqua Jolly. Tôt ou tard, nous allons devoir affronter la force du courant.

– Pas forcément. Le maelström est en entonnoir. Il fait au moins cinquante milles de large à la surface, mais rétrécit au fur et à mesure qu'on se rapproche des fonds marins. Vous pourrez avancer sans problème au niveau du sol, dit-il.

Puis il ajouta après une courte pause :

– D'après le borgne, le maelström n'est pas plus large qu'une simple colonne en son centre. Une colonne qui jaillit d'un coquillage géant au fond de la crevasse.

Jolly regarda le marchand aux esprits – « le borgne », comme l'appelait D'Artois. Il était en train de parler à Munk, mais elle n'entendait pas ce qu'il disait. Sans doute lui donnait-il des instructions, comme le capitaine était en train de le faire avec elle.

– Combien de milles allons-nous devoir parcourir ? demanda Jolly.

– Si nous vous déposons au bord du maelström... une vingtaine ou une trentaine. C'est difficile à dire car le maelström grandit de jour en jour et nous avons renoncé à le mesurer.

« Trente milles », pensa Jolly, ébranlée. La crevasse elle-même se trouvait à une profondeur de trente mille pieds, avait dit le Père. Et ils allaient devoir parcourir toutes ces distances par leurs propres forces ? Ils ne pouvaient même pas se munir d'une boussole, car la pression de l'eau briserait aussitôt le verre.

– Surtout, ne quittez jamais le fond de la mer, lui dit D'Artois, répétant ce que le marchand aux esprits et le Père lui avaient tant seriné. Le maelström est aux aguets. D'après le borgne, tant que vous restez au fond de l'eau, il ne vous découvrira pas. Le mieux serait de marcher tout le temps et de ne nager que lorsque vous ne pouvez vraiment pas faire autrement. (Il secoua la tête et paraissait désolé de devoir répéter ces règles qu'il ne comprenait pas lui-même.) Faites attention aux courants, aux différences de pression et à tous les phénomènes de ce type pouvant indiquer une attaque du maelström.

Jolly acquiesça craintivement. Elle avait déjà entendu tout cela des centaines de fois au cours des derniers jours. Mais le fait d'entendre ces mots dans la bouche de D'Artois, qui était étranger à toutes les histoires de magie, rendait encore plus réels et imminents les dangers en question.

Soledad gardait le silence. Jolly savait que la princesse se sentait coupable de ne pas pouvoir soulager les têtards de la charge pesant sur leurs épaules. Elle était furieuse de se sentir aussi impuissante, incapable de faire quoi que ce soit et de proposer une meilleure solution.

Les raies se dirigeaient à nouveau vers le sud, à un endroit où la mer était plus calme. Durant leur vol, ils avaient aperçu dans les profondeurs des armées de goguelins avançant en bancs sombres et grouillants en direction d'Aelenium. Il y en avait à perte de vue. Ils avaient aussi traversé une zone où les cadavres de poissons tombaient en pluie du ciel bleu. Tous le savaient, cela signifiait qu'ils survolaient une créature du maelström, un monstre pareil à l'Acherus qui avait tué les parents de Munk. Peut-être même venaient-ils de passer au-dessus du seigneur des goguelins. Aucun d'entre eux ne l'avait encore vu, mais Jolly s'en était approchée tout près à deux reprises : une fois en pleine mer alors qu'elle se rendait à Tortuga et une deuxième fois avec Griffin sur l'île du métamorphe. Les deux fois, une pluie de poissons morts avait signalé sa présence.

Les vagues, en dessous d'eux, s'apaisaient peu à peu et D'Artois finit par adresser un nouveau signe à l'autre cavalier. Les animaux ralentirent leur vol et commencèrent à faire des ronds en l'air. Jolly regarda par-dessus son épaule. Elle voyait encore à l'horizon la bande de brume, mais les bras du maelström n'arrivaient pas jusqu'à l'endroit où ils se trouvaient. Les armées de goguelins avaient franchi cette zone depuis un bon moment déjà, si bien qu'ils pouvaient se risquer sans crainte dans les fonds sous-marins.

– D'Artois, regardez ! s'exclama soudain Soledad. Cette chose, là, devant !

– Je la vois aussi, grogna le capitaine.

Jolly regarda vers le sud et découvrit de quoi ils parlaient. Un point noir se rapprochait sur l'eau, si rapide qu'il paraissait voler à la surface.

– C'est un hippocampe ? demanda-t-elle.

– Si c'en est un, son cavalier va le tuer à le faire avancer aussi vite, répliqua D'Artois en plissant le front.

– Peut-être un émissaire du maelström ? dit Soledad, prononçant tout haut ce que tout le monde pensait tout bas.

D'Artois émit un sifflement en direction de la deuxième raie pour attirer leur attention, mais ses cavaliers avaient déjà découvert eux aussi le point au loin. Le capitaine sortit une petite arbalète dissimulée sous sa selle et la tendit d'une main, d'un geste routinier. Cette arme archaïque était plus facile à manier à dos de raie qu'un pistolet, qui demandait à être chargé, puis armé.

La forme était à présent si proche qu'il n'y avait plus de doute possible : c'était bel et bien un hippocampe. Son cavalier portait un accoutrement bariolé de pirate et non pas l'uniforme en cuir des gardes d'Aelenium.

– Je le reconnais, dit D'Artois au bout de quelques instants. C'est Matador.

Jolly frissonna. Elle en eut le souffle coupé et les battements de son cœur s'accélérèrent.

– L'hippocampe de Griffin ?

Le capitaine acquiesça.

Le cavalier de l'hippocampe leva le bras et leur fit de grands signes. Ils ne pouvaient pas entendre sa voix avec le bruit que faisaient les raies en volant et les bruissements du maelström au loin. Bien que son visage ne soit toujours pas plus gros qu'une tête d'épingle, Jolly sut aussitôt de qui il s'agissait.

– C'est Griffin ! s'exclama-t-elle d'une voix suraiguë hachée par l'émotion. Descendez, D'Artois ! Volez plus bas, je vous en supplie !

La raie se rapprocha de la surface de l'eau en tournoyant. Alors qu'ils n'étaient plus qu'à quatre ou cinq longueurs d'hommes de l'eau, Jolly reconnut les tresses blondes de Griffin, puis son sourire. Il faisait des gestes si exaltés qu'elle se demanda un moment si ce n'était pas une hallucination.

– Griffin ! cria-t-elle en lui rendant ses saluts, puis elle murmura contre le vent : Oooh, Griffin ! Dieu soit loué...

Sans même prêter attention à la mine consternée de Munk, au pli soucieux sur le front du marchand aux esprits, aux mises en garde de D'Artois et aux chuchotements bienveillants de Soledad dans son oreille, elle défit sa sangle, se mit debout sur la selle, fit deux pas sur la nageoire de la raie et plongea dans l'eau, la tête la première.

Les cris alarmés de ses compagnons résonnèrent autour d'elle lorsque sa tête et ses mains transpercèrent la surface de l'eau dans un tourbillon de bulles et d'écume. Puis elle n'entendit plus que l'eau bouillonnante pendant quelques instants. Elle remonta et sortit la tête de l'eau. Griffin guidait Matador dans sa direction. Il freina sa monture en arrivant tout près d'elle, défit frénétiquement les sangles de la selle et plongea vers elle. En une brasse seulement, il arriva à son niveau, la prit dans ses bras et ils s'embrassèrent, sans se soucier du reste du monde. Le maelström, les goguelins, l'univers entier paraissaient s'être dissipés dans les airs autour d'eux.

– J'ai suivi le bateau... quand tu t'es enfuie à bord du *Carfax*, dit-il, hors d'haleine. J'ai failli arriver trop tard... Quand je suis rentré à Aelenium... vous veniez de décoller, expliqua-t-il en tentant de reprendre son souffle malgré les vagues qui fouettaient son visage.

Elle l'embrassa à nouveau, encore plus fougueusement. Ils étaient tellement heureux qu'ils en oubliaient presque de nager et faillirent couler à pic. Jolly se rappela alors que Griffin ne pouvait pas respirer sous l'eau comme elle.

La raie de D'Artois rasait à présent la surface de l'eau et les crêtes des vagues venaient lécher le ventre de l'animal. Jolly remarqua le sourire de Soledad, ce qui lui parut témoigner d'une générosité et d'une bonté incroyables en pareille situation. Elle comprit alors combien elle tenait à la princesse.

Elle entendit un bruit d'éclaboussures tout près d'eux, puis la tête de Munk apparut.

– Bonjour, Griffin, dit-il en recrachant de l'eau de mer, un sourire un peu crispé aux lèvres.

– Munk !

Griffin lui fit un petit signe de tête, se tourna à nouveau vers Jolly, l'embrassa une dernière fois, beaucoup trop brièvement, puis il la lâcha. Elle savait pourquoi : il ne voulait pas que le gouffre qu'il avait fait naître malgré lui entre elle et Munk ne grandisse encore davantage. Pas dans un moment pareil, avec ce qui les attendait.

La raie du marchand aux esprits était elle aussi toute proche à présent. Les animaux décrivaient des cercles autour des trois adolescents dans l'eau, tandis que Matador voguait sur les vagues à quelques brasses de là. Était-ce le courant d'air froid provoqué par les battements d'aile des raies qui la faisait frissonner ? Ou bien la certitude du départ imminent ?

Le moment qu'elle redoutait depuis des semaines était arrivé. Dans quelques minutes, elle allait s'enfoncer avec Munk dans les profondeurs. Juste eux deux, sans personne d'autre sur qui compter.

Griffin lui adressa un sourire encourageant, mais elle n'eut pas de mal à lire dans ses pensées : ce n'était pas le maelström qui l'intéressait, ni Aelenium, ni même le destin du monde – la seule chose qui comptait à ses yeux, c'était qu'elle lui revienne saine et sauve. Et elle prit, durant ces quelques secondes si intenses, la décision irrévocable qu'elle allait exaucer ce souhait. Quoi qu'il arrive, elle ne renoncerait pas. Elle ferait ce qu'elle avait à faire. Puis elle reviendrait vers lui.

–Jolly, Munk, attention !

Des sacs à dos en cuir huilé tombèrent dans l'eau. Ils s'en emparèrent et les attachèrent sur leur dos en serrant étroitement les boucles. Griffin les y aida et Munk le laissa faire après un instant d'hésitation. Les sacs contenaient des boîtes étanches avec de la viande fumée, des fruits et des légumes crus, ainsi que des bouts de noix de coco – tous ces aliments pouvaient être déballés sous la surface de l'eau sans se perdre immédiatement ou se gorger d'eau salée. De même qu'ils pouvaient parler sous l'eau, les têtards pouvaient ouvrir la bouche et manger sans avaler d'eau. Mais cela compliquait l'absorption d'eau potable. Les sacs à dos contenaient donc des bouteilles avec des goulots étroits fermés par des bouchons à travers lesquels ils pouvaient absorber le contenu comme s'ils buvaient à la paille. Ils s'y étaient exercés, comme pour tout le reste, afin que leur mission n'échoue pas en raison de choses aussi banales que manger et boire.

–N'oubliez pas, leur cria le marchand aux esprits alors qu'ils étaient sur le point de prendre congé, restez toujours au fond. Ne cédez pas à la tentation de nager pour franchir des passages trop difficiles. Le maelström va déployer des courants dans tous les sens et il découvrira votre présence s'il sent la moindre résistance.

–Comment le marchand sait-il tout ça ? murmura Griffin.

Jolly lui saisit la main sous l'eau.

–Je crois qu'il l'a déjà vécu lui-même autrefois, lorsque les premiers têtards ont vaincu le maelström dans la crevasse et l'ont enfermé dans son coquillage.

–Mais ça remonte à des milliers d'années !

Jolly acquiesça. Elle n'avait pas le temps de lui raconter tout ce qu'elle avait appris entre-temps et se contenta de déclarer :

–Demande à Soledad. Elle est au courant de tout.

Il la regarda d'un air mal assuré, puis acquiesça.

La voix du marchand aux esprits les sépara comme une main s'immisçant entre eux.

–Il est temps d'y aller ! cria-t-il depuis sa raie.

–Il a raison, dit Munk en lançant un regard de côté à ses deux compagnons.

Jolly essaya de lire dans ses yeux, mais il détourna rapidement la tête. Elle regarda Griffin, l'embrassa une dernière fois, puis lâcha sa main.

–Adieu, dit-elle.

Elle s'en voulut de ne rien trouver de mieux pour exprimer les sentiments qu'elle éprouvait pour lui.

–Bonne chance, dit Griffin. Revenez vite, tous les deux.

D'une brasse, il s'approcha de Munk et lui serra la main sous l'eau :

– Faites attention à vous.

Munk lui adressa un petit signe de tête nerveux.

Jolly regarda successivement Soledad, D'Artois, le marchand aux esprits et Griffin. Puis les ombres des raies passèrent au-dessus d'eux.

Lorsque le soleil éclaira de nouveau la zone, les deux têtes des têtards avaient déjà disparu.

La sensation n'avait rien de nouveau et il y avait belle lurette qu'elle avait perdu tout attrait pour eux. Les jambes et les bras serrés, Jolly et Munk se laissaient glisser dans les profondeurs, sans se soucier de la pression de l'eau qui aurait tué toute autre personne au bout de quelques minutes seulement.

Les têtards pouvaient voir jusqu'à plusieurs centaines de pas, mais il n'y avait rien pour accrocher leur regard. Ils traversèrent une étendue grise sans fin. La vision sous-marine des têtards ôtait aux choses une grande partie de leurs couleurs, les rendait pâles, insignifiantes et laides, même quand il y avait des choses à voir. Mais ils étaient de toute manière juste entourés d'eau, et seules quelques nuées de particules passaient devant eux de temps en temps. Pas de poissons. Les armées de goguelins avaient chassé sur leur passage les moindres traces de vie dans cette partie de la mer.

– Tu crois qu'il y en a encore ? demanda Jolly. Des goguelins, je veux dire.

Munk haussa les épaules tandis qu'ils continuaient à s'enfoncer dans l'eau.

– Peut-être. Mais ça ne rimerait pas à grand chose. Ils seraient plus utiles à Aelenium qu'ici.

Jolly réfléchit à ce qu'avait dit le marchand aux esprits et aux courants grâce auxquels le maelström pouvait découvrir leur présence. Ils étaient censés être en sécurité s'ils restaient au fond de la mer. Mais que risquaient-ils durant leur descente ? N'étaient-ils pas alors exposés aux courants envoyés par le maelström ?

Elle s'empressa de repousser cette idée et se concentra pour trouver autour d'elle quelque chose qu'elle puisse fixer des yeux. Mais il n'y avait rien à part Munk qui nageait à la même hauteur qu'elle. Elle n'avait même pas vraiment l'impression de couler puisque l'eau n'offrait aucune résistance notable et qu'elle n'avait aucun repère pour évaluer leur vitesse. Progressaient-ils trop lentement ? Ou bien allaient-ils au contraire à une vitesse folle ?

Quand ils s'entraînaient dans les eaux autour d'Aelenium, ils apercevaient toujours la ville sousmarine à proximité, cet ensemble de structures en corail déchiquetées sur la face inférieure de l'étoile de mer géante. Sa présence les aidait à s'orienter. Mais ici, il n'y avait rien de pareil.

Jolly était de plus en plus abattue, la situation lui paraissait intenable. Elle regarda Munk et vit qu'il n'en menait guère plus large. Ses traits étaient fermés et il semblait prisonnier dans l'étau de ses sombres pensées. Elle saisit sa main alors qu'ils s'enfonçaient côte à côte. Il répondit à son geste avec une telle gratitude qu'elle sentit poindre en elle l'espoir qu'il ait oublié leur dispute et soit redevenu l'adolescent sympathique et joueur dont elle avait fait la connaissance sur l'île de ses parents. L'adolescent qui rêvait de devenir pirate et à qui elle avait montré comment se servir d'un canon.

Au cours des semaines suivantes, il avait changé, s'était renfermé sur lui-même, était devenu taciturne, réservé. Mais peut-être tous ces changements allaient-ils s'estomper à nouveau et ils pourraient redevenir amis. Il leur faudrait compter l'un sur l'autre, s'encourager mutuellement, se consoler parfois. Comment allaient-ils faire si Munk continuait à la détester parce qu'elle était tombée amoureuse de Griffin et non de lui ?

Jolly perdait toute notion du temps tandis qu'ils s'enfonçaient ainsi, main dans la main. À un moment, quelque chose tressaillit à la limite de son champ de vision. Sans doute un poisson. Ce n'était pas assez grand pour être un goguelin, Dieu merci.

Cela faisait peut-être une heure qu'ils avaient plongé, voire plus. Ils ne disaient presque rien. Tous deux évitaient d'aborder le sujet de leur dispute. Tôt ou tard, ils seraient bien obligés d'en parler, Jolly le savait. C'était absurde de passer sous silence ce qui s'était passé. Et de même qu'il ne pouvait lui pardonner, elle ne parvenait pas à comprendre son attitude. Il y avait tellement de narcissisme en lui, de colère et de vanité blessée.

Enfin, après une éternité, ils aperçurent sous eux le fond de la mer. Des pics rocheux se dressaient dans l'obscurité. Ils ressemblaient au premier regard à des manteaux à capuche, des masses informes tendant vers eux des doigts de pierre. Le sol rocheux d'un gris sombre allait en descendant vers la crevasse.

« Trente milles marins », se répétait Jolly, glacée d'effroi. Elle se sentit mal.

– Regarde ce rocher comme il est beau, dit Munk.

– Beau ? répéta-t-elle d'un ton narquois.

Elle regretta aussitôt sa réaction. Pourquoi se chercher des noises en un instant pareil ?

L'endroit que lui montrait Munk se trouvait un peu plus au nord – à supposer que la crevasse se trouve bel et bien vers le nord. La seule chose dont ils étaient sûrs, c'était que la crevasse était l'endroit le plus profond à des lieues à la ronde, en tout cas d'après le Père.

Ils firent encore quelques brasses vigoureuses et se laissèrent tomber sur le sol. Tous deux portaient de solides sandales qui n'offraient pratiquement aucune résistance à l'eau et les protégeaient des aspérités du sol, du moins tant que le paysage restait plus ou moins identique à ce qu'ils connaissaient sur terre. Mais comment savoir à quoi s'attendre dans un endroit pareil ? Les lois en vigueur à la surface s'appliquaient-elles aussi ici ?

Jolly se dit en frissonnant qu'ils étaient les premiers êtres humains à s'aventurer dans ces zones de l'océan. Ou plutôt non, pas les premiers – des têtards s'y étaient déjà rendus des milliers d'années plus tôt pour vaincre le maelström lorsqu'il avait essayé une première fois de forcer les limites de la *Mare Tenebrosum*. On disait que les têtards l'avaient forcé à retourner à l'intérieur de son coquillage dans la crevasse. Mais il avait réussi à s'échapper de sa prison, il y avait maintenant quatorze ans de cela, et aussitôt de nouveaux têtards avaient vu le jour. Tous étaient morts, sauf deux. Il ne restait plus que Jolly et Munk. C'était aujourd'hui à eux de suivre le chemin des premiers têtards et de vaincre le maelström.

Le paysage lugubre était impressionnant. Le sol ressemblait à un mélange de lave refroidie et de cendre durcie. Pas la moindre trace de végétation à perte de vue ; rien ne pouvait pousser à une telle profondeur, selon le Père. Jolly ne distinguait même pas de lichen sur la pierre. Tout était nu et désolé comme les sommets des îles volcaniques que Jolly avait pu voir en naviguant sur les mers avec Bannon.

Il n'y avait pas de poissons non plus, même si Jolly avait l'impression inexplicable que quelque chose les observait depuis les fissures dans la roche poreuse. Elle pensa en tremblant aux histoires de cafards géants et autres bestioles censées habiter les fonds marins.

Vus d'en bas, les pics rocheux autour d'eux paraissaient encore plus hauts et bizarres, comme si quelqu'un avait modelé des sculptures de boue noire figée. D'autres avaient des arêtes si acérées que cela faisait mal rien qu'à les regarder. Elle avait l'impression de distinguer des corps géants grotesques et déformés se penchant vers eux en découvrant des dents de pierre sombre. Les rochers situés à la périphérie de leur champ de vision paraissaient en particulier bouger quand ils ne les fixaient pas du regard.

Jolly se mordit la lèvre inférieure dans l'espoir que la douleur la distrairait de ses peurs. Mais cela ne servit à rien. Il fallait s'y attendre. Elle remit son sac à dos d'aplomb, contrôla toutes les boucles et sangles, puis elle se tourna vers Munk :

– On y va ? dit-elle en inspirant profondément de l'eau salée dans ses poumons.

– Oui, répondit-il tout bas. Allons-y.

Chapitre 4
Aux portes de la guerre

En retrouvant Aelenium, Griffin fut surpris de voir à quel point la ville avait changé en quelques jours.

Le mont de corail était hérissé d'armes et de machines de guerre. Il n'y avait plus trace des nombreux marchés qui se dressaient encore dans le labyrinthe de ruelles une ou deux semaines plus tôt. Des sacs de sable et des caisses remplies d'armes étaient empilés là où se tenaient autrefois les conteurs. Des soldats patrouillaient dans le quartier des poètes situé juste en dessous du deuxième rempart de défense ; là encore, il n'y avait plus ni exposés publics, ni lectures, ni chants.

Au premier coup d'œil, on aurait pu croire que les habitants d'Aelenium s'étaient évaporés et avaient laissé place à des hommes en uniforme qui arpentaient les étroites ruelles de corail. Mais en y regardant de plus près, Griffin constata qu'il s'agissait en fait de civils qui avaient échangé leurs tenues habituelles contre l'uniforme en cuir de la garde.

Des maîtres d'armes les initiaient aux rudiments du combat au sabre et au pistolet sur les places et dans les jardins de la ville. Très vite, il apparut que la population d'Aelenium n'était pas un peuple de guerriers. Quand ils n'étaient pas marchands, pêcheurs ou fonctionnaires chargés de l'approvisionnement de la ville, les habitants de la ville étoile de mer travaillaient généralement à la bibliothèque. Aucun d'entre eux ne maîtrisait vraiment l'usage des armes, même si le Conseil avait entrepris depuis des années déjà de soumettre les civils à des formations régulières.

On savait depuis longtemps que le maelström se préparait à entrer en guerre, mais, comme le constatait à présent Aelenium douloureusement, les préparatifs avaient été très insuffisants. Le comte Aristoteles et les autres gouvernants avaient trop misé sur les têtards pour affronter le maelström.

Griffin avait nourri Matador et prié les garçons d'écurie d'en prendre particulièrement soin après cette course épuisante. L'hippocampe n'était pas au bout de ses peines, loin de là. Griffin ne savait pas exactement quand il devrait aller au combat, mais la bataille contre les goguelins ne serait certainement pas une sinécure.

Walker et Buenaventure, qui l'avaient accueilli avec Soledad à son arrivée, étaient aussitôt repartis vers les môles pour aider à renforcer le rempart. Il fallait sans cesse hisser de nouvelles poutres, de nouveaux sacs de sable et morceaux de corail sur les barricades pour freiner la progression des goguelins. Personne ne savait à vrai dire qui, des tribus des profondeurs ou de la flotte du roi cannibale Tyrone, représentait le plus gros danger.

D'Artois, le marchand aux esprits et le Conseil ne paraissaient pas d'accord sur ce point. Certes, les goguelins étaient des créatures aux horribles griffes et aux mâchoires de requins. Mais ils vivaient dans l'eau. Comment s'en sortiraient-ils lorsqu'ils devraient lutter sur terre ?

Les cannibales et pirates emmenés par Tyrone étaient, eux, des êtres humains normaux. Très nombreux. Ils étaient l'allié parfait pour le maelström quand il s'agissait d'aller se battre dans les ruelles.

Pour l'instant, Tyrone et sa flotte étaient retenus par des batailles navales à l'ouest des Petites Antilles. Les capitaines des Antilles qui régnaient depuis des années sur cette région des Caraïbes se sentaient trahis par le roi des cannibales et avaient juré de se venger.

Cela faisait bien l'affaire des défenseurs d'Aelenium. Non seulement Tyrone allait être sensiblement affaibli par ces combats – et le maelström avec lui –, mais il était en train de perdre un temps précieux. Ce qui devait être à l'origine une attaque surprise sur la ville étoile de mer s'était transformé en une guerre annoncée que les habitants d'Aelenium pouvaient planifier.

Griffin se fraya un chemin dans le dédale de ruelles et de marches raides. Il passa en chemin auprès des deux remparts et de plusieurs petites barricades.

Les gardes en uniforme étaient omniprésents. C'étaient pour la plupart des hommes, mais il y avait aussi des femmes prêtes à se battre pour défendre la ville. Certaines troupes s'exerçaient à marcher au pas, d'autres soldats, isolés, partaient se poster en renfort près des remparts ou se soumettaient à de dernières séances d'instructions.

Le marchand aux esprits avait disparu sans prendre congé, peu de temps après son arrivée à Aelenium. La dernière fois que quelqu'un l'avait vu, il était aux côtés du Père. Griffin avait posé la question à D'Artois, et celui-ci avait confirmé que les deux sages s'étaient retirés dans les salles de la bibliothèque.

– Mais ce n'est pas mon problème, avait grommelé le capitaine avant de partir rejoindre ses troupes pour surveiller les préparatifs et mettre au point les stratégies à appliquer.

Griffin se demandait ce que le marchand aux esprits et le Père pouvaient bien avoir à discuter. Soledad lui avait parlé en chuchotant des mystérieuses tisseuses d'eau que Jolly avait rencontrées lors du naufrage du *Carfax*. Soledad ne savait trop quoi en penser, mais il paraissait impossible à Griffin que Jolly ait été victime d'une simple hallucination. Peut-être les dieux s'étaient-ils vraiment retirés autrefois à Aelenium avant de tomber dans l'oubli et de mourir. Peut-être le Père était-il réellement le Créateur, la première divinité à l'origine de ce monde.

Griffin trouvait toute cette histoire aussi invraisemblable que Soledad. Mais certaines choses collaient, à commencer par l'existence de cette ville totalement incroyable et les étranges pouvoirs du marchand aux esprits. Le capitaine D'Artois lui avait aussi parlé parfois du Père en le présentant comme « l'âme d'Aelenium ». Et si c'était davantage qu'une façon de parler ?

Griffin gravit les dernières marches et atteignit la place du palais. Les gardes qui surveillaient normalement le porche avaient quitté leur poste. Le véritable danger n'était plus là, si haut au-dessus de la mer, mais sur les rives de l'étoile de mer.

Griffin ne croisa pratiquement personne non plus à l'intérieur du palais. La plupart des femmes et des enfants se dissimulaient dans les salles du trésor au cœur de la ville. Il n'y avait plus de serviteurs dans les corridors, l'aile des visiteurs s'était vidée. Une atmosphère pesante régnait dans les couloirs et dans les salles désertes. Plus d'une fois, Griffin crut qu'on le suivait ; mais ce n'était que l'écho de ses pas.

Il passa devant sa chambre, mais renonça à se changer pour enfiler un uniforme en cuir à la place de ses habits de pirate. Il avait composé cette tenue avec différents vêtements trouvés parmi les détritus amassés dans le ventre de la baleine : une culotte de cuir, une chemise noire et une veste qui possédait un doublon en or cousu sur le cœur – sans doute un porte-bonheur.

Ses affaires avaient séché durant le trajet sur la raie et cela avait même éliminé pour une bonne part l'odeur de poisson. De toute manière, se dit Griffin, sa tenue avait-elle la moindre importance quand il s'agissait d'aller se battre contre des goguelins et des cannibales ? Leurs dents et leurs griffes pouvaient tout aussi bien transpercer le cuir.

Il s'arrêta devant la porte de Jolly. Cela lui faisait mal de penser qu'elle aurait pu se trouver derrière cette porte à l'attendre. Mais elle n'était de toute manière guère du genre à rester se morfondre dans sa chambre, pensa-t-il alors avec un sourire mélancolique.

La porte n'était pas fermée et il put entrer sans aucun problème. Les draps étaient en désordre.

– Jolly a fait de sacrés cauchemars lors de sa dernière nuit à Aelenium, on dirait, fit une voix derrière lui.

Griffin se retourna d'un bond.

– J'avais donc bien entendu des pas.

Soledad secoua la tête en souriant :

– Ce n'est sûrement pas moi que tu as entendu. Personne ne m'entend quand je le veux.

Ces propos pouvaient paraître arrogants, mais Griffin savait que la princesse disait vrai. Ses gestes étaient tellement fluides et félins, même quand elle marchait simplement à côté de lui.

Il se tourna vers la chambre abandonnée et étouffa un soupir.

– J'imagine que Jolly a souvent fait de mauvais rêves récemment, dit-il. Pas seulement la nuit dernière.

La scène était curieuse : eux deux, immobiles, contemplant les draps en désordre, entièrement auprès de Jolly en pensée.

Griffin toussota.

– Nous sommes en train de parler d'elle comme si elle n'allait pas revenir.

– Elle va revenir.

– Oui, renchérit-il tout bas.

– Personne ne part pour un voyage pareil sans le répéter tout d'abord des centaines de fois en pensée, dit Soledad. Y compris en rêve, qu'on le veuille ou non.

Griffin frissonna à l'idée des horreurs que Jolly avait dû imaginer. Il frissonna encore plus en pensant à ce qui l'attendait pour de vrai. Des monstres tous plus hideux les uns que les autres se succédèrent dans son esprit jusqu'à ce que son attention soit accaparée par une idée terrible et beaucoup plus évidente : la solitude qui devait régner dans l'obscurité des profondeurs.

Soledad semblait suivre le même raisonnement.

– Je crois que ce qui lui fait le plus peur, ce n'est pas le maelström, dit-elle en se tournant vers lui et en le dévisageant jusqu'à ce qu'il la regarde. C'est Munk, non ?

– Oui, acquiesça-t-il. Je le crois aussi.

– Est-ce qu'il représente un danger pour elle dans cette situation ?

Griffin était étonné que Soledad ait pensé à cela. Il avait toujours cru être le seul à voir en Munk une menace pour Jolly.

– Si seulement je le savais !

– L'autre nuit, ils se sont presque battus sur le *Carfax*. Il voulait la forcer à rester à Aelenium.

Les yeux de Soledad s'obscurcirent davantage qu'à l'habitude. Cela mettait Griffin mal à l'aise de la voir ainsi. Il avait sans doute espéré secrètement qu'elle pourrait dissiper ses propres craintes. Or chacune de ses paroles ne faisait que confirmer ce qu'il avait toujours redouté au fond de lui.

– Pourquoi es-tu venu ici ? demanda-t-elle. Dans sa chambre, je veux dire.

Il hésita.

– Pour la même raison que toi, non ? Pour être près d'elle. Pour prendre congé.

Elle passa à côté de lui et s'approcha de la fenêtre en ogive. La pièce était très haute et étroite, comme s'ils se trouvaient à l'intérieur d'une tour. Beaucoup de pièces à Aelenium avaient des proportions étranges. C'était la preuve que la ville s'était développée naturellement et n'avait pas été construite par l'homme.

Griffin suivit la princesse et regarda en contrebas, par-dessus les ruelles et les toits qui s'étendaient jusqu'aux pointes de l'étoile de mer. Bientôt, plus rien ne serait comme avant. La mort et la destruction s'abattraient sur la ville.

Cette idée lui fendait le cœur. Pour la première fois, il se sentait étroitement lié à ce lieu fabuleux et responsable de ce qui allait lui arriver. Si Jolly était prête à se sacrifier pour Aelenium, la moindre des choses était qu'il en fasse de même.

– Que vas-tu faire ? demanda Soledad, comme si elle venait de se poser la question à elle-même et de trouver la réponse.

– Me battre, dit-il. Comme Jolly.

Elle acquiesça sans un mot.

– Et toi ?

Soledad haussa les épaules.

– Ils ne me laisseront pas chevaucher de raie, parce que je suis une femme. Quels idiots ! Et personne ne sait encore apparemment s'ils vont se battre avec les hippocampes contre les goguelins.

Il opina.

– Je vais rejoindre les plongeurs, continua-t-elle. Je leur ai demandé de me montrer comment faire au cours des derniers jours. Je suis descendue le long de la chaîne de l'ancre. Les goguelins vont essayer de la déterrer pour détacher Aelenium du fond de la mer.

– Si c'est vraiment leur plan, personne ne pourra les en empêcher. Les plongeurs ne peuvent pas aller jusqu'en bas. C'est trop profond.

– Mais nous n'allons pas les regarder faire pour autant.

Il secoua la tête d'un air triste.

– C'est de la folie de vouloir tenir tête aux goguelins dans leur élément d'origine.

– Il faut bien faire quelque chose. (Les coins de sa bouche frémirent, mais elle ne sourit pas.) Et toi, que vas-tu faire ?

– D'Artois m'a affecté à une compagnie de raies.

La princesse s'avança vers lui et le prit dans ses bras.

–Dans ce cas, fais bien attention à toi, Griffin. Je ne veux pas avoir à expliquer à Jolly à son retour que les goguelins t'ont déchiqueté.

Il répondit à son étreinte et rougit quand elle déposa un baiser sur son front.

–Je te laisse. Salue bien Jolly de ma part chaque fois que tu penses à elle.

Elle sortit avec un clin d'œil et referma la porte derrière elle.

Griffin contempla longuement la porte, puis se tourna vers la fenêtre, le cœur lourd. Des raies survolaient majestueusement les nappes de brouillard.

C'était la neuvième fois que Soledad enfilait ces habits étroits de plongeur, mais on l'avait prévenue que le sentiment d'oppression restait toujours aussi fort, même au bout de cinquante plongées. Elle portait dans une boîte en métal sous le menton une pierre jaillissante. L'air qui en sortait lui permettrait de respirer sous l'eau durant quinze à vingt minutes, pas plus.

Soledad n'avait encore jamais rien vu de semblable aux pierres jaillissantes avant d'arriver à Aelenium, et elle se demandait d'où venaient ces pierres. Les autres plongeurs ne paraissaient pas connaître la réponse non plus. Ils lui expliquèrent que les pierres étaient soigneusement gardées dans une caverne au cœur de la ville. Il fallait plusieurs heures à une pierre usagée pour s'assécher complètement et se recharger en oxygène. Comme il n'existait que quelques centaines de pierres, les réserves finiraient par s'épuiser si les combats sous l'eau duraient trop longtemps.

Soledad longea avec quelques autres plongeurs la face inférieure rugueuse d'une pointe d'étoile de mer.

La princesse avait réussi à dormir quelques heures pour reprendre des forces ; elle en aurait bien besoin dans les jours à venir. Le soleil brillait à la surface, mais il faisait très sombre sous l'eau. Seule une faible lueur éclairait l'endroit où l'énorme chaîne de l'ancre surgissait de l'entremêlement complexe de métal et de branches de corail. Des puits avaient été percés à travers la pointe de l'étoile de mer et des flambeaux étaient accrochés à l'intérieur. La lumière jaune jaillissait des ouvertures et se perdait dans les profondeurs. Il y avait suffisamment de lumière pour identifier des agresseurs et les affronter, mais pas assez pour pouvoir déchiffrer un livre, par exemple. L'eau trouble rendrait les combats sous-marins encore plus compliqués.

La chaîne de l'ancre était si large qu'il aurait fallu une vingtaine d'hommes pour faire le tour de l'un des maillons en se tenant par la main. Les êtres humains ressemblaient à de petits poissons à côté des énormes maillons rouillés. Des plantes aquatiques portées par le courant s'étaient déposées sur le métal en de nombreux endroits et y formaient une végétation dense.

Chaque fois que Soledad regardait vers le fond le long de la chaîne, elle en était toute étourdie.

Elle ne pouvait pas voir grand-chose car les puits aux flambeaux n'éclairaient qu'une petite partie de la chaîne, mais la simple présence de ces profondeurs obscures lui nouait l'estomac. Même sous l'eau, elle éprouvait une sorte de vertige. Tout ce vide sous elle, ce néant.

Walker s'était énervé lorsqu'elle lui avait expliqué qu'elle voulait faire partie de l'équipe de plongeurs. Mais rien n'avait pu la faire changer d'avis, pas même lui.

Soledad savait à quoi elle s'exposait. Elle aurait pu choisir la voie de la facilité et se battre sur les barricades. Personne ne lui en aurait fait le reproche. Mais elle n'était pas pour rien la fille de son père, la future impératrice de tous les pirates, de Tortuga à la Nouvelle-Providence. Il était hors de question qu'elle regarde sans rien faire les goguelins attaquer l'île. Elle tenait à entreprendre quelque chose contre les créatures du maelström. Le plus vite possible.

Tous les plongeurs avaient à présent rejoint l'échafaudage de métal et de branches de corail au centre duquel la chaîne était accrochée par de puissants anneaux. L'ancre ne paraissait en aucun endroit si fragile qu'au point de contact avec la ville étoile de mer.

Les goguelins ne pourraient détruire le métal – ils n'avaient ni explosifs ni outils assez puissants –, mais leurs griffes étaient assez acérées pour creuser le corail et détacher ainsi la chaîne. C'est pourquoi les habitants d'Aelenium se préparaient essentiellement à une attaque en haut de la chaîne et non en bas de l'ancre.

Les puits aux flambeaux étaient disposés en cercle autour du point d'ancrage, ce qui conférait à l'étrange endroit le charme d'un temple très ancien, d'un improbable lieu sacré entouré d'un anneau de colonnes de lumière.

Soledad et ses acolytes prirent la relève de l'autre troupe qui remonta alors à la surface. Soledad regarda les silhouettes épaisses nager à travers la lumière nacrée et se dissiper dans l'obscurité. Malgré la présence de ses compagnons, elle éprouva un sentiment angoissant d'abandon et frissonna en pensant à Jolly qui devait avoir la même impression, mais au centuple. Elle aurait tant aimé trouver les mots justes avant le départ de Jolly pour exprimer tout le respect que lui inspirait le courage de l'adolescente.

Soledad et les autres plongeurs se répartirent dans l'enchevêtrement de corail et de métal. La plupart s'assirent sur des traverses pour préserver leurs forces en prévision du combat à venir. Des bulles d'oxygène auréolaient leurs têtes comme des essaims d'insectes argentés.

Soledad commençait déjà à souffrir du manque d'air. Elle essaya de faire plus attention à sa respiration et d'inspirer plus lentement. Elle détacha l'une des deux petites arbalètes accrochées à sa ceinture, la tendit à l'aide du cric, extirpa une flèche de la sangle qu'elle portait en bandoulière et la glissa dans le mécanisme. Sous l'eau, la force de l'impact était divisée par plus de deux, mais cela suffisait pour transpercer un corps de goguelin pas trop gros à une distance de dix pas. Il était bien sûr impossible de tirer au pistolet sous l'eau, mais Soledad était comme les autres armée de nombreux poignards. Les fins stylets s'étaient avérés les armes les plus efficaces pour les combats rapprochés. Leur seul inconvénient était que l'on devait laisser l'ennemi s'approcher suffisamment près, et cette perspective n'était guère réjouissante quand on connaissait les griffes des goguelins. C'est pourquoi ils espéraient tous réussir à maintenir leurs ennemis à distance à l'aide des arbalètes.

La plupart des plongeurs avaient passé des heures à s'entraîner au tir sous l'eau. Soledad était étonnée de la précision avec laquelle les hommes atteignaient leur cible dans ces conditions difficiles. Elle aurait bien voulu pouvoir en faire autant.

Ils étaient assis là, leurs arbalètes tendues à la main, à attendre. Au bout d'une vingtaine de minutes, le plus endurant finit lui aussi par changer sa pierre jaillissante, puis tous retombèrent dans leur silence immobile, les yeux rivés sur l'obscurité au-delà des colonnes de lumière.

Ce n'est pas Soledad qui découvrit la présence des goguelins, mais un homme accroupi un peu plus loin sur une pointe de corail. Elle le vit du coin de l'œil faire de grands gestes agités qui paraissaient curieusement lents et maladroits. Ils se passèrent le message par signes et deux douzaines d'arbalètes furent soudain brandies dans l'obscurité.

Au début, ils ne virent que quelques goguelins. Mais les autres ne tardèrent pas à arriver.

Des formes maigres aux membres beaucoup trop longs glissaient dans l'obscurité en montrant les dents. La lueur des puits aux flambeaux venait se briser dans leurs petits yeux. On aurait dit que leurs regards avaient pris feu.

Xander, le meneur de la troupe de plongeurs, tira frénétiquement sur une chaîne mince qui remontait par un puits de lumière afin de donner l'alarme à la surface.

Surmontant son effroi, Soledad visa et tira sa première flèche dans le noir.

Le goguelin cria-t-il lorsque la flèche l'atteignit ? Si oui, le son n'était pas perceptible par des oreilles humaines. Un nuage de sang sombre enveloppa la bête agonisante, ce qui réduisait encore la visibilité.

Les flèches fendaient à présent l'eau de tous côtés. La plupart atteignaient leur cible. La première vague d'assaillants fut sensiblement ralentie, puis s'arrêta complètement. Il ne resta bientôt plus dans le périmètre des colonnes de lumière que des cadavres flottant comme des flocons de cendre au-dessus d'un feu.

Soledad ne réfléchissait pas, ses gestes étaient mécaniques. Sa respiration accélérée consommait beaucoup d'air précieux. Elle parvint toutefois à se contrôler et résista à la tentation de remplacer déjà la pierre jaillissante avant de tendre une flèche dans les deux arbalètes – cela aurait été du gâchis et lui aurait fait en outre perdre beaucoup de temps.

Elle serra les dents et fixa l'obscurité derrière les corps à la dérive et leurs nuages de sang.

Elle pensa à Walker. À Jolly aussi.

Puis une deuxième vague d'attaquants arriva et Soledad cessa de penser à quoi que ce soit. Les créatures évitaient les colonnes de lumière comme si elles craignaient la clarté. Elles arrivaient en glissant de toutes parts avec des mouvements de nageoires grotesques et incroyablement vifs.

Soledad en tua deux de ses flèches avant qu'un troisième goguelin n'arrive à sa hauteur.

Elle vit des griffes, de l'acier.

La bataille d'Aelenium avait commencé.

Chapitre 5

La bataille de l'ancre

Griffin était sur le môle avec Ebenezer et Jasconius lorsque les cloches donnèrent l'alarme. D'abord une seule, puis de plus en plus, jusqu'à ce que tout Aelenium résonne de leurs sonneries. L'alarme balaya les toits de la ville telle une tornade, montant et descendant le long des pentes et se brisant contre les fines tours des palais, les façades richement décorées et les toits modestes des quartiers inférieurs.

– Fais bien attention à toi, dit Ebenezer au moment de prendre congé en attirant Griffin contre lui. N'oublie pas que j'ai encore besoin de toi pour...

– ... ouvrir la première auberge sous-marine dans le ventre d'une baleine, je sais, dit Griffin en souriant et en lui donnant une tape dans le dos.

Ebenezer le lâcha.

– Jasconius et moi-même allons monter la garde.

– Soyez prudent quand vous serez dans l'eau.

Griffin avait peur pour Jasconius et pour le moine. Les eaux autour d'Aelenium grouilleraient bientôt de goguelins. Les êtres humains pouvaient se réfugier sur la terre ferme au moins un instant, mais la baleine était totalement exposée à leurs attaques. Griffin avait mauvaise conscience d'avoir amené Jasconius et Ebenezer jusqu'ici. S'il leur arrivait quoi que ce soit, il en serait responsable.

– Je sais à quoi tu penses, fit le moine avec un petit geste de la main. Dis-toi bien qu'avec Jasconius nous avons déjà survécu à des choses autrement pires.

Griffin en doutait. Ebenezer n'avait-il pas affirmé quelques jours plus tôt que Jasconius n'avait jamais été attaqué par des goguelins ?

Il fit un pas de côté et regarda l'énorme baleine. Elle ressemblait à un iceberg dérivant à l'extrémité de la pointe de l'étoile de mer. Son œil gauche regardait par-dessus le môle et parut répondre à Griffin. L'adolescent fut une nouvelle fois saisi par la profonde tristesse qui émanait de cet œil. La baleine n'était pas une créature heureuse. Elle offrait un tableau déchirant.

Sans se préoccuper des alarmes qui le pressaient de rejoindre son poste comme tous les autres, il se précipita vers Jasconius, s'arrêta au bord du môle, tendit le bras droit et se pencha en avant jusqu'à ce qu'il puisse toucher la baleine. Il posa la main à deux mètres seulement de l'immense œil mélancolique.

– Bonne chance, lui glissa-t-il si bas que même Ebenezer ne pouvait l'entendre. J'espère que tous tes vœux vont se réaliser.

Lui-même s'étonna de ces mots qui avaient surgi de sa pensée malgré lui.

Un bruit sourd résonna par la gueule entrouverte de la baleine, comme lorsqu'on souffle dans un goulot. C'était la voix de Jasconius. Lui aussi prenait congé.

Griffin dut se détourner pour ravaler ses larmes. Puis il prit sur lui, se redressa et partit en courant.

– À bientôt, cria-t-il sans se retourner une dernière fois vers Ebenezer et la baleine.

Il courut aussi vite qu'il le pouvait le long de la rive pour rejoindre la raie qui l'attendait sur l'une des places, les nageoires étalées. D'Artois avait fait transférer près des quais tous les animaux qui devaient intervenir lors de la première vague d'attaques afin de raccourcir les distances à parcourir.

– Ce n'est pas trop tôt, Griffin ! s'exclama Rorrick, le garde expérimenté que le capitaine avait chargé de veiller sur lui.

Rorrick était un rouquin d'une quarantaine d'années qui affirmait être capable de viser n'importe quoi dans l'eau depuis le dos de la raie. Si jamais les goguelins osaient sortir leurs têtes grimaçantes de l'eau – ce dont plus personne ne doutait –, son rôle était de les empêcher d'atteindre l'île. Tel était, en tout cas, le plan.

Il avait une grosse moustache aussi rousse que ses cheveux à peine coiffés et les doigts les plus longs que Griffin ait jamais vus chez un être humain. Il maniait ses armes avec une délicatesse de musicien et compensait par son adresse au tir et son incroyable sens de l'équilibre un fâcheux manque de patience vis-à-vis des raies et des hippocampes. Griffin avait déjà fait quelques vols d'essai avec lui et savait quand il devait obliger la raie à voler plus bas ou plus lentement pour que Rorrick ait une meilleure visibilité. Rorrick était nettement plus vieux que Griffin, mais il ne donnait jamais l'impression de lui donner des ordres.

Griffin répondit au salut de Rorrick et bondit en selle. Il se pencha sur le crâne de l'animal, lui murmura quelques mots d'encouragement et attrapa les rênes. D'autres raies s'élevèrent majestueusement autour d'eux, par petits groupes afin que les animaux ne se gênent pas mutuellement. Griffin et Rorrick furent les derniers à décoller.

Des essaims de raies surgissaient de tous les côtés au-dessus des toits de la ville. Elles descendaient le long des versants comme des nuages de fumée noire avant de s'éparpiller et de se répartir en l'air en formations circulaires pour faire le tour de la ville dans les deux sens.

Trois anneaux de raies encerclaient ainsi la ville. Le plus éloigné était tout proche du mur de brume, le suivant à mi-chemin entre la nappe de brouillard et la rive et le troisième au-dessus des pointes de l'étoile de mer. D'Artois avait renoncé au dernier moment à lancer les hippocampes au combat, contrairement au souhait exprimé par le Conseil.

« Il est hors de question que j'envoie les hippocampes à la mort, avait-il annoncé aux membres assemblés. Ils n'ont aucune chance de s'en sortir dans l'eau. Les goguelins vont les attaquer par en bas sans que nous puissions les atteindre avec nos armes. »

Cela lui rappelait sans doute la mort de sa femme, attirée dans les profondeurs par des goguelins avec son hippocampe.

Quelques conseillers avaient protesté, mais D'Artois avait aussitôt pris congé en prétextant qu'il devait à présent s'occuper de la défense de la ville.

Griffin le regarda. Le capitaine l'avait nommé dans sa propre troupe de raies, comme pour être sûr que Griffin resterait près de lui durant la bataille.

Griffin n'était pas encore très habitué à chevaucher ces poissons volants. Il avait moins de mal à diriger

Matador. Il était de manière générale plus facile de nouer des liens avec les hippocampes qu'avec les raies, trop grandes et comme absorbées par leur élégance muette. On pouvait les admirer ou les craindre, mais sans se sentir jamais vraiment proche d'elles. Seuls les hommes chargés de prendre soin d'elles dans leur nid avaient réussi à nouer des liens plus intimes. Ils étaient fous d'inquiétude à l'idée de ce qui attendait leurs protégés et avaient longuement expliqué à chacun des cavaliers qu'il fallait à tout prix prendre garde aux raies afin qu'il ne leur arrive rien. Chacun avait quelque chose de différent à perdre dans cette bataille, c'en était une nouvelle fois la preuve. Les uns avaient peur pour leur vie, les autres pour l'avenir du monde, d'autres encore pour ce qui leur tenait le plus à cœur : les raies, les hippocampes, voire les poulets qui marchaient en liberté dans les rues de la ville parce que l'on n'avait pas réussi à tous les enfermer à temps.

Les battements de nageoires des raies provoquaient des courants d'air terriblement puissants. Les cavaliers encore au sol devaient s'arc-bouter pour résister à ces bourrasques et ne pas tomber de selle. Mais ils réussirent finalement tous à décoller et chaque raie prit bientôt sa place dans les trois anneaux de défense autour de la ville.

– Je croyais qu'il allait pleuvoir des poissons morts ? hurla Rorrick contre le vent.

– Seulement quand le seigneur des goguelins est dans les environs, répondit Griffin par-dessus son épaule. Sans doute est-il encore au-delà de l'anneau de brume. Ou bien il n'est pas assez près de la surface de l'eau.

– Les goguelins n'obéissent qu'à leurs maîtres, non ?

– Oui, mais ces maîtres obéissent eux-mêmes aux ordres d'une créature placée sous les ordres du maelström.

– Il paraît que toi et le têtard, vous avez vu le maelström.

– Non, répliqua Griffin. Je crois que personne ne l'a vu. En tout cas, aucun être humain. On sait simplement qu'il est là parce qu'il pleut alors des poissons morts... Savourons chaque minute avant qu'il n'arrive, ajouta-t-il après une courte pause.

– Oh, certainement, répondit Rorrick d'un ton résigné. Il ne va pas tarder à débarquer, s'il est aussi puissant que tu le dis.

Griffin scruta la mer en dessous d'eux. Ils se trouvaient dans l'anneau du milieu, à dix pas environ de la surface de l'eau.

– Des goguelins ! s'exclama soudain Rorrick d'une voix rauque. Là, dans l'eau !

Griffin entendit des bruits derrière lui. Le tireur venait d'armer ses fusils. Il en avait trois accrochés à la selle de la raie et tournés vers l'arrière, comme un triple canon. À la différence de Griffin, Rorrick n'était pas maintenu par des sangles, car il devait pouvoir se retourner rapidement en cas d'urgence pour tirer aussi bien vers l'avant que vers l'arrière. Il ne faisait jamais un geste de trop, chacun de ses mouvements avait une précision quasi mathématique et il calculait en permanence les distances, les angles et la force de percussion de ses projectiles. Il ressemblait en cela aux canonniers à bord des bateaux de pirates.

– Tu les vois ? demanda Rorrick.

Griffin obligea la raie à se décaler légèrement tout en poursuivant sur sa trajectoire en orbite.

– Oui. Ça commence !

Il apercevait à présent des taches sombres filant sous l'eau. Elles étaient difficiles à distinguer entre les scintillements des vagues. Griffin comprit pourquoi les goguelins passaient à l'attaque avant le coucher du soleil et non durant la nuit, ce qui lui aurait paru beaucoup plus logique au départ. Ils avaient attendu que le soleil soit suffisamment bas. À cette heure de la journée, les rayons de soleil se réfractaient sur les crêtes des vagues et leur scintillement gênait les tireurs perchés sur les raies. Manifestement, les goguelins pensaient que cela leur apportait un plus grand avantage qu'une attaque dans l'obscurité.

Rorrick poussa un juron. Alors que Griffin se demandait encore si le tireur parviendrait à viser quoi que ce soit dans des conditions pareilles, un coup retentit dans son dos. Le vent repoussa l'odeur de poudre et le bruit dans la direction opposée à Griffin.

Les autres tireurs avaient eux aussi ouvert le feu. Bientôt, la surface de la mer parut bouillonner sous leurs tirs nourris. D'innombrables cicatrices se dessinèrent sur les flots. Les premiers cadavres de goguelins remontèrent à la surface, tandis que des bras maigres et scintillants apparaissaient çà et là à travers les vagues pour brandir une lance ou un harpon et les projeter en direction des raies. Au cours des trois premiers tours de la ville, Griffin ne vit tomber qu'une seule raie : l'animal s'écrasa à la surface de l'eau, le cavalier et le tireur furent aussitôt arrachés de la selle et happés vers les profondeurs. Les goguelins se précipitèrent sur la raie comme une colonie de fourmis. En l'espace de quelques instants, le cadavre disparut sous leurs corps grouillants et s'enfonça dans les flots.

Griffin frémit d'horreur. Mais il avait déjà passé l'endroit de la chute et il lui fallait se concentrer à nouveau sur ce qu'il faisait. Rorrick lui dit dans quelle direction aller et Griffin se dépêcha de s'exécuter à la plus grande satisfaction de son tireur. Il dut se pencher à un moment pour éviter un harpon ; une autre fois, une lance glissa contre la nageoire de la raie, mais elle ne fit que l'érafler.

À chaque tour de la ville, il lançait des regards inquiets en direction de Jasconius qui avait entre-temps quitté le môle et s'agitait sous la surface de l'eau. Lorsque Griffin aperçut pour la première fois sa silhouette énorme plus bas, il fut surpris par la mobilité du monstre et en même temps inquiet à la vue des points sombres qui s'agglutinaient autour de lui. Lorsqu'ils repassèrent au même endroit, la baleine avait déjà beaucoup moins d'adversaires. Et lors du troisième passage, les goguelins se tenaient à distance respectueuse du titan qui fulminait au milieu. Mais Griffin ne se faisait pas d'illusions : si les tribus des profondeurs unissaient leurs forces et s'attaquaient à Jasconius de manière ciblée, il ne pourrait pas leur résister éternellement.

Lorsque la raie franchit la pointe de l'étoile de mer où était accrochée la chaîne de l'ancre, Griffin remarqua un attroupement de goguelins à cet endroit. Il pensa avec effroi à Soledad qui devait se trouver quelque part plus bas. Tant que les goguelins ne s'aventuraient pas sur la terre ferme – et ils ne paraissaient pas essayer pour l'instant –, la zone située autour de la chaîne de l'ancre était la plus délicate. La princesse était folle de s'être fait nommer à cet endroit précisément. En même temps, il admirait son courage. Si quelqu'un méritait de mener les pirates des Caraïbes, c'était bien elle. Peut-être pensait-elle qu'il lui fallait encore en fournir la preuve.

De nouveaux harpons sifflèrent autour de la raie, pareils à des éclairs d'acier. Toutes les visions d'horreur de Soledad combattant dans les profondeurs s'estompèrent – il avait déjà fort à faire lui-même pour garder le contrôle de la raie.

Il entendit un cri étranglé derrière lui.

– Rorrick ? fit Griffin en regardant par-dessus son épaule.

Son regard se posa sur les yeux inertes du tireur.

Il avait été touché par une lance de goguelin et vacillait sur la selle.

Griffin hurla d'horreur et de colère. Il voulut tendre la main vers l'arrière pour retenir son compagnon, mais la raie tangua sous eux et Rorrick perdit l'équilibre. Le cadavre glissa, entraîna avec lui une poche de munitions et s'écrasa dans le vide.

Étourdi, Griffin détourna les yeux lorsque le corps s'abattit sur les vagues avec un claquement et qu'une douzaine de bras avides le tirèrent vers le bas.

Cela faisait bien longtemps que Soledad ne se battait plus pour défendre la chaîne de l'ancre ou l'avenir de la ville étoile de mer.

Elle se battait pour survivre au milieu d'un chaos de goguelins, de plongeurs morts, de scaphandres déchiquetés et de nuages de sang qui la gênaient pour parer les attaques ennemies.

Les goguelins venaient de lancer un vaste assaut à travers les colonnes de lumière des puits aux flambeaux. Ils encerclaient les défenseurs de l'ancre dans une confusion de lances, de griffes et de claquements de mâchoires. Le nombre des défenseurs avait été divisé par deux en l'espace d'une ou deux minutes. Il ne restait plus qu'une douzaine d'hommes luttant désespérément contre les tribus des profondeurs.

Soledad avait encore une poignée de flèches, mais elle n'eut plus le temps de les placer dans les deux arbalètes. Un goguelin se précipita sur elle, les griffes tendues, les crocs serrés. Soledad agita les jambes pour remonter vers la surface. Elle avait de plus en plus de mal à respirer. Il était grand temps de changer la pierre jaillissante, mais l'assaillant ne lui en laissait pas le loisir. Elle réussit tant bien que mal à esquiver la première attaque en se protégeant derrière le cadavre d'un autre goguelin. La créature parut distraite un instant et renifla le cadavre comme un loup affamé, sans quitter pour autant des yeux Soledad. Les mains tremblantes, elle plaça une flèche dans l'une des arbalètes et eut tout juste le temps de viser avant que le goguelin ne pousse de côté son camarade mort et ne se rue sur elle.

La flèche atteignit sa cible. Mais, même agonisant, le coup de nageoire du goguelin était suffisamment puissant pour le propulser contre Soledad. Il battait des pattes autour de lui, en lutte contre la mort. Ses griffes virevoltaient comme des ciseaux devant le visage de Soledad et faillirent arracher son casque de plongée. Elle parvint néanmoins à le repousser loin d'elle d'un violent coup de jambe. Quelques secondes plus tard, il avait déjà disparu derrière un mur de fumée noire.

Soledad se faufila à travers le brouillard sombre et dense. Elle ne voyait guère plus loin que deux bras. Cela gênait sa progression, mais la protégeait en même temps des regards sournois des goguelins. Elle continuait à avancer, même si elle risquait de sortir du banc de brume et de s'exposer à nouveau aux regards de ses ennemis.

Tout à coup, sa tête heurta quelque chose. Elle fut prise de panique, trépigna et redouta une nouvelle attaque. Puis elle comprit qu'il ne s'agissait que d'une traverse de l'échafaudage de métal et de corail auquel était accrochée la chaîne de l'ancre. Elle apercevait au centre la lumière provenant de l'un des puits aux flambeaux.

Elle se figea en voyant passer plusieurs silhouettes. Des goguelins à la recherche d'adversaires. Mais les créatures ne remarquèrent pas sa présence. Peut-être leur flair était-il perturbé par l'eau ensanglantée.

Soledad remonta un peu plus le long de l'échafaudage. À un moment, elle aperçut un autre plongeur ; elle lui fit un petit signe de la main et désigna la surface de l'eau, mais elle ne savait pas s'il l'avait vue. Lui aussi se cachait entre les montants. Il paraissait sur le point de se rendre.

Elle fit une pause, s'efforça de retrouver son calme et changea la pierre jaillissante avant qu'elle ne risque de mourir asphyxiée. Puis elle se remit à avancer. La lumière était de plus en plus forte et baignait l'eau d'une clarté rouge parcourue de traînées claires et sombres.

Elle savait pertinemment qu'elle se rapprochait du véritable but des goguelins en remontant vers l'extrémité de l'ancre. Avec un peu de malchance, l'endroit grouillait déjà de guerriers des tribus des profondeurs affairés à détacher l'ancre.

Ses craintes étaient fondées, elle le comprit dès que le brouillard se dissipa au-dessus d'elle, libérant la vue sur la chaîne. Tels des singes, les goguelins grimpaient déjà par douzaines le long des énormes maillons métalliques. Ils se hissaient en s'accrochant aux rideaux de plantes et aux colonies de coquillages et utilisaient la chaîne comme une échelle pour rejoindre Aelenium. Mais quelque chose les empêchait de parcourir les derniers mètres. Soledad vit alors que trois ou quatre plongeurs s'étaient postés à cet endroit et décochaient des flèches en acier sur tous les goguelins qui approchaient.

Soledad leur souhaita bonne chance en silence et changea de direction. Il n'était pas possible de passer à côté des goguelins pour rejoindre ses compagnons. Il fallait qu'elle trouve un autre chemin pour se mettre à l'abri.

Elle examina de nouveau le puits aux flambeaux et se demanda où il conduisait. En tout cas, il menait à l'intérieur de la ville étoile de mer, c'était certain. Elle n'avait encore jamais pénétré dans l'un des puits, mais elle savait qu'ils abritaient des escaliers en colimaçon. C'était par là qu'on passait pour remplacer les innombrables flambeaux accrochés le long des parois. Elle aurait pu essayer d'emprunter l'un des puits pour remonter jusqu'à la surface en escaladant les marches. Mais l'accès aux puits était barricadé afin qu'aucun goguelin ne puisse accéder à la ville de cette manière. En outre, le passage serait sans doute barré par des grilles, probablement avant même d'atteindre la surface de l'eau.

Soledad réfléchissait fiévreusement tout en guettant d'éventuels goguelins lorsqu'une silhouette énorme surgit devant elle.

Sur l'instant, elle crut qu'il s'agissait d'un autre monstre du maelström, une créature gigantesque venant des profondeurs de la mer pour aider les goguelins à détruire la chaîne.

Mais c'était Jasconius.

L'homme à la baleine et son gigantesque ami venaient à la rescousse des plongeurs chargés de défendre la chaîne !

La baleine se fraya un passage au milieu des armées de goguelins et repoussa les assaillants en tous sens de quelques puissants coups de nageoire. Même Soledad, qui se trouvait pourtant à quelques mètres de là, sentit la force du courant ; elle fut projetée contre l'un des montants et hurla de douleur sous son casque de plongée.

Lorsqu'elle rouvrit les yeux, elle constata que les goguelins cédaient à la panique. L'énorme crâne de la baleine les heurtait violemment et leur brisait tous les os. Sa nageoire les broyait comme de simples insectes. Le géant marin se déplaçait avec une souplesse incroyable. À voir sa silhouette balourde, on n'aurait jamais cru qu'il pouvait se mouvoir aussi rapidement. Les goguelins ne s'attendaient manifestement pas à une pareille attaque, eux non plus.

Soledad tenta d'évaluer ses chances. Sa seule possibilité pour s'enfuir consistait à suivre la chaîne jusqu'à ce qu'elle rejoigne la ville inférieure. Elle ignorait s'il était possible de rejoindre de là la ville située en surface. Mais elle n'avait pas le choix.

L'expression « ville inférieure » pouvait prêter à confusion, car la partie sous-marine d'Aelenium n'avait en réalité rien d'une ville. L'immense étoile de mer qui constituait la base d'Aelenium possédait deux excroissances pareilles à des montagnes : tandis que la partie supérieure avait pris au fil du temps l'apparence d'une colonie humaine, avec des maisons, des tours et des palais sculptés dans les structures de corail, les formations qui se trouvaient sur la face inférieure étaient restées intactes. Les tunnels et les cavernes étaient encore tels que le hasard les avait créés : les bras de corail partaient dans toutes les directions, la surface était couverte d'arêtes, de pointes et de pics qui pouvaient coûter la vie aux plongeurs imprudents.

Le chemin menant aux versants de corail était libre pour une large part : Soledad pourrait rejoindre sans peine les paysages aux formes déchiquetées si Jasconius continuait à accaparer l'attention des armées de goguelins. Mais elle hésitait encore. Elle savait fort bien à quoi elle s'exposait. Elle risquait de se perdre dans le dédale de bras de corail et de cavernes jusqu'à ce qu'elle n'ait plus assez d'air pour respirer. Ce qui pouvait très bien se produire alors qu'elle était encore loin de la surface.

Son regard se posa sur un groupe de goguelins qui s'étaient éloignés de l'ancre et réfugiés hors de portée des coups mortels de Jasconius.

Soudain, l'un des goguelins leva la patte et la désigna. Aussitôt, dix ou onze goguelins se mirent en mouvement. Ils avaient visiblement reçu l'ordre de ne laisser aucun être humain vivant dans l'eau.

Elle se maudit pour ses hésitations qui risquaient maintenant de lui coûter très cher. Elle prit son élan et s'éloigna avec des mouvements de brasse saccadés en direction de la ville inférieure. Elle aperçut un peu plus loin l'une des nombreuses fissures géantes en zigzag, suffisamment large pour y manœuvrer un petit bateau. Elle longea des arêtes de corail coupantes et s'engouffra dans l'obscurité. Il n'y avait plus aucune source de lumière en dehors de la pâle lueur qui passait par l'entrée de la fente. Elle envia plus que jamais les têtards qui étaient capables de voir et de s'orienter sous l'eau. Elle était quant à elle dépendante de la lumière extérieure et ne pouvait que se fier à son toucher.

Paniquée, elle regarda autour d'elle à la recherche de ses poursuivants. Les goguelins se dirigeaient tout droit vers l'ouverture et s'apprêtaient à la suivre à l'intérieur du massif de corail. Soledad nageait plus vite qu'eux, mais elle consommait également beaucoup d'air. La paroi déchiquetée de la caverne se dressait devant elle. Il n'y avait pas d'issue.

Tout devint obscur autour d'elle.

Elle mit un moment à comprendre ce qui s'était passé. Une silhouette noire s'était glissée devant la fente et avait plongé toute la grotte dans l'obscurité la plus totale. Jasconius !

Cela lui procurait un moment de répit pour se réfugier davantage à l'intérieur, même si elle n'y voyait plus rien. Mais elle était comme paralysée par le choc. Fascinée, elle regarda derrière elle l'ouverture. Lorsque la baleine s'écarta à nouveau et libéra la fente, Soledad distingua les corps de ses poursuivants, broyés et inertes.

Elle mit quelques instants à reprendre ses esprits et réprima l'envie de retourner vers la lumière. Le cœur gros, elle partit dans la direction opposée.

Elle apercevait à présent dans la pénombre au fond de la grotte une deuxième fente que sa peur l'avait empêchée de voir un peu plus tôt. Avec un peu de chance – beaucoup de chance, même –, il s'agissait de l'un des itinéraires que les plongeurs avaient balisés lors de leurs patrouilles dans la ville inférieure. Xander lui avait expliqué que les puits de corail accessibles avaient été marqués par des pierres luisantes. Les pierres ne libéraient pas assez de lumière pour éclairer l'endroit, mais elles luisaient suffisamment pour indiquer le chemin. À condition de les trouver. Et de savoir comment les interpréter.

Soledad se faufila par l'ouverture et s'enfonça dans les entrailles de la ville inférieure. Autour d'elle, tout était noir de jais.

Dehors, Jasconius était en train de fracasser les os d'une autre troupe de goguelins et de les écraser entre ses mâchoires.

Soledad ne s'arrêta que brièvement pour prendre dans son sac la dernière pierre jaillissante qui lui restait et la glisser dans le support sous son menton. Puis elle se mit en route à tâtons, à la recherche d'un passage qui lui permettrait de remonter à la surface.

Chapitre 6
La main du maelström

– Ce serait plus simple de les franchir à la nage, dit Munk en contemplant sombrement le labyrinthe rocheux qui s'ouvrait devant eux.

Jolly acquiesça sans un mot. Le mieux était peut-être de passer outre la mise en garde du marchand aux esprits et d'opter pour le chemin le plus rapide. Rien n'avait pu leur donner l'impression jusqu'à présent que le maelström était à leur recherche. Peut-être ne les avait-il tout simplement pas vus.

Munk la regarda de côté.

– Qu'en dis-tu ?

Elle haussa les épaules, incapable de détacher les yeux du dédale. Les fossés ressemblaient d'en haut à des éclairs noirs figés et dessinaient un océan d'îlots rocheux.

Ils avaient descendu patiemment au cours des dernières heures le versant qui donnait sur l'étrange passage. Il n'était pas si facile de marcher sur le sol mou ; le sol lui-même était peut-être en pierre, mais du sable gris et fin s'y était déposé en de nombreux endroits et leurs pieds s'enfonçaient dedans, parfois jusqu'aux chevilles. Ils avaient l'impression d'avancer sur un tapis de farine qui se soulevait en tourbillons au moindre contact et leur voilait la vue. De loin, ils devaient donner l'impression de traîner un nuage de fumée derrière eux.

Si même ce nuage ne suffisait pas à les trahir, en quoi prenaient-ils un risque s'ils nageaient sur quelques mètres au lieu de s'aventurer dans le labyrinthe ?

Au début, ils s'étaient tous deux abstenus de se plaindre de leurs pieds douloureux. Mais au bout de quelques heures, ils avaient convenu tacitement qu'il était idiot de continuer ainsi à souffrir en silence et ils ne se gênaient donc plus pour pester de leur fatigue, de la mauvaise visibilité et de l'horrible pétrin dans lequel ils s'étaient fourrés.

Leurs yeux de têtards étaient capables de voir à deux cents pas environ, mais les derniers mètres étaient sombres et confus. Le dédale rocheux s'étendait bien plus loin encore ; d'où ils étaient, ils ne pouvaient distinguer jusqu'où il allait. Les fentes noires débouchaient dans un océan d'ombres pareil à un delta fluvial.

Cette vision oppressante fit s'évanouir tout le courage qui habitait Jolly depuis le début de leur équipée. Le caractère inéluctable de son destin l'avait forcée jusqu'alors à avancer et lui avait même donné des forces nouvelles. Elle avait supposé que rien ne pourrait être pire que le spectacle désolé qu'elle avait découvert en atteignant le fond de la mer. Mais, à la vue de ce désert de pierre se découpant dans l'obscurité, elle comprit qu'elle s'était trompée. Le caractère angoissant de l'endroit détruisit instantanément tous ses espoirs d'arriver à temps dans la crevasse. Ils perdraient trop de temps à trébucher dans ces dédales jusqu'à ce que leurs maigres provisions soient épuisées. Aelenium allait sombrer. Le maelström allait s'emparer de la ville et...

– Jolly !

Elle sursauta.

– Hmmm... qu'y a-t-il ?

– Je t'ai demandé ce que tu en pensais. Qu'en dis-tu, est-ce que nous ferions mieux de nager ?

Elle inspira profondément, sentit l'eau affluer dans sa trachée et opina :

– Sinon, nous n'y arriverons jamais.

Après une dernière hésitation, ils firent un pas en avant et s'élancèrent. Ils ne retombèrent pas et se mirent à avancer avec de lents mouvements de brasse. Cela restait pour eux étrange de flotter dans cet élément qu'ils ne percevaient plus comme de l'eau ordinaire. Jolly avait découvert pour la première fois à Aelenium qu'elle pouvait non seulement marcher sur l'eau, mais aussi y survivre. Pour elle, l'eau était pareille à l'air – elle la respirait et l'eau ne l'empêchait ni d'entendre ni de parler.

Ils s'enfoncèrent en glissant, un peu hésitants. Ils se sentaient à peu près en sûreté au-dessus des plateaux de pierre et des pointes rocheuses, mais ils ne pouvaient s'empêcher de frissonner chaque fois qu'ils devaient survoler une nouvelle gorge. Ils pouvaient voir au fond des gouffres, qui ne faisaient donc pas plus de cinq cents pieds de profondeur pour la plupart. Comme il n'y avait pas de source lumineuse au fond de la mer et que leurs yeux de têtards éclairaient tout de façon égale, il n'y avait pas d'ombres non plus. Mais cela ne rendait pas leur progression au-dessus du labyrinthe plus rassurante pour autant, avec ces centaines de rebords qui pouvaient dissimuler toutes sortes de choses. Sans parler des innombrables cavernes et trous dans les parois rocheuses.

Bien qu'elle n'ait toujours pas aperçu le moindre signe de vie, Jolly avait l'impression persistante d'être observée. Personne ne savait exactement si les goguelins pouvaient s'aventurer jusque dans ces eaux – si le Père avait vu juste, ils évoluaient à présent à plus de vingt mille pieds sous la surface de la mer. La crevasse elle-même était encore bien plus bas. Mais ce n'était pas pour rien qu'on avait baptisé les goguelins les « tribus des profondeurs ».

Le versant qu'ils avaient descendu pour arriver là s'était perdu depuis un moment déjà dans l'obscurité derrière eux. Il n'y avait plus autour d'eux qu'une mer de failles. La plupart du temps, ils avançaient silencieusement ; parfois, ils se rappelaient mutuellement à l'ordre lorsqu'ils s'écartaient trop des pics rocheux. La mise en garde du marchand aux esprits hantait leur esprit et ils s'efforçaient de ne jamais monter à plus d'une longueur d'homme. Si quelque chose approchait, ils le verraient suffisamment tôt pour se réfugier dans les gorges.

À condition que cette chose ne possède pas de meilleurs yeux qu'eux et ne les ait pas découverts depuis longtemps déjà.

– Ça ne finira donc jamais, dit Munk, lui aussi visiblement abattu par l'immensité du labyrinthe de pierre.

– Non, murmura Jolly. Peut-être sommes-nous en train de nager en rond ?

Munk cessa un instant de remuer les jambes et les bras, mais il se ressaisit rapidement :

– Impossible.

– Ah ?

Il grommela quelque chose qu'elle ne comprit pas, puis resta silencieux pendant quelques minutes.

Enfin, Jolly poussa un soupir de soulagement.

– Munk ! s'écria-t-elle en montrant quelque chose devant elle. Regarde !

Il baissa les yeux vers le fossé qui s'ouvrait sous eux, mais secoua la tête.

– Je ne vois rien.

– Justement.

– Justement ?

– Nous ne pouvons plus voir le sol. Les fossés sont de plus en plus profonds ! Ça veut dire que nous continuons à descendre, même si les pics rocheux paraissent tous de la même hauteur. En réalité, ils sont de plus en plus hauts, et le fond de la mer va en s'enfonçant !

Il réfléchit un moment, puis il se rangea à son avis. Les coins de ses lèvres esquissèrent un sourire, sans pour autant illuminer vraiment ses traits. Même leurs manifestations de joie étaient ternies par l'immensité grisâtre qui les entourait.

Jolly se dit qu'elle aurait dû être soulagée. Et pourtant, son cœur battait toujours à tout rompre. Comme elle aurait aimé avoir une boussole ! Au lieu de quoi il leur fallait espérer que tous les chemins en pente menaient bel et bien à la crevasse. Leur seul espoir était que la crevasse soit le point le plus profond de ces régions sous-marines. Ils n'avaient aucun autre point de repère.

Ils restèrent à nouveau un long moment sans rien dire. Jolly remarqua que Munk cessait de nager par moments pour passer la main sur la poche à la ceinture qui contenait ses coquillages, comme si leur contact lui redonnait des forces. Elle essaya secrètement de faire de même, mais cela ne lui fit aucun effet. Peut-être parce qu'elle n'avait pas noué des relations aussi étroites que Munk avec les coquillages magiques.

– Descends ! s'écria-t-il en se laissant retomber brusquement.

Jolly s'immobilisa et resta sur place un instant avant de le suivre et de se réfugier elle aussi derrière l'arête de pierre. Elle venait de voir de quoi il voulait parler.

Des points lumineux étaient apparus devant eux dans le noir.

– Ce sont... des yeux ? demanda-t-elle d'une voix rauque.

Munk répondit d'une voix étranglée par l'émotion.

– Je n'en sais rien.

Les points lumineux approchaient. Au début, elle avait eu l'impression qu'il n'y en avait que six ou sept, mais plus elle les regardait et plus les points étaient nombreux. Elle avait presque le sentiment de regarder un ciel étoilé où elle découvrirait à chaque minute de nouveaux astres.

– Si ce sont des yeux, murmura Jolly d'une voix atone, il y en a vraiment un sacré paquet.

– Les araignées ont beaucoup d'yeux.

– Oh, merci, Munk ! Merci beaucoup, c'est très rassurant !

Autrefois, cela l'aurait fait sourire. Mais pas aujourd'hui. Il ne la regarda même pas. Il restait au bord de la roche et regardait devant lui, l'air inquiet.

– C'est un banc de poissons, finit-il par dire.

En effet, les points lumineux n'étaient en réalité que de minuscules poissons luisants, pas plus gros que le pouce de Jolly.

– Allons plus bas, dit-elle.

Munk acquiesça, mais il ne bougea pas. Il continuait à regarder par-dessus le rocher, fasciné. La lumière des poissons se reflétait dans ses yeux et les faisait vibrer d'une manière qui inquiétait presque davantage Jolly que ce mystérieux banc de poissons se dirigeant tout droit vers eux.

Elle attrapa Munk par la main et le tira.

– Hé ! s'exclama-t-il, mais sans résister.

Le scintillement dans ses yeux persista un moment, puis s'éteignit. L'espace de quelques instants, Jolly avait eu l'impression que la lueur des poissons avait pénétré dans son crâne et brillait à travers ses yeux.

Ils s'enfoncèrent rapidement. Le fossé devait être beaucoup plus profond que Jolly ne l'avait supposé, car ils n'en distinguaient toujours pas le fond.

– Jolly !

– Quoi ? maugréa-t-elle avant de voir de quoi il voulait parler.

La réponse n'aurait pas été nécessaire :

– Ils nous suivent.

Le banc de poissons passa au-dessus du bord du gouffre, décrivit un crochet ondoyant, puis s'enfonça sur les traces de Jolly et Munk.

Les deux têtards avançaient la tête la première, avec des gestes désespérés pour tenter d'aller plus vite. Les parois rocheuses défilaient à toute allure de part et d'autre. Il leur fallait esquiver régulièrement des pics et des pierres saillantes, mais cela ne suffisait pas à les ralentir.

Les poissons étaient cependant encore plus rapides.

La lumière les embrassait, blanche et translucide comme un clair de lune levant. On aurait dit que le banc de poissons n'était qu'un seul être vivant géant et non pas une foule de minuscules animaux.

Jolly poussa un juron.

– Fichez-moi le camp ! hurla Munk avec des gestes désespérés dans tous les sens.

Le contact des poissons contre la joue de Jolly lui évoqua un doux baiser. Elle avait presque l'impression que le poisson voulait renifler son visage ou l'explorer par d'autres sens. Pétrifiée, elle sentit d'autres poissons toucher ses mains et se frotter contre ses vêtements. Elle s'était attendue à des morsures, des douleurs. Mais elle ne ressentait qu'une tendre caresse sur tout le corps.

Avant leur départ, on leur avait remis des habits de cuir minces, sombres et moulants qui étaient censés faciliter leur déplacement dans les profondeurs grâce à leur surface huilée. En outre, ces vêtements présentaient l'avantage de ne pas pouvoir se gorger d'eau. Ils ressemblaient un peu aux uniformes de la garde, mais sans les coquillages et les autres zones renforcées. Des costumes en deux parties, avec une large ceinture, sans parures, sombres afin de servir aussi de tenues de camouflage.

C'était un bien beau camouflage si les premiers êtres vivants qu'ils croisaient se dirigeaient droit sur eux de la sorte.

Munk continuait à battre des bras. Mais en vain. Ils allaient atteindre d'un moment à l'autre le fond caillouteux de la gorge, enseveli sous la poussière des fonds sous-marins.

Jolly fut la première à toucher le sol, enveloppée dans un nuage de poissons luisants. Elle s'était entre-temps retournée et se réceptionna sur les pieds. À la différence de Munk, elle avait renoncé à se défendre. Les poissons recouvraient pratiquement tout son corps. Ses bras et ses jambes étaient entièrement cachés et il y en avait même une dizaine ou une vingtaine sur son visage. Elle s'efforçait tant bien que mal de réprimer sa panique.

Les poissons faisaient ventouse sur elle avec leurs minuscules gueules, mais ils ne mordaient pas et rien en eux n'indiquait qu'ils voyaient en Jolly et Munk un savoureux festin.

– Munk, arrête de te débattre ! lui cria-t-elle.

Les poissons accrochés à son visage se balançaient quand elle bougeait les lèvres. Les animaux dispensaient une lumière étonnante, pas assez crue pour l'aveugler.

– Munk ! répéta-t-elle. Ils ne vont rien nous faire.

Il se figea subitement, comme si une gifle l'avait tiré de sa danse folle. Son corps était couvert de poissons qui ne se souciaient pas le moins du monde de ses coups de pied et de ses gestes de défense.

– Ils ne nous veulent pas de mal, dit Jolly doucement, en riant malgré elle parce que l'un des animaux venait de s'approcher du bout de son nez et y était resté collé lorsqu'elle avait ouvert la bouche.

– Je ne vois pas ce qu'il y a d'amusant, rétorqua Munk, furieux.

Mais lui aussi semblait s'apaiser peu à peu. Il offrait un curieux tableau, debout devant la roche. On aurait dit que quelqu'un avait découpé le contour d'un être humain dans du papier noir et tenait la silhouette ainsi découpée dans le soleil.

– Ce sont peut-être des espions.

Munk se donnait visiblement le plus grand mal pour ne pas trop ouvrir les lèvres en parlant, sans doute de peur qu'un poisson ne se faufile à l'intérieur de sa bouche.

– Des espions du maelström ?

L'idée effraya Jolly brièvement, puis elle se dit que le maelström n'enverrait certainement pas des espions à leurs trousses, mais plutôt des meurtriers pour les tuer sur le coup. Il préférerait lâcher sur eux des goguelins ou des monstres tels que l'Acherus, et non d'adorables petits poissons luisants.

Elle essaya de prendre appui sur le sol pour se rapprocher de Munk d'un bond, mais en vain. Quelque chose l'obligeait à adhérer au sol, comme un clou retenu par un aimant.

– Nous sommes prisonniers !

La panique l'envahit de nouveau. Elle s'empressa de refouler ce sentiment, mais sans y parvenir complètement.

Munk voulut dire quelque chose, mais sa mine s'assombrit aussitôt.

– Tu entends ? dit-il après une courte pause.

Au début, elle avait cru que c'étaient les poissons qui faisaient ce bruit : un grognement sourd qui semblait venir de tous côtés. Mais c'était très différent des bruits qu'ils avaient entendus dans les eaux poissonneuses sous Aelenium.

Munk leva les yeux. La falaise était trop haute pour pouvoir distinguer quoi que ce soit : leurs yeux de têtards ne leur permettaient pas de voir si loin.

– Munk !

Le mouvement brusque de sa tête en direction de Jolly provoqua une traînée de lumière.

Elle montra le sol.

– Regarde un peu.

La couche de poussière sur les rochers bougeait et dansait imperceptiblement. Jolly le sentait à présent également contre ses jambes : le sol entier vibrait tout doucement.

– Un tremblement de terre ! cria Munk en se pressant instinctivement contre la falaise.

Les poissons luisants dans son dos s'échappèrent et s'accrochèrent à un autre endroit de son corps pour ne pas être écrasés.

Jolly tendit l'oreille. Le grondement était de plus en plus fort. Il se rapprochait. Toujours plus vite. La poussière vibrait de plus en plus. Elle avait surtout peur que des morceaux de roche se détachent au-dessus d'eux. Était-ce pour cela que les poissons les retenaient au sol ? Pour qu'ils soient ensevelis sous les éboulis lors du tremblement de terre ?

Le grondement sourd était à présent si sonore qu'il couvrait la voix de Munk. Jolly vit qu'il bougeait les lèvres, mais elle ne comprenait pas ce qu'il disait. Son regard monta le long des rochers.

Il se passait quelque chose là-haut.

On aurait dit que l'obscurité elle-même se déchaînait, mais Jolly ne pouvait pas voir de quoi il s'agissait. De l'eau ? Des tourbillons de poussière ? La mer paraissait bouillonner au-dessus d'elle, à la limite de son champ de vision. Le sable commençait à ruisseler. Ce n'était sans doute plus qu'une question de minutes avant que des morceaux de roche plus gros ne se détachent.

Le bruit devenait assourdissant. Jolly porta les mains à ses oreilles et remarqua alors que des poissons s'étaient déjà introduits dans ses oreilles et étouffaient les bruits. En réalité, le bourdonnement devait être beaucoup plus fort encore.

Munk recommença à battre des bras autour de lui. Jolly était désormais elle aussi incapable de se maîtriser et essayait de se débarrasser des animaux qui lui recouvraient le corps, sans savoir à vrai dire s'ils essayaient de l'aider ou bien si leur rôle était de faire en sorte qu'elle soit totalement livrée aux forces extérieures, au pied de la falaise.

Quelque chose tonna au-dessus d'eux. Une tempête ou une main géante balaya la pierre et fit trembler l'endroit tout entier. Puis le bruit diminua. La poussière tombait encore en fines rigoles le long de la paroi, mais le vacarme s'atténuait. Les vibrations du sol s'apaisaient également. Bientôt, le tremblement de terre cessa complètement.

Le silence se fit.

Comme s'ils obéissaient à un ordre secret, les poissons s'écartèrent soudainement des deux têtards et s'éparpillèrent. Jolly et Munk furent bousculés un instant par une lumière tourbillonnante. Puis le banc de poissons se souleva dans une même impulsion et remonta en formation nuageuse le long de la falaise. En moins de temps qu'il n'en fallait pour le dire, le dernier poisson disparut derrière la roche.

Jolly s'agenouilla et se frotta les yeux. L'obscurité était revenue si brutalement qu'elle avait l'impression d'être aveugle. Munk fit deux ou trois pas mal assurés, puis s'appuya contre la paroi rocheuse et respira difficilement.

– Qu'est-ce que c'était que ce truc ? !

Sa voix était étranglée comme s'il avait avalé un poisson. Mais ce n'était que la peur qui formait une boule dans son gosier.

– Comment le saurais-je ? répliqua Jolly en se remettant debout.

Elle s'appuya d'une main contre le rocher et essaya d'y voir plus clair. Ses idées ne s'ordonnaient que très lentement et elle avait le plus grand mal à saisir ce qui venait de se produire.

Une sorte de tornade avait balayé l'endroit et les poissons les avaient protégés en les maintenant au sol. Ils les avaient sauvés, pour quelque raison que ce soit.

– C'était lui, tu crois ? demanda Munk.

Elle fut tentée de répondre « comment veux-tu que je le sache ? », mais finit par opiner :

– Le marchand aux esprits avait parlé de courants...

– Des courants ? répondit-il en serrant les poings et en frappant la pierre d'un geste désespéré. C'était plutôt... un tsunami, oui !

– En tout cas, il n'est guère méfiant. C'est peut-être bon à savoir pour la prochaine fois, répliqua-t-elle en poussant sur ses jambes et en s'élevant de quelques pas. Ce que je ne comprends pas, c'est plutôt...

Munk ne la laissa pas achever sa phrase :

– Les poissons ?

– Exactement.

– Ce n'étaient pas des poissons normaux, n'est-ce pas ?

Elle secoua la tête, incapable de répondre quoi que ce soit. Elle connaissait bien une force susceptible de leur venir en aide sous les mers. Les tisseuses d'eau. Mais lorsque Jolly avait rencontré les trois vieilles femmes, elles n'avaient pas donné l'impression de vouloir s'immiscer dans les événements.

Elle aurait bien voulu en parler avec Munk et elle savait pertinemment que c'était la meilleure chose à faire, mais quelque chose la retenait. Elle avait parlé de sa rencontre avec les tisseuses à Soledad, mais pas au marchand aux esprits, et elle était incapable de s'expliquer à elle-même la raison de son silence. Peut-être parce que les vieilles femmes lui avaient raconté à propos d'Aelenium et du marchand aux esprits des choses qu'il n'avait pas daigné lui expliquer. Qu'il était autrefois un dieu, par exemple ; qui étaient en réalité le Père et les autres fondateurs de la ville étoile de mer ; que les maîtres de la *Mare Tenebrosum* n'étaient peut-être pas de pures créatures du mal et qu'elles ne faisaient que réclamer ce que le Père avait convoité lui aussi autrefois : un univers, rien de moins.

C'était peut-être une erreur de cacher à Munk les explications que lui avaient données les tisseuses. D'un autre côté, Munk était depuis longtemps un confident du marchand aux esprits et tous deux occupaient plus ou moins une seule et même case sur l'échiquier de ses pensées. Quand Jolly cachait quelque chose au marchand aux esprits, elle préférait faire de même avec Munk.

Si jamais il se doutait de ce qui se passait en elle, il n'en dit en tout cas pas mot. Ils prirent tous deux appui sur le sol et remontèrent vers le haut de la falaise en nageant, très vite tout d'abord, puis plus prudemment, au cas où la force du maelström repasserait par là.

Une fois arrivés en haut, ils constatèrent que les choses n'avaient guère changé. La poussière qui recouvrait auparavant les pics rocheux avait été en grande partie précipitée dans les fossés ; les surfaces paraissaient maintenant plus propres, comme polies à l'émeri pour certaines. Jolly se demanda avec effroi ce qui leur serait arrivé s'ils avaient été pris dans ce chaos. La tempête de sable leur aurait-elle arraché la chair des os ?

– On nage ou on marche ? demanda Munk, tandis qu'ils se tenaient prudemment au bord de la faille, prêts à s'enfouir à tout moment dans le gouffre en cas de danger.

Jolly regarda en bas. Le fond du fossé était à nouveau plongé dans l'obscurité ; on aurait pu croire qu'un fleuve noir coulait tout en bas. Puis elle regarda dans la direction par où le maelström s'en était allé. Là encore, rien n'indiquait un danger imminent. Le maelström envoyait peut-être des ondes concentriques se propageant dans toutes les directions avant de s'évanouir complètement, comme lorsqu'on jette une pierre dans l'eau. S'ils avaient la malchance d'être pris dans l'un des anneaux, ils pouvaient en mourir ou du moins indiquer au maelström qu'ils étaient passés par là.

– Nageons, dit-elle en réponse à la question de Munk. Est-ce que nous avons le choix ? Nous n'avons plus de temps à perdre.

Il acquiesça, mais ne paraissait pas complètement convaincu lui-même. Les mêmes visions d'horreur devaient lui traverser l'esprit.

– Nous n'aurons qu'à faire attention, rétorqua-t-elle en haussant les épaules et en s'efforçant de prendre un air serein.

Mais un regard en direction de Munk lui montra qu'il n'était nullement dupe.

Il inspira profondément et se mit en route. Ils commencèrent à avancer au-dessus du plateau rocheux en restant encore plus proche de la surface qu'auparavant.

Au bout d'un moment, qui leur parut interminable, ils décidèrent de faire une pause dans une caverne en haut d'une falaise. Ce n'était pas vraiment une caverne, juste un renfoncement, pas assez profond pour qu'ils puissent y faire une rencontre imprévue avec un insecte géant endormi ou une autre créature de la sorte.

Ils mangèrent tant bien que mal leurs provisions, burent avec encore plus de difficulté en s'aidant des pailles, puis ils se reposèrent un peu. Ils n'avaient pas l'intention de dormir, mais le sommeil finit par s'emparer d'eux. C'était l'un de ces sommeils où l'on se sent encore plus épuisé au réveil : un sommeil assez profond pour faire de mauvais rêves, mais pas assez pour redonner des forces.

Lorsqu'ils se remirent en route, ils étaient tous les deux trop fatigués pour parler. Il n'y avait ni jour ni nuit au fond de la mer et, comme ils n'avaient aucun repère qui leur permette de savoir l'heure – pas de soleil, pas d'astres, ni même de marées –, ils perdirent bientôt toute notion du temps et ignoraient complètement depuis combien de temps ils progressaient ainsi.

Ils finirent par atteindre le bout du labyrinthe rocheux. Une vaste plaine s'étendait devant eux à perte de vue.

Jolly et Munk se posèrent. Lorsqu'ils se retournèrent peu après pour regarder derrière eux, les falaises se dressaient comme une forêt d'arbres géants en pierre. C'était un spectacle à la fois majestueux et profondément angoissant. S'ils avaient vraiment poursuivi à pied, comme le marchand aux esprits le leur avait recommandé, ils se seraient perdus à jamais dans ce dédale.

L'idée était terrifiante, mais cela inspira en même temps à Jolly une confiance nouvelle. Manifestement, il n'était pas si mal de prendre parfois des initiatives. En tout cas, cela leur avait bien réussi jusqu'à présent.

La plaine donnait un peu plus loin sur un amas de rochers étranges qui tendaient vers eux leurs mains de pierre.

– Ce sont des coraux ! s'exclama Munk.

– On dirait... des morceaux d'un corail géant ! renchérit Jolly après un temps d'hésitation.

Écoutant son intuition, elle prit son élan, se souleva du sol et eut l'impression de recevoir une claque en pleine face.

Elle remarqua alors que Munk se tenait à ses côtés.

– Ce sont des ruines, murmura-t-elle. Les ruines d'une ville de corail engloutie.

Munk acquiesça, fasciné.

– Comme Aelenium, finit-il par dire.

On distinguait nettement des restes de maisons, des éclats de corail gigantesques dans lesquels on avait taillé des marches, des tours éclatées qui s'étaient brisées comme de la porcelaine en touchant le fond de la mer, des toits, et même la façade d'un palais étalé à terre comme un château de cartes écroulé.

Munk était livide.

Soudain, il leva le bras, désigna quelque chose dans les profondeurs et se figea.

– Jolly !

– Quoi ?

– Quelque chose a bougé !

Elle suivit du regard son index tendu vers les sombres montagnes de corail. Elle était incapable de distinguer quoi que ce soit dans cet enchevêtrement. La ville ressemblait à un gigantesque amas.

– Explique-moi, qu'est-ce que tu as vu ? demanda-t-elle. (Elle avait l'impression que sa langue avait doublé de taille dans sa bouche.) Un poisson… ou bien quelque chose de plus gros ?

Munk se racla la gorge, le front plissé, puis il croisa son regard :

– Un être vivant, dit-il. Une jeune fille.

Chapitre 7

Aïna

– Une jeune fille ?

Jolly dévisagea Munk comme s'il venait de lui annoncer qu'il avait envie d'aller cueillir des fleurs.

– Ici ?

Il acquiesça, visiblement troublé.

– Je l'ai vue. Elle était en bas.

Jolly l'examina longuement, puis elle baissa les yeux vers les ruines de la ville de corail. La vision étrange emplissait totalement leur champ de vision de têtard. Le sable et des colonies de coquillages s'étaient déposés sur les ruines éclatées, mais cela ne suffisait pas à dissimuler complètement les formes qui se trouvaient en dessous.

Quand et pourquoi cette ville avait-elle sombré ? Qui l'avait détruite ?

Et surtout, pourquoi personne ne leur en avait parlé ?

L'endroit que montrait Munk paraissait désert et hostile derrière le voile gris qui drapait les fonds sous-marins dans leurs yeux de têtard. C'était un passage sableux entre deux hautes tours, l'une difforme et creusée de cavernes et de fentes, l'autre manifestement issue d'un ancien palais aux colonnes sculptées. Le choc avait scindé en deux la construction et on pouvait voir à l'intérieur des nombreuses chambres, comme dans une maison de poupée. Elles étaient vides et couvertes de coquillages, tous les meubles étaient tombés en poussière depuis bien longtemps déjà.

– Il n'y a personne, dit Jolly.

– Elle était là, crois-moi.

Munk renonça à convaincre Jolly. Ils étaient montés très haut au-dessus des tours pour avoir une vue d'ensemble des ruines et il entreprit de redescendre vers le passage en question.

– Munk, attends !

– Tu ne me crois pas.

– Si. Mais nous devons être prudents.

Il s'arrêta et se retourna vers elle. Malgré le gris omniprésent, elle eut l'impression que son visage était rouge d'excitation.

– Si c'est vraiment une jeune fille, Jolly, il s'agit sûrement d'un têtard. Comme nous.

Elle opina sans rien dire. S'il disait vrai, il n'y avait pas d'autre explication.

Un troisième têtard.

Et s'il y en avait un troisième, il pouvait y en avoir encore beaucoup d'autres. Dieu seul savait combien.

– Je n'aime pas ça, dit-elle.

Mais elle se résigna à le suivre. Ils étaient maintenant à une quinzaine de pas au-dessus du passage. Ils étaient déjà bien trop près des ruines au goût de Jolly. S'il n'en tenait qu'à elle, ils auraient contourné les ruines. Même un grand détour pouvait leur faire gagner beaucoup de temps au cas où un quelconque danger se cachait dans ces ruines.

Elle sentait littéralement la menace les entourer de tous côtés et avait l'impression que tous ses sens lui lançaient une mise en garde désespérée.

Mais rien ne pourrait retenir Munk. Jolly était étonnée et effrayée de la légèreté avec laquelle il mettait en jeu leur mission.

– Et si c'était un goguelin ? dit-elle.

Il ne se retourna même pas vers elle.

– Je sais quand même faire la différence entre une fille et un goguelin.

Munk fut le premier à atteindre le fond. Il se posa dans un tourbillon de poussière et regarda autour de lui.

Jolly resta au-dessus de lui et balaya l'endroit du regard. Plus encore que la vue en coupe du palais, c'était la tour de corail difforme, à leur gauche, qui l'impressionnait. Des plantes blanches ressemblant à des doigts de cadavres portés par des courants invisibles avaient envahi les fissures ; Jolly aurait juré qu'elles lui faisaient alternativement signe de s'approcher et de s'éloigner.

– Et dans quel sens allait-elle ? demanda Jolly.

– Par là, dit Munk en désignant le passage.

« Bien, pensa-t-elle, au moins il ne va pas se mettre en tête d'explorer toutes les cavernes et les moindres fentes. »

Les bras végétaux étaient aussi livides que la chair d'un noyé et faisaient de drôles de bruits en se frottant les uns contre les autres : on aurait dit un bruit de succion, de claquement de lèvres, comme si les plantes guettaient une proie avec gourmandise.

Les tours en ruine allaient en grandissant au fur et à mesure qu'on approchait de ce qui était apparemment autrefois le centre de la ville. La ville en corail ne semblait pas avoir été détruite en surface, en tout cas pas complètement. Elle n'avait éclaté en mille morceaux qu'en heurtant le fond de la mer et avait ainsi conservé en partie sa structure d'origine. La ville devait ressembler à Aelenium, avec une sorte de cône ou de massif de corail en son centre. Mais Jolly ne découvrit aucun reste d'étoile de mer géante. S'il y en avait eu une, ses restes devaient être enterrés sous les autres gravats.

– À quoi penses-tu ? demanda Munk abruptement, tandis qu'ils regardaient autour d'eux. À cette fille ?

– À la ville. J'aimerais bien savoir pourquoi personne n'a jugé utile de la mentionner, ajouta-t-elle en lui lançant un regard de côté. Ou bien est-ce que le Père t'en a parlé ? quand je n'étais pas là ?

Il secoua la tête, l'air grave.

– Non, jamais.

Ne distinguait-elle pas en lui pour la première fois une pointe de méfiance envers leur professeur ? Munk avait toujours été le plus zélé des deux. Il avait passé beaucoup plus de temps avec le Père que Jolly, qui était trop impatiente et dissipée.

Il hésita brièvement, puis poursuivit :

– Est-il possible que ni le Père ni les autres n'en connaissent l'existence ?

– Oh, je t'en prie ! répondit-elle avec un petit bruit méprisant. Bien sûr qu'il le savait. Et ce n'est sûrement pas un simple oubli s'il a omis de nous en parler.

– Dans ce cas, il voulait peut-être que nous la découvrions nous-même.

« Ah oui ? Tu te simplifies bien les choses », se dit-elle en secouant la tête.

– Peut-être aussi a-t-il pensé qu'il n'en restait plus rien. Il sait énormément de choses, mais il n'est jamais venu lui-même jusqu'ici.

En tout cas pas au cours des derniers millions d'années. Elle réfléchit à ce que lui avaient dit les tisseuses d'eau. Si le Père lui-même avait créé tout cela, pourquoi était-il aujourd'hui si désemparé ? Pourquoi n'était-il plus qu'un vieil homme qui se cachait dans une ville flottante en pleine mer ? Difficile de croire qu'il avait été autrefois capable de créer tout un monde à partir du néant. Et il était encore plus difficile de croire que cette force végétait désormais dans un corps aussi fragile, attendant une fin qui ne viendrait peut-être jamais. Si Aelenium sombrait, le Père allait-il périr avec la ville ? Pouvait-il mourir ? Les tisseuses avaient dit que beaucoup d'anciens dieux étaient morts. Mais le Père était le premier, l'origine de tous. D'autres lois s'appliquaient sans doute à lui. Ou peut-être aucune.

– Jolly...

Le murmure de Munk la tira de ses pensées.

– Là, devant. Tu la vois ?

Elle acquiesça lentement et déclara à grand-peine :

– Tu avais raison.

– Je te l'avais bien dit.

Une jeune fille se tenait à moins de dix pas devant eux, sur le chemin de sable gris. Ses cheveux ne bougeaient pas malgré le courant ; ils tombaient sur ses épaules et descendaient jusqu'à la taille.

– Je suis Aïna, dit-elle. Bienvenue au seuil de la crevasse.

– Qui es-tu ? demanda Jolly.

Aïna ressemblait aux filles des îles. Sur la terre ferme, son corps aurait pris une superbe teinte dorée ; mais ici, sa peau était gris sombre, comme du bois calciné. Cela ne suffisait toutefois pas à dissimuler sa beauté.

Munk l'avait sans nul doute remarqué lui aussi et ne pouvait détacher les yeux d'Aïna, comme s'il n'avait jamais vu un être vivant de toute son existence. Jolly était elle aussi ravissante, mais elle était bien obligée d'admettre, sans aucune jalousie d'ailleurs, qu'elle n'avait jamais vu quiconque capable de rivaliser en beauté avec Aïna. Son corps était mince, presque fragile. Ses yeux étaient grands et sombres. On aurait dit que la pupille remplissait entièrement l'iris. Elle avait un petit nez pointu qui la différenciait des insulaires. Comme Jolly et Munk, elle ne paraissait pas souffrir du froid glacial des fonds sous-marins puisqu'elle ne portait pas de vêtements. Mais elle n'en paraissait pas gênée le moins du monde.

– Munk ! dit Jolly.

L'air un peu abasourdi, il détacha les yeux de l'étrange adolescente.

– Euh... oui ?

– Arrête de la regarder comme ça !

– Mais je la regarde normalement.

N'ayant toujours pas eu de réponse à sa question, Jolly refit un essai :

– Qui es-tu ? Que fais-tu ici ?

– Je me suis cachée pour que vous ne me trouviez pas.

Aïna parlait leur langue mieux qu'aucun indigène des îles.

– Et pourquoi ça ? dit Munk qui avait retrouvé un semblant de contenance.

–Je ne savais pas trop qui vous étiez. Ce que vous étiez. Il y a d'autres créatures par ici, qui ne sont pas des êtres humains.

–Des goguelins ?

La jeune fille les regarda un moment d'un air ahuri, puis un sourire éclaira son visage :

–C'est comme ça que vous les appelez, n'est-ce pas ? Nous, nous les appelions autrefois des griffus.

–Et il y en a ici ? demanda Jolly prudemment, sans s'alarmer outre mesure.

Elle n'avait pas cessé d'inspecter pendant tout ce temps les fissures environnantes, mais n'avait pas découvert la moindre trace de cachette.

–Beaucoup sont partis, fit Aïna avec un léger mouvement de la tête. Sur l'ordre du maelström.

« À Aelenium », pensa Jolly sans véritable soulagement. La bataille avait-elle déjà commencé ? Peut-être même était-elle déjà décidée.

–Ça fait longtemps que tu es ici ? demanda Munk. Et qui t'a envoyée ?

Jolly crut percevoir une pointe de jalousie dans sa voix. S'inquiétait-il que le Père ait envoyé d'autres têtards en secret avant eux ? Se sentait-il... négligé ? moins important qu'il ne le pensait ?

–Nous sommes arrivés ici il y a bien, bien longtemps, dit Aïna. Une éternité.

–Nous ? répéta Jolly.

–Moi et les autres.

–D'autres têtards ?

–Si c'est ainsi que vous nous appelez, oui.

Tout cela devenait de plus en plus mystérieux. Jolly eut soudain une idée :

–Tu es l'un des têtards de la première génération ?

Munk lui lança un regard de côté, d'abord surpris, puis de plus en plus sombre.

– C'est impossible, chuchota-t-il d'un air pincé.

– Ah bon ? répliqua-t-elle sur le même ton.

– De la première génération, répéta Aïna mélancoliquement, le regard fixé sur des choses au loin que Jolly ne pouvait même pas imaginer. Cela fait si longtemps.

Combien de temps pouvait s'être écoulé depuis que le maelström avait été vaincu pour la première fois et s'était replié dans la crevasse ? Il n'avait toujours été vaguement question que de milliers d'années. Même le Père et le comte Aristoteles n'avaient pas daté plus précisément l'époque de la première guerre contre les forces de la *Mare Tenebrosum*, tant cela remontait à des temps ancestraux.

Mais Aïna ne paraissait pas avoir plus de quinze ans.

Jolly sentit ses jambes se dérober sous elle. Si Aïna pouvait vivre si longtemps, qu'en était-il des autres têtards ? d'elle-même ?

Elle toussota.

– Aïna, dit-elle, es-tu l'une de ceux qui ont combattu à l'époque le maelström ? Est-ce que tu as aidé à l'enfermer dans le coquillage de la crevasse ?

Un sourire glissa sur les traits réguliers de l'adolescente.

– J'ai vu le maelström, finit-elle par dire d'une voix hésitante. Je connais le chemin.

Munk avait apparemment décidé de ne pas perdre davantage de temps avec les supputations de Jolly.

– Dans ce cas, tu peux nous montrer comment nous y rendre le plus rapidement possible.

Jolly lui donna un coup de coude dans les côtes.

– Munk, enfin !

Il se retourna vers elle et, durant un instant, elle crut que le conflit qui sommeillait depuis longtemps entre eux allait éclater, là, dans les ruines d'une ville de corail oubliée, à plusieurs milliers de pieds sous la mer, sous les yeux d'une mystérieuse jeune fille. Munk paraissait prêt à sauter à la gorge de Jolly, non pas à l'aide de la magie des coquillages ou d'un quelconque autre subterfuge, mais à mains nues.

« Il pense que je ne sers à rien, se dit Jolly. Que je ne suis qu'un poids pour lui puisqu'il est tellement plus puissant que moi. »

Et le pire, c'était qu'il avait raison. Elle était inutile.

À peine en était-elle arrivée à cette conclusion qu'elle se contredit elle-même : « Non, je ne suis pas inutile. S'il fait ainsi confiance à la première personne venue et remet entre ses mains le destin du monde, c'est une chance que je sois à ses côtés. Même si ce n'est que pour veiller sur lui, sur ce qu'il fait avec cette stupide tendance à prendre les choses à la légère.

« Il a besoin de moi, pensa Jolly. Il ne le sait pas, il ne veut pas l'admettre – mais il a besoin de moi. De même que j'ai besoin de lui si je veux ressortir d'ici vivante. »

– Je peux vous conduire au maelström, déclara Aïna sur un ton tel que cela paraissait être une idée subite et non une réponse à la suggestion de Munk. Je peux vous aider. Mais vous, allez-vous aussi m'aider ?

L'aider à quoi faire ? voulut demander Jolly, mais Munk la prit de vitesse :

– Bien sûr, dit-il.

– Je vais vous expliquer, dit Aïna.

Ses yeux étaient tellement grands et sombres. Jolly essayait de lire dans son regard, mais elle ne voyait rien.

L'adolescente regarda autour d'elle.

– Mais pas ici. C'est trop dangereux.

– Ah bon ? demanda Jolly d'un ton suspicieux.

Faisant mine de ne pas remarquer le regard lourd de reproches de Munk, elle poursuivit sans se démonter :

– Si tu es un têtard de la première génération, tu as dû échapper au maelström, n'est-ce pas ? Tu étais en fuite quand nous t'avons rencontrée. C'est un curieux hasard, non ?

Aïna se tourna vers Munk avec un regard implorant.

– Jolly, dit-il sèchement.

Mais il n'avait manifestement pas encore perdu toute sa lucidité et se tourna de nouveau vers Aïna :

– As-tu des... preuves de ce que tu avances ?

« Dieu merci ! » se dit Jolly avec soulagement.

– Des preuves ? répéta Aïna avec de grands yeux effrayés. Regarde-moi, je n'ai même pas d'habits.

« Quelle peste ! » s'exclama intérieurement Jolly.

Munk regarda Jolly.

– Elle a raison.

– Oh Munk, tu n'es pas sérieux !

Aïna plissa le front. Visiblement mal à l'aise de se trouver ainsi au cœur de leur dispute, elle reprit aussitôt la parole :

– Écoutez ce que j'ai à vous dire, je vous en prie. Puis vous prendrez une décision.

Elle se tut un instant et regarda d'un air inquiet les ruines de part et d'autre du passage.

Munk s'approcha d'elle.

– N'aie pas peur, dit-il d'une voix douce et apaisante. Nous allons chercher un endroit où nous réfugier. Un endroit où nous ne risquerons pas d'être retrouvés de sitôt. Et tu pourras alors tout nous raconter.

– J'ai vu une cachette, dit Aïna. Un peu plus bas. Il y a comme un rebord, je m'y suis reposée un moment.

Jolly les regarda pensivement l'un après l'autre. Elle ne pouvait se défaire du sentiment de méfiance que lui inspirait la jeune fille. Mais elle était bien obligée de reconnaître que la moindre des choses était d'écouter ce qu'Aïna avait à leur dire. En outre, elle ne paraissait réellement pas très dangereuse. Bien au contraire, la fragilité d'Aïna éveillait sa pitié.

Après une brève hésitation, elle suivit Aïna et Munk le long du passage. Ici et là, ils apercevaient à présent de petits êtres vivants entre les ruines, des crabes transparents, des créatures aveugles semblables à des cafards qui se traînaient à grand-peine. Apparemment, les fonds marins n'étaient pas aussi désertés qu'ils l'avaient cru au départ. Les hideuses plantes livides qui poussaient partout entre les ruines et pêchaient de la nourriture avec leurs bras en forme de moignons en étaient également la preuve.

Le passage allait en rétrécissant et enjambait à un endroit une faille sans fond entre d'immenses blocs de pierre. Ils franchirent l'endroit en nageant et atteignirent une sorte de plateau lisse qui était en réalité un gigantesque éclat de corail. Autour d'eux, il n'y avait que des ruines.

– C'est là, derrière, dit Aïna en désignant un amoncellement bizarre de coraux à la limite du champ de vision des têtards.

– Ce n'est pas assez abrité, dit Jolly à Munk. Si un courant arrive, nous ne pouvons pas nous mettre à l'abri.

Il fut bien obligé de lui donner raison et ils contournèrent donc l'endroit en restant sous la protection du tas de ruines. Aïna n'avait pas protesté. Elle parut même à moitié effrayée à l'idée d'avoir franchi la zone dangereuse auparavant.

Enfin, ils atteignirent le refuge dont avait parlé la mystérieuse adolescente. Jolly dut avouer que la cachette était excellente. Pas parfaite. Pas complètement sûre. Mais ils pouvaient s'y attarder sans crainte quelques instants.

Il s'agissait d'une tour presque verticale dont la moitié supérieure s'était écroulée lors du choc. Un terril de gravats s'était formé à l'intérieur. Il n'y avait ni plantes ni crustacés à cet endroit. Mais surtout, d'autres ruines s'étaient écroulées par en haut sur l'ouverture et l'avaient bouchée en formant une sorte de toit. Il y avait deux accès : l'ancienne entrée et une fenêtre un peu plus haut qu'ils pouvaient atteindre sans peine à la nage au besoin.

– Ça m'a l'air bien, dit Munk une fois qu'ils se furent installés sur le tas de ruines.

– Une heure, dit Jolly. Pas plus. Nous n'avons pas le temps.

Il opina et tous deux se tournèrent vers Aïna qui s'était agenouillée à quelques centimètres, les mains croisées sur ses cuisses. Ses longs cheveux lui arrivaient jusqu'aux genoux.

– C'est étrange, commença Aïna avec recueillement. Cela fait déjà si longtemps. Mais je m'en souviens comme si cela remontait à quelques années seulement. (Elle marqua une courte pause.) Nous avons été envoyés ici à l'époque pour maîtriser le maelström. Nous étions trois, deux garçons et une fille. Nous étions amis.

Jolly et Munk échangèrent un rapide regard presque un peu honteux.

– Nous avons réussi. Nous avons enfermé le maelström. Mais le problème, c'est que nous nous sommes enfermés aussi du même coup.

– Dans le coquillage ? s'exclama Munk en gémissant.

– Oui. Le maelström n'était pas mort, comme vous le savez probablement. Il n'était même pas endormi. Il était juste enfermé pendant tout ce temps. Et nous étions enfermés avec lui.

Jolly brûlait de poser des tonnes de questions, mais elle hésitait. La pitié que lui inspirait Aïna se transformait petit à petit en véritable compassion. Elle essayait d'imaginer ce que cela signifiait d'être enfermé pendant des milliers d'années avec son plus grand ennemi dans un espace aussi réduit.

– Que vous a-t-il fait ? demanda Munk.

– Au début, nous avons résisté. Nous maîtrisions tous les trois la magie des coquillages et nous avons pu l'empêcher pendant un temps de nous faire quoi que ce soit. Nous avons même cru que nous pourrions le tenir à l'écart de nous pour toujours. Mais le maelström nous était supérieur en une chose : il avait tout le temps et toute la patience du monde. Il n'était pas assez fort pour briser par lui-même la magie des coquillages, mais cela ne le gênait en rien d'attendre. Notre vigilance finirait bien par se relâcher à un moment ou à un autre, et c'est ce qui a fini par se produire. Les années ont eu raison de notre patience, et il nous a alors attaqués à l'improviste. À partir de ce moment, nous étions livrés à son bon vouloir.

Aïna se trémoussa sur ses genoux. C'était un miracle que les arêtes coupantes ne lui déchiquettent pas la peau.

– Il a commencé par nous torturer. Arrivé à un stade où la douleur ne pouvait plus empirer, il nous a tout à coup laissés en paix. Cela ne l'amusait plus de nous faire mal. Peut-être aussi n'étions-nous plus assez importants à ses yeux. C'est probablement à cette époque qu'il a commencé à fomenter son retour. Nous n'étions que le passé ; ce qui l'intéressait, c'était le futur. Il nous a séparés, espérant sans doute que nous mourrions d'ennui. Ou bien que nous deviendrions fous.

Jolly ne disait rien. Elle avait honte de s'être montrée aussi méfiante à l'égard d'Aïna. Était-ce ce qui les attendait eux aussi ? Une captivité sans fin aux côtés du maelström ? Était-ce pour cela que le Père avait affirmé ne pas savoir ce qui les menaçait réellement au bout de leur chemin, lorsqu'ils atteindraient la crevasse ?

Munk tendit la main en direction du bras d'Aïna, dans un geste très prudent. Peut-être voulait-il s'assurer qu'il n'était pas en train d'imaginer la présence de la jeune fille, qu'il ne s'agissait pas d'une figure surgie de leurs peurs pour les mettre en garde.

Sa main passa à travers le bras d'Aïna. Elle n'offrait aucune résistance.

Munk bondit en arrière, le souffle coupé. Jolly se remit debout. L'adolescente se contenta de les regarder d'un air triste, sans bouger.

– Je m'estompe, dit Aïna.

Munk se redressa lui aussi en trébuchant.

– C'est un esprit, murmura-t-il d'une voix atone.

– Non, répliqua énergiquement Aïna comme si toute sa tristesse et sa douleur s'étaient évanouies d'un seul coup. Je ne suis pas un esprit ! C'est moi, Aïna. Je suis bien vivante. (Ses yeux étaient à présent animés d'une étincelle absente quelques instants plus tôt.) Peut-être que cela vous suffit comme preuve. (Elle se tut un instant, puis reprit d'une voix apaisée.) Je voudrais que vous me croyiez. Depuis que j'ai réussi à échapper au maelström, je... je m'estompe. Je disparais, au fur et à mesure que je m'éloigne de la crevasse. Peut-être parce que je ne suis plus censée exister dans le monde extérieur aujourd'hui.

C'était fou et en même temps si évident que Jolly en oublia sa méfiance naturelle.

« La pauvre », compatit-elle.

– Pourquoi tes amis ne se sont-ils pas enfuis avec toi ?

– J'ignore s'ils sont encore en vie. Le maelström nous a séparés. Je ne les ai pas vus depuis une éternité. Mais je peux sentir leur présence. Cela paraît incroyable, non ?

Tous deux secouèrent la tête malgré eux. Aussi délicate que soit leur relation actuellement, ils étaient des têtards. Aïna avait raison : ils étaient unis par des liens invisibles et insaisissables.

– Vous allez m'aider ? demanda Aïna, les yeux brillants. Vous allez m'aider à les libérer ?

Munk regarda Jolly.

– Qu'en dis-tu ?

Elle acquiesça.

– Essayons.

Munk se retourna vers Aïna, presque hésitant.

– D'accord. Nous allons t'aider à condition que, toi aussi, tu nous aides. Tu connais le chemin.

Jolly regarda son visage. Il était fermé, comme si souvent au cours des derniers jours. Elle ne le comprenait pas. Il venait de se disputer avec elle pour qu'elle se range dans le camp d'Aïna, mais à présent c'était elle qui devait le convaincre et non l'inverse. Était-ce sous le coup de la déception que, après Jolly, une adolescente se révèle de nouveau inaccessible ?

Elle renonça pour l'instant à le comprendre. Les choses étaient suffisamment confuses pour ne pas essayer en plus de se glisser dans la tête d'un garçon.

– Nous allons y aller tous ensemble ? demanda Aïna, pleine d'espoir, à travers les mèches noires qui tombaient sur son visage et la faisaient ressembler à une étrange plante aquatique à feuilles noires.

Jolly opina. Munk également.

Ils étaient assis sans rien dire dans leur cachette, chacun plongé dans ses pensées. Les questions se bousculaient dans l'esprit de Jolly, mais elle hésitait à les formuler tout haut. Voulait-elle vraiment en savoir davantage sur ce que l'adolescente avait vécu ? Ou bien les réponses seraient-elles pires que cette incertitude ?

Elle finit par tomber dans un sommeil agité qui dura peut-être plusieurs heures. Lorsqu'elle se réveilla, Aïna était toujours avec eux, assise dans l'encadrement de la fenêtre au-dessus d'eux, les genoux repliés, le regard rivé sur l'obscurité, perdue dans ses pensées.

Chapitre 8
La deuxième vague

– Buenaventure ! Ils arrivent !

L'homme pitbull ne leva même pas la tête lorsque Walker lui fit signe de regarder la mer. Avec son flair, il avait décelé la présence des goguelins avant même que quiconque les ait vus.

Les raies continuaient leur triple ronde autour de la ville, mais leur mission allait bientôt s'achever. Même D'Artois et les autres dirigeants de la ville devaient le savoir. Il était clair qu'ils ne pourraient pas retenir éternellement les armées du maelström en restant en l'air.

C'était maintenant au tour des hommes et des femmes postés sur la rive d'entrer en action et de défendre le premier rempart. La plupart étaient déjà pétrifiés d'horreur lorsque les premiers goguelins se mirent à ramper sur la terre ferme.

Leurs corps maigres, presque squelettiques, étaient pourvus de pattes bien trop longues ; ils avaient des têtes renfrognées au front fuyant, avec de minces fentes sombres en guise d'yeux et une gueule si grande qu'ils pouvaient avaler des douzaines de poissons d'un coup lorsqu'ils croisaient des bancs entiers. Leur peau écailleuse scintillait de toutes les couleurs de l'arc-en-ciel et ce fascinant jeu de couleurs formait un contraste bizarre avec la laideur des créatures. Sans oublier les griffes acérées comme des lames à l'extrémité de leurs doigts osseux tenant des armes, des harpons primitifs pleins de crochets, des sabres rouillés provenant du fond des mers, des poignards ayant appartenu autrefois à des marins.

Les goguelins émergeaient de l'eau comme une vague huileuse. On aurait dit que l'écume recrachait ces créatures qui n'étaient pourtant pas faites pour quitter la mer. Pour un peu, Buenaventure aurait admiré leur détermination – s'il n'avait pas été convaincu que les goguelins n'agissaient pas de leur propre fait, mais sous la férule de chefs qui devaient les accabler de menaces. Ces chefs étant eux-mêmes sous l'emprise de leur maître qui obéissait au maelström.

Buenaventure et Walker se tenaient avec beaucoup d'autres sur une ligne de défense dans le nord d'Aelenium : un mur haut comme deux hommes, fait de bouts de corail provenant de la ville inférieure, renforcé par des sacs de sable, des poutres en bois et même des meubles que les habitants des maisons voisines avaient traînés jusque-là. Les murs d'une large ruelle se dressaient de part et d'autre du rempart. La barricade bloquait tous les accès à la mer.

La première rangée de combattants attendait les goguelins en haut du rempart avec des pistolets à ressort et des fusils chargés. Sur l'ordre de leur supérieur, ils firent feu simultanément en direction des attaquants.

Le bruit fut tel que Buenaventure en eut mal aux oreilles. La poudre lui mordait les yeux. Lorsque les nuages de fumée se dissipèrent, il vit la première rangée de goguelins gisant à terre – certains morts, d'autres blessés et gémissant. Les suivants escaladaient les corps sans leur prêter la moindre attention. Ils n'avaient pas le choix, car de nouveaux guerriers des tribus des profondeurs émergeaient derrière eux de la mer. Une incroyable vague de corps, de griffes et de crocs se déversait sur l'île.

Buenaventure, Walker et de nombreux autres se précipitèrent pour prendre la relève des tireurs postés en haut du rempart pendant que ceux-ci partaient recharger leurs armes. L'homme pitbull tenait de la main droite un sabre à la large lame dentelée qui lui avait déjà rendu de fiers services dans les bars mal famés d'Antigua ; sa main gauche portait un poignard qui aurait fait une épée d'une taille tout à fait raisonnable pour n'importe quelle autre personne.

Buenaventure échangea un bref regard avec son ami : cela suffirait pour se souhaiter bonne chance. Puis ils se lancèrent côte à côte dans la bataille comme ils l'avaient déjà fait tant de fois. Mais jamais ils n'avaient affronté de pareils adversaires. Ils s'étaient battus sur terre et sur l'eau, parfois contre des formations d'Espagnols qui leur étaient largement supérieures en nombre et en armes ; ils avaient combattu dans les ruelles de Tortuga et de la Nouvelle-Providence, lors de la grande révolte des forçats de Caracas et sur les champs de tabac en feu de Jamaïque. Buenaventure s'était retrouvé plus d'une fois dans une situation désespérée lors de ses tribulations dans les tavernes. Mais toujours il s'en était sorti.

Cette fois, les choses risquaient de finir tout autrement.

Il distribuait les coups en tournant très rapidement sur lui-même, tel un derviche tourneur, écrasait les goguelins par deux ou trois, évitait les crochets de leurs lances et leurs griffes, leur brisait la nuque tout en les renvoyant d'un coup de pied en direction de la masse qui approchait. Ce faisant, il ne quittait pas des yeux Walker, certes aussi habile que lui lorsqu'il s'agissait de manier l'épée, mais bien inférieur pour ce qui était de la force pure. Buenaventure lui viendrait en aide s'il en avait besoin, comme il l'avait toujours fait.

Il était prévu de se battre en formation rangée. Mais, dès les premiers contacts avec l'ennemi, ces plans se virent réduits au rang de bonnes résolutions sans suite. Chacun se battait comme il le pouvait, dans l'espoir d'être un peu plus rapide et imprévisible que l'adversaire. Les batailles n'ont rien d'esthétique, quoi qu'en disent les auteurs de chroniques : elles sont dures et brutales.

Les goguelins n'étaient pas forts physiquement. Leur seul avantage résidait dans leur nombre. Lorsque l'un mourait, il en surgissait aussitôt deux pour le remplacer. Si l'un se blessait et tombait à terre, les autres derrière lui ne s'embarrassaient pas de précautions et lui sautaient par-dessus, l'enjambaient, lui rampaient dessus. Ils piétinèrent ainsi plusieurs des leurs jusqu'à ce que mort s'ensuive, avec une froideur et une cruauté qui remplissaient d'horreur les défenseurs postés sur le rempart.

Buenaventure cessa bientôt de compter combien d'ennemis il avait abattus. Il se frayait peu à peu un passage dans le flot des agresseurs. Au bout d'un moment, ses adversaires se firent moins nombreux ; la plupart décrivaient une boucle autour de lui pour l'éviter et préféraient affronter Walker et les autres êtres humains. Buenaventure eut ainsi le temps de reprendre son souffle quelques secondes. Il comprit alors ce qu'il en était de la prétendue tactique des goguelins : ils n'en avaient pas ! Ils n'obéissaient à aucune stratégie, à aucun plan de bataille soigneusement élaboré. Et ce n'était pas la soif de victoire qui animait leurs rangs, mais tout bonnement la panique. Buenaventure ignorait de quoi leurs meneurs les avaient menacés en cas de défaite, mais cela devait être bien pire que la mort par l'épée.

Buenaventure découvrit l'un de leurs capitaines dans l'eau. Il portait sur la tête une parure confectionnée à partir d'une mâchoire de requin ; son visage apparaissait entre les crocs ouverts. Des deux côtés, il avait accroché des bras de pieuvre qui lui pendaient sur les tempes comme des tresses. Il gesticulait en criant et les bras de pieuvre virevoltaient autour de lui à chaque mouvement de tête.

Buenaventure bondit du rempart au milieu de la masse piaillarde et luisante des goguelins. Il entendit Walker l'appeler et jurer derrière lui, mais il n'avait plus le temps de se retourner. Il fit à nouveau tournoyer son poignard et sa longue lame dentée. Les deux armes se plantèrent dans la chair poissonneuse de goguelins et semèrent la mort dans les rangs ennemis. Il n'était pas fier de ces nombreuses petites victoires, il n'en tirait aucun triomphe lorsque ses adversaires l'esquivaient et fuyaient à sa vue. Tout cela n'était qu'un moyen pour atteindre son but et faire les quelques pas supplémentaires qui le mèneraient vers l'objectif final.

À savoir leur chef.

Le goguelin à la parure de requin remarqua le danger qui s'approchait de lui. Il cessa brusquement de hurler des ordres et baissa les bras. Pendant un instant, il parut presque soufflé, ses yeux s'écarquillèrent et découvrirent des pupilles de poissons grosses comme des pièces de monnaie. Puis il appela à la rescousse ses guerriers dans leur langue criarde et impérieuse.

Mais c'était trop tard.

Buenaventure enjamba un tas de goguelins morts et arriva à son niveau. Le passage qui se formait autour de l'homme pitbull se refermait quelques pas derrière lui. Mais personne n'osait l'attaquer par-derrière. Les goguelins continuaient à escalader sans répit le rempart où ils étaient accueillis à coups d'épée, ce qui ne les empêchait pas de gagner toutes les échauffourées.

Buenaventure n'avait d'yeux que pour le chef des goguelins. La créature montra les dents et l'homme pitbull comprit alors le but de la tête de requin : cette paire de dents supplémentaire entourant la tête du goguelin rendait plus effrayante encore la vue de ses propres dents. N'importe quel autre adversaire aurait sans doute rebroussé chemin. Mais pas un vétéran des tripots des Caraïbes.

Le sabre de l'homme pitbull s'abattit avec un sifflement, découpa les pattes de pieuvre inertes, fit éclater les mâchoires de requin et décapita le chef d'un seul coup.

Un murmure et des plaintes aiguës s'élevèrent et la vague des agresseurs s'immobilisa. La mort du chef ne marquait pas la fin de la bataille, elle n'était même pas l'ombre d'une victoire. Mais elle offrit aux défenseurs du rempart nord un instant de répit.

Les goguelins se replièrent. Ceux qui venaient de sortir de l'eau disparurent sous les flots. D'autres revinrent sur leurs pas et se jetèrent dans l'écume. Et les goguelins qui n'étaient pas assez rapides pour suivre leurs frères furent tués par les hommes et les femmes postés sur les remparts.

Un répit, rien de plus. Il ne faudrait pas longtemps au prochain chef pour prendre la place du capitaine tué, faire à nouveau peur aux agresseurs et les forcer à repartir à l'attaque. Mais, pour l'instant, les combats avaient cessé sur cette partie du rempart inférieur.

Walker bondit au pied de la barricade, abattit un retardataire et courut au-devant de Buenaventure. Il accueillit son compagnon par un déluge de jurons et de cris de joie, et ils retournèrent ensemble vers le rempart pour reprendre des forces, panser leurs plaies et attendre la prochaine vague d'assauts.

Ils surent que l'heure était venue lorsque les premiers cadavres argentés de poissons se mirent à tomber du ciel. On aurait cru que les étoiles elles-mêmes s'enfonçaient dans la mer.

Griffin se cramponnait aux rênes de la raie volante. Le choc que lui avait causé la mort de son tireur avait été si violent qu'il avait failli quitter la formation des autres cavaliers. Mais il finit par se ressaisir et reprendre le contrôle de sa monture. Pendant quelques secondes, il fut plus occupé à ramener la raie dans le droit chemin qu'à penser à Rorrick.

Une fois son vol stabilisé, l'idée de la mort de son compagnon le submergea toutefois à nouveau. Il le voyait encore assis derrière lui, il sentait sa présence, bien que le cadavre ait disparu depuis un moment déjà dans les vagues. L'image de Rorrick se superposait au souvenir de ses dernières secondes, la lance fendant l'air, puis la chute.

Tous les muscles de Griffin étaient contractés, les os de ses poignets saillaient et paraissaient sur le point de transpercer la peau. Des milliers de pensées traversaient son esprit. La peur d'être atteint par une nouvelle lance. Le désespoir à l'idée que tout ce qu'ils faisaient était voué à l'échec. Et surtout, la certitude qu'il était responsable du destin de Rorrick.

Si seulement il avait obligé la raie à avancer plus vite ; si seulement il avait volé plus haut ou plus bas ; si seulement il avait regardé d'où étaient lancées la plupart des lances – oui, dans ce cas, Rorrick serait encore en vie. Mais il n'avait rien fait de tel. Et Rorrick était mort.

Il était sur le point d'abandonner. Il était un pirate, pas un soldat. Il s'était souvent battu – pas aussi souvent qu'il se plaisait à le dire, mais tout de même un nombre respectable de fois –, il avait vu des hommes mourir, des bateaux sombrer. Mais cette fois, c'était différent. C'était la guerre. Pas une simple escarmouche en mer avec des galions lents et lourds.

« La guerre », se répéta-t-il intérieurement. Tout d'un coup, l'idée de tuer et d'être tué n'avait plus rien de téméraire et encore moins d'héroïque. Dans de pareils moments, il n'importait plus de savoir qui se sentait en droit de se battre, qui y était forcé, qui poursuivait un noble idéal.

« Nous allons tous mourir », pensa-t-il avec une froideur subite, ce qui l'effraya presque davantage que son sentiment général de désespoir.

« Tous. Chacun d'entre nous. »

« Jolly également. »

Il lâcha les rênes et se frotta les yeux tellement fort que cela lui fit mal. Des cercles de feu se mirent à tournoyer dans son champ de vision. Sa raison revint alors en partie.

– Griffin !

Il tourna la tête en entendant la voix de D'Artois. Le capitaine avait amené sa raie au niveau de celle de Griffin. Les nageoires des deux animaux se touchaient presque au-dessus du vide.

– Griffin, il faut que tu retournes sur la rive. Il y a d'autres tireurs. Tu n'as pas le droit d'abandonner ! dit le capitaine avec une mine grave, les muscles des joues agités par des tics nerveux. Allez, Griffin ! vas-y !

Griffin acquiesça brusquement. Il obligea sa raie à descendre d'un mètre et lui fit faire un demi-tour serré, à vrai dire trop serré pour un animal de cette taille. Il se dirigea vers l'intérieur du cercle de raies et retourna vers les versants de corail d'Aelenium. L'eau semblait bouillonner entre les deux pointes de l'étoile de mer ; des bras maigres de goguelins surgissaient régulièrement des vagues et propulsaient des lances dans le ciel. Aucune n'arriva toutefois assez près de Griffin pour le mettre en danger.

L'endroit d'où était parti Griffin se trouvait du côté opposé de la ville. Il pouvait soit contourner les versants par le côté, soit prendre de la hauteur et passer au-dessus du cône de corail. Il opta pour la deuxième solution.

La raie fila au-dessus des maisons, des ruelles étroites, des frontons, des tours crénelées et des vastes toits des palais. Griffin aperçut les bibliothèques sous lui à sa droite et le quartier des poètes, où le Vermeilleux Ver du bois rêvait encore dans son cocon de soie. Il distingua aussi – beaucoup plus loin – le rempart inférieur, à la transition entre les pointes de l'étoile de mer et les versants. Walker et Buenaventure devaient être en train de se battre quelque part plus bas, mais il ne pouvait rien distinguer d'où il était.

Tout au nord, une fumée noire s'élevait au-dessus du mur de brume. De temps en temps, des grondements de canons résonnaient au loin. Les capitaines des Antilles étaient en train d'affronter la flotte du roi des cannibales. La bataille navale ne semblait toujours pas décidée.

Griffin vit encore autre chose en survolant la ville à l'endroit où les constructions étaient les plus hautes. Il était encore trop ébranlé par la mort de Rorrick pour s'orienter au premier coup d'œil, mais il reconnut l'ensemble de bâtiments. C'était la bibliothèque du Père, le temple du savoir, le lieu le plus sacré de la ville étoile de mer.

Debout sur l'un des balcons en demi-cercle ornés d'étranges coraux pareils à des bras tendus dans toutes les directions, deux hommes observaient la bataille.

Le Père et le marchand aux esprits.

Ils se tenaient l'un à côté de l'autre, immobiles, sans se regarder. Leurs yeux étaient rivés sur les cercles des raies en orbite. Des éclairs déchiraient la scène chaque fois que les tireurs faisaient feu, déclenchant une pluie de lances noires catapultées par les goguelins.

Le marchand aux esprits avait sorti les mains de sa cape sombre et s'accrochait à la rampe. Le Père s'appuyait des deux mains sur sa canne qui le dépassait d'une tête. Griffin voyait leurs lèvres bouger, mais le bruit des combats et de la raie étouffait leurs paroles.

Il longea la balustrade, à un jet de pierre à peine des deux silhouettes mystérieuses. Griffin sentit un picotement sur sa peau, une démangeaison, comme parfois sur le pont des bateaux à l'approche d'un orage. La certitude qu'il se passait sur ce balcon des choses qui allaient décider de l'avenir d'Aelenium et peut-être même du monde tout entier provoquait en lui de petites décharges.

La bataille lui paraissait tout à coup deux fois moins importante. Tout cela n'avait lieu que pour gagner du temps. Gagner du temps pour Jolly et Munk, mais peut-être aussi pour quelque chose d'autre.

Il frissonna en essayant d'imaginer de quoi il pouvait s'agir. Cela dépassait les limites de son entendement, et il en était presque heureux.

Il laissa derrière lui le balcon où se tenaient le Père et le marchand aux esprits. Il n'était même pas sûr qu'ils aient remarqué le cavalier solitaire qui avait quitté les formations de raies pour s'aventurer près d'eux.

Griffin secoua la tête afin de s'éclaircir les idées et se mit à chercher un endroit pour atterrir dans le labyrinthe des ruelles. Pourquoi se battait-il ? Il connaissait au moins la réponse à cette question.

Certainement pas pour Aelenium. Pas même pour lui.

Il se battait avant tout pour Jolly.

Debout sur le balcon, à plusieurs douzaines de mètres du vacarme de la bataille, le Père serrait fiévreusement sa longue canne de ses mains couvertes de taches de vieillesse. Le marchand aux esprits crut même entendre ses os craquer.

Les deux perroquets noirs, Hugh et Moe, étaient posés au-dessus d'eux sur une corniche de corail, immobiles. Leurs yeux de différente couleur contemplaient sans la moindre émotion ce qui se passait plus bas.

– Nous ne pouvons pas attendre davantage, dit le Père d'une voix rauque et encore plus éraillée que d'habitude par leur longue conversation tempétueuse. Fais ce que tu dois faire.

– Pas avant que le deuxième rempart ne soit tombé, rétorqua le marchand aux esprits. Je l'ai déjà dit de nombreuses fois, et je le répète : c'est trop dangereux. Le prix à payer... (Il s'interrompit et secoua tristement la tête avant de poursuivre.) ... le prix à payer pourrait être supérieur à tout ce que nous pouvons imaginer.

– Et ces centaines de morts ? La chute de la ville ?

– Elle peut avoir lieu quoi que nous fassions. Mais cessons de nous disputer à ce sujet, mon vieil ami. J'ai pris ma décision. Pour l'instant, le premier rempart tient. Ensuite, il nous restera encore le deuxième. Et c'est seulement alors...

Il ne termina pas sa phrase.

– Tu continues à placer tous tes espoirs dans les têtards, dit le Père en le dévisageant de ses yeux qui avaient vu défiler les siècles, comme un mortel assiste à la ronde des saisons.

– Et pourquoi pas ?

Le Père secoua sa tête grise.

– Pourquoi es-tu si sûr de toi, au point de mettre tout le reste en jeu ?

– Je sais bien que rien n'est sûr, dit le marchand aux esprits en hésitant. Mais je connais le garçon. Il possède la force nécessaire.

– A-t-il également le sens des responsabilités et la sagesse nécessaires pour accomplir pareille tâche ?

– C'est pour ça que Jolly est avec lui.

– Elle n'est encore qu'une enfant, elle aussi.

Le borgne sourit tristement en regardant le Père. Sur la corniche, les deux perroquets inclinèrent la tête.

– Tu aurais pu dire : « C'est une enfant. » Mais tu as préféré dire : « Elle n'est encore qu'une enfant. » Et tu sais très bien pourquoi. Tu connais la différence.

– Mais tu sais toi aussi ce qui s'est passé. Nous l'avons vu, tous les deux. Comme aujourd'hui, nous étions plantés là à regarder, sans pouvoir rien y changer, répondit le Père en soupirant. Déjà, à l'époque, nous étions trop faibles.

– Nous sommes plus sages aujourd'hui.

– Le sommes-nous vraiment ? rétorqua le Père avec un petit rire. J'ai beau être plus vieux que toi, même moi, j'attends toujours la sagesse infuse qu'est censé me procurer mon grand âge. Je commence à perdre espoir d'en faire l'expérience un jour.

Le marchand aux esprits sourit à nouveau.

– Tu as déjà l'obstination du grand âge, en tout cas.

– Si j'étais aussi obstiné que tu le crois, je te forcerais à faire ce que tu dois faire. Au lieu de quoi j'essaie de te convaincre et je me rends compte que j'échoue dans cette tâche.

Le marchand aux esprits redevint subitement très sérieux.

– Ce n'est pas possible. Pas encore. Seulement s'il n'y a plus d'autre issue.

– Nous avons vu tant de gens mourir, toi et moi. Tant de vies gâchées au fil des siècles.

Les cavaliers des raies s'étaient regroupés au-dessus de l'eau pour ne plus former qu'un seul large anneau qui se resserrait sur les versants de la ville. Ils avaient renoncé à combattre les goguelins dans l'eau jusqu'au mur de brume et préféraient se concentrer sur la rive et sur la vague d'agresseurs qui émergeait des flots.

– Il pleut des poissons morts au nord, fit le Père en montrant un scintillement devant la brume.

Le soleil couchant embrasait le banc de brouillard et une pluie d'étincelles scintillait devant cet arrière-plan.

– Ça veut dire qu'il est ici, constata le marchand aux esprits. Il arrive bien tard.

– Pas assez tard.

– Sans doute pas.

Le vieil homme se tourna à nouveau vers le marchand aux esprits.

– Dis-moi, mon ami, toi qui peux transformer les mourants en histoires, on raconte à notre propos plus d'histoires que quiconque pourra jamais recueillir et coucher par écrit. Est-ce que cela ne signifie pas que nous sommes morts depuis longtemps déjà ?

Le marchand aux esprits réfléchit un instant à ce que venait de dire le Père, puis acquiesça :

– Peut-être ne nous en sommes-nous pas encore rendu compte.

Chapitre 9

Sur la route des goguelins

« Nous ne sommes sans doute plus très loin du centre de la Terre », pensa Jolly sombrement. Cela faisait déjà une éternité qu'ils avançaient avec Munk dans l'obscurité.

Aïna les avait guidés jusqu'à la limite de la ville de corail en ruine. Deux ou trois fois, ils s'étaient retrouvés au bord de gouffres sombres et avaient dû descendre des falaises. Et leur chemin continuait à décliner.

Aïna les avait mis en garde à un moment et leur avait conseillé de ne pas longer une rangée d'étranges cheminées de roche qui crachaient une sorte de fumée noire. Il s'agissait en réalité d'eau bouillante et riche en cendres provenant du cœur de la Terre.

« Des volcans sous-marins », leur avait expliqué Aïna. Elle avait ajouté que toutes sortes d'animaux vivaient dans les eaux chaudes autour des cratères et qu'il était préférable de les éviter.

Cette mise en garde était probablement fondée, car Jolly distinguait de loin des silhouettes immenses qui tourbillonnaient autour des cheminées. Ces créatures ressemblaient à des murènes blanches avec des gueules immenses et une antenne lumineuse répugnante entre leurs yeux à moitié aveugles. Elles n'auraient sans doute fait qu'une bouchée des têtards si Aïna ne les avait pas prévenus afin qu'ils contournent soigneusement les cratères.

L'adolescente les pressait néanmoins régulièrement de hâter le pas, surtout lorsqu'ils devaient suivre des détours. Elle n'en parlait pas ouvertement, mais elle semblait se faire du souci pour ses amis qu'elle avait laissés entre les griffes du maelström. Peut-être se sentait-elle aussi responsable de ce qui s'était passé.

Jolly tenta plus d'une fois d'imaginer comment Aïna s'était sentie autrefois lorsqu'elle était partie à la rencontre du maelström. S'était-elle pliée volontiers à son destin comme Munk ? Ou bien avait-elle plutôt réagi comme Jolly ?

Ils s'éloignèrent des cheminées et des eaux chaudes. Aïna marchait la première, suivie de Munk et de Jolly qui ne quittait pas des yeux le paysage aride.

– Tu n'as pas peur ? demanda soudain Jolly à l'adolescente.

– Du maelström ? Bien sûr que si. Je...

– Non, ce n'est pas ce que je veux dire. Si nous réussissons à le maîtriser et à libérer tes amis... tu vas retourner avec nous à la surface, n'est-ce pas ?

Aïna hésita. Puis elle acquiesça lentement.

– Le monde d'aujourd'hui est très différent de celui que tu as connu. Tout a changé.

– Pas les gens, dit Aïna avec une expression amère au coin des lèvres. Les hommes ne changent jamais.

Jolly échangea un regard avec Munk.

– Que veux-tu dire ?

La jeune fille ne répondit pas tout de suite. Elle paraissait réfléchir, comme si elle devait escalader un mur qui se dressait entre elle-même et ses souvenirs.

– Les hommes étaient méchants avec moi. Ils avaient peur parce que j'étais différente d'eux. Nous pouvions faire des choses...

– Qu'ils ne pouvaient pas faire, compléta Munk.

Les sentiments de Jolly oscillaient entre l'approbation et la surprise. Elle savait ce que cela signifiait d'être différent. Mais cela ne tenait-il pas aux personnes dont on s'entourait ? Les pirates à bord de la *Maigre Maddy* étaient eux-mêmes des exclus – et ils avaient accepté Jolly comme elle était.

L'amertume de Munk visait manifestement les habitants d'Aelenium. Bien sûr, il avait apprécié qu'ils l'honorent comme un sauveur. Mais peut-être leur admiration n'était-elle qu'un masque dissimulant la crainte que leur inspiraient les têtards ? L'idée ne paraissait subitement pas si saugrenue à Jolly. Il était possible que Munk ait compris bien avant elle ce qui se passait véritablement dans la tête des gens et qu'il partage l'attitude de rejet d'Aïna.

– Ils m'ont frappée et donné des coups de pied, dit l'adolescente sans regarder autour d'elle. (Elle paraissait à nouveau très accablée, comme si les faits ne remontaient pas à des milliers d'années, mais à quelques jours seulement.) Par simple moquerie au début, puis la peur est venue s'y mêler. Ils m'ont torturée à n'en plus finir. Ma propre famille m'a rejetée.

Jolly opina, perdue dans ses pensées. Bannon et son équipage avaient été sa famille, et eux aussi l'avaient trahie. Aïna avait dû se sentir à l'époque aussi blessée et désespérée que l'était Jolly.

Plus elle écoutait la jeune fille, plus elle trouvait ironique qu'eux trois aient été choisis pour sauver l'humanité. Ils n'auraient inspiré que du mépris aux habitants de Port-Royal ou de La Havane.

– Tu es quand même venue jusqu'ici pour détruire le maelström, dit Jolly à Aïna.

Aïna la regarda longuement.

– Où aurais-je pu aller, sinon ?

Et ils se turent à nouveau.

L'apparition d'Aïna avait fait oublier quelque peu à Jolly la désolation ambiante, mais elle fut saisie à nouveau par le caractère gris et sombre du lieu.

– Le maelström n'a-t-il envoyé personne à ta recherche ? demanda-t-elle finalement à Aïna, juste pour entendre le son d'une voix.

– Oh si, bien sûr. Il me cherche.

– En envoyant des courants à tes trousses ? demanda Munk.

Aïna acquiesça.

– Vous en avez croisé ? demanda-t-elle. Je suis désolée.

Jolly plissa le front.

– Nous pensions que c'était nous qu'ils cherchaient.

– Non, dit Aïna. Je ne crois pas qu'il sache déjà que vous êtes ici.

L'adolescente avait-elle vraiment plus d'importance aux yeux du maelström que Jolly et Munk ? Peut-être ne les craignait-il pas du tout, peut-être lui étaient-ils même complètement indifférents ; il savait qu'ils ne pourraient rien lui faire. Jolly serra le poing imperceptiblement. Elle aurait préféré continuer à croire que les courants les cherchaient, eux. Au moins, elle avait eu jusqu'à présent le sentiment que le maelström les prenait au sérieux. Toute leur mission paraissait alors moins désespérée. Parfois, il est bon d'avoir peur.

La pente devant eux était à présent couverte de plantes ressemblant à première vue aux végétaux blêmes qui envahissaient les ruines de la ville de corail, mais en beaucoup plus grand. Les tiges ondoyantes ne tardèrent pas à les dépasser d'une tête. On aurait dit des jambes et des bras immenses plantés dans le sol jusqu'aux articulations et leur faisant signe. Les plantes étaient regroupées en vastes bosquets et les trois adolescents trouvaient toujours de nouveaux passages qui leur permettaient d'avancer sans peine au milieu de toute cette végétation. Munk proposa de franchir l'étrange forêt à la nage, mais Aïna refusa. Ils étaient trop près de la crevasse, déclara-t-elle. Elle parut sur le point d'ajouter quelque chose, mais elle se ravisa.

– C'est encore loin ? demanda Jolly.

– Non. Nous avons déjà fait plus de la moitié du chemin.

Depuis combien de temps étaient-ils en route ? Jolly ne le savait pas. Elle n'avait aucun repère temporel, ce qui la perturbait beaucoup.

– Attention ! s'exclama Aïna en s'arrêtant.

Jolly et Munk s'immobilisèrent eux aussi, le visage tendu. Ils fixèrent la jeune fille, puis l'endroit lugubre.

– Que se passe-t-il ?

– Vous ne sentez rien ?

Le regard d'Aïna balaya un mur de plantes qui se balançaient silencieusement, entraînées par des courants invisibles.

Jolly regarda Munk, mais il haussa à peine les épaules. Ils n'avaient tous les deux rien remarqué.

–Quittons le chemin, murmura Aïna en décollant du sol et en se glissant d'une brasse rapide entre deux tiges. Vite !

–Le chemin ?

Munk contempla le sol d'un air ahuri. Le passage au milieu des plantes ne paraissait pas du tout balisé. Jolly lui fit signe en silence qu'elle n'avait pas la moindre idée de ce que racontait l'adolescente, mais ils suivirent Aïna et se réfugièrent promptement au milieu des plantes. La chair blanche et spongieuse des végétaux était répugnante.

–Le passage par lequel tu nous as menés est vraiment un chemin ? demanda Munk d'une voie oppressée.

Aïna acquiesça.

–Un chemin aménagé par les griffus, murmura-t-il.

Mais elle leur fit aussitôt signe de se taire et de ne pas poser d'autres questions.

Apeurés, ils restèrent tapis au milieu des plantes qui les caressaient doucement, comme pour étudier qui étaient ces trois intrus surgissant en leur sein.

Jolly perçut dans le silence un bruissement léger – c'était le bruit que faisaient les tiges des plantes en se frottant l'une contre l'autre. Dès qu'elle commença à y faire attention, elle se mit à entendre le même bruit dans toutes les directions jusqu'à ce qu'il finisse par couvrir les battements de son cœur.

Trois goguelins avançaient sur le chemin, les épaules penchées en avant. Leurs corps étaient bas et très larges et ils avaient des pattes plus courtes et autrement plus musclées que les goguelins qu'ils avaient rencontrés sur l'île du métamorphe. Leurs narines ou plutôt leurs naseaux étaient grosses comme un poing. Ils n'avaient pas d'yeux – de simples renfoncements au-dessus de leurs maxillaires indiquaient l'emplacement des orbites chez leurs ancêtres. Comme tous les animaux et les plantes qui vivaient dans les profondeurs de la mer, ils étaient d'un blanc translucide, semblable à du lait de coco frais.

L'estomac de Jolly se serra. Elle pria pour qu'un courant particulièrement fort referme les tiges devant elle avant que l'une des créatures ne flaire sa présence.

Munk lui prit la main. Elle faillit laisser échapper un cri d'effroi. Les doigts de Munk se fermèrent sur les siens si fort que cela lui fit presque mal. Mais elle ne comprenait que trop bien sa réaction.

Aïna ne bougeait pas. Son regard était rivé sur les êtres qui passèrent à moins de cinq pas d'eux. Une peur profonde se lisait sur les traits de l'adolescente.

Jolly cessa de respirer. La sensation était étrange, car l'eau s'accumulait dans ses poumons et s'y réchauffait. Mais il lui paraissait trop dangereux d'expirer à ce moment précis.

L'un des goguelins s'arrêta.

« Il nous a sentis et flaire notre présence », se dit Jolly.

Les bords des énormes naseaux s'élargirent, puis se resserrèrent. En même temps, il ouvrit et referma sa gueule remplie de dents, comme s'il cherchait un goût spécial dans l'eau.

« C'est nous, pensa Jolly posément. C'est nous, ce goût étrange ! »

Les deux autres goguelins s'arrêtèrent également. Jolly remarqua qu'aucun des trois n'avait les pieds palmés. Leurs pattes étaient incroyablement larges et épaisses ; on aurait presque dit qu'ils étaient attachés aux fonds sous-marins.

La peau blanche, l'absence d'yeux, l'attitude courbée – tout indiquait que ces créatures avaient passé leur vie entière ici et étaient exposées depuis des générations à la pression de ces masses d'eau.

Elles reniflaient à présent l'endroit, les naseaux frémissants, en faisant de drôles de bruits de la bouche.

« Ils vont nous trouver, s'alarma Jolly. Ils vont forcément nous trouver ! »

Les goguelins émirent quelques sons sifflants avant de se remettre en route vers l'endroit d'où venaient Jolly et les autres.

Les têtards restèrent un long moment dans leur cachette, puis Aïna poussa un grand soupir de soulagement leur signifiant que tout danger était écarté.

– Nous ne risquons plus rien, dit-elle. Pas pour l'instant, en tout cas.

– Qu'est-ce que c'était que ces bestioles ? s'exclama Munk tandis qu'ils se frayaient un passage à travers les plantes.

– Elles vivent ici, répondit Aïna en regardant à nouveau dans toutes les directions avant d'oser poser le pied dans la poussière. Elles sont différentes de celles que vous connaissez, pas vrai ? Il n'y en a plus beaucoup, mais elles sont au moins aussi dangereuses que les tribus que l'on peut rencontrer plus haut. L'avantage, c'est qu'elles ne savent pas nager, en tout cas pas très bien.

– C'était toi qu'elles cherchaient ? demanda Jolly. Peut-être que le maelström les a envoyées à ta recherche.

Aïna se remit à avancer.

– Soit cela, soit...

– Soit ?

– Sans doute sont-elles juste en train de chasser parce qu'elles ont faim, expliqua-t-elle, puis elle ajouta : À toi de décider ce que tu préfères.

Jolly avala sa salive et se tut.

– Mais les goguelins ne peuvent pas te manger, dit Munk. (Jolly s'énerva de ne pas y avoir pensé elle-même.) Tu n'as pas de corps.

Une grimace déforma le joli minois d'Aïna, puis elle haussa les épaules :

– Cela ne change rien pour vous, si ? Deux têtards, c'est déjà une belle pêche pour eux.

Jolly éprouva un sentiment de nausée presque douloureux.

Ils reprirent leur chemin, encore plus vigilants qu'auparavant. Les traces des goguelins disparurent bientôt sous la poussière.

La forêt de plantes sous-marines s'arrêtait au bord d'un haut plateau. Le gouffre qui s'étendait au-delà de l'arête de pierre était plongé dans des ténèbres incertains.

– Écoutez ! dit Aïna.

Jolly et Munk sursautèrent, mais la jeune fille leur fit signe de ne pas s'inquiéter.

– Écoutez, c'est tout, répéta-t-elle en chuchotant.

Ils obéirent, encore un peu hésitants. Jolly mit un moment à comprendre ce qu'Aïna voulait dire. Un bruit de grondement, de tempête ou encore de cascade résonnait quelque part dans l'obscurité devant eux.

– Ce sont des courants qui nous cherchent ? demanda Munk.

– Non, répliqua Aïna en frissonnant. C'est lui.

– Le maelström ?

Jolly tendit encore davantage l'oreille. Oui, voilà sans doute le bruit que cela faisait quand d'incroyables masses d'eau étaient aspirées en tourbillonnant dans les profondeurs pour être ensuite recrachées. Jolly fut secouée par ce vrombissement au loin et frémit comme si une voix puissante s'élevait au milieu de cette confusion et de cette colère pour tenter de l'intimider.

À sa grande surprise, elle vit Munk s'accroupir au bord de la falaise et s'emparer des coquillages qu'il portait dans sa sacoche. Il les posa devant lui dans la poussière avec des gestes adroits. Aïna le regardait d'un air intéressé, la tête légèrement penchée sur le côté.

– Que fais-tu ? demanda Jolly.

– Je sors les coquillages.

– Je le vois bien ! Mais pourquoi ?

Est-ce que quelque chose lui avait échappé ? Avait-il remarqué un danger qu'elle ne voyait pas ? Sa main se porta malgré elle sur les coquillages qu'elle portait elle aussi à la ceinture.

Munk ne leva pas les yeux. Ses doigts déplaçaient et triaient les coquillages à l'intérieur du cercle, en remplaçaient certains, modifiaient leur alignement comme s'il cherchait une combinaison bien précise.

– Le Père a dit de tester les réactions des coquillages à proximité du maelström. Pour voir s'ils se comportent différemment. C'est important, a-t-il dit.

Il s'arrêta un instant, contempla le cercle de coquillages, puis leva les yeux vers Jolly.

– Tu ne peux pas le savoir, tu n'étais pas là.

Elle envisagea de l'imiter et de déballer ses coquillages. Mais elle se ravisa : cela lui aurait fait trop plaisir.

– Que disent-ils ? demanda Aïna à Munk.

« Que pourraient-ils bien *dire* ? » pensa Jolly.

Munk regarda Aïna en souriant, visiblement réjoui

que quelqu'un enfin comprenne quelque chose à la magie des coquillages, à la différence de Jolly.

– Ils parlent, mais indistinctement. C'est plus un... une tension. Ils veulent que nous continuions, on dirait que quelque chose les attire.

Jolly le dévisagea, les doigts cramponnés à la sacoche qu'elle portait à la ceinture.

– J'ai emporté mes propres coquillages quand j'ai quitté le maelström, dit Aïna. Je pensais que je pourrais peut-être m'en servir pour aider d'autres personnes. Mais je ne l'ai pas fait. J'ai eu peur qu'il me retrouve plus facilement si je les sortais.

Munk prit un air intéressé.

– Ces coquillages doivent être très vieux s'ils datent de l'époque où tu es descendue jusqu'ici.

Chez les coquillages, l'âge était synonyme de pouvoir, même Jolly le savait. Plus un coquillage était resté longtemps dans l'eau, plus il était habité par la magie.

Le regard d'Aïna se posa dans l'obscurité. Sa voix était presque un peu mélancolique.

– Ils ont passé tout ce temps prisonniers avec moi dans la crevasse. Avec mes amis – et avec le maelström.

– Je pourrais m'en servir, dit Munk avec une joie non dissimulée. Je pourrais essayer de les retourner contre le maelström. Ils doivent être beaucoup plus puissants que les miens.

Comme s'il voulait conférer davantage de poids à ses paroles, il écarta négligemment de la main les coquillages qu'il venait de disposer si précautionneusement et les fit ruisseler dans sa sacoche.

Aïna secoua tristement la tête.

– Ce n'est pas possible, dit-elle, la tête baissée. Je ne les ai plus. Je les ai abandonnés en chemin.

Munk leva la main pour la consoler, mais il se rappela alors qu'elle n'avait pas de corps.

Jolly plissa le front. Elle se sentait de plus en plus exclue. Il se passait quelque chose entre Munk et Aïna qu'elle ne pouvait comprendre. Les gestes les plus anodins lui paraissaient soudain lourds de secrets. Et qu'en était-il de ces regards qu'ils se jetaient à la dérobée ?

« Tu es paranoïaque, ma parole », se dit-elle. Elle se remémora des moments de sa vie passée, les nuits passées en solitaire sur le pont de la *Maigre Maddy* au cours desquelles son entendement lui avait joué également des tours en apercevant des mouvements dans le noir, des ombres furtives sur les planches, des silhouettes dissimulées derrière les mâts – il s'agissait de pures inventions de l'esprit, mais elles n'en étaient pas moins effrayantes pour autant.

Ils se turent longuement. Puis Munk se redressa tout à coup et cligna des yeux :

– Partons à la recherche des coquillages d'Aïna, dit-il d'un ton décidé. Nous allons les trouver et libérer ses amis.

Son visage s'illumina. À le regarder, on aurait pu penser que le combat contre le maelström était déjà gagné.

Aïna fronça les sourcils, puis regarda Jolly comme pour lui demander son accord :

– Peut-être que Munk a raison. Nous pourrions les chercher et nous en servir, dit-elle prudemment.

Munk lui aussi parut alors se rappeler la présence de Jolly. Il se tourna vers elle d'un geste presque emporté :

– Qu'en dis-tu ?

« Veux-tu vraiment le savoir ? » pensa-t-elle.

– Ça me paraît être une bonne idée, répondit-elle néanmoins.

Il n'aurait servi à rien d'exposer ses sentiments à cet instant précis. Elle ne pouvait que se fier à l'expérience de Munk pour tout ce qui touchait à la magie des coquillages. En espérant qu'il savait ce qu'il faisait.

Munk pivota sur ses talons.

– Bien, dit-il. Dans ce cas, allons les chercher.

– Ils doivent être quelque part par ici, dit Aïna lorsqu'ils atteignirent un tas d'éboulis au pied de la falaise. Je crois que je les ai posés à cet endroit. Mais il faut faire vite, dit-elle avec un regard soucieux en direction du maelström.

– Tu les as enterrés ? demanda Jolly, inquiète, en contemplant le tas de cailloux à ses pieds.

– J'ai posé une pierre par-dessus, à peu près de cette taille.

Elle fit un geste circulaire des deux mains.

Les muscles des joues de Munk tressaillirent.

– Pourvu qu'ils ne soient pas cassés ! s'exclama-t-il en commençant aussitôt à examiner les rochers.

Jolly secoua la tête, soupira tout bas et entreprit de vérifier les pierres de la taille qu'avait indiquée Aïna. Il y en avait au moins un millier rien que dans son champ de vision.

Sans se concerter, ils cherchèrent dans des directions opposées et se mirent à soulever les pierres pour regarder ce qu'il y avait en dessous. Munk était particulièrement zélé. Il ouvrit à nouveau la sacoche qu'il portait à la ceinture, posa plusieurs coquillages sur sa main gauche ouverte et se laissa guider par leur magie. Les coquillages le menèrent vers l'endroit où Aïna était déjà en train de chercher. L'adolescente paraissait agitée et beaucoup moins sûre d'elle que quelques minutes plus tôt.

Jolly venait de faire rouler en vain une autre pierre sur le côté lorsqu'Aïna s'exclama :

– Ici ! Je crois que c'est ici.

Jolly se retourna vers elle et la vit enfouir la main derrière un caillou gros comme sa tête.

Les traits d'Aïna s'illuminèrent.

– Je les ai !

Munk replaça ses coquillages dans sa sacoche et se dirigea vers Aïna. Jolly arriva cependant sur place avant lui.

La jeune fille tenait dans la main un coquillage plus gros que ceux de Jolly et Munk, avec des motifs alternativement clairs et foncés. À la lumière du jour, il aurait certainement scintillé de superbes couleurs.

– Il n'y en a qu'un ?

Munk ne cherchait même pas à dissimuler sa déception.

Aïna opina honteusement.

– Les autres ont été brisés par la pierre. Mais un coquillage est largement suffisant. C'était le plus puissant de tous, de toute manière.

Jolly vit Munk jeter un coup d'œil dans la cachette par-dessus l'épaule d'Aïna. Était-il vraiment si obsédé par la magie qu'un seul coquillage ne lui suffisait pas ? Jolly fut obligée de reconnaître qu'elle-même sentait un fourmillement puissant émanant du coquillage dans la main de l'adolescente, comme une sensation de chaleur qui partait d'Aïna et les enveloppait tous les deux.

– Je peux le tenir ? demanda Munk.

Aïna sourit.

– Il est à toi, si tu le veux.

– Évidemment que je le veux !

Il reçut le coquillage en forme d'escargot avec une attitude empreinte de piété et le soupesa délicatement. Ses doigts tremblaient.

– Il paraît fait pour moi, dit-il en frissonnant. Enfin, excuse-moi, ce n'est pas ce que je voulais dire, ajouta-t-il avec un sourire confus à l'adresse d'Aïna.

La jeune fille fit un petit signe de la main :

– Tu as plus de pouvoir sur les coquillages que moi. Je le sens.

– Et que moi, ajouta Jolly.

Elle aussi était tentée de tendre la main en direction du cadeau d'Aïna.

Munk le vit et parut un instant sur le point de mettre le coquillage hors de sa portée. Mais il finit par le lui tendre :

– Tiens, prends-le, toi aussi !

Jolly attrapa le coquillage entre le pouce et l'index, le porta à hauteur de ses yeux et l'examina. L'étrange fourmillement n'était pas plus fort, ce qui indiquait peut-être que le coquillage avait déjà choisi son nouveau propriétaire.

Le coquillage était gros comme un poing, creux, avec une ouverture d'un côté et une pointe entortillée de l'autre. Quelque chose la pressait de porter le coquillage à son oreille, comme elle l'avait fait si souvent étant enfant. Mais, pour une raison quelconque, elle fut saisie d'effroi à cette idée. Et si jamais le coquillage lui parlait ?

Elle rendit le coquillage à Munk avec un soulagement mêlé de regret. Il s'en empara vivement ; il paraissait avoir peur que Jolly change d'avis.

–Espérons que tu pourras en tirer davantage que moi, dit Aïna en se remettant debout. C'est peut-être notre seule chance de nous en sortir face au maelström.

Munk continuait à fixer le coquillage dans sa main, tandis que Jolly regardait l'adolescente :

–Si tu n'as plus de corps, comment peux-tu soulever des pierres ? Et des coquillages ?

Aïna haussa les épaules.

–Plus je m'éloigne du maelström, plus je perds toute substance. Peut-être est-ce l'inverse quand je m'en rapproche.

Voyant que Jolly n'allait pas se satisfaire de cette explication, elle ajouta :

–Je n'ai pas de meilleure explication à te donner moi-même. Ce n'est pas moi qui ai écrit les règles.

Jolly lança un regard implorant à Munk, mais celui-ci était encore absorbé par la contemplation du coquillage.

–Nous avons déjà perdu trop de temps, dit Aïna en commençant à descendre au milieu des éboulis. Allons-y.

Jolly la regarda, indécise, puis lui emboîta le pas.

–Munk, tu viens ?

Elle se retourna vers lui et vit qu'il écoutait les bruits à l'intérieur du coquillage. Leurs regards se croisèrent et il opina. Mais elle ne savait pas si ce geste de la tête lui était destiné ou bien s'il répondait à ce que le coquillage lui murmurait dans l'oreille.

L'attaque les prit par surprise, sans aucun signe annonciateur.

Ils avaient débouché au bout de la pente sur une plaine de sable blanc, après un rempart d'aiguilles rocheuses et de blocs de pierre coupants. Aïna leur avait conseillé de ne pas marcher sur les vastes étendues de sable, mais de poser les pieds sur les cailloux gris, en regardant bien où ils marchaient.

– Ce sont des sables mouvants, avait-elle expliqué, les yeux baissés et les bras serrés contre le corps comme si elle était soudain agitée de frissons. L'un d'entre nous a failli être happé dans les profondeurs autrefois.

« Dans les profondeurs ? » se répéta Jolly. Quelles profondeurs ? Pouvait-on aller encore plus loin à l'intérieur de la Terre ? Existait-il un lieu encore plus profond que celui-ci ? Elle leva instinctivement les yeux vers la surface de la mer qui se trouvait à des milliers de mètres plus haut. L'obscurité s'étendait au-dessus de leurs têtes tel un dôme de velours noir. Pour un peu, on se serait cru sous un ciel nocturne. À la seule différence qu'il n'y avait ici ni étoiles ni sentiment de liberté infinie. Juste une effarante lourdeur qui pesait sur leur humeur et leurs pensées.

Les goguelins attaquèrent au moment même où Munk venait de demander : « La crevasse est encore loin ? », et où Aïna lui répondait avec un sourire mystérieux : « Vous ne sentez donc rien ? Nous y sommes déjà ! »

L'horizon se mit à bouger sous leurs yeux et une rangée de goguelins surgit de l'obscurité. Leurs corps étaient aussi blancs que le sable de la plaine. Leurs visages sans yeux étaient tournés vers les têtards, leurs mains épaisses aux griffes semblables à des épées frôlaient presque le sol. Leurs articulations paraissaient plus pointues que celles des êtres humains et Jolly se demanda instinctivement s'ils se servaient aussi de leurs genoux et de leurs coudes comme d'une arme.

– Attention ! cria-t-elle lorsque les goguelins émergèrent de l'ombre.

Aïna s'immobilisa, pétrifiée. La main droite de Munk se porta sur la poche qu'il portait à la ceinture et dans laquelle se trouvait également à présent le grand coquillage.

– Laissez-les approcher, dit-il tout bas.

– Munk ! hurla Jolly. Viens, enfin !

Mais il ne bougeait pas. Les coquillages parurent glisser d'eux-mêmes de la poche dans sa main et, avant que Jolly ait le temps de comprendre ce qui se passait, il s'accroupit sur le rocher et les déposa devant lui. Puis il plaça au centre le coquillage que lui avait offert Aïna et qui dépassait des autres, comme la tour d'un palais de conte de fées au toit en berlingot.

– Il faut que j'étudie ses pouvoirs, murmura-t-il.

Les goguelins formaient une rangée en dents de scie qui suivait le contour du plateau rocheux. Jolly ne prit pas le temps de les compter, mais ils étaient au moins une dizaine. Peut-être même plus.

– Munk, arrête ! Ils sont trop nombreux !

Mais Munk ne l'écoutait pas. Aïna se tenait tout près de lui et tous deux regardaient les goguelins avancer.

Une lumière blafarde sortit du grand coquillage. La perle la plus grande et la plus lumineuse que Jolly ait jamais vue apparut au milieu du cercle de lumière. Normalement, la force magique se concentrait au centre de chaque coquillage et se transformait en une boule magique. Mais, cette fois, on aurait dit que tous les coquillages unissaient leurs pouvoirs pour faire émerger du plus grand une perle qui n'attendait que cela depuis tout ce temps. Le résultat final ressemblait à la scène habituelle – une perle embrasée flottant au cœur d'un cercle de coquillages –, mais c'était différent, Jolly le sentait. Et cela ne lui disait rien qui vaille.

Autour d'eux, l'eau parut se prendre en glace. De longues bandes de givre épaisses comme un doigt ondulaient comme des serpents au-dessus du sol.

« Des veines magiques ! » s'exclama Jolly intérieurement. La perle aspirait la force des brins filés par les tisseuses d'eau, ce qui devait multiplier encore son pouvoir.

Les veines d'eau solidifiée partaient en étoile de l'endroit où se tenaient les trois têtards. Tout à coup, leurs extrémités parurent se redresser quelque part dans le noir jusqu'à ce qu'elles forment une sorte de calice autour des trois adolescents. Une violente impulsion parcourut le rempart de serpents d'eau. Jolly sentit une onde de pression les secouer. Les faisceaux se regroupèrent au-dessus de leurs têtes et formèrent une sorte de tresse épaisse translucide. L'étrange chose se mit en mouvement comme un fouet et décrivit une large boucle avant de s'abattre dans les rangs des goguelins et de les propulser à cent ou cent cinquante pieds de là.

On aurait cru qu'un sabre géant s'était abattu sur les créatures.

Avant que les goguelins ne réalisent ce qui leur arrivait, le fouet d'eau s'écrasa au milieu d'eux et les broya. Tout alla si vite que Jolly ne perçut aucun détail. Elle ne comprit même que bien plus tard que les goguelins étaient morts, lorsque tout s'apaisa et qu'elle découvrit leur champ de vision vide et inerte.

La puissance de la magie des coquillages avait pulvérisé les goguelins et répandu leurs particules dans toutes les directions comme de la cendre. Il ne restait rien, même leurs empreintes étaient effacées et le sable était à nouveau complètement lisse.

Les faisceaux d'eau s'étaient eux-mêmes dissipés lors du choc – ou dans les secondes qui avaient suivi – et il ne restait plus trace de leur présence. La perle avait disparu, elle aussi. Munk l'avait replacée dans le coquillage d'un geste rapide de la main ; c'était essentiel pour que sa magie ne devienne pas incontrôlable.

Jolly fut prise d'une nausée subite et ravala son vomi en s'étouffant à moitié. Elle avait les jambes toutes molles, mais elle resta debout, les yeux rivés sur Munk qui était toujours accroupi devant ses coquillages et lui tournait le dos. Aïna avait à présent la main posée sur son épaule, même s'il ne le sentait peut-être pas.

Jolly inspira profondément, puis elle prit sur elle et s'approcha du couple silencieux.

– Continuons, dit-elle d'une voix rauque.

Elle se remit aussitôt en marche, sans se retourner vers eux.

Pour rien au monde elle ne les aurait regardés dans les yeux en cet instant précis.

Chapitre 10

Une pluie de feu

Le ciel au-dessus d'Aelenium était en flammes.

Tandis que la bataille navale continuait à embraser le ciel nocturne de l'autre côté du mur de brouillard, les défenseurs d'Aelenium mettaient leur monde à feu et à sang.

Les cavaliers perchés sur les raies déversaient des pans de flammes sur les goguelins.

Ils avaient tenu la position durant des heures, tout en sachant pertinemment que les choses finiraient ainsi, et la plupart avaient douloureusement conscience des conséquences de leurs actes. Mettre le feu dans une ville aussi dense qu'Aelenium était une arme à double tranchant. Déjà, cela menaçait de se retourner contre eux.

Griffin vit d'en haut que certaines parties du rempart supérieur et quelques-unes des maisons voisines brûlaient. Le corail ne paraissait pas touché, mais les constructions en bois et les toits offraient au feu un terrain suffisamment propice et il avait déjà gagné de nombreux lieux d'habitation.

Les défenseurs s'étaient repliés et guettaient à présent derrière les flammes les goguelins isolés qui sautaient à travers le mur de feu, mus par un instinct sanguinaire ou par une pure panique. À un endroit au sud, un chef goguelin continuait à ordonner à ses troupes de franchir le mur de feu et les créatures éteignirent bientôt une partie des flammes avec leurs corps. Une fumée noire et graisseuse s'éleva entre les maisons tandis que les nouveaux venus piétinaient les cadavres de leurs compagnons calcinés et se lançaient à l'assaut du rempart.

– Tu vois ce que je vois ? cria Ismaël, le nouveau tireur de Griffin.

– Oui, répliqua Griffin.

Il pensa en son for intérieur que les goguelins faisaient presque pitié, mais il n'osa pas le dire tout haut, car Ismaël n'aurait peut-être pas compris cette marque de compassion. Lui-même avait du mal à saisir sa réaction. Les goguelins étaient leurs ennemis, des douzaines d'hommes avaient déjà péri par leur faute. Mais il ne pouvait faire abstraction du fait que les goguelins n'agissaient pas de leur plein gré. Le véritable ennemi était le maelström. Et, bien sûr, la créature qu'il avait envoyée pour mener à sa place la bataille d'Aelenium : une créature dont ils ignoraient tous le nom et qu'ils appelaient, faute de mieux, « le seigneur des goguelins ».

Ils étaient pourtant à peu près sûrs que cette créature n'était pas elle-même un goguelin. La pluie de poissons morts laissait supposer un monstre semblable à l'Acherus, qui avait tué les parents de Munk.

Personne n'avait toutefois eu l'occasion de voir le seigneur des goguelins, pas même Griffin et Jolly qui l'avaient approché plus que quiconque.

– Fichus poissons ! jura Ismaël en faisant tournoyer autour de sa tête une boule de feu accrochée à une longue chaîne pour la propulser à l'endroit où le rempart menaçait de céder. Rentre la tête, mon garçon !

Griffin sentit le métal en feu passer au-dessus de lui. Cela lui faisait presque davantage peur que les lances des goguelins qui ne transperçaient plus l'air que de temps à autre. C'était un miracle que les raies continuent à obéir à leurs cavaliers en dépit de la proximité des flammes et de la chaleur. Les boulets de feu se trouvaient dans un filet accroché à la selle qui se balançait à environ deux mètres sous l'animal. D'Artois avait espéré ne pas avoir à utiliser cette arme et les cavaliers des raies n'avaient donc accompli que quelques vols de repérage avec les boulets ; c'était même la première fois pour Griffin.

Ismaël était un gaillard à la peau et aux cheveux clairs, avec des bras comme des troncs d'arbre ; il fallait une sacrée force pour remonter les boulets du filet. Il affirmait qu'il était nécessaire de faire tournoyer les projectiles au-dessus de leurs têtes pour donner plus de puissance au tir. Griffin n'en était pas si sûr : ils auraient tout aussi bien pu laisser les boulets s'écraser sur les goguelins. Il avait le sentiment malsain qu'Ismaël prenait plaisir à ce petit numéro et appréciait cette montée d'adrénaline. Tant qu'il ne mettait pas en jeu la vie de Griffin et celle de la raie, Griffin ne pouvait cependant rien y redire. Et Ismaël n'avait pour l'instant pas laissé une seule goutte d'huile tomber sur l'animal et sur son cavalier. Il était d'une force et d'une habileté hors du commun et éprouvait une profonde haine pour les goguelins. Il valait décidément mieux ne pas se laisser aller à la compassion pour ces créatures, se dit Griffin. Il ne voulait pas prendre le risque qu'Ismaël l'envoie valser comme il le faisait avec les boulets de feu.

Il suivit du regard le projectile en flammes qui dessina une piste embrasée dans la nuit avec un bruit métallique, sans même vaciller. Griffin perdit le boulet du regard juste avant qu'il ne s'écrase sur l'armée des goguelins. Puis il vit une fleur de feu s'élever entre les créatures hurlantes et il sut qu'Ismaël avait atteint sa cible une fois de plus. Il ne ressentit toutefois aucun triomphe, juste une profonde horreur.

– C'était la dernière, cria Ismaël pour couvrir le bruit. Retournons à terre pour refaire le plein de projectiles.

Griffin secoua la tête.

– Tu vas devoir faire sans boulets ! Regarde, la plupart des places où nous pourrions reconstituer nos réserves sont noires de monde. Je ne vais pas faire du surplace pendant une éternité alors que nous pouvons tout aussi bien nous débarrasser de ces bestioles d'une autre manière.

Il sentit un regard insistant dans son dos et s'attendit à des protestations énergiques. Mais, presque aussitôt, il entendit qu'Ismaël se remettait à manipuler ses munitions et armer ses armes, avant de faire feu de manière quasi discontinue.

Ils firent encore deux fois le tour de la ville en rasant les pointes de l'étoile de mer qui grouillaient à présent de goguelins et traversèrent les murs de fumée des barricades en feu. Griffin n'aperçut ce faisant ni Walker, ni Buenaventure, ni Soledad.

Vus d'en haut, les êtres humains et les goguelins ne ressemblaient plus, dans tout ce chaos, qu'à des jouets s'agitant en tous sens. Griffin se sentait bizarrement étranger à tout cela, bien qu'il soit en réalité au cœur de l'action.

Tandis qu'ils continuaient à passer ainsi de zones d'air brûlant à la nuit froide, il songea soudain à Jolly. Que pouvait-il bien lui arriver au fond de la mer ? Était-elle toujours en route avec Munk ou bien avaient-ils déjà atteint la crevasse ?

– Sacrebleu, regarde un peu ça, mon gars !

C'était bien la première fois que Griffin était reconnaissant d'entendre la voix d'Ismaël. Elle le tira des images cauchemardesques qui envahissaient son esprit.

La réalité n'était pourtant guère plus agréable.

– Regarde les bâtiments en feu, là-bas, dit Ismaël en désignant une pointe d'étoile de mer. Ce sont bien ceux des hippocampes, n'est-ce pas ?

La gorge de Griffin se serra comme s'il avait avalé l'huile brûlante d'Ismaël. Il faillit perdre le contrôle de la raie. Matador et les autres hippocampes ! Ils allaient tous mourir brûlés vifs !

Un regard dans la direction indiquée par Ismaël suffit toutefois à le rassurer : il y avait bien un incendie à la pointe de l'étoile de mer, mais le feu n'avait pas encore gagné l'ensemble des bâtiments. Toute la pointe de l'étoile de mer – et c'était presque aussi terrible – se trouvait néanmoins sous le contrôle des goguelins.

Griffin découvrit alors encore autre chose : les garçons des écuries avaient ouvert les portes avant de se retirer à l'intérieur de la ville. Un flot d'hippocampes paniqués se déversait dans la mer, fonçait à travers la fumée et les rangs des goguelins et disparaissait dans le mur de brouillard. Tout son corps se crispa, mais il comprit que les goguelins avaient mieux à faire que de poursuivre de pauvres hippocampes. Et en effet, il ne vit pas un seul hippocampe être attaqué. Apparemment, les serviteurs du maelström laissaient passer le troupeau. Griffin tenta de repérer Matador, mais il ne le reconnut pas dans la masse à moitié cachée par la fumée. Il adressa en silence ses meilleurs vœux à l'hippocampe et essuya une larme.

Ismaël vida ses fusils et ses pistolets sur les goguelins qui se trouvaient devant les écuries. Puis ils s'éloignèrent des bâtiments et du troupeau d'hippocampes en fuite.

– Eh bé, ils s'en sortent bien ! cria le tireur pardessus le vacarme des armes et du vent.

On percevait du soulagement dans sa voix. Comme tous les gardes d'Aelenium, il était profondément attaché aux fiers hippocampes.

Ils avaient fait à moitié le tour de la ville lorsqu'une nouvelle averse de poissons morts s'abattit sur eux. Bravant l'ordre de D'Artois, Griffin décida alors de sortir de la formation en cercle des raies et obligea sa monture à bifurquer vers l'extérieur.

Ismaël poussa un cri de joie comme s'il s'agissait d'une vaste plaisanterie. Il en profita pour tirer une nouvelle salve sur l'armée de goguelins qui s'apprêtait à débarquer sur l'île. Les goguelins blessés de la première rangée firent retomber les autres dans l'eau. Ismaël gloussa de plaisir.

– Où allons-nous comme ça, mon gars ? cria-t-il tout en rechargeant ses armes.

– Que dirais-tu de te battre vraiment ? demanda Griffin.

Il sentait l'arrogance d'Ismaël l'envahir peu à peu lui aussi. Peut-être était-ce l'effet du soulagement après avoir assisté au sauvetage des hippocampes ; peut-être aussi toute cette folie déteignait-elle sur lui.

–Je suis toujours là quand il s'agit de se battre, mon garçon ! fit Ismaël en lui donnant une petite tape sur l'épaule. À qui veux-tu que nous donnions une bonne leçon ?

Griffin désigna l'eau à travers la pluie de poissons morts. La lueur des flammes n'arrivait pas jusque-là, mais la lune éclairait une silhouette sombre qui se dessinait vaguement sous les flots. Quelque chose de grand et de difforme se tenait près de la rive.

–Lui, répliqua Griffin d'un air fermé. Le seigneur des goguelins.

Soledad se réveilla avec l'impression que son dos allait se casser en deux si elle bougeait autre chose que la tête. Son bras droit était en feu et, lorsqu'elle le regarda, elle vit que le cuir de sa combinaison de plongée était en lambeaux à partir du coude. La peau semblait néanmoins largement intacte.

Les images se bousculaient sous son crâne douloureux : la bataille avec les goguelins près de la chaîne de l'ancre, sa fuite dans la ville inférieure, puis l'obscurité complète – comme si un pouce s'était appuyé sur ses yeux pour faire le noir. Elle avait essayé de trouver un passage en s'efforçant d'économiser sa dernière pierre jaillissante. Alors que l'air devenait de plus en plus rare, elle avait enfin trouvé un puits remontant vers la surface. La dernière chose dont elle se souvenait, c'était un corps massif glissant dans le puits et remplissant l'eau tout autour d'elle. Puis, plus rien. Juste du noir. Un trou béant dans ses souvenirs.

En dépit de son dos douloureux, elle tenta de se relever. Elle était allongée sur quelque chose qui ressemblait à des marches d'escalier. En se redressant un peu, elle se rendit compte qu'elle avait vu juste. C'était bien des marches.

Elle prenait peu à peu conscience de sa situation, mais toujours avec un temps de retard : elle ne portait plus de casque de plongée. Elle pouvait respirer sans pierre jaillissante. La raison était simple, mais elle ne s'en rendit compte là encore qu'au bout d'un moment : elle n'était plus dans l'eau.

Une lumière blafarde baignait l'endroit, comme un clair de lune voilé par une mince couche nuageuse. La lueur blanche, presque bleutée, tremblait sur les marches. Il s'agissait manifestement d'un long escalier en colimaçon qui suivait la paroi d'un puits rond. Les jambes de Soledad étaient dans l'eau jusqu'aux genoux. L'eau clapotait contre les murs du puits. Elle distinguait sous la surface de l'eau les marches qui s'enfonçaient.

La lumière blême venait de pierres embrasées posées sur chaque marche, à l'angle entre le sol et le mur. Cette bande de points lumineux se poursuivait elle aussi sous l'eau.

Le puits devait avoir servi d'accès à la ville inférieure pour des expéditions passées. Mais comment était-elle arrivée jusqu'ici ?

Soledad souleva péniblement ses jambes pour les mettre au sec et essaya de redresser complètement le buste en faisant abstraction des tiraillements dans les muscles de son dos. La douleur ne venait que de sa position inconfortable sur les marches, et non de blessures quelconques. Combien de temps avait-elle passé ainsi ? Sans doute quelques heures, car les plaies provenant de la bataille autour de l'ancre avaient cessé de saigner depuis longtemps. Le cuir collait aux croûtes.

« Lève-toi, se dit-elle. Il faut que tu te lèves. »

Elle essaya, mais retomba sur les marches avec un gémissement. Elle refit aussitôt un nouvel essai plus concluant. Les jambes branlantes, mais à peu près solides, elle avança en s'appuyant contre le mur. Elle préférait ne pas bouger le bras droit tant qu'elle ignorait la gravité des blessures.

Elle s'arrêta un moment, à bout de souffle, comme si elle venait de produire un effort surhumain. En fait, elle s'était juste redressée. Pourquoi cela lui demandait-il un tel effort ? Elle était manifestement beaucoup plus sérieusement touchée qu'elle ne l'avait cru au premier abord.

Elle inspecta d'un air suspicieux la surface de l'eau. Le puits était quasi rond, ce qui signifiait qu'il était artificiel, ou en tout cas qu'il avait été façonné par l'homme. Il faisait environ dix pas de diamètre. Il était impossible de dire jusqu'où l'escalier en colimaçon s'enfonçait sous la surface de l'eau, car la lueur des pierres ne l'éclairait que sur une faible distance.

Soledad pencha la tête en arrière – cette fois sans aucune douleur, étonnamment – et regarda vers le haut. L'escalier devait faire encore sept ou huit fois le tour, mais ce n'était là encore qu'une observation peu fiable ; les pierres embrasées n'éclairaient que faiblement le puits, et l'escalier pouvait très bien monter en réalité encore plus haut.

Soledad parvint à maîtriser peu à peu sa respiration. Elle était en vie, c'était déjà ça. Et il n'y avait pas trace de goguelins à l'horizon.

Mais comment était-elle arrivée jusqu'ici ? Quelqu'un ou quelque chose avait détruit sa combinaison de plongée et l'avait amenée en sécurité. À supposer qu'elle soit vraiment en sécurité là où elle se trouvait.

Elle fut prise de vertiges et, durant un instant, le haut et le bas se mélangèrent devant ses yeux. Elle ne recouvra que peu à peu son sens de l'équilibre et entreprit alors de remonter les marches en se traînant. Tout son corps la faisait souffrir. Mais elle constata bientôt que plus son corps s'habituait à l'effort, moins elle avait mal.

Moitié souvenir, moitié mirage, le visage de Walker apparut devant elle dans l'obscurité, et cette pensée lui donna des forces supplémentaires. Il fallait qu'elle y parvienne.

Une explosion ébranla la surface de l'eau dans son dos.

Elle se projeta contre la paroi et vit une fontaine d'eau jaillir sous elle. Elle n'était cependant pas assez proche du gouffre pour distinguer ce qui se passait tout en bas. Raide de peur, elle entendit la chose se débattre dans l'eau. Les vagues heurtaient la paroi et quelque chose faisait trembler les marches sous ses pieds.

Elle resta plantée là, sans bouger, le dos et les paumes plaqués contre la paroi de corail. Elle essayait de contrôler sa respiration tant bien que mal, mais plus elle se concentrait, plus son souffle devenait court. Elle ne possédait plus d'arme et devrait affronter la créature à mains nues, si celle-ci se décidait à gravir l'escalier.

La panique l'envahit. Ce n'était pas un simple sentiment de peur, mais un véritable effroi qui lui coupait le souffle. Elle n'avait plus honte. Elle avait vécu trop de choses au cours des dernières heures pour continuer à jouer son rôle de princesse pirate fière et brave, refusant de s'avouer à elle-même ses craintes. Elle décida de céder à la curiosité et fit un pas en avant vers le bord de l'escalier.

La surface de l'eau était à nouveau lisse. Mais cela ne signifiait pas qu'il n'y avait rien en dessous.

La créature avait cessé de s'agiter dans l'étroit puits de corail. Elle se tenait maintenant droite comme un I au milieu du puits. Son corps de reptile était d'un calme presque hypnotique. L'eau perlait sur ses écailles et tombait dans le vide. L'être était si immobile que Soledad dut y regarder à deux fois pour voir de quoi il s'agissait : un serpent de mer, noir de jais, aussi large qu'un tronc d'arbre de la forêt vierge, avec un crâne triangulaire presque de la taille de Soledad.

Soudain, le serpent se souleva de deux mètres. Avant que Soledad comprenne ce qui se passait, elle vit les yeux de la créature à sa hauteur.

Et quels yeux !

Des yeux bridés de serpent, plus grands qu'un crâne humain, couleur ambre, sans le moindre défaut, aussi transparents que du verre doré et assez profonds pour s'y perdre l'espace de quelques secondes.

Soledad n'avait pas assez de forces pour bouger. Elle ne recula même pas contre le mur. La gueule du serpent la happerait de toute manière où qu'elle soit dans le puits. Il ne servait à rien de s'enfuir.

Mais la créature ne paraissait pas sur le point de la dévorer. La cage thoracique de Soledad se soulevait et s'abaissait, le bruit de sa respiration rebondissait contre les murs humides. La princesse et le serpent se regardaient sans rien dire. Et pendant ces quelques instants qui lui parurent durer une éternité, Soledad comprit ce qui était en train de se passer. Elle le lut dans ce regard d'ambre, dans la clarté de ces yeux, dans les profondeurs de cette intelligence sans fin.

C'était le serpent qui l'avait sauvée. Mais il ne l'avait pas fait de manière totalement désintéressée. La ville inférieure était son domaine, sa chasse gardée, et si jamais les goguelins l'emportaient et qu'Aelenium sombrait, son espace vital à lui aussi serait détruit. Il n'avait pas tiré Soledad de l'eau par compassion bien sûr ; une pareille idée n'avait pas sa place dans ce cerveau reptilien originel. Il l'avait fait pour aider la ville et nuire aux goguelins. C'était l'unique raison.

Soledad attendit encore quelques instants, puis pencha lentement la tête et s'inclina.

– Je te remercie, dit-elle sans savoir si le serpent comprenait ce qu'elle lui disait.

Puis elle ajouta rapidement, sans même se demander si ses propos étaient déplacés, voire injurieux :

– Si tu veux vraiment nous aider, protège la chaîne de l'ancre.

Elle se retourna avec un calme étudié et entreprit de poursuivre son ascension. Le corps du serpent s'étira sans un bruit et l'accompagna ainsi silencieusement durant deux tours d'escalier. Il disparut d'un coup, aussi vite qu'il était apparu et toujours sans un bruit, si bien que Soledad ne s'en rendit compte que quelques pas plus tard. Elle entendit des éclaboussures plus bas, puis juste le clapotis de l'eau contre les parois du puits.

Le serpent avait disparu.

Soledad continua à avancer en se traînant sur les marches, sans marquer la moindre pause. Elle sentait en elle une force étrangère, comme si la vue de ces yeux l'avait nettoyée intérieurement et avait réveillé en elle des réserves nouvelles. Et, au fond d'elle-même, elle savait que la créature qu'elle venait de rencontrer n'était pas un monstre des profondeurs, mais quelque chose de très différent.

Elle ferma les yeux quelques instants en marchant, un léger sourire aux lèvres. Quelque chose dans cette créature l'avait touchée, et pas seulement au sens propre du terme.

Qu'il était arrogant de penser que les dieux ayant survécu durant tout ce temps à Aelenium avaient tous forme humaine !

La sortie se trouvait au cœur de la ville de corail, à un jet de pierre seulement du deuxième rempart situé un peu plus haut.

Soledad avait grimpé en trébuchant les dernières marches et était parvenue jusqu'à une porte en bois. Elle l'avait martelée et avait crié jusqu'à ce que quelqu'un de l'autre côté pousse le verrou et ouvre prudemment le passage.

Deux hommes en uniforme l'avaient dévisagée avec suspicion et avaient braqué sur elle leurs fusils et leurs lances. L'un d'entre eux l'avait alors reconnue. Réalisant que la jeune femme en combinaison de plongée n'était pas un goguelin, son compagnon l'avait laissée passer lui aussi.

Par-dessus les épaules des deux hommes, elle vit qu'elle avait débouché dans une pièce exiguë à peine éclairée par quelques flambeaux. Quelques filets étaient tendus contre les murs. Sans doute la cave d'une maison servant à camoufler le passage vers la ville inférieure.

Soledad manqua tomber. L'un des hommes voulut la saisir par le bras, mais elle le repoussa avec colère, se redressa et passa fièrement devant les gardes. Elle refusa également d'un mouvement de tête silencieux leur offre de panser ses plaies. La porte menant à la ville inférieure se referma derrière elle et le pêne glissa en chuintant dans sa gâche.

Les immenses yeux d'ambre pareils à des étangs dorés sans fond la hantaient. Plus que tout ce que Soledad avait pu voir près de la chaîne de l'ancre, ce regard lui inspirait à la fois de la terreur et de la stupeur. Il y avait dans ces yeux une telle perfection, une telle froideur calculatrice et en même temps une telle supériorité.

Encore toute étourdie, elle demanda où se trouvait la sortie, grimpa quelques marches – encore des marches – et finit par se retrouver à l'air libre.

Sur l'instant, elle eut l'impression de se retrouver dans les yeux du serpent. Le ciel nocturne avait pris une teinte dorée en raison des innombrables feux. L'éclat de la mort se réfractait sur le voile nuageux. Elle savait ce que cela signifiait. Mais elle ne pouvait lutter contre la fascination qu'exerçait sur elle la lueur des flammes. Bien qu'elle soit symbole de mort et de tant de destruction, cette lumière était d'une incommensurable beauté. Elle doutait que quiconque à part elle s'en rende compte en ce moment précis.

Soledad secoua la tête et se frotta les yeux. Elle avait l'impression d'émerger peu à peu d'un rêve. Les yeux d'ambre s'estompaient et se mêlaient à l'éclat infernal du ciel et de la ville en feu. À chaque pas, elle reprenait un peu plus ses esprits.

La ruelle donnait devant elle sur une petite place déserte bordée par une large balustrade. De là, elle avait vue sur les versants en contrebas et sur la mer de toits entre lesquels moutonnaient des ombres comme de l'huile bouillante. Des cortèges de réfugiés se pressaient à travers les ruelles pour aller se mettre à l'abri en haut de la montagne.

Le rempart inférieur était tombé, constata-t-elle d'emblée. Les combattants se repliaient déjà vers le deuxième rempart situé au-dessus du quartier des poètes. Ils n'allaient pas tarder à l'atteindre.

Soledad leva les yeux. Quelques cavaliers faisaient encore des rondes devant le mur de brouillard qui ressemblait désormais à un mur de flammes ; mais la plupart des raies survolaient la rive et des tirs s'abattaient sur la meute des goguelins.

Le ciel nocturne brûlait également de l'autre côté de l'anneau de brume. Soledad se demanda s'il s'agissait de l'aurore lointaine, du reflet de la ville en flammes ou bien de la bataille navale qui faisait encore rage entre les capitaines des Antilles et Tyrone, le roi des cannibales.

Il lui vint une idée. L'idée s'ancra dans son esprit et elle ne put bientôt plus s'en débarrasser. Elle quitta la balustrade, traversa la place en courant et s'engagea dans l'une des ruelles voisines.

Elle atteignit bientôt l'étroite maison où sommeillait le Vermeilleux Ver du bois. Le gardien devant la porte avait été dégagé de ses fonctions, la porte d'entrée était fermée, mais le verrou n'était pas mis. Soledad se glissa à l'intérieur et gravit à toute vitesse les marches qui menaient sous le toit.

Le cocon avait encore grandi depuis sa dernière visite. Elle avait l'impression que de nouvelles couches de soie s'étaient formées et que les fils qui maintenaient en l'air l'étrange structure étaient eux aussi plus nombreux. Le cocon remplissait à présent près des deux tiers du grenier au toit pointu. Des fils d'une extrême finesse étaient tendus d'une poutre à l'autre et formaient des rideaux mouvants du sol au plafond.

– Ver ?

Elle esquissa un petit signe de tête, mais il ne pouvait sans doute pas la voir. Si jamais il était encore vivant, comme elle le pensait, son esprit était probablement ailleurs, prisonnier dans un rêve qu'elle espérait plus clément que l'atroce réalité de la bataille.

– Je donnerais cher pour savoir ce que tu vois en ce moment, dit-elle, perdue dans ses pensées.

Le cocon paraissait vibrer doucement à travers la toile. Des fils très fins se détachaient régulièrement, se nouaient avec d'autres et formaient de nouvelles épaisseurs. Il y avait dans l'air un froissement à peine audible.

Prudemment, elle tendit la main pour toucher les couches supérieures, mais retira les doigts à quelques millimètres seulement de la toile. Elle avait peur de réveiller quelque chose qui n'était peut-être pas encore prêt à rejoindre leur monde.

– Je ne sais pas trop moi-même pourquoi je suis venue, dit-elle au ver. Mais j'ai vu en bas, dans la ville inférieure, quelque chose qui n'était pas de ce monde. Jolly a dit que certaines personnes qui vivent à Aelenium sont en réalité des dieux très anciens – ou plutôt ce qu'il reste d'eux après avoir perdu leurs pouvoirs. Mais cette créature en bas... je ne peux pas imaginer qu'elle ait été encore plus puissante par le passé. Je l'ai senti, vois-tu ? Quelque chose dans ses yeux m'a touchée et c'était... véritablement divin. Ça paraît fou, non ? (Elle réfléchit, mais ne trouva aucun mot qui puisse exprimer les pensées qui hantaient son esprit.) Elle n'a pourtant rien fait de spécial... Enfin, si je puis dire, dit-elle en contemplant douloureusement son avant-bras, car manifestement, elle m'a sauvé la vie. Et je crois que je sais pourquoi. Elle ne veut pas qu'Aelenium tombe sous la coupe du maelström. Elle tient autant à ce lieu que le Père ou le marchand aux esprits. À mon avis, ils ont tous besoin d'Aelenium parce que c'est peut-être le seul endroit où ils peuvent continuer à vivre en paix.

Elle s'interrompit, secoua la tête, réfléchit un instant, puis déclara :

–Je me demande qui tu es, toi. Ce n'est pas un hasard si nous t'avons amené jusqu'ici, n'est-ce pas ? Cette sagesse des vers dont tu parlais est à peu près aussi crédible que la science infuse des éléphants de mer. Tu n'es pas plus un ver que ce serpent de mer en bas n'est un serpent.

Elle fit un pas décidé en direction de la toile, sans savoir vraiment elle-même ce qu'elle voulait dire.

–J'ai raison ? demanda-t-elle tout bas.

Le ver – ou ce qui se trouvait dans le cocon – ne répondit pas. Elle ne s'était pas non plus attendue à avoir une réponse.

Elle fit un petit bruit, puis secoua à nouveau la tête. Elle était terriblement lasse et l'idée de devoir continuer à se battre l'effrayait.

–Bien, je suis heureuse en tout cas que nous ayons pu en parler, s'exclama-t-elle d'un ton moqueur en s'approchant de la seule fenêtre de la mansarde.

De là, elle pouvait voir le rempart supérieur qui grouillait d'êtres humains. Elle respira profondément et repartit vers l'escalier, en laissant derrière elle la toile, le cocon et ce qu'il abritait.

Elle se demanda ce qui se passerait si les goguelins pénétraient dans cette maison et s'avisaient de monter jusqu'au grenier.

Qu'y verraient-ils, eux ?

Et oseraient-ils le réveiller ?

Il pleuvait des cadavres de poissons dans la ruelle. Une troupe de gardes accourait en sens inverse. Ils se rendaient vers le rempart supérieur. Elle se joignit à eux, atteignit une ancienne place de marché au pied du rempart et chercha un visage familier.

Une main toucha son épaule. Elle ne s'était pas encore retournée que la personne la prit dans ses bras.

– Walker, murmura-t-elle contre son épaule.

Puis elle se mit à pleurer.

Chapitre 11
Dans les profondeurs

La montagne sous-marine ressemblait à un tas de termites, même si elle était en réalité mille fois plus grande et avait des proportions étrangement régulières. On aurait dit un index dressé pour mettre en garde les voyageurs de continuer à s'enfoncer dans le monde sous-marin : « N'allez pas plus loin, car la mort vous guette de l'autre côté. »

– Qu'est-ce que c'est ? demanda Jolly.

Aïna baissa la voix comme si elle craignait que quelqu'un les entende sur la montagne.

– C'est le nid. Le nid des goguelins, comme vous les appelez. C'est là qu'ils sont nés.

Jolly et Munk échangèrent un regard.

– Tous les goguelins ?

L'adolescente du fond des mers secoua la tête.

– Juste les plus anciens. Les pères des tribus des profondeurs, bien avant qu'elles ne se scindent et ne se combattent entre elles, expliqua-t-elle en se balançant d'un pied sur l'autre. Et avant que le maelström ne les réunisse à nouveau.

– On nous a dit que les ancêtres des goguelins venaient de la *Mare Tenebrosum*, dit Jolly en se remémorant ce que le comte Aristoteles leur avait raconté au Conseil. Et que des êtres humains ont pactisé avec eux. C'est ainsi que sont nés les premiers goguelins, paraît-il.

Aïna haussa ses épaules nues.

– Je n'ai jamais entendu parler de ça. C'est là, en tout cas, dit-elle en montrant du doigt la tour en forme de doigt, que les premiers d'entre eux ont... éclos. Ou qu'ils sont nés, si vous préférez.

Jolly quitta la protection des nombreuses pierres rondes et hautes comme une maison qui recouvraient la plate-forme naturelle et s'approcha au bord de l'étroit plateau rocheux. Vus d'en haut, ils devaient ressembler à des fourmis rampant au milieu de graviers.

Elle découvrit devant elle une cuvette profonde, parcourue de fissures en zigzag, de gorges et d'arêtes coupantes capables de sectionner des navires naufragés comme des lames de couteau. La silhouette gigantesque du mont des goguelins, gardien de la crevasse, se dressait au milieu de ce paysage désolé.

Depuis leur rencontre avec les goguelins albinos, le chemin avait cessé de s'enfoncer davantage. Aïna avait apparemment dit la vérité : ils avaient franchi les abords de la crevasse et se dirigeaient à présent vers son centre.

Peut-être le mont des goguelins était-il le dernier poste de garde avant d'atteindre le cœur de la crevasse, le lieu d'où jaillissait le maelström. Les bruits d'eau et de tempête avaient sensiblement amplifié, mais ils ne voyaient toujours rien. Leur champ de vision de têtards n'allait pas assez loin.

– Lorsque je me suis enfuie, j'ai franchi les rochers à la nage, dit Aïna. Nous pourrions marcher, mais cela prendrait du temps et...

– Nageons, l'interrompit Munk.

Jolly le regarda de côté sombrement.

– Ah oui ?

Il soupira, comme s'il en avait assez de devoir se disputer sans cesse avec tout le monde. En réalité, elle aurait simplement aimé qu'il lui demande au moins son avis.

– Nous n'avons pas le temps, Jolly. Tu le sais aussi bien que moi.

– Et les courants envoyés en repérage ? rétorqua-t-elle avec emportement. À quoi ça va nous servir de gagner quelques heures si un des courants remarque notre présence et nous tue ou bien nous propulse à des milles de là ?

– Nous pourrions progresser petit à petit, s'interposa Aïna. D'une crête rocheuse à l'autre. Et puis, nous pouvons faire des haltes sur le mont des goguelins.

– Oh, bonne idée, répliqua Jolly. Nous pourrions aussi leur demander de nous faire une petite place au coin du feu.

Aïna sourit.

– On nous a parlé de la montagne, à l'époque, avant que nous ne nous mettions en route. Il n'y a pas de raison d'avoir peur. Les goguelins n'habitent pas dans leur nid – à l'exception d'un seul.

Aïna s'approcha du bord du plateau et attrapa de la main droite une longue mèche de cheveux qu'elle roula entre ses doigts, l'air absent.

– La mère des goguelins. On dit que ses propres enfants avaient peur d'elle. Mais elle est restée si longtemps dans cette fosse remplie de boue et d'ossements que la pierre a grandi par-dessus elle et l'a faite prisonnière. Impossible pour elle d'en sortir, car elle est trop grande et trop grasse pour se faufiler par les fentes et les passages étroits.

– Trop grande ? répéta Jolly d'une voix lourde de craintes.

– Elle est sans doute morte depuis longtemps, répondit Aïna pensivement. Bien sûr, nous pourrions contourner la montagne. Mais cela va prendre du temps.

Jolly regarda à nouveau le sommet. Il était difficile d'évaluer sa hauteur dans la pénombre. Elle estima à une centaine de pieds la partie visible au-dessus du labyrinthe rocheux. Mais l'immense tour de pierre était peut-être encore plus haute.

– Il faut que nous nous dépêchions, dit Munk.

Jolly céda et ils franchirent les pics rocheux avec des mouvements de brasses énergiques.

Les paysages sous eux ressemblaient à ceux où ils avaient croisé les poissons luisants au début de leur périple, mais en plus crevassés et anguleux encore. On aurait dit qu'un géant avait tapé à coup de marteau sur la roche. Les gouffres étaient trop profonds pour qu'ils distinguent quoi que ce soit avec leurs yeux de têtard. D'en haut, on avait l'impression que des fleuves sombres coulaient dans les failles. Les falaises et les aiguilles de pierre étaient ourlées de noir.

Les craintes de Jolly se confirmèrent rapidement : elle avait sous-estimé la distance qui les séparait du mont des goguelins et donc sans doute aussi sa hauteur.

Ils durent bientôt faire une première escale, car ils se fatiguaient beaucoup plus à nager qu'à marcher au fond de la mer. Cela faisait une éternité qu'ils n'avaient pas dormi. Ils mangeaient à intervalles irréguliers, sans appétit.

Jolly était en train de mordiller un bout de viande séchée coriace, rendu encore plus salé par l'eau de mer, lorsqu'Aïna donna l'alarme. Ils se dépêchèrent de se réfugier près d'une paroi rocheuse et s'accroupirent dans une fente. À peine s'étaient-ils ainsi mis à l'abri qu'un courant chercheur s'abattit sur le paysage désertique. Le rouleau de poussière virevoltante, haut comme une tour, était si puissant qu'il fit même vibrer les rochers. C'était déjà le cinquième tsunami sous-marin auquel ils assistaient – le dernier était assez récent et Jolly redoutait qu'ils soient de plus en plus nombreux au fur et à mesure qu'ils se rapprocheraient de leur but. Heureusement, Aïna avait l'œil et identifiait généralement le danger avant eux.

Ils venaient tous trois de quitter leur cachette et de remonter à la nage vers les sommets rocheux quand il se produisit quelque chose d'inhabituel. Cette fois, Aïna elle-même fut prise par surprise.

Le premier courant chercheur était suivi d'un deuxième.

Au moment même où ils franchissaient l'arête des rochers, ils crurent entendre le grondement du maelström invisible. Ce n'était qu'une illusion, comme le confirma la suite des événements – le bruit ne venait pas du maelström lui-même, mais d'un mur de sable et d'eau, grondant et tourbillonnant, qui suivait le premier courant avec un léger temps de retard. Il était moins haut, mais couvrait toute la largeur du champ de vision des têtards.

–Jolly ! hurla Munk. Descends !

C'était trop tard. Elle venait elle aussi d'identifier le danger, mais elle n'eut pas le temps de réagir ni de voir ce qui arrivait aux deux autres.

Le courant chercheur la saisit et elle fut prise dans une gigantesque vague de sable et d'éclats de pierre qui la secoua en tous sens.

La poussière et les gravillons lui rentraient dans la bouche et dans les yeux. Elle ne savait plus où était le haut, où était le bas. Elle était charriée par des forces plus grandes et plus destructrices que tout ce qu'elle avait pu imaginer jusqu'alors. La douleur et la panique submergèrent sa conscience. Elle était plongée dans une obscurité si profonde que même un têtard ne pouvait rien y distinguer.

« Il essaie de nous séparer ! » Telle fut la dernière réflexion intelligible qu'elle se fit avant que la tempête ne balaye tout sous son crâne.

Elle cessa un moment de penser à quoi que ce soit.

– Jolly !

« J'ai perdu connaissance, dit une voix étrangère dans ses pensées. Je n'avais encore jamais perdu connaissance de ma vie. Eh bien voilà, c'est fait ! »

– Jolly, allez, réveille-toi !

Elle connaissait cette voix. Ce n'était pas celle de Munk.

– Aïna ? demanda-t-elle d'une voix émue.

Elle ouvrit ses paupières tremblantes. Une lumière grisâtre inonda ses yeux, puis sa vue s'affina peu à peu et elle commença à discerner ce qui l'entourait.

Le visage d'Aïna était penché juste au-dessus du sien.

– Te revoilà, dit l'adolescente avec un sourire. Ce n'est pas trop tôt.

La main de Jolly traversa Aïna comme si ce n'était qu'un mirage. Elle crut un moment que l'image de la jeune fille n'était en effet qu'une illusion. Puis elle se rappela. Aïna. Munk. Le tsunami sous-marin qui l'avait emportée. Sa main se raidit en traversant le corps de l'adolescente. C'était sans doute dû à la proximité du maelström. Le corps d'Aïna durcissait en effet au fur et à mesure qu'ils se rapprochaient du cœur de la crevasse.

– J'ai... envie de vomir, murmura Jolly.

Aïna eut un petit hochement de tête.

– Le courant t'a projetée contre les rochers. Tu as été sacrément chanceuse.

– Chanceuse ? répliqua Jolly en gémissant et en se prenant la tête entre les mains. Ce n'est pas le mot que j'emploierais spontanément.

Même le simple contact de son crâne la faisait souffrir. Son cuir chevelu était hypersensible. Elle avait l'impression que des milliers de mains lui tiraient chaque cheveu.

Jolly regarda autour d'elle. Elle se trouvait au fond d'un gouffre ; c'était en tout cas l'impression qu'elle avait. Il y avait une paroi rocheuse juste derrière elle et à quelques pas devant elle également. Au-dessus, juste l'obscurité, à perte de vue.

Le courant devait l'avoir saisie et jetée dans l'une des failles. Cela aurait pu être pire. Apparemment, elle ne s'était rien cassé. Juste quelques éraflures d'où s'écoulait en ruisselets du sang cotonneux qui se mélangeait avec l'eau salée. Ses plaies brûlaient au contact du sel.

– Où est Munk ?

Aïna désigna un endroit derrière elle dans le noir.

– Il te cherche. Il était désespéré quand tu as disparu tout à coup. Nous nous sommes séparés.

– Tu veux dire que vous n'avez pas été emportés par le courant ?

Aïna secoua la tête.

– Nous avons réussi à nous réfugier derrière les rochers au dernier moment.

Jolly opina, mais n'écoutait pas vraiment. Au moins, leur mission n'était pas remise en question. Au fond d'elle-même, elle était vexée de les avoir retardés par sa maladresse.

– Nous avons perdu combien de temps ?

– Pas beaucoup.

Aïna pencha la tête sur le côté et l'observa comme si elle s'attendait à une réaction particulière après cette réponse. Son regard mettait Jolly mal à l'aise.

– Pourquoi me regardes-tu ainsi ?

– Ne te fais donc pas de souci parce que tu as retardé Munk, dit Aïna d'une voix douce et compréhensive. C'est bien ce qui te tracasse, n'est-ce pas ?

Était-elle si prévisible ? Et même si elle l'était, en quoi cela regardait-il Aïna ? Elle inspira longuement, à la recherche d'une explication appropriée. Mais Aïna secoua la tête lentement.

– Tu n'as aucune raison d'être jalouse, dit Aïna doucement.

– Je...

– En tout cas pas encore.

Jolly la dévisagea. Puis elle détacha les yeux du sourire énigmatique d'Aïna et se mit à chercher Munk du regard.

– Ne t'inquiète pas pour lui. Il est de l'autre côté du rocher.

Aïna s'agenouilla sur le sol devant Jolly. Ses yeux sombres brillaient comme des billes d'onyx poli.

– Il va bien et te cherche à quelques gouffres d'ici, un peu plus vers le nord – assez loin pour ne pas pouvoir t'entendre si jamais tu l'appelles.

Jolly se redressa contre le mur. Elle tenait à peu près debout, même si son sens de l'équilibre lui jouait encore des tours.

– Qui es-tu vraiment ? demanda-t-elle.

Toujours agenouillée au sol, Aïna leva les yeux vers elle tout doucement.

– Un têtard, comme toi. Juste de quelques milliers d'années plus vieux.

– Tu mens.

– Non. Tout ce que j'ai dit est la vérité, déclara-t-elle avec un sourire tremblant. J'ai juste omis quelques petits détails.

Jolly voulut prendre son élan pour remonter à la nage, mais Aïna secoua la tête et esquissa un geste de la main qui fit hésiter Jolly.

– Tu ne vas pas réussir à lui donner l'alarme. Et il ne t'écouterait pas, de toute manière, dit Aïna en formant des deux mains une coque qu'elle plaqua contre son oreille. Il possède un conseiller beaucoup plus précieux.

– Ce fichu coquillage !

– Ce que j'ai dit à son propos était vrai. Il est plus puissant que tous ceux que vous avez jamais tenus en main. Munk s'en est aussitôt rendu compte.

– Espèce de peste !

Jolly mourait d'envie de se jeter à la gorge d'Aïna, mais elle savait que cela ne servait à rien. Ses mains passeraient à travers l'adolescente. D'un autre côté, comment Aïna voulait-elle l'empêcher de s'en aller dans son état ? Elle ne pouvait pas la retenir.

Une silhouette passa au-dessus d'elles et quelque chose s'abaissa sur Jolly. Elle leva les mains pour se protéger et sentit entre ses doigts un filet aux mailles grossières.

Des silhouettes blanches sans yeux surgirent des niches et des fentes dans les rochers.

L'une d'entre elles tenait encore à la patte la corde du filet. Il était lesté sur tout le pourtour de pierres cousues dans la bordure et donc beaucoup plus lourd qu'il n'y paraissait au premier regard.

Jolly n'eut pas le temps de l'esquiver. Les faisceaux de fibres végétales s'abattirent sur elle et Aïna. Mais tandis que le filet se déposait sur sa tête et sur ses épaules et que ses bras se prenaient dedans, il passa au travers d'Aïna comme si elle n'était pas vraiment là. La jeune fille se redressa avec un soupir et s'éloigna. Jolly, quant à elle, était si empêtrée dans les mailles du filet que les goguelins albinos eurent tout le temps de s'approcher de leur démarche courbée.

– Ne te défends pas, dit Aïna tranquillement. Ils sont plus forts que toi.

Jolly hurla le nom de Munk, mais elle se doutait qu'Aïna avait raison. Il ne pouvait pas l'entendre, pas au milieu de ce labyrinthe. Il n'y avait pas d'écho sous l'eau et la pierre absorbait les bruits.

Deux goguelins l'attrapèrent par les bras à travers le filet et la soulevèrent du sol. Les créatures aveugles étaient plus petites qu'elle, mais elles possédaient des forces supérieures à celles de tout être humain. Leurs muscles noueux se dessinaient sous leur peau blanche. Leurs longues pattes la happèrent comme des serres géantes. Jolly jura et pesta, mais les goguelins l'emportèrent sans qu'elle ait la moindre chance de se défendre.

Aïna avançait à ses côtés d'un pas léger.

– Personne ne va te faire de mal.

– Loin de moi cette idée, s'exclama Jolly ironiquement.

Les cordes du filet qui entaillaient douloureusement son visage gênaient son élocution. Deux brins lui passaient sur la bouche et l'empêchaient de faire plus qu'entrouvrir les lèvres.

– Non, crois-moi, dit Aïna avec un grand sérieux. Toi et Munk êtes les seuls têtards survivants. Vous êtes bien trop précieux. En tout cas, tant qu'il n'y a pas d'autre issue.

– Et les deux autres têtards ? Tes amis ?

Jolly n'était pas sûre que ses paroles soient compréhensibles, mais Aïna répondit tout naturellement comme si elle n'avait aucune difficulté à la comprendre :

– L'un d'eux est mort. Vous l'avez tué. Quant à l'autre... je ne sais pas si on peut encore le qualifier de têtard.

– Nous l'avons...

Jolly se tut. Un terrible pressentiment venait de poindre au fond d'elle-même.

Mais, avant qu'elle ait le temps d'y réfléchir davantage, ils arrivèrent à un endroit où le sol se mettait à monter. En levant les yeux, Jolly comprit où Aïna et les goguelins l'avaient emmenée.

Le mont des goguelins s'élevait au-dessus d'elle, impressionnant. D'en bas, il ressemblait à une gigantesque tour à peine plus large à la base que dans la partie supérieure. S'ils la portaient sur le chemin en zigzag qui montait le long de la tour, il lui restait un espoir que Munk l'aperçoive de loin. Un espoir mince, certes, mais cela lui redonna du courage un instant.

C'est alors qu'elle découvrit une deuxième troupe de goguelins qui s'affairaient autour d'un bloc rocheux à quelques mètres au-dessus d'elle. Les créatures étaient en train de glisser des tiges sous la pierre colossale afin de s'en servir comme levier et de faire rouler le caillou sur le côté. Derrière, elle aperçut une ouverture dans la roche. Une porte menant au nid des goguelins, juste assez grande pour pouvoir y glisser un être humain.

– Qu'allez-vous faire ?

– Tu vas rester ici jusqu'à ce que j'ordonne de venir te chercher, dit Aïna en souriant. Tout sera alors fini et tu pourras prendre une décision. Pour ou contre la vie. En attendant, tu vas avoir tout loisir d'y réfléchir.

Ils atteignirent la fente dans la roche. Ils étaient encore très loin du sommet. Si Munk la cherchait en nageant au-dessus des gorges, il ne pouvait pas la voir d'en haut.

Les goguelins la poussèrent avec le filet dans l'ouverture. Jolly trébucha, se prit encore davantage les pieds dans les mailles et dégringola une pente en pierre lisse dans un flot de jurons. Elle entendit sous elle les cris des deux goguelins qu'elle avait heurtés. Lorsqu'elle s'immobilisa enfin, un peu groggy, elle aperçut Aïna qui se tenait seule dans la fente.

– Pardonne-leur, dit-elle, mécontente. Ce sont des créatures épaisses. Je les ai punies de leur grossièreté.

Jolly ne voyait pas ce qu'Aïna avait fait aux goguelins, mais comme ils avaient tous les deux disparu, elle pouvait s'en douter. Elle fut une fois de plus effrayée par la froideur de son adversaire.

Elle dégagea le filet de ses yeux afin qu'Aïna puisse lire la haine dans son regard.

– Combien de temps vais-je rester ici ?

– Pas longtemps. La bataille d'Aelenium va bientôt

s'achever. Ensuite, nous allons prendre le contrôle des colonies sur la côte, puis... Enfin, nous verrons bien.

– Comment a-t-il fait ? Comment le maelström a-t-il pu t'attirer dans son camp ?

Aïna pencha à nouveau la tête de côté, comme elle le faisait souvent quand quelque chose l'étonnait :

– Tu ne comprends donc toujours pas ?

L'estomac de Jolly se serra.

– Dans ce cas, explique-moi.

– Pas maintenant, dit Aïna en secouant la tête.

Elle recula et donna un ordre à ses créatures.

– Je vais revenir. Nous parlerons à ce moment-là.

Un grincement indiqua que les goguelins actionnaient à nouveau les leviers. La fente rétrécit.

– Et Munk ? hurla Jolly.

Elle agita les jambes dans le filet, mais il était trop tard pour remonter en haut de la pente.

– Que va-t-il arriver à Munk ?

Aïna fit un geste de la main et le caillou s'immobilisa quelques instants.

– Munk ? demanda-t-elle avec un air sincèrement surpris. Mais je suis son amie !

Sans rire ni même sourire, elle recula et libéra enfin le passage. Le sérieux de son expression terrorisa Jolly encore plus que tout ce qui venait de se passer.

Elle cria le nom d'Aïna, mais c'était trop tard. Le caillou roula devant l'ouverture. Au dernier moment, elle aperçut quelque chose de lumineux par la fente. Puis le caillou combla le dernier interstice avec un bruit sourd.

Le silence se fit. Plus aucun bruit ne perçait du dehors à travers la pierre et rien ne bougeait non plus autour de Jolly. Elle cligna des cils pour lutter contre les larmes qui lui montaient aux yeux – plus de rage que de peur. Son regard voilé se posa sur quelques poissons luisants qui nageaient au-dessus d'elle comme un essaim d'insectes en feu.

– Vous êtes là ? demanda-t-elle faiblement.

Mais elle n'était même pas capable de s'en réjouir. Elle regarda par-dessus son épaule dans la seule direction qu'elle n'avait pas encore explorée.

L'endroit donnait sur une caverne de forme allongée dont elle ne distinguait pas le bout.

Les genoux tremblants, elle se remit debout et leva une dernière fois les yeux vers l'ouverture bouchée. La formation de poissons s'éparpilla et ils se mirent à nager en tous sens en formant une balle de lumière particulièrement dense au-dessus de la tête de Jolly.

Jolly n'aurait pas eu besoin de leur aide. Ses yeux de têtard lui permettaient d'y voir clair même à l'intérieur de la montagne.

Un peu hésitante, puis d'un pas de plus en plus décidé, elle se mit en route et s'enfonça dans le silence du nid des goguelins.

Chapitre 12

Les deux géants

Le seigneur des goguelins faisait des rondes autour de la ville. On distinguait son ombre sous la surface de l'eau démontée.

Griffin le suivait sur sa raie à une dizaine de mètres de hauteur environ, sans jamais dévier de son cap. Plus on approchait du seigneur des goguelins, plus la pluie de cadavres de poissons devenait répugnante et douloureuse. Les écailles étincelantes aveuglaient Griffin dans la lumière du soleil levant.

Dans son dos, Ismaël ne cessait de lancer des jurons. Chaque fois qu'il soulevait son fusil, un cadavre de poisson venait s'enficher sur le canon. Il était devenu impossible de viser quoi que ce soit au milieu de ce chaos puant.

–Je me demande si c'était une bonne idée, hurla le tireur pour couvrir le bruit.

–Si les goguelins continuent à avancer, c'est uniquement par peur de leur maître.

Griffin bougea la tête pour éviter les bras d'une pieuvre et balaya de la main gauche le cadavre qui s'était écrasé sur la raie.

– Si nous réussissons à tuer le meneur des goguelins...

– La bataille sera finie ? demanda Ismaël d'un ton moqueur. Tu le crois sincèrement ?

– Non, répliqua froidement Griffin. Mais ce sera déjà un premier pas, non ? Cette histoire tourne en rond. Il est temps de faire quelque chose auquel personne ne s'attend.

Il s'entendit prononcer ces mots et se dit qu'ils ne paraissaient pas venir de sa bouche. Encore une conséquence de cette guerre. Une fois que tout serait fini, ils seraient des êtres différents, à supposer qu'il reste la moindre étincelle de vie en eux. Tandis qu'il menait la raie au-dessus des montagnes de vagues, Griffin se demanda s'il n'avait pas déjà changé à partir du moment où il s'était déclaré prêt à combattre aux côtés des défenseurs d'Aelenium. Ou même avant, quand il avait décidé de rester auprès de Jolly.

Les poissons morts s'écrasaient sur les nageoires de la raie. L'animal avait du mal à maintenir son altitude. Les deux cavaliers étaient sans cesse brinquebalés vers le haut et vers le bas. Griffin parvenait néanmoins à garder la trace de l'immense ombre qui glissait sous la surface de l'eau.

Il était difficile de distinguer la silhouette. Son contour semblait se modifier en permanence, parfois allongé, parfois ovale, parfois de forme curieuse avec d'innombrables excroissances. Il était aussi grand que quatre ou cinq bateaux à rames et se détachait à peine sur le bleu sombre, ce qui amenait Griffin à supposer que son corps devait être translucide comme du verre teinté.

Il s'était attendu à un goguelin particulièrement grand ou à une sorte de jumeau de l'Acherus. Mais, vu de près, le chef des tribus des profondeurs ne ressemblait à aucune de ces créatures. Il était totalement différent, et cela faisait davantage peur à Griffin que n'importe quel goguelin géant ou golem fait de bouts de cadavres. Il avait vécu une telle accumulation d'horreurs au cours des semaines passées que l'inconnu l'effrayait davantage que tous les monstres possibles et imaginables.

– Qu'est-ce que c'est que cette bestiole, nom de Dieu ? s'exclama Ismaël qui avait renoncé à mettre en joue.

Il s'accrochait d'une main et éloignait de l'autre les cadavres de poissons qui continuaient à pleuvoir.

– Je n'en ai pas la moindre idée.

– Je croyais que toi et le têtard, vous l'aviez déjà rencontré ?

– Nous étions tout près de lui. Mais nous ne l'avons pas vu. Peut-être ne serions-nous pas ici dans ce cas.

– Tu as un don pour redonner courage aux gens !

Griffin freina la raie, car le seigneur des goguelins venait de ralentir sous l'eau. Avait-il remarqué qu'il était suivi ?

Il eut aussitôt la réponse à cette question quand une demi-douzaine de lances fendirent l'air dans leur direction. La pluie de poissons l'avait empêché de voir les goguelins s'approcher de leur maître sous les flots. L'une des pointes érafla l'épaule d'Ismaël ; il cria, mais la blessure n'avait rien de dangereux. Tous les autres manquèrent leurs cibles : les goguelins ne parvenaient pas à viser non plus dans ce déluge de poissons morts.

– Ça va ? cria Griffin anxieusement. Ou bien tu préfères que je fasse demi-tour ?

Ismaël eut un sourire crispé.

– Il n'en est pas question ! Tant que ma tête sera sur mes épaules, nous resterons en l'air.

– Ne parle pas de malheur !

Sur ces mots, Griffin s'empara des rênes et fit descendre leur monture à pic jusqu'à ce que le ventre de la raie touche les vagues. C'était une manœuvre dangereuse, surtout pour l'animal, mais Griffin avait vu juste. Deux goguelins furent percutés par l'énorme crâne de la raie, projetés hors de l'eau par la force du choc et propulsés au loin. Les autres se dépêchèrent de plonger sous l'eau et se dispersèrent dans toutes les directions.

Griffin fit remonter la raie, mais continua à suivre obliquement l'immense ombre sous la surface de l'eau.

– Tu sais conduire une raie ? cria-t-il contre le vent.

– Bien sûr, répondit Ismaël, avant d'ajouter sur un autre ton : Hé, attends un instant ! Tu n'es pas sérieux ?

Griffin dégaina le long poignard qu'il portait à la ceinture.

– Qu'est-ce que tu crois ? Nous ne l'atteindrons pas d'ici juste en tirant dessus.

– Mais tu ne peux pas faire ça ! C'est de la folie !

– Tu as d'autres suggestions ?

– Ils vont te déchiqueter avant que tu ne réussisses à t'approcher de ce machin.

– Pour l'instant, il est seul.

– C'est ce qu'on dirait d'en haut, oui. Mais il est à la tête de leurs armées. Aucun général ne part au combat sans sa garde rapprochée.

– Le combat n'a pas lieu ici, Ismaël. Les rives sont perdues, le premier rempart a cédé. Cette saleté de bestiole observe tout de loin. Et les eaux n'ont vraiment pas l'air de grouiller de goguelins.

– Ne fais pas ça !

Sans prêter attention à la mise en garde de son tireur, Griffin se tourna à moitié sur la selle.

– Dès que j'aurais sauté, glisse vers l'avant et attrape les rênes, compris ?

– Tu es fou !

Ismaël paraissait se demander sérieusement s'il avait une chance de ramener Griffin à la raison en lui assénant un bon coup avec la crosse de son fusil.

Avant que le tireur ne puisse l'en empêcher, Griffin se mit debout sur la selle, les jambes écartées, les rênes encore dans la main. Le vent soufflait dans ses tresses qui claquaient contre ses oreilles comme des feuilles de palmiers secoués par la mousson.

Il regarda en bas. Ils allaient se retrouver exactement au-dessus du chef des goguelins d'un instant à l'autre. Griffin était désormais convaincu que l'attaque avec les lances était un hasard : si la créature avait vraiment repéré leur présence, elle aurait plongé.

Ou bien... peut-être l'attendait-elle ? Peut-être brûlait-elle de participer elle aussi au combat, même si c'était uniquement contre un jeune pirate ?

– Griffin !

Il s'était attendu à ce qu'Ismaël essaie à nouveau de le retenir et ne fit pas attention à son cri.

Le tireur l'attrapa par la jambe de pantalon.

– Griffin, attends ! Regarde ce que je vois !

Cela fit hésiter Griffin l'espace d'un instant et il vit alors lui-même ce qui approchait dans l'eau par la gauche. Il se cramponna aux rênes tendus pour ne pas perdre complètement le sens de l'équilibre.

Une gigantesque ombre filait sous l'eau en direction du meneur des goguelins, autrement plus grande et massive que lui. Un puissant jet d'eau montait au-dessus des vagues comme un coup de trompette triomphant.

–Jasconius ! s'exclama Griffin.

–Ton ami baleine ! confirma Ismaël avec émotion. Mon coquin, voilà au moins un adversaire de taille à rivaliser avec ce saligaud !

Griffin hésitait toujours. Mais il comprit que ce serait suicidaire de se jeter dans l'eau lui aussi. Il serait nécessairement broyé par le choc entre les deux géants. Il se rassit donc prestement et força la raie à tournoyer au-dessus de l'endroit où allait avoir lieu la bataille.

La baleine et le chef des goguelins se heurtèrent. La collision eut lieu trop en profondeur pour que Griffin distingue les détails. Il vit simplement la forme translucide du monstre changer à nouveau juste avant le choc et se transformer en une sorte d'étoile, comme pour attaquer Jasconius avec ses extrémités pointues. Mais ses pointes n'étaient pas assez solides pour retenir la baleine. Elles rebondirent avec une force meurtrière contre le cétacé et les deux créatures disparurent sous un tapis de mousse et de vagues hautes de plusieurs mètres.

Ismaël jura à nouveau.

–Je ne les vois plus !

Griffin ne disait rien. Il avait peur pour Jasconius et Ebenezer. Il comprenait tout à coup combien il avait été fou de partir seul à l'attaque du seigneur des goguelins armé d'un seul poignard. Quelque chose lui disait que même la baleine ne pourrait peut-être pas s'en sortir face à l'un des meneurs du maelström.

Il aurait tant donné pour pouvoir se mêler à la bataille. Mais il ne voyait rien à travers la mer en furie. L'eau bouillonnait. Les vents portaient des cris dans leur direction et, cette fois, ils ne venaient pas uniquement de la ville, mais de toutes parts. Ces hurlements donnaient envie à Griffin de lâcher les rênes et de se presser les mains contre les oreilles. Ses doigts étaient agrippés sur le cuir, raides et blancs, et l'euphorie qu'il avait ressentie quelques secondes plus tôt en voyant apparaître Jasconius se transformait peu à peu en panique pure et simple. En même temps, il avait conscience qu'il venait d'échapper à la mort de justesse.

– Jasconius ! cria-t-il, tout en sachant que la baleine ne pouvait l'entendre.

Ismaël parut revenir à la raison plus vite que lui.

– Retournons en ville. Nous y serons plus utiles qu'ici. Le combat qui se déroule en dessous de nous n'est plus le nôtre.

La surface de la mer s'ouvrit. Une fontaine circulaire jaillit sous eux et des doigts d'eau scintillants se tendirent vers la raie et ses deux cavaliers. Le dos de Jasconius apparut au centre de la fontaine. Quelque chose recouvrait en partie son corps, comme une masse gélatineuse ou encore une gigantesque pieuvre accrochée à la baleine.

– C'est lui, s'exclama Griffin.

– Quoi ? demanda Ismaël d'une voix tremblante. Ce... truc, là ?

– C'est son corps. Il change sans cesse de forme.

La créature argentée en forme de pieuvre essayait manifestement d'enserrer le corps de Jasconius pour l'étouffer. Mais ce n'était pas tout. Griffin ne s'en rendit compte qu'en y regardant de plus près. Et bien que ce soit étalé sous ses yeux, il eut du mal à le croire.

– Sainte mère de Dieu ! s'exclama Ismaël. Tu vois ce que je vois ?

– Oui… bien sûr.

– C'est un être humain ?

Griffin tapota le dos de la raie pour qu'elle vole plus lentement. Les fontaines d'eau étaient retombées depuis longtemps, mais la baleine et son adversaire se trouvaient toujours à la surface. Jasconius s'ébroua, fit claquer son immense nageoire et rejeta avec colère des fontaines d'eau par l'ouverture dans son dos qui n'était pas encore recouverte par la masse gélatineuse, même si les bords s'en rapprochaient dangereusement.

Mais ce qui ébranlait autant Griffin et Ismaël, c'était la forme humaine qui reposait au milieu de la masse gélatineuse, les bras et les jambes écartés, nue, le regard tourné vers le haut, pressée contre le corps de la baleine par la glaire argentée.

– C'est un gamin ! s'écria Ismaël.

– Est-ce un enfant de chez nous ? d'Aelenium ?

– Je ne l'ai jamais vu, en tout cas.

C'était un garçon, peut-être un peu plus jeune que Griffin, bien que ce soit difficile à dire avec certitude à une telle distance. Il avait des cheveux très noirs et sa peau était plus sombre que celle de Griffin ou d'Ismaël. Un aborigène des îles. La masse transparente s'écoulait au-dessus de lui et le comprimait contre la baleine. Normalement, le garçon aurait dû être mort depuis longtemps déjà, étouffé par la substance laiteuse de la pieuvre géante.

Et pourtant, il était encore vivant. Ses lèvres s'ouvraient et se fermaient comme s'il criait quelque chose. La masse gélatineuse remplissait sa bouche en même temps. Aucun son n'en sortait. On aurait pu penser à première vue que le garçon avait été fait prisonnier dans la substance collante, qu'il avait été aspiré à l'intérieur – mais son expression rendait Griffin perplexe.

L'enfant semblait en colère. La haine se lisait sur ses traits et les paroles qu'il prononçait n'étaient peut-être pas des appels à l'aide, mais des ordres.

Était-ce lui, le seigneur des goguelins ? Un être humain, un enfant, même, qui se servait de la masse gélatineuse pour se déplacer, telle une carapace protégeant son faible corps ?

Était-ce lui qui commandait les tribus des profondeurs et harcelait la pieuvre géante pour qu'elle se batte encore plus farouchement contre la baleine ?

– Il y a un moyen de le sortir de là ? demanda Ismaël qui ne partageait manifestement pas les craintes de Griffin.

Pour le tireur, ce n'était qu'un enfant qui avait besoin d'aide.

Mais Griffin se doutait que la vérité était tout autre. Ce garçon et le corps de pieuvre qui l'entourait, comme un insecte préhistorique coulé dans l'ambre, formaient une seule et même créature qui n'était plus humaine, sans être encore tout à fait un monstre. Ils étaient à eux deux le seigneur des goguelins, le lieutenant du maelström dans cette bataille contre des humains et des dieux à moitié oubliés.

Jasconius plongea à nouveau en emportant avec lui la pieuvre et le garçon. L'eau se mit à mousser, les vagues se brisèrent les unes contre les autres, et les deux silhouettes disparurent sous une écume grise et sous la lueur des flammes qui se reflétait sur les flots.

– Retournons en ville ! cria Ismaël.

Pour la première fois, on sentait de la panique dans sa voix, mêlée à un désarroi total.

– Non, répliqua Griffin. Je veux voir comment ça va se terminer.

La main d'Ismaël se posa sur son épaule. Ses doigts se pressèrent douloureusement dans les muscles de Griffin.

– C'est absurde, mon garçon. Quoi qu'il arrive, nous ne pourrons rien y changer.

– Mais il faut que je sache ! Je le dois à Jasconius.

– Au prix de notre vie à tous les deux ?

Griffin comprit ce qu'Ismaël voulait dire en sentant la main du tireur se détacher de son épaule et faire un geste vers la droite. Une armée de goguelins s'approchait sous les vagues, frémissante. Des pointes de lances perçaient l'eau comme des nageoires de requins.

Il regarda à nouveau l'endroit où Jasconius et le chef des goguelins s'étaient enfoncés dans l'eau. Les deux géants avaient totalement disparu sous la couverture de mousse et l'écume bouillonnante.

– Je ne peux pas faire demi-tour maintenant, dit-il d'un ton décidé.

– Mais mon garçon, ce n'est pas ton combat ! dit Ismaël d'une voix suppliante.

– Oh si, ça l'est. C'est notre combat à tous. Jasconius... la baleine se bat pour nous tous. Et Ebenezer aussi... l'homme à la baleine, comme ils l'appellent, en l'insultant et en le traitant de meurtrier. Tous deux sont en train de risquer leur vie pour nous, s'exclama Griffin en se retournant vers Ismaël avec un regard sombre. Tu es sérieux quand tu dis que ce n'est pas notre combat ? Bien sûr que c'est le nôtre ! C'est juste un autre être qui se bat et qui va peut-être y laisser sa peau.

Les traits d'Ismaël tressaillirent. Griffin vit que ses mots avaient atteint leur cible.

– Le moins que nous puissions faire, c'est d'attendre l'issue du combat, dit Griffin avec détermination. Nous sommes les seuls à pouvoir raconter aux autres ce qui s'est passé et leur transmettre au moins un souvenir éphémère. Nous devons bien ça à Jasconius et Ebenezer, ne crois-tu pas ?

Ismaël hésitait et un éclair de culpabilité balaya son visage. Puis il jeta un regard alarmé vers la surface de l'eau.

– Nous ne pourrons le raconter à personne ! hurla-t-il. Fais demi-tour, mon garçon... Fais demi-tour !

Griffin obéit à son instinct en entendant l'intonation d'Ismaël. Ses mains tirèrent sur les rênes, mais la raie se déplaçait beaucoup trop lourdement. Une lance transperça la nageoire droite par le bas. L'animal se secoua et poussa un grondement sourd. Ses battements de nageoires étaient irréguliers. Un instant, les deux cavaliers crurent qu'ils allaient être jetés dans la mer. Ismaël et Griffin crièrent, mais ils parvinrent tant bien que mal à se maintenir en selle. D'autres harpons surgirent de l'eau. L'un des pieux en os couvert de crochets effleura le corps de l'animal qui se secoua à nouveau. Cette fois, Griffin perdit le contrôle de sa monture. Ismaël hurla, puis il se tut d'un coup lorsqu'un harpon dessina un sillon sanglant dans sa cuisse. Le choc lui coupa la voix durant quelques secondes. Il poussa ensuite un cri de douleur si aigu que Griffin en fut transi.

– Je ne peux pas... la... retenir ! hurla Griffin.

Les rênes lui échappèrent des mains, la raie se cabra et son corps colossal décrivit une circonvolution dont Griffin ne l'aurait jamais crue capable.

– Tiens-toi bien ! cria-t-il au tireur.

Des mains invisibles le tirèrent hors de selle et il perdit l'équilibre.

– Griffin !

Ismaël vit l'adolescent tomber, oublia un instant la douleur lancinante dans sa jambe et essaya de l'attraper. Il parvint à agripper au dernier moment sa main droite.

Griffin sentit une secousse terrible lui parcourir le bras et cria. Puis il comprit que ce n'était pas le choc du contact avec l'eau et qu'il se trouvait toujours en l'air. Il se balançait au côté de la raie, uniquement retenu par la main d'Ismaël.

– Je... vais... te... remonter, dit Ismaël en suffoquant.

Mais ils savaient tous deux que ses efforts étaient vains.

Les goguelins claquaient des dents sous eux en lançant des harpons dans leur direction. La raie vacillante était cependant déjà trop loin et aucun projectile ne les atteignit. L'animal continuait à se secouer de douleur et à se cabrer, incapable de coordonner les mouvements de sa nageoire blessée.

Griffin était secoué en tous sens, suspendu en l'air, trop faible pour se hisser à la seule force du bras. Les forces d'Ismaël allaient en faiblissant elles aussi, et tous deux comprirent en même temps qu'ils n'avaient aucune chance.

– Ça ne marchera pas ! cria Griffin.

Ou peut-être ne fit-il que le penser. Il sentit ses doigts glisser dans la main d'Ismaël, millimètre par millimètre, avec une lenteur cauchemardesque. La fin était inéluctable.

Les traits d'Ismaël étaient déformés par le désespoir. Il avait le plus grand mal à se maintenir en selle. Ils avaient totalement perdu le contrôle de la raie secouée par la douleur et son vol en zigzag ne les rapprochait pas vraiment de la ville.

L'animal décrivit un nouveau demi-tour paniqué, puis retourna en chancelant vers l'endroit d'où ils étaient venus et où les attendaient les goguelins hurlants aux lances acérées.

Griffin allait tomber. Il le savait.

Plus que quelques secondes.

Ismaël avait des larmes de tristesse et de colère dans les yeux. Leurs regards se croisèrent. Ils connaissaient tous deux l'issue de cette cavalcade infernale.

Griffin fut le premier à accepter la vérité.

– Non ! cria Ismaël en comprenant ce que l'adolescent allait faire.

Mais Griffin ne l'écouta pas. Il avait le choix : il pouvait se laisser tomber à une cinquantaine de pas des goguelins ou bien tenir quelques secondes de plus pour se planter sur leurs harpons.

– Non ! répéta le tireur, mais c'était trop tard.

– Attrape les rênes ! cria Griffin.

Il inspira, puis lâcha les courroies.

Le cri d'Ismaël remplit ses oreilles jusqu'à ce qu'il percute violemment la surface de l'eau. Les doigts d'écume le saisirent et l'attirèrent vers le fond. L'eau obscure était sillonnée d'éclairs rouges. Griffin tomba comme une pierre. Au bout de quelques instants, il se mit à gigoter, d'abord paniqué, puis de manière un peu plus contrôlée. Il avait perdu tout sens de l'orientation et ignorait si les goguelins se dirigeaient déjà vers lui.

Il espérait simplement qu'Ismaël parviendrait à maîtriser la raie en furie. Dans ce cas, sa noyade ou sa mort, déchiqueté par les goguelins, n'auraient pas eu lieu pour rien. Tout aurait encore un sens, en quelque sorte.

Les pattes des goguelins le saisirent. Il cria, tenta de se débattre, fit de son mieux pour ne pas céder.

Ne pas mourir. Pas maintenant.

Pas sans avoir revu Jolly une dernière fois, sans l'avoir tenue dans ses bras, sans avoir entendu sa voix.

Puis ils arrivèrent au-dessus de lui, à douze au moins, et l'écartelèrent dans toutes les directions en même temps.

Chapitre 13
La flotte des cannibales

Griffin crut que les goguelins allaient le déchiqueter, tant ils tiraient sur ses bras et ses jambes. Soudain, l'un poussa un cri aigu ; les autres s'immobilisèrent, effarés, et la douleur dans les membres de Griffin s'apaisa.

Il recommença aussitôt à se défendre, mais cela ne servait à rien. Ils étaient trop nombreux, même s'il ne pouvait pas les compter au milieu de cette eau bouillonnante. Il voyait tout autour de lui des gueules ouvertes, de longues griffes, des corps maigres et brillants entourés de traînées de bulles.

Ils le remontèrent à la surface afin qu'il puisse respirer. Il inspira avidement et essaya de jeter un œil vers le ciel, à la recherche d'Ismaël et de la raie, mais il n'aperçut ni l'un ni l'autre.

Il sentit à nouveau qu'ils l'attiraient vers le fond. Des gueules de goguelins surgirent en cercle autour de lui. Trois d'entre eux le tirèrent vivement dans une direction, si vite que l'écume qui éclaboussait son visage lui coupa presque le souffle. Il réussit finalement à maîtriser sa respiration tandis qu'ils se dirigeaient à toute allure vers le mur de brume embrasé par la lueur de l'aube. Même la fumée qui montait des rives en flammes d'Aelenium ne pouvait voiler complètement l'éclat du soleil levant.

Ils pénétrèrent dans le brouillard et laissèrent la lumière derrière eux. Seule la pluie de poissons morts qui s'abattait en rond autour d'eux continuait à percer le mur de brume. Le seigneur des goguelins devait donc se trouver à proximité. Griffin sentit le désespoir l'envahir : non seulement il avait peur de mourir, mais il craignait que la créature ait tué la baleine et Ebenezer. Il se demanda ce qui arriverait à l'appartement situé derrière la porte magique si Jasconius venait à mourir et ce que deviendrait Ebenezer s'il parvenait à s'y réfugier.

Mais il n'avait plus le temps de réfléchir aux conséquences d'une défaite de la baleine. Il venait en effet de comprendre où l'emmenaient les goguelins.

Une bosse étrange se dressait dans l'eau devant eux, à moitié voilée par la brume. Au premier coup d'œil, elle ressemblait à une île minuscule de dix pas de diamètre et d'une demi-longueur d'homme de haut. En s'approchant, Griffin vit que le monticule était composé de deux grandes moitiés de coquillage. Le tout ressemblait à une tortue géante. Lorsqu'ils arrivèrent juste devant, il s'aperçut que chacune des moitiés de coquillage était brandie par un goguelin au-dessus de sa tête ; la face inférieure du monticule grouillait de guerriers goguelins portant l'île artificielle sur leurs pattes. Tout en haut se dressait une silhouette, à moitié cachée par les voiles de brume.

Deux goguelins bondirent sur la rive, attrapèrent Griffin par les bras et le hissèrent hors de l'eau. Les coquillages crissèrent sous ses pieds, mais sans s'écarter l'un de l'autre. Ce n'était pas facile de se tenir debout. Les deux goguelins l'emmenèrent vers la silhouette qui l'attendait sur le point culminant de la carapace.

Griffin eut le souffle coupé en découvrant le visage de son ennemi.

C'était le sien.

Ou presque. Car au reflet de ses traits se mêlait, telles des traînées d'encre dans l'eau, un deuxième visage, plus étroit, plus fin. Un visage féminin.

Griffin resta bouche bée face à ce portrait mouvant, inachevé, qui le représentait tout en laissant sans cesse apparaître en alternance les traits d'une adolescente.

Cette adolescente, c'était Jolly.

C'est alors qu'il comprit. Il s'agissait du wyver, du métamorphe qu'ils avaient déjà rencontré avec Jolly sur le pont en feu entre deux mondes. Le même être s'était montré à eux à l'époque sous les traits du bâtisseur de ponts Agostini. Lorsque le pont avait pris feu, le wyver avait pris la fuite. Depuis, Griffin avait comme effacé de son esprit la créature.

Le wyver eut un rictus, étrange mélange des sourires de Jolly et Griffin. La créature hésitait encore manifestement quant à l'apparence qu'elle souhaitait prendre. Leurs traits respectifs à l'état d'ébauches se succédaient sans fin. Le nez ne ressemblait ni à celui de Griffin ni à celui de Jolly, et le wyver avait le plus grand mal à reproduire les longs cheveux noirs de Jolly. Mais ce qui lui posait encore plus de problèmes, c'étaient les nombreux anneaux dans les oreilles de Jolly et le bijou argenté qu'elle portait au-dessus de la racine du nez.

À l'époque où le sosie d'Agostini s'était dissipé sous leurs yeux, Griffin avait pu jeter un œil sur la véritable silhouette de la créature. Et même maintenant, dans cet état transitoire indéterminé, on distinguait la forme réelle du wyver. En réalité, il n'était pas un seul être, mais un essaim de milliers d'insectes minuscules qui s'assemblaient comme des grains de sable grouillants pour former une surface pareille à la peau et changeaient de teinte de manière à prendre l'apparence de n'importe quel être vivant.

Griffin, par exemple. Ou Jolly. Selon l'identité de la personne qu'il venait de faire prisonnière.

Sans un mot, le wyver tendit vers lui une main vibrante.

Griffin rassembla ses forces et bondit. Il ne permettrait pas que le wyver prenne ses traits pour s'infiltrer derrière les remparts d'Aelenium. Griffin avait accès à toutes les installations de défense et à tous les dignitaires de la ville étoile de mer en raison des aventures qu'il avait vécues aux côtés des têtards. En prenant son apparence, le wyver pouvait causer des dommages incommensurables.

Mais il lui manquait pour cela la touche finale. Il avait besoin de Griffin lui-même, du modèle vivant de sa métamorphose.

Et quelle que soit cette chose dont il avait besoin, Griffin n'était pas prêt à la lui donner.

Il trébucha en arrière et emporta dans son élan les deux goguelins. Son mouvement subit fit trembler tout l'îlot. Les bords des coquillages grincèrent à nouveau l'un contre l'autre. Une large fente s'ouvrit un instant à côté de lui. Des piaillements furieux montèrent du groupe de goguelins qui se tenaient sous le bouclier.

Le wyver poussa un long cri perçant qui transperça Griffin comme une bise glaciale. La créature tenta de partir à ses trousses, mais elle ne contrôlait pas totalement ses mouvements en raison de l'état inachevé de son corps. Elle tituba, s'arrêta un instant, vacilla, puis trouva un nouvel appui et parvint à se redresser.

Griffin donna un coup de coude gauche vers l'arrière, sentit les dents d'un goguelin éclater sous le choc et se débarrassa ainsi de son plus proche adversaire qui glissa en hurlant et tomba dans l'eau. Le deuxième goguelin qui avait tiré Griffin vers le sommet du coquillage était autrement plus coriace. Griffin tenta également de le frapper, mais la créature l'esquiva dans un style bondissant et tenta de l'attraper par la taille dans son élan. Griffin parvint tout juste à se tourner sur le côté de manière à éviter au moins une des pattes du goguelin ; la deuxième planta ses griffes dans son flanc. Les longs ongles pénétrèrent dans sa chair et il hurla de douleur et de colère. Il réussit à attraper le bras tendu du goguelin et à le projeter par-dessus le bord du coquillage. L'animal s'écrasa dans l'eau avec un bruit sonore.

Quelque chose faisait ventouse dans sa nuque. Une douleur vive, comparable à celle d'une morsure de pieuvre, envahit tout son crâne. Il sentit un fourmillement sur ses tempes, sa gorge, son front. Griffin se secoua en hurlant, dégoûté, et se jeta sur le côté. Il entraîna dans sa chute le wyver, tandis que les minuscules insectes se répandaient sur son visage pour étudier ses formes et les reproduire.

Griffin parvint tant bien que mal à dégager le couteau de sa ceinture. La lame transperça le corps du wyver comme du beurre, mais sans le blesser, comme s'il avait enfoncé la lame dans un tas de sable. Lorsqu'il dégagea son arme, les insectes grouillants refermèrent l'ouverture dans un ruissellement.

Les têtes des goguelins apparurent autour du monticule. Ils encerclèrent l'étrange îlot et, après une brève hésitation, escaladèrent le bord de la plate-forme. Leurs crocs jaunâtres brillaient dans la brume.

Mais Griffin ne faisait pas attention à eux. Son combat était désespéré, il le savait. Mais il refusait de céder. Il se passa la main sur le visage et creusa un large sillon dans la couche de bestioles qui étaient sur le point de recouvrir son visage comme un masque. Le wyver poussa un cri de douleur et Griffin comprit que les insectes faisaient partie de son organisme. Quand il en éliminait quelques-uns, c'était comme s'il arrachait un membre du wyver.

Il entreprit d'exploiter sans vergogne cette découverte. Le wyver criait et geignait tandis que Griffin s'en donnait à cœur joie et saisissait les insectes par poignées entières pour les jeter dans la mer.

Le temps pressait, mais il continuait à s'interroger sur le comportement des goguelins qui restait un mystère pour lui dans tout ce tumulte et malgré tous ses efforts pour ne pas être enseveli sous les insectes. Ils l'avaient encerclé, ils avaient failli monter sur le coquillage. Et pourtant, ils ne l'attaquaient pas. On aurait dit qu'ils étaient aux aguets – ils guettaient l'issue de son duel grotesque avec le wyver.

Le métamorphe s'agitait et étendait vers lui ses membres grouillants. Griffin sentait ses forces l'abandonner. Toutes ces heures passées sur la selle de la raie, la tension, la peur ; puis la chute dans la mer, la lutte désespérée contre les guerriers des tribus des profondeurs ; et maintenant, comme si tout cela ne suffisait pas, son combat contre le wyver, sous une pluie continuelle de poissons morts.

Les vagues s'écartèrent à sa droite dans une éruption d'eau sombre et salée, suivie par l'apparition d'un cône translucide gélatineux qui se dressa dans les vagues tel un doigt tendu, haut comme deux hommes et transparent comme du cristal. À l'intérieur, debout, les bras croisés, un sourire mauvais au coin des lèvres, le garçon qu'ils avaient aperçu depuis la raie lorsque la créature à l'allure de pieuvre avait tenté d'envelopper Jasconius. Les cheveux noirs, la peau foncée, il était très fin et plus jeune que Griffin. Un bel enfant, à vrai dire – s'il n'y avait eu cette grimace narquoise qui défigurait son visage.

Griffin et le wyver étaient dans une posture grotesque, dans les bras l'un de l'autre, à moitié à terre, à moitié debout. La surface de l'eau était couverte de nids d'insectes grouillants, aveugles et paniqués, qui essayaient de lutter contre le courant et de rejoindre le reste de l'essaim. Le wyver était en proie à d'atroces souffrances, mais il n'avait toujours pas renoncé à prendre l'apparence de Griffin.

C'est alors qu'il aperçut le garçon surplombant l'îlot des coquillages dans son cône gélatineux. Des cris terribles sortaient par une douzaine d'orifices différents. Peut-être étaient-ce des ordres, ou bien des appels au secours. Le garçon, en tout cas, ne bougeait pas et se contentait de les regarder en souriant.

« Que se passe-t-il ? pensa Griffin. Qui lutte contre qui ? Dans quoi est-ce que je me suis fourré ? »

Le métamorphe continuait à hurler, mais le garçon secoua à peine la tête à l'intérieur de sa pieuvre. Il fit un petit geste de la main en direction des goguelins qui étaient montés sur le coquillage et attendaient l'ordre d'attaquer Griffin, les pattes pendantes, toutes dents dehors. Mais leur maître leur donna l'ordre silencieux de se retirer. Aussitôt, les guerriers des tribus des profondeurs se laissèrent glisser dans l'eau. Quelques secondes plus tard, Griffin et le wyver étaient seuls sur le coquillage.

Griffin ferma les yeux. L'apparition rayonnante du seigneur des goguelins ne pouvait signifier qu'une chose : il avait vaincu la baleine.

Griffin hurla pour donner libre cours à sa colère et à son désespoir. C'est peut-être ce sentiment de révolte ou ce dernier sursaut qui lui donnèrent la force de briser la résistance du wyver. Griffin lança le poing au milieu du visage flou du métamorphe, sentit ses doigts s'enfoncer et buter au centre du crâne grouillant sur une sorte de noyau dur. Rien ne lui permettait de savoir qu'il s'agissait bel et bien du cerveau du wyver. Il faisait confiance à son instinct et à sa bonne étoile.

Sa main se referma sur la substance solide et l'extirpa du chaos tourbillonnant d'insectes avec un hurlement sauvage.

L'essaim s'affaissa aussitôt, parut exploser dans un feu d'artifice de couleurs en heurtant le bouclier et une cascade d'insectes se déversa entre les fentes et par-dessus le bord des coquillages.

Quelques secondes plus tard, Griffin était seul, agenouillé, épuisé. Il réunit le peu de forces qui lui restaient pour enserrer le cerveau du wyver. L'organe noir, qui ressemblait à une motte de terre, n'était pas assez dur pour résister à son étreinte. Il s'effrita entre ses doigts sans un bruit.

Dans la pieuvre, le garçon rit.

Sa bouche s'ouvrit. On aurait dit un portrait prenant vie derrière la vitre qui le protège. Ses mains tressaillirent d'excitation. Seul son regard restait le même. Ses yeux écarquillés étaient braqués sur Griffin. Il ressemblait à une marionnette manipulée par trop peu de mains pour paraître naturelle. Chaque mouvement semblait inachevé, il manquait trop de détails : les yeux qui ne riaient pas avec le reste ; les poings dont le pouce était tendu, comme paralysé ; et aucun son ne sortait de sa bouche quand il bougeait les lèvres.

« Il leur parle par la pensée », se dit Griffin. Aussitôt, les coquillages se resserrèrent sous ses pieds et refermèrent les trous. Les goguelins dans l'eau formèrent eux aussi un cercle parfait autour du monticule.

Le cône de la pieuvre se dressait au-dessus de l'eau et des rangées de goguelins. Les vagues qui venaient s'écraser sur lui ne rebondissaient pas, mais étaient absorbées par la masse gélatineuse, comme si la pieuvre tirait sa force de l'océan lui-même.

« C'est pour cette raison que Jasconius n'a pas pu le vaincre », pensa Griffin douloureusement. La baleine pouvait l'attaquer tant qu'elle le voulait : tant que son adversaire se trouvait dans l'eau, il disposait de réserves inépuisables.

– Que me veux-tu ? cria Griffin au garçon.

Les blessures des combats précédents lui faisaient mal. Il avait le vertige et ses jambes menaçaient de se dérober sous lui. Mais rien, aucune blessure, si grande fût-elle, ne pourrait le faire s'agenouiller devant ce monstre.

Quelques goguelins s'agitèrent. Griffin ne les voyait pas distinctement, mais il perçut leurs criaillements excités. Certains battaient nerveusement de la queue, d'autres plongeaient la tête dans l'eau pour regarder au fond de la mer.

Le garçon à l'intérieur de la pieuvre ouvrit grand la bouche comme pour pousser un cri perçant.

La mer explosa.

Griffin vit la surface de l'eau se courber sous la pieuvre. Les mâchoires noires de la baleine se refermèrent sur le seigneur des goguelins et l'avalèrent. Jasconius continua à s'élever au-dessus de l'eau, à une vitesse hallucinante et en même temps majestueuse, comme si le temps s'était ralenti pour que tous puissent voir ce qui émergeait des flots.

Les goguelins s'écartèrent en piaillant. Griffin sentit soudain les coquillages se dérober sous ses pieds. Une gigantesque vague s'abattit sur lui et sur les guerriers des tribus des profondeurs.

Le corps gigantesque de Jasconius continua à s'élever en vrille jusqu'à ce qu'il dépasse à moitié de l'océan. Une fois que la baleine atteignit son point culminant, elle parut flotter en l'air l'espace d'un instant, puis se laissa tomber sur le côté de tout son poids.

Jasconius disparut à nouveau dans la mer dans une éruption d'eau, de mousse et de corps de goguelins projetés en tous sens. Sa gueule était fermée, la pieuvre et le garçon avaient disparu. Griffin, qui gigotait désespérément pour rester à la surface, vit que le corps du cétacé était couvert de goguelins inertes et d'innombrables harpons. Le garçon à la pieuvre devait avoir lancé toutes les forces des tribus des profondeurs à l'assaut de son adversaire. Mais c'était sans compter sur la ténacité de la baleine.

Griffin regarda Jasconius disparaître avec son butin et pressentit – ou espéra – que le duel était maintenant décidé : le seigneur des goguelins n'était plus, à l'intérieur de l'estomac de Jasconius, qu'une gigantesque pieuvre sans possibilité de se régénérer dans l'eau. Griffin avait déjà vu des milliers de fois ce qui arrivait aux pieuvres échouant sur la terre ferme : elles se desséchaient et finissaient par se décomposer.

Mais cela signifiait qu'aucune eau fraîche ne devait pénétrer dans le corps de Jasconius. Griffin comprit tout à coup pourquoi la baleine et Ebenezer avait fait ce geste.

Jasconius était en train de mourir. Des centaines de harpons étaient plantés dans son corps. Les griffes et les dents des goguelins avaient blessé profondément sa chair. Son attaque contre le seigneur des goguelins était un dernier sursaut, un ultime effort.

– Non !

Griffin hurla tellement fort que même la brume étouffa à peine sa voix. Il se débattit dans l'eau, terrassé par la douleur et l'incapacité d'accompagner son ami mourant dans les profondeurs, sans se soucier des goguelins. Il voulait être près de lui lors de sa fin, il voulait remercier Jasconius une dernière fois pour tout ce qu'il avait fait. Et Ebenezer... Cette seule idée lui déchirait les entrailles comme si on lui avait planté une lame dans le corps.

Désespéré, il tapa du poing sur l'eau. Puis il plongea la tête en avant et s'enfonça le plus possible dans l'eau obscure. Il étouffait et la pression de l'eau dans ses oreilles devenait insoutenable. Mais il continuait à avancer, bien qu'il sache que c'était inutile.

Il ne reverrait jamais Jasconius. La baleine avait emporté le seigneur des goguelins dans sa mort.

Il cria, dans l'eau cette fois ; sa colère et sa douleur se transformèrent en une dernière traînée de bulles d'air qui remontèrent à toute vitesse vers la surface.

Il ne pouvait faire autrement que de retourner à l'air libre.

Il se laissa porter par la pression de l'eau, sans s'aider des bras ni des jambes. Cela lui importait peu d'arriver vivant ou mort à la surface. Il avait perdu Jolly, peut-être pour toujours ; Aelenium était en train de sombrer sous les flammes et les assauts des tribus des profondeurs ; Soledad avait peut-être péri lors de la bataille de l'ancre ; et voilà que Jasconius et Ebenezer, les deux êtres qu'il avait attirés dans cette histoire et qui s'étaient mêlés à la bataille pour lui, s'étaient sacrifiés. Pour lui. Pour tous les autres.

Sa tête atteignit l'air libre au milieu du mur de brume. Il s'efforça de reprendre son souffle et poussa un nouveau cri de fureur et de douleur dans le brouillard. Puis il se laissa dériver sur l'eau, vidé de toute énergie. Cela lui importait peu de s'enfoncer davantage dans le brouillard ou bien de revenir sur le champ de bataille. Cela n'avait plus aucune espèce d'importance.

Mais quelque chose survint alors qui le tira de sa torpeur. Tout à coup, sa volonté de survivre reprit le dessus et, cette fois, ce n'était pas en pensant à Jolly.

Une ombre sombre apparut non loin de lui dans le brouillard et se dirigea droit sur lui. Un court instant, il espéra qu'il s'agissait de Jasconius, qu'il ne lui était rien arrivé, qu'il vivait encore...

Mais c'était la proue d'un navire.

Des hurlements lui parvenaient du pont du galion. Les voiles pendaient le long des vergues et le bateau n'avançait qu'à grand-peine. Griffin n'eut aucun mal à l'esquiver. Le cœur battant, il leva les yeux le long des hauts bordages.

Des têtes se balançaient, accrochées à la livarde de la proue. C'étaient des têtes d'hommes décapités et il reconnut au moins deux personnes dont il avait fait la connaissance alors qu'il était jeune matelot.

L'un était Rouquette, le doyen du Conseil des capitaines des Antilles. À côté de lui pendait la tête de son adjoint Galliano.

La bataille entre le roi des cannibales et les capitaines des Antilles était arrivée à son terme. La flotte de Tyrone mettait le cap sur Aelenium.

Le bateau qui franchissait le mur de brume devant Griffin devait être l'embarcation du roi des cannibales. Aucun autre bateau ne se serait permis d'orner ainsi sa proue des têtes des ennemis vaincus.

Griffin se glissa tout près de la coque, attendit un instant, se cramponna à une corde qui pendait dans la mer, sans doute depuis le dernier abordage, et se laissa tirer dans les vagues. La coque du bateau était profondément enfoncée dans l'eau : il devait être plein à craquer de guerriers, de cannibales et de canons.

Griffin serra les dents et grimpa le long de la corde peu à peu. Il avait déjà fait cela des douzaines de fois, mais la blessure dans son flanc le gênait. Une fois arrivé à un bras du bastingage, il fit une pause et attendit que le bateau débouche du banc de brume et que tous les marins soient distraits par la vue de la ville étoile de mer en flammes.

Il en profita alors pour se glisser à bord, se précipita vers quelques caisses débordantes d'armes et se dissimula derrière elles.

– Les goguelins prennent la fuite ! cria quelqu'un dans les rangs des défenseurs.

De nombreuses voix reprirent bientôt en chœur :

– Ils s'en vont ! Ils s'enfuient !

Soledad avait passé les dernières heures aux côtés de Walker à se battre au milieu de défenseurs blessés et épuisés, en guenilles. Une odeur immonde de feu, de sang et de sueur pesait sur l'île.

Buenaventure était à côté d'eux, furieux et silencieux. Il avait dû abattre plus de goguelins que n'importe qui d'autre. Il se contentait d'émettre de temps à autre un juron lorsque son sabre devenait trop émoussé pour en tuer trois d'un coup.

Ils se tenaient sur le deuxième rempart de défense, au-dessus du quartier des poètes. De la fumée montait des maisons situées plus bas, mais apparemment les incendies sur les rives ne s'étaient pas étendus.

– Ils ont raison, murmura Walker. Les goguelins s'en vont. Sacrebleu !

Ses longues boucles étaient collées sur sa peau, son visage était souillé de sang de goguelin et de saletés. Tous leurs vêtements avaient pris une teinte brunâtre ; sa chemise et son pantalon étaient déchiquetés en de nombreux endroits et on apercevait en dessous des éraflures et des plaies.

– Soledad !

Un peu à contrecœur et avec une pointe d'incrédulité, elle détacha le regard des masses de goguelins qui s'éloignaient vers la rive. Les tribus des profondeurs se déversaient dans l'eau dans une débandade d'écailles, de crocs et de griffes.

Soledad se retint de sauter au cou de Walker de soulagement ; elle ne croyait pas encore complètement à cette paix soudaine. Peut-être ce retrait inespéré était-il une ruse, une manœuvre diabolique destinée à faire en sorte que les défenseurs se croient en sécurité. Mais pourquoi dans ce cas battre en retraite de manière si désordonnée ? Pourquoi les goguelins se piétinaient-ils mutuellement dans leur fuite, pourquoi s'écorchaient-ils et se mordaient-ils, tout à leur hâte d'être les premiers à sauter dans la mer ?

– On dirait qu'ils ont peur de quelque chose, gronda Buenaventure.

Il était hors d'haleine. Pendant les combats, Soledad avait regardé à plusieurs reprises l'homme pitbull et constaté qu'il avait la langue pendante et haletait.

– J'ai plutôt l'impression que c'est le contraire, dit Walker.

Buenaventure lui lança un regard interrogateur :

– C'est-à-dire ?

– On dirait qu'ils n'ont plus peur. Plus peur de leurs chefs, ou peut-être même du maelström.

Soledad ravala sa salive :

– Tu veux dire que la personne qui leur donnait des ordres a été éliminée ? demanda-t-elle sans le regarder, préférant observer, avec des tressaillements dans les joues, l'armée de goguelins en fuite.

– Qui sait ? rétorqua Walker. Sans lui, ils suivent leur instinct et repartent dans l'eau. La terre et l'air ne sont pas leur élément.

– Ni le feu, dit Buenaventure en humant l'air.

Soledad se laissa glisser contre une poutre du rempart.

– Mais ça voudrait dire que le chef des goguelins a été vaincu.

Quelques soldats s'apprêtaient à suivre les goguelins et abattre ceux des derniers rangs, mais les commandants de la garde, qui n'en croyaient pas leurs yeux non plus, les retinrent. Personne ne faisait confiance aux agissements des goguelins.

Soledad détacha le regard des ruelles bondées et leva les yeux vers le ciel. Quelques raies transportaient des blessés vers les refuges. L'une d'elles avait-elle tué le chef des goguelins ? Et où se trouvait Griffin ? Elle ne distinguait pas les cavaliers à travers la fumée que venait embraser la lueur de l'aurore. Ils ne ressemblaient qu'à de petits points clairs sur le dos des énormes animaux. Soledad pria le ciel qu'il ne lui soit rien arrivé.

Elle était rongée par l'incertitude, en dépit de la vague de soulagement que soulevait en elle la retraite des tribus des profondeurs. Cette trêve allait-elle vraiment durer ?

Les défenseurs avaient entrepris de panser mutuellement leurs plaies. Des bouteilles d'eau allaient de main en main et tous étanchaient leur soif avec avidité. Ceux qui ne tenaient debout qu'à grand-peine s'appuyaient sur leurs compagnons pour descendre du mur.

– Et maintenant ? demanda Buenaventure d'un air désemparé.

Il n'avait même pas baissé son sabre, comme s'il ne pouvait décidément pas croire que la bataille soit finie. Les cris de joie assourdissants qui s'élevaient sur le rempart ne suffisaient pas à le convaincre.

Walker fit un pas en avant.

– Je crois que nous..., commença le capitaine.

Mais il fut interrompu par un hurlement. Avant même qu'il ne puisse finir sa phrase, l'allégresse générale se transforma en un chaos de cris alarmés. Des cloches sonnèrent au-dessus d'eux et un jeune homme se mit à pleurer à chaudes larmes juste à côté de Soledad.

Elle regarda dans la même direction que les autres et vit ce qui avait anéanti en l'espace de quelques instants le sentiment de liesse générale.

Des bateaux étaient en train de poindre derrière les pans de brouillard. Des drapeaux noirs flottaient en haut des mâts et le vent amenait jusqu'aux versants d'Aelenium des cris guerriers étouffés.

– C'est Tyrone ! s'exclama Walker, consterné. Nous allons de Charybde en Scylla, sacrebleu !

Les bateaux se détachaient de l'anneau de brume tels des vaisseaux fantômes. Leurs ponts grouillaient de guerriers aux peintures vives et de pirates agitant leurs sabres.

– Ce sont les cannibales ? dit dans un souffle le jeune homme en pleurs à côté de Soledad.

Personne ne lui répondit.

Chapitre 14

Tête-à-tête sous-marin

La grotte du mont des goguelins était de forme allongée, plutôt étroite et pas spécialement haute. Jolly avait espéré un moment que ce passage rocheux puisse être un tunnel menant quelque part, mais elle dut se rendre à l'évidence en voyant une paroi se dessiner dans son champ de vision au bout de trente ou quarante pas.

Ce qui n'était au départ qu'une simple ombre se transforma peu à peu en un versant couvert d'éboulis et de petites pierres. Apparemment, un plafond s'était écroulé à cet endroit. Il devait y avoir des séismes, peut-être même des éruptions volcaniques dont on ne sentait rien à la surface. Cette découverte accentua encore le sentiment de solitude de Jolly. Si jamais elle mourait ici, cela ne provoquerait pas la moindre vaguelette à la surface. Personne ne l'apprendrait jamais.

Elle leva les yeux vers la voûte de pierre et pensa au ciel clair, bleu, ouvert qui se trouvait à présent à trente mille pieds au-dessus d'elle, aussi inaccessible que la lune et les étoiles. Elle pensa au vent des Caraïbes, aux voiles claquant dans la brise, au sentiment de liberté sur l'océan. Et elle se rappela sa vie passée sur la *Maigre Maddy*, Bannon qui l'avait élevée comme son père, sa trahison et comment tout avait commencé.

Un visage apparut dans ses souvenirs et provoqua en elle une secousse douloureuse. Griffin. Elle eut l'impression d'une main qui se tendait pour lui faire signe une dernière fois, pour dire adieu.

Jolly se laissa tomber sur les genoux et éclata en sanglots.

C'en était trop. Elle avait supporté bien des souffrances, la douleur de la séparation, la solitude, l'hostilité de Munk. Elle avait accepté tout cela. Mais ses forces l'abandonnaient en cet instant précis et tout ce qu'elle avait si longtemps réprimé se déversait sur elle.

Elle resta longuement assise sur le sol, les yeux fermés, repliée sur elle-même comme une enfant qui ne sait plus que faire. Elle pleura jusqu'à ce qu'elle ne sache plus si elle avait encore des larmes, car celles-ci se mêlaient avec la mer et ne laissaient pas de traces.

Quelque chose chatouillait le bout de son nez.

Elle ouvrit les yeux et fut aveuglée par la luminosité du petit poisson. Le reste du banc de poissons dansait devant son visage et les minuscules paires d'yeux sombres la contemplaient d'un air amorphe.

–Laissez-moi tranquille, chuchota-t-elle en tentant de les écarter mollement de la main.

Les poissons s'éparpillèrent, puis se regroupèrent aussitôt. L'un d'eux lui toucha à nouveau le nez, deux autres frôlèrent ses joues. Elle eut presque l'impression que des mains caressaient tendrement son visage.

Une image se dessina en clair-obscur dans son esprit : trois vieilles femmes reliées par les cheveux, assises devant des quenouilles au fond de la mer, tissant l'eau en un fil translucide et brillant. Les fils, parfois isolés, parfois regroupés, partaient de cet étrange endroit et se perdaient au loin. Tissés de manière apparemment arbitraire, ils formaient un faisceau de lignes étincelantes qui s'étendait dans toutes les directions : les tisseuses étaient assises au centre d'un réseau enveloppant le monde.

L'image se détacha de ce que Jolly avait vu autrefois de ses propres yeux pour l'emmener ailleurs. Son regard glissa à une vitesse vertigineuse sur un faisceau de lignes magiques, par-delà des montagnes sous-marines, des gorges, des déserts de poussière sous-marine et des forêts aux plantes bizarres. Elle franchit des failles profondes, longea des cailloux énormes qui étaient peut-être des ruines englouties, traversa des régions grises désolées jusqu'à ce qu'elle atteigne... ce cône rocheux, le nid des goguelins. Le fil magique y croisait d'autres brins, une infinité de brins, et Jolly comprit alors que la montagne se dressait à un carrefour magique, point d'intersection de brins venus de toutes les directions et imprégnant l'endroit de leurs pouvoirs surnaturels.

Les poissons lumineux tourbillonnaient autour de sa tête et formaient une grappe moirée qui sautillait sur des courants invisibles.

Les images s'estompèrent en atteignant le terme de son voyage dans le nid des goguelins. Jolly porta instinctivement la main à la sacoche qu'elle portait à la ceinture. Elle avait perdu son sac à dos et toutes ses provisions, mais la poche était encore accrochée à sa taille. Et les coquillages qui s'y trouvaient aussi.

Elle se redressa et cligna des yeux comme pour s'assurer que l'endroit était bien réel. Les poissons semblaient en proie à une agitation inexplicable.

– Vous ne pouvez pas m'aider, je suppose, dit Jolly. Il faut que je le fasse moi-même, n'est-ce pas ?

Elle renifla, ravala sa salive et sentit une force nouvelle l'envahir.

Elle s'agenouilla, déposa les coquillages en cercle devant elle et attendit qu'ils lui parlent. Cela ne se fit pas attendre. Ses mains accomplirent des gestes qu'elle ne commandait qu'en partie. Ses doigts triaient les coquillages, en ajoutaient certains, modifiaient le motif obtenu. Lorsqu'ils furent enfin satisfaits du résultat, elle leva les mains, considéra la disposition des coquillages et acquiesça lentement.

Elle ferma les yeux quelques instants. Quand elle les rouvrit, la perle magique était là, sans qu'elle ait fait quoi que ce soit ou presque. Elle ne se rappelait pas avoir déjà eu autant de facilité à user de la magie des coquillages. Cela devait tenir à la force du lieu. Le réseau formé par les fils magiques était particulièrement dense dans la crevasse.

Au centre des coquillages, la perle brillait de mille feux. Elle quitta sa position et s'éleva le long du versant abrupt, explora les fentes et les fissures, s'enfonça dans les trous et les brèches. Les poissons lumineux la suivaient en rang et décrivaient une trajectoire toute en courbes qui évoquait la queue d'une étoile filante. Jolly était fascinée par tant de beauté au milieu de toute cette désolation.

Enfin, la perle s'enfonça dans un coin sombre et, toujours aussi étincelante, disparut dans une ouverture invisible d'en bas. Le cœur de Jolly fit un bond dans sa poitrine. La perle avait trouvé un passage qui permettait de sortir du tas d'éboulis.

Peu après, la perle réapparut, fusa en direction de Jolly et se replaça au centre du motif au sol, attendant impatiemment qu'on la replace dans les coquillages. Jolly obéit, les yeux clos, les mains tendues dans un geste conjurateur. Lorsqu'elle rouvrit les yeux, la perle avait disparu et tous les coquillages étaient refermés.

Jamais encore elle ne s'était sentie aussi puissante. Pour la première fois, elle comprit ce qui se passait en Munk lorsqu'il commandait la magie des coquillages. C'était un sentiment euphorique, merveilleux et vivifiant, mais on risquait aussi alors de s'oublier et d'oublier tout ce qu'il y avait autour de soi, de s'abandonner complètement à ce sentiment exaltant de pouvoir absolu.

Elle était charmée et flattée, mais cela lui faisait peur également. Elle se jura au fond d'elle-même de ne jamais céder à cette tentation. Il ne restait plus qu'à espérer qu'elle ait toujours le choix.

Elle rassembla vivement les coquillages, les rangea dans la poche qu'elle portait à la ceinture et commença à escalader les éboulis. Les poissons dansaient toujours autour de l'ouverture que la perle venait de découvrir. Leur lumière argentée marquait l'endroit pour éviter que Jolly ne le perde des yeux.

Le trou était plus grand qu'elle ne l'avait pensé et elle n'eut aucun mal à se glisser à l'intérieur. Elle déboucha de l'autre côté sur une caverne plus vaste.

Elle redescendit sur le sol et entreprit de s'enfoncer dans les tunnels silencieux du nid de goguelins. Les poissons la suivaient en faisant de petits bruits à peine audibles, peut-être dus au crissement de leurs écailles. Peut-être aussi était-ce un tourbillon de voix ou bien un rire soulagé et enjoué.

Bientôt, elle cessa de compter le nombre d'embranchements qu'elle avait traversés. Le sol continuait à descendre, parfois tout doucement, parfois à pic, et elle avait l'impression que l'eau autour d'elle était de plus en plus chaude. Qu'allait-il se passer si elle débouchait tout droit dans une colonie de goguelins ou dans une ville sous-marine bâtie par les tribus des profondeurs ? Elle avait toutefois repéré de nombreuses cavernes, petites et grandes, sur son passage. Si les goguelins avaient voulu s'installer dans ces rochers, ils auraient pu le faire bien plus tôt.

Quelque chose d'autre l'attendait en bas. Et quand elle se rappelait les paroles d'Aïna, il n'y avait guère de doute quant à l'identité de l'être qui habitait les lieux.

Mais elle ne pouvait avancer que dans cette direction. Elle n'avait aperçu aucun chemin remontant vers la surface. Bien sûr, il y avait eu des embranchements, mais les autres tunnels descendaient encore plus abruptement.

Munk et Aïna avaient-ils déjà atteint le cœur de la crevasse ? « N'y pense pas, se disait-elle sans cesse. Réfléchis plutôt à ce que tu vas bien pouvoir faire pour te sortir d'ici. »

Le passage s'élargit. Ses parois s'arrêtèrent soudain et Jolly se retrouva dans une vaste grotte, tellement grande que ses yeux de têtard ne lui permettaient pas d'en voir le bout.

Au premier regard, l'endroit semblait vide. Le sol descendait à pic sous ses pieds, mais sur un ou deux pas seulement, puis il donnait sur une étendue encore plus crevassée et sombre. La surface semblait se bomber doucement au milieu de la caverne pour former une colline.

Jolly crut un instant qu'il s'agissait de lave durcie. Le sol était noir, plissé et très différent des parois du tunnel par où elle était venue. Elle hésita brièvement, puis franchit l'arête et posa le pied sur le sol. À sa grande surprise, il céda un peu sous ses pieds puis rebondit. Il était souple et élastique, comme du goudron encore chaud.

Un cri terrifiant s'éleva, ricocha contre les murs et transperça les oreilles de Jolly. Effarée, elle bondit et monta se réfugier contre le plafond de la grotte.

De là, elle avait une bonne vision d'ensemble, en tout cas aussi loin qu'allait son champ de vision de têtard. Et elle se rendit compte que la chose sur laquelle elle s'était posée n'était pas un sol normal.

C'était un corps.

Un corps pâteux, gigantesque, qui remplissait toute la grotte et paraissait coincé comme un bouchon de liège.

Le cri sortait d'une gueule aussi grande qu'un puits, au milieu d'une face large et grasse, posée sur un corps monstrueux sans cou ni épaules. Des rides noires et des dents à moitié pourries entouraient le trou béant, et Jolly distingua un peu au-dessus – ou plutôt à côté, car le visage était à l'horizontale, tourné vers le plafond – deux yeux bridés et boursouflés.

L'atroce créature ressemblait à un goguelin incroyablement corpulent qu'un puissant coup de poing aurait coincé à l'intérieur de la grotte. La caverne devait être en vérité un gigantesque dôme rocheux, si profond qu'il pouvait contenir le reste du monstre. Jolly ne voyait que la face supérieure de la créature hurlante. Il avait dû falloir une force inconcevable pour presser un être pareil dans ce puits rocheux.

– Quoi ? Quoooi ? Quoooooooi ? cria l'immense gueule.

Des fils de salive huileuse s'élevèrent, comme lorsque l'air enfumé se met à trembler sous l'effet de la chaleur.

– Qui es-tu ? Qui es-tuuuu ?

– Jolly.

Jolly ne bougeait pas d'un pouce, bien que sa tête heurte pratiquement le plafond de la caverne. Le monticule formé par la chair flasque du goguelin se trouvait à une bonne cinquantaine de pas sous elle.

La mère des goguelins – car c'était sans doute elle, à en croire les propos d'Aïna – émit un gargarisme qui se poursuivit par un son étrange, probablement une tentative de répéter le nom de Jolly.

– Que fais-tu ici ? demanda le monstre.

– Je suis prisonnière, dit Jolly. Comme toi.

Un hurlement hideux résonna à nouveau. Le plafond vibra légèrement, de la poussière ruissela par les fentes. Mais la créature ne bougeait pas. Elle était si coincée qu'on aurait cru qu'elle avait été emmurée.

– Prisonnière, oui, oui, oui ! Je suis prisonnière ! De ces répugnants et abominables enfants. (La chair autour de ses yeux était si boursouflée qu'il était impossible de dire si la mère des goguelins regardait Jolly.) Mes pauvres fils, lâches et dépravés. Des lâches et des dépravés, c'est tout ce qu'ils sont.

Jolly songea à s'approcher à la nage de l'énorme visage défiguré, mais elle préféra rester où elle était. La mère des goguelins était sans doute coincée et incapable de se dégager après ces milliers d'années passés ici, mais Jolly ne lui faisait tout de même pas confiance. Elle ne voyait ni jambes ni bras. Les membres du colosse de graisse devaient se trouver en dessous. Mais la seule vue de sa gueule gigantesque était suffisamment effrayante pour garder ses distances.

– Les goguelins sont tes enfants ? demanda-t-elle.

– Oui, oui, oui ! s'exclama impatiemment la voix chuintante avec des gargarismes. (Pas étonnant qu'elle commence à perdre patience après tant de temps.) Alors, tu vas me libérer ?

« Oh, j'en meurs d'envie ! » pensa Jolly en frissonnant, mais elle se contenta de répondre :

– Peut-être bien.

– Fais-le ! Fais-leuuuu ! conjura la bête.

– Je t'ai dit mon nom, ce serait la moindre des choses que tu me donnes le tien.

– Kangousta, hurla la gueule. Kangousta la Grande !

– Kangousta... Et tu n'es pas capable de te libérer toi-même ?

– Non, non, non !

– En quoi puis-je t'aider ?

– Arrache cette fichue montagne ! Toute cette fichue montagne !

– Mais je suis trop petite. Si toi-même tu n'y arrives pas...

Kangousta poussa un cri qui provoqua un courant puissant à l'intérieur de la grotte. Les poissons lumineux qui se pressaient peureusement autour de Jolly furent propulsés en tous sens.

– Je suis coincéééee !

– Je le vois bien.

– C'est lui qui m'a fait ça. Il a incité mes fils à se révolter contre leur propre mère...

La bête paraissait stupide, mais Jolly se gardait bien de la mésestimer. Il y avait dans sa voix de la ruse, une pointe d'intelligence effrayante, même si elle n'avait pu empêcher que son corps monumental soit fait prisonnier.

– N’y a-t-il aucun chemin pour sortir d’ici ? (La tentative était maladroite et peut-être prématurée, mais elle ne pouvait supporter plus longtemps la vue de cet être abominable.) Un chemin par où nous puissions nous échapper toutes les deux ?

Un grondement sortit de la gueule. On aurait dit une éruption de lave.

« Elle rit, se dit Jolly, effarée. Elle se moque de moi. »

– Je te vois venir, petit animal. Tu es comme eux. Tu es comme ceux d’alors.

Jolly était en train de chercher une deuxième ouverture dans les murs de la grotte, mais les mots de Kangousta l’ébranlèrent.

– De qui parles-tu ? demanda-t-elle, un peu moins sûre d’elle.

– Eux ! Eux ! Les petits animaux qui sont venus ici... De petits animaux comme toi. Et puis... Et puis...

Elle se tut, mais sa gueule resta grande ouverte.

– Que s’est-il passé ?

– Pourquoi poses-tu de telles questions, petit animal ? demanda-t-elle avec des sifflements effarants. Tu devrais le savoir. Tu es comme eux.

– À combien sont-ils venus autrefois ?

– Les petits animaux ? D’abord un. Puis deux autres.

Cela ne faisait pas de doute : elle parlait d’Aïna et des deux autres têtards qui étaient venus jusqu’ici pour vaincre le maelström. Peut-être y avait-il du vrai dans ce qu’avait raconté la jeune fille.

Kangousta baissa la voix et prit un ton aux aguets :

– Il faut que tu m’aides, petit animal. Alors, peut-être... Oui, peut-être que je te raconterai tout, déclara-t-elle, toujours d’une voix chuintante.

– Je ne suis pas assez forte pour détruire la montagne.

– Dans ce cas, trouve un moyen.

– Je n'ai pas les pouvoirs nécessaires.

– Les pouvoirs ? dit la bête en partant d'un éclat de rire grondant et rocailleux. Oh si, tu les as sûrement. J'ai vu les petits animaux se battre. Je les ai vus l'enfermer.

Kangousta devait être déjà prisonnière ici à l'époque. Comment pouvait-elle avoir vu quoi que ce soit de ce qui s'était passé à l'extérieur ?

– Je vois beaucoup de choses, dit la mère des goguelins comme en réponse à la question que Jolly venait de se poser en elle-même. Je peux voir à travers les rochers, sentir les choses dans l'eau. Tout ce qui se passe. Je l'ai aussi senti quand l'autre petit animal t'a enfermée ici avec moi. Oh oui ! Et je te sens, petit animal. Mmmm, fit-elle d'une voix plus sourde et profonde.

Jolly réagit avec une fraction de seconde de retard dans le chaos gris de sa vision de têtard. Quelque chose venait de jaillir de la gorge de la mère des goguelins et se précipitait vers elle. Une bande de muscles noirs couverte de verrues !

Elle parvint à esquiver la chose au dernier moment et la pointe de la langue s'écrasa à côté d'elle contre les rochers, tâta la pierre en vibrant et frissonnant, puis se retira avec un bruit de fouet sonore.

Un hurlement de colère s'éleva du corps de Kangousta et la langue se projeta à nouveau en avant. Elle était aussi longue qu'un mât, et guère plus large. C'était sans doute la seule partie de son corps qu'elle pouvait encore bouger.

Le cri du monstre s'atténua, la langue disparut.

Jolly dut prendre sur elle pour ne pas céder à la panique et s'enfuir. Mais elle resta sous le plafond, hors du champ d'action de la langue.

– En voilà des manières de conclure un marché ! dit-elle d'une voix chargée par l'émotion.

Elle tremblait de tous ses membres et espérait que Kangousta ne s'en rendrait pas compte.

– Tu es rapide et agile ! tonna la mère des goguelins. Sacré petit animal, tendre et savoureux !

– Indique-moi le chemin pour retourner dehors et je vais voir ce que je peux faire pour toi.

Les poissons lumineux avaient disparu de son champ de vision et nageaient à présent peureusement derrière elle.

– Il n'y a qu'un chemin. Pas celui par où tu es arrivée. L'autre. Il mène en haut, dehors. C'est par là qu'ils m'apportent à manger. Des proies frétillantes et grasses.

Jolly frissonna et sentit son estomac se serrer. Il ne fallait pas y penser. Il ne fallait plus y penser.

Le deuxième tunnel dont avait parlé Kangousta devait se trouver de l'autre côté de la grotte, trop loin pour qu'elle le voie d'où elle était. Mais Jolly savait à présent jusqu'où pouvait aller la langue de Kangousta et elle n'aurait donc pas de mal à se rendre jusque là-bas.

Elle avait encore une dernière chose à demander. À propos de ce que la mère des goguelins avait dit au début sur Aïna et les autres. Jolly voulait savoir ce qui était arrivé aux têtards. Pourquoi Aïna l'avait-elle trahie ?

– Si tu t'es rendu compte que j'ai été faite prisonnière par l'autre… petit animal, tu sais aussi que ce n'est pas une de mes amies.

– Je m'en suis rendu compte. Tout à fait.

– Pourquoi obéit-elle au maelström ? Car c'est bien ce qu'elle fait, n'est-ce pas ?

Le rire de Kangousta ébranla le dôme rocheux.

– Obéit ? *Obéit ?* Tu ne sais donc rien, petit animal. Tu ne sais rien de la vérité. Le maelström est puissant, oh oui ! Il a fait en sorte que mes rejetons se rallient à lui par peur. S'il mourait, s'il était détruit... mes enfants se battraient à nouveau pour moi. Comme avant. Mais la peur leur fait perdre tout le respect qu'ils me doivent. Au point qu'ils s'aventurent maintenant hors de l'eau ! (Un hurlement de rage suivit ces mots. Kangousta jugeait manifestement impensable qu'un goguelin aille de son plein gré sur la terre ferme.) S'il était détruit, oui, certains viendraient me libérer. Les autres envieraient alors l'amour que je leur porte et ils se battraient entre eux. Comme c'était le cas avant. Au bon vieux temps. Au bon vieux temps gras et savoureux. (La mère des goguelins poussa un gémissement d'apitoiement sur elle-même.) Mais il les a... corrompus. Il a fait en sorte qu'ils en oublient leur propre mère. Voilà ce qu'il a fait.

La langue se tendit et fouetta l'intérieur de la grotte à une vitesse faramineuse avant de retomber mollement sur le visage de Kangousta. Elle resta longuement ainsi, sans un bruit en dehors de sa respiration profonde.

Jolly attendit que le monstre se soit calmé et que la langue se retire dans le gosier comme un serpent mort pour reprendre la parole :

– Je vais détruire le maelström pour que tout redevienne comme avant, dit-elle d'une voix hésitante. Comme avant, au bon vieux temps.

– Au bon vieux temps savoureux.

Jolly toussota.

– Exactement.

– Tu n'es pas assez forte, dit Kangousta d'un ton fatigué. Tu l'as dit toi-même. En outre, je ne te fais pas confiance. Une fois que tu auras trouvé le chemin pour remonter, tu vas disparaître et m'oublier.

« Comment pourrais-je t'oublier ? » pensa Jolly avec dégoût. Elle n'éprouvait aucune pitié pour Kangousta, mais comprenait très bien ce qui se passait sous son crâne ancestral. Autrefois vénérée par les tribus des profondeurs, elle était désormais menacée de sombrer dans l'oubli.

– Je vais le détruire, déclara Jolly avec une détermination qui l'étonna elle-même. Je vais mettre un terme à tout ça.

Les boursouflures autour des yeux tressaillirent.

– Tu vas vraiment le faire ?

– Oui, à moins que je ne meure en essayant.

– Tu es un courageux petit animal. Ou alors tu es bien bête. Peut-être les deux.

Sans réfléchir, Jolly s'exclama :

– En tout cas, ça vaut toujours mieux que de rester dans ce rocher sans rien faire, hormis du gras !

Kangousta se tut ; elle réfléchissait sans doute à une nouvelle remarque acerbe. La mère des goguelins finit par reprendre la parole, très lentement cette fois. Ses paroles s'élevèrent doucement du gouffre noir, comme annoncées par un écho en avance de quelques phrases :

– Tu as raison, petit animal. Il faut que tu saches qu'à une époque j'étais puissante. Tout le monde tremblait devant moi. Tous, que ce soient les goguelins, les animaux ou encore ces poissons de bois avec lesquels vous voguez sur les flots.

Les habitants des îles possédaient donc déjà des bateaux pour se déplacer d'île en île des milliers d'années plus tôt, se dit Jolly. Pourquoi ne restait-il presque plus rien de cette civilisation ? Mais elle apporta elle-même aussitôt la réponse à cette question : sans doute parce que les insulaires ne s'étaient jamais remis de leur guerre contre le maelström. Pourtant, c'étaient eux qui avaient gagné à l'époque. Qu'allait-il rester des Caraïbes après cette bataille-ci ?

Kangousta poursuivit :

– Tu crois que le maelström vient de l'autre mer, n'est-ce pas ? Mais ce n'est pas vrai. Le maelström vient de ce monde. Il était lui aussi un petit animal autrefois. Comme toi.

– Comme moi ? répéta Jolly, ahurie.

– Un petit animal aux grands pouvoirs. Tu l'as vu. C'est lui qui t'a enfermée ici. Le premier petit animal à être venu jusqu'ici.

– Aïna !

– Si c'est le nom que tu lui donnes... oui.

– Mais elle est humaine. C'est un têtard.

– Elle était comme toi.

– Et c'est pour combattre le maelström qu'elle est venue jusqu'ici !

Le monstre partit d'un rire grondant.

– Il n'y avait pas de maelström quand le petit animal est venu ici. C'est elle qui est devenue maelström. Elle *est* le maelström.

Jolly en oublia un instant de faire ses mouvements de brasse et faillit couler. Les poissons dorés virevoltèrent autour de son visage pour l'obliger à réagir. Elle remonta vers le plafond de la caverne en agitant les bras.

– Comment Aïna peut-elle être le maelström ?

– Je ne sens pas tout ce qui se passe dans l'eau, dit Kangousta lentement. Mais tout au début, juste après avoir retourné mes enfants contre moi, elle est venue dans la montagne. Pour me torturer. (Kangousta se tut un moment.) Elle m'a torturée et m'a tout raconté. Qu'elle avait été rejetée par les autres animaux parce qu'elle était différente, plus puissante. Elle a senti ce qui se passait dans les profondeurs. À l'époque, les forces de l'Autre Mer s'approchaient de nous. Elles pénétraient dans mon royaume ! Le petit animal s'est laissé embobiner par les idées et les promesses des étrangers. Il a essayé d'ouvrir une porte pour eux... de devenir *lui-même* une porte qui leur permettrait d'accéder à notre monde.

Plus Kangousta parlait, plus sa voix s'éclaircissait. On aurait dit qu'à chaque phrase une partie de ses souvenirs se ravivaient dans sa mémoire. Le souvenir du maelström, de la guerre contre la *Mare Tenebrosum*. Mais surtout d'elle-même. Elle se rappelait ce que cela faisait de parler avec un être vivant et d'échanger son savoir. Cela ne la rendait pas plus humaine, mais elle paraissait moins monstrueuse.

– Sous l'effet de leurs suggestions, le petit animal s'est transformé en maelström. Je ne pouvais rien faire contre, car je ne possédais pas de pouvoirs magiques, et je n'en ai toujours pas... Mais ne le dis à personne.

– Tu peux me faire confiance, dit Jolly d'une voix sourde.

– Le maelström a pris le pouvoir sur mon royaume et mes enfants.

Jolly réfléchit aux paroles de Kangousta. Aussi incroyable que cela puisse paraître, ce qu'elle disait était cohérent. Aïna avait été rejetée par les humains, elle l'avait dit elle-même. Et pour ce qui était des tentations exercées par les maîtres de la *Mare Tenebrosum*, Jolly en avait fait elle-même l'expérience. Elle se rappelait ses visions autrefois sur le pont du *Carfax*. Si Buenaventure n'avait pas été là...

Elle se secoua pour chasser ces images de son esprit. Elle en aurait presque oublié où elle se trouvait. Elle regarda pensivement la tête géante de la mère des goguelins. Peut-être lui faudrait-il réviser l'opinion qu'elle se faisait de Kangousta. Certes, elle était sournoise et hideuse, mais elle n'était pas simple d'esprit. Le sentiment de pitié contre lequel Jolly luttait depuis le début l'envahissait de plus en plus et se mêlait à la crainte que lui inspirait le monstre.

Kangousta reprit :

– Le petit animal que tu as vu... et qui t'a amenée ici... ce n'était pas vraiment lui. Juste un reflet de son être passé avant qu'il ne devienne le maelström.

– C'est pour ça que nous pouvions passer la main à travers elle !

– Oui.

– Et qu'est-il arrivé aux autres têtards ? Tu as dit qu'il y en avait deux autres, à l'époque.

– Ils sont arrivés un peu plus tard, alors que le maelström était au sommet de sa puissance. Ils se sont battus contre lui pour le retenir et pour maîtriser en même temps les forces de l'Autre Mer.

Jolly acquiesça.

– Ils ont été enfermés avec lui dans le coquillage, nous a dit Aïna. Ça aussi, c'était un mensonge ?

– Non. Ils se sont sacrifiés pour l'enfermer à l'intérieur du coquillage. C'étaient de courageux petits animaux. Ils ont disparu bien, bien longtemps avec lui dans le grand coquillage. Jusqu'à ce qu'il se rouvre et que le maelström regagne en pouvoir. Ils sont alors repartis, mais ils n'étaient plus les mêmes. Pendant tout ce temps, il avait pris le dessus sur eux et en avait fait ses créatures. Il avait remodelé le premier avec de la boue, des algues et les restes des corps qui vivaient autrefois sur les poissons de bois ayant sombré jusqu'ici.

– L'Acherus !

– Je n'ai jamais entendu ce nom, dit Kangousta.

– Et qu'est devenu le deuxième ?

La peau croûteuse de la mère des goguelins se plissa dans un accès de colère.

– Il a pris la tête de mes rejetons. Il a réuni les tribus des profondeurs au nom du maelström. Lui aussi a changé, mais pas comme le premier.

Le seigneur des goguelins. Tout s'expliquait à présent. Même le fait que le marchand aux esprits n'ait toujours parlé que d'un Acherus et pas de plusieurs. Il leur avait dit que l'Acherus avait été créé par le maelström, mais pas à partir de quoi.

« Il le savait », pensa-t-elle avec des larmes de colère. Il savait depuis le début qui étaient à l'origine le maelström et ses deux serviteurs. Et il n'en avait rien dit à Jolly et Munk pour ne pas qu'ils se rendent compte du danger qui les guettait. Un danger bien pire que la mort : peut-être allaient-ils connaître le même destin que les têtards enfermés par Aïna.

Plus Jolly y réfléchissait, plus elle comprenait que Munk était déjà en phase de transformation.

C'est pour cela qu'Aïna l'avait choisi, lui. Elle voulait en faire son serviteur afin de remplacer l'Acherus que Munk lui-même avait détruit. Et elle n'avait pas dit son dernier mot à propos de Jolly. Cela expliquait qu'elle l'ait enfermée ici au lieu de la tuer : elle voulait en faire son esclave et utiliser la magie de Jolly à ses propres fins.

Jusqu'à maintenant, ils avaient toujours supposé qu'ils se battaient contre une créature de la *Mare Tenebrosum*. Mais c'était faux : leur ennemi était autrefois un têtard, tout comme eux. Un têtard rejeté par les siens, qui avait rejoint l'autre camp et en était devenu l'arme la plus puissante.

– Il faut que je la retrouve, dit-elle. Il faut que je libère Munk et que je retienne Aïna.

– Tu ne pourras pas retenir le maelström, tonna Kangousta. Personne ne le peut. J'ai essayé. Regarde où ça m'a menée. Je n'ai pas toujours été comme aujourd'hui...

– Si je vaincs le maelström, tu régneras de nouveau sur les tribus des profondeurs ?

Kangousta hésita.

– S'il est vraiment détruit, et pas simplement enfermé dans un coquillage comme avant... oui, dans ce cas, ils me reverront telle que j'étais autrefois.

– Alors, promets-moi quelque chose.

– Pourquoi le devrais-je ?

– Parce que je vais rétablir ton ancien pouvoir.

« En tout cas, je vais essayer », ajouta-t-elle en silence.

– Quelle promesse veux-tu que je fasse, petit animal ?

– Promets-moi de garder les tribus des profondeurs loin de nous, les hommes. Loin de la surface. Qu'il n'y ait plus d'attaques, ni sur nos bat... sur nos poissons de bois, ni sur la ville étoile de mer, ni sur les côtes. Vous pourrez faire ce que vous voulez ici, mais il ne faut plus qu'il y ait de guerres entre nous.

– Ça me paraît acceptable. Je peux te le promettre, oui.

– Et tiendras-tu ta promesse ?

Un borborygme sourd s'échappa du gosier de Kangousta.

– Tu veux dire que tu ne me fais pas confiance, petit animal ?

– Non.

– Dans ce cas, tu ne vas pas me croire non plus si je te le promets.

– Ai-je le choix ?

Nouveau gargarisme.

– Tu veux donc que je te laisse partir. Pour que tu ailles le détruire.

– C'est l'idée, en tout cas.

– Tu n'y arriveras pas.

– Peut-être pas. Mais peut-être que si.

Kangousta hésita un instant.

– Tu es courageux, petit animal.

Jolly soupira.

– En réalité, j'ai une peur bleue de toi, du maelström et de tout ce lieu absolument effarant.

Cette fois, le grondement de Kangousta ressembla presque à un rire humain.

– Voyons, petit animal, tu n'as plus aucune raison d'avoir peur de Kangousta. Si tu réussis, il n'y aura plus de guerres entre vous et les tribus des profondeurs. Qu'il en soit ainsi !

Jolly soupira de soulagement. L'eau tiède de la caverne emplit ses poumons et répandit en elle, très brièvement, un sentiment de bien-être.

– Maintenant, pars, dit Kangousta. Je vais t'indiquer le chemin par où ils m'apportent à manger.

Elle se tut, ouvrit sa gigantesque gueule et la referma bruyamment.

– Dépêche-toi ! Je sens un goût de malheur dans l'eau.

Chapitre 15
Tyrone

– La pluie de poissons a cessé, constata le marchand aux esprits en jetant un dernier coup d'œil depuis le balcon de la bibliothèque.

Le Père n'avait plus une très bonne vision et le marchand aux esprits devait lui décrire ce qui se passait.

– Les goguelins se sont repliés dans l'eau. Mais cela ne va pas nous être d'une grande aide. La flotte de Tyrone a ouvert le feu sur la ville.

Un tonnerre de canons retentit sur la mer. Les nuages des tirs se mêlèrent à la fumée noire qui montait des ruines sur la rive. Debout sur le balcon, les deux hommes avaient les yeux qui piquaient ; ceux du Père étaient rougis et emplis de larmes. En le regardant, le marchand aux esprits comprit une fois de plus combien son compagnon était devenu humain au fil des ans.

Ensemble, ils retournèrent à l'intérieur de la bibliothèque et refermèrent la porte derrière eux. Le grondement des tirs s'assourdit, mais l'odeur pénétrante de la bataille avait depuis longtemps envahi les hautes salles de la bibliothèque.

– Est-il possible que ce soit le seul but du maelström ? demanda le marchand aux esprits, tandis que ses perroquets se posaient de part et d'autre de lui sur des piles de livres. Cherche-t-il à nous acculer pour que nous fassions le dernier pas ?

– Pas nous, mon ami. Toi seul en as le pouvoir. Le mien s'est évanoui depuis longtemps déjà. Mais tu possèdes encore assez de ta force d'antan. Tu es encore jeune par rapport à moi, constata le Père avec un petit rire triste.

– Tu aurais pu le rester, toi aussi, si tu n'avais pas décidé de te retirer ici. Les hommes t'ont presque oublié. Ils vénèrent quelque chose qu'ils appellent Dieu, mais ils ne lui donnent même plus de nom. Si tu étais resté avec eux et si tu t'étais montré à eux... peut-être aurais-tu conservé tous tes pouvoirs.

– Je ne le voulais plus, tu le sais pertinemment. Après la chute de la première ville étoile de mer... Ah, comme j'aimerais parfois que mes souvenirs se soient taris en même temps que mes forces.

Le marchand aux esprits s'appuya sur une tour d'ouvrages reliés de cuir.

– Si je fais ce que tu veux, cela va rapprocher encore le maelström de son but.

– Il a un entendement de petite fille, mon ami, n'oublie pas ça. C'est une haine d'enfant qui l'anime. J'emploierais même le terme d'insolence, s'il n'y avait pas tant en jeu. Toi seul es encore capable de l'arrêter.

– Tu veux que je ressuscite les esprits des autres divinités, mais ils ne vont pas m'obéir longtemps, dit le marchand aux esprits. Ce ne sont pas des êtres humains dont je peux manipuler l'âme à ma guise. Ce sont des divinités ! Comme nous !

Les doigts du Père se crispèrent sur sa canne.

– Mais ils sont capables de remporter la bataille pour nous ! Si seulement je pouvais m'en charger...

Le marchand aux esprits s'avança vers le vieil homme avec un sourire apaisant et prit sa main.

– Tu as utilisé tes forces pour une plus noble cause, mon ami. Tu as créé tout un monde.

– Et maintenant, je suis obligé d'assister à sa destruction par une fillette dans un accès de colère ! Cela n'a rien de divin, crois-moi !

– Cela fait longtemps qu'Aïna n'est plus une fillette. Les maîtres de la *Mare Tenebrosum* l'ont transformée en maelström, et cela depuis des millénaires.

– Mais elle agit encore comme un enfant. Elle s'est sentie à l'époque trahie par les hommes qui l'avaient rejetée à cause de ses facultés hors du commun. Et aujourd'hui, elle se sent trahie par les maîtres de la *Mare Tenebrosum* parce qu'ils ne l'ont pas aidée quand les premiers têtards l'ont vaincue, expliqua le Père avec un soupir désespéré. Elle ne peut pas détruire la *Mare Tenebrosum*, mais elle peut détruire ce que les maîtres convoitent plus que tout : ma création. Ce monde-ci ! Aïna va le réduire en cendres. Tout cela parce qu'un petit groupe d'êtres butés l'a renvoyée de son village et qu'elle est entrée en contact avec des forces trop grandes pour elle.

Le marchand aux esprits acquiesça pensivement.

– Elle va nous détruire.

– Sauf si tu l'arrêtes, gémit le Père avant de se mettre à faire les cent pas en boitillant entre les murs de livres, appuyé sur sa canne. Nous tournons en rond, depuis des jours déjà. (Il s'arrêta et son regard croisa celui du marchand aux esprits.) Nous sommes devenus comme eux, ne comprends-tu pas ? Nous nous disputons comme deux enfants qui tirent des deux côtés d'une corde, sans relâche. Sans répit, conclut-il tout bas en secouant la tête.

Le marchand aux esprits extirpa son anneau d'argent de sa cape sombre et caressa délicatement le métal froid.

– Je pourrais réveiller les dieux, dit-il. Je pourrais les lancer à l'assaut de Tyrone et de ses vassaux. Et même à l'assaut du maelström. Mais qui va les renvoyer dans l'ombre une fois la victoire acquise ? Je n'en suis pas capable. Je réveillerais des forces trop puissantes pour moi. Les esprits vont se battre et démolir ce qui reste du monde... par haine envers les créatures qui les ont oubliés autrefois, ou bien par simple lubie. Rares sont ceux parmi eux qui sont capables de créer quoi que ce soit, tu le sais bien. Non, quel que soit le chemin que nous choisissons, nous sommes condamnés à sombrer, déclara le marchand aux esprits en s'appuyant des deux mains contre le bord d'une table, fatigué.

– Mais ce sont des dieux ! rétorqua le Père. Ils ont le droit de détruire. Le maelström n'en a pas le droit. Il n'est... qu'une aberration de la nature. Un ulcère. Ah, les tisseuses ont fait du beau travail !

– Les tisseuses ? répéta le marchand aux esprits d'une voix raffermie. Elles ont été créées par ce monde sans que tu n'y sois pour rien. Elles n'ont pas besoin que les humains croient en elles parce que le monde lui-même croit en elles, chaque pierre, chaque brin d'herbe. Et c'est l'unique raison pour laquelle tu les méprises.

– Elles sont...

Le marchand aux esprits fit un pas en direction du Père. Son œil unique tressaillait.

– Lorsque la *Mare Tenebrosum* s'est manifestée pour la première fois, les tisseuses n'ont fait que réagir au danger de la manière qui leur paraissait la plus appropriée. Elles ont créé les têtards pour repousser les maîtres de la *Mare Tenebrosum*. Est-ce que pour cela que tu leur en veux ?

– Le premier de ces têtards était Aïna, et elle est devenue le maelström ! C'est peut-être la plus grande erreur que ce monde ait jamais vue.

– Mais ce sont les hommes qui ont commis une erreur, pas les tisseuses. Tu es injuste envers elles, mon ami. Elles ont toutes trois essayé de protéger le monde.

Le Père baissa les yeux.

– Parce que celui qui avait créé le monde n'était pas capable de le protéger, admit-il piteusement.

Soledad, Walker et Buenaventure continuaient à dévaler les ponts de corail, les ruelles et les escaliers de la ville dévastée. Ils s'étaient ralliés à une troupe de gardes chargés d'aller espionner le moral des troupes du roi des cannibales : avaient-ils subi de lourdes pertes lors de la bataille navale ? Et cette armée composée de guerriers aborigènes et de la racaille de l'Ancien Monde paraissait-elle solidaire ?

La flotte des cannibales avait cessé de faire feu sur la ville, sans doute parce qu'il n'était pas possible de remonter suffisamment les canons des bateaux pour atteindre les objectifs situés plus en hauteur sur les versants d'Aelenium. Les projectiles n'auraient pu qu'atteindre les rives déjà détruites.

Plus la troupe d'éclaireurs descendait en direction de l'eau, plus la fumée devenait épaisse. Ils atteignirent bientôt les premières ruines. Les maisons étaient réduites à quelques murs se dressant vers le ciel comme des squelettes calcinés.

Personne ne parlait. Pas seulement à cause de la fumée et du feu. Soledad avait déjà pris part à de nombreuses batailles navales, mais elle avait vu tout au plus quelques cadavres dans la mer ; la plupart du temps, les morts du côté ennemi sombraient avec leur bateau. C'était tout autre chose de traverser une ville transformée en un vaste champ de bataille. Une vision de cauchemar.

Elle jeta un regard de côté en direction de Walker et constata à sa grande surprise qu'il semblait lui aussi accablé par la vue de toutes ces destructions et de toute cette souffrance. Elle prit sa main sans un mot.

– Regardez !

Ils s'immobilisèrent en entendant ce cri. L'un des soldats s'était approché d'une rambarde en corail délimitant une placette au sud. La vue sur la rive était voilée par un rideau de fumée. Soledad et les autres se hâtèrent de le rejoindre.

Les premiers attaquants étaient en train de débarquer sur les digues aux pointes de l'étoile de mer. Ils sautaient de leurs canots avec des cris de guerre et se précipitaient en désordre dans les ruelles.

L'un des gardes, un homme à la barbe blanche bien taillée, mais tachée de sang de goguelin, eut une grimace dédaigneuse.

– Ce ne sont pas des soldats. Ces pirates et ces sauvages sont très forts quand il s'agit de piller, mais pas pour faire la guerre.

Walker s'apprêtait à protester énergiquement, mais il remarqua que ni Soledad ni Buenaventure ne disaient mot.

– C'est un avantage pour nous ? demanda Soledad.

Le soldat secoua la tête :

– Face à des adversaires si nombreux ? Avant que les premiers n'atteignent le rempart, l'ennemi aura envahi la rive. C'est la relève des goguelins.

Buenaventure eut un grondement affirmatif.

– Ils vont nous prendre d'assaut.

Soledad se massa les poignets d'un air songeur.

– Je ne pense pas. Tyrone avait dans les deux cents bateaux. Il n'y en a même pas la moitié devant nous.

– Tout au plus un quart, dit Walker. En supposant qu'il n'y en ait pas d'autres cachés dans le brouillard.

– C'est peu probable. Tyrone va lancer toutes ses forces dans la bataille, dit Soledad en souriant froidement. Les capitaines des Antilles l'ont sérieusement affaibli.

Le soldat à la barbe blanche reprit la parole d'un ton impatient :

– C'est bien possible, mais le fait est qu'ils nous sont encore largement supérieurs en nombre. Je propose que nous retournions vers le rempart. Chaque homme compte, là-bas. Chaque femme aussi, ajouta-t-il avec un petit signe de tête poli à l'intention de Soledad.

– Allez-y avec vos hommes, dit Soledad. Walker, Buenaventure et moi, nous allons essayer de nous approcher de Tyrone.

Walker haussa un sourcil.

– Ah oui ?

– Soledad a raison, intervint Buenaventure. En tout cas, elle a un plan. C'est toujours mieux que de rester les attendre du haut du rempart jusqu'à ce que nous nous fassions piétiner.

Le soldat blêmit, mais il soutint le regard de l'homme pitbull, puis acquiesça. Sans doute était-il bien content, dans le fond, de se débarrasser des trois pirates.

Soledad se tourna vers Walker.

– Essayons, au moins.

Il soupira tout bas, puis haussa les épaules.

– Les belles femmes ont toujours raison, disait mon père.

Soledad lui lança un sourire radieux :

– Je croyais que tu n'avais jamais connu ton père ?

Le soldat à la barbe blanche toussota.

– Bien, dit-il d'un ton appuyé, mes hommes et moi-même allons donc revenir sur nos pas. Je vous souhaite bonne chance à tous les trois... et je le dis très sincèrement.

Les bruits de pas des soldats furent rapidement couverts par le crépitement des flammes et les cris qui venaient de la rive. Ils se remirent aussitôt en route, Soledad et Walker en première ligne, Buenaventure juste derrière eux.

Il faisait si chaud dans certaines ruelles qu'ils étaient obligés de faire demi-tour et de chercher un autre chemin. Parfois, c'était la fumée épaisse qui les empêchait d'emprunter un passage.

Ils finirent par franchir un pont de corail étroit sans rampes qui enjambait une des rues principales plus larges. Ils virent en dessous d'eux une armée de pirates et de cannibales aux maquillages ancestraux s'élancer à l'assaut du versant, suivie par une formation plus ordonnée qui observait avec méfiance les trous béants des fenêtres dévastées par l'incendie. Certains levèrent les yeux vers le pont ; Soledad, Walker et

Buenaventure eurent le réflexe de se jeter à terre pour ne pas être découverts.

Une silhouette sombre apparut au milieu de la troupe de pirates. La tête du roi des cannibales était entièrement rasée, à l'exception d'une longue queue de cheval noire dans sa nuque. À la différence des autres pirates, il avait adopté les peintures de guerre des aborigènes dont il avait pris la tête des années plus tôt. Il portait une ample tenue de gentilhomme, avec des bottes à large rebord qui montaient jusqu'aux genoux et une vaste cape pareille à une traînée de fumée. D'où ils étaient, les trois compagnons ne pouvaient pas voir ses dents taillées en pointe, mais leur seul souvenir donnait la nausée à Soledad.

Elle avait peur de lui ; il aurait été absurde de le nier. Tyrone était un remarquable combattant, cruel et sans scrupule. Déjà à l'époque où il sillonnait la mer des Caraïbes sur son bateau de pirate, les récits de ses attaques étaient légendaires. Après sa disparition dans la jungle de l'Orénoque et sa réapparition à la tête des tribus de cannibales, les rumeurs avaient pris des proportions inouïes. On lui prêtait les pires actes barbares.

Ses officiers l'escortaient à travers les ruelles emplies de fumée. C'étaient des hommes de grande taille aux visages durs et couverts de cicatrices, eux-mêmes suivis par une troupe de pirates et de gueux qui protégeaient les arrières de leur maître.

L'un d'eux ressemblait à...

– Griffin ? s'exclama Soledad, ahurie. Regardez ! Là, en bas ! Ce n'est pas lui ?

– Impossible, grommela Buenaventure.

– Si, tu as raison ! s'écria Walker, tout excité.

Mais il s'efforça aussitôt de modérer son enthousiasme : il ne voulait pas montrer à quel point il s'était attaché au jeune pirate au cours des semaines qu'ils avaient passées ensemble.

Griffin avançait au milieu des pirates, vêtu d'une chemise sale, d'un pantalon aux rayures blanches et rouges et d'un foulard noir sur la tête. Il portait un sabre denté sur les épaules comme s'il s'agissait d'un bâton de randonnée.

Soledad pencha un tout petit peu trop la tête par-dessus le rebord du pont. Heureusement, une seule personne sentit sa présence et leva les yeux vers elle.

Griffin masqua sa surprise et se donna toutes les peines du monde pour ne rien laisser transparaître de son excitation. La tension qui le rongeait tandis qu'il évoluait ainsi au milieu des troupes ennemies mettait ses nerfs à rude épreuve. Ses traits tremblaient.

– Sacré petit diable, va ! gronda Buenaventure.

– Il va faire prochainement la connaissance du vrai diable s'il ne fait pas attention ! s'exclama Walker d'une voix étranglée par l'anxiété.

Les deux autres virent aussitôt pourquoi. Soledad réprima un cri d'horreur.

Deux pirates derrière Griffin avaient manifestement compris qu'un intrus s'était glissé dans leurs troupes. L'un dégaina son poignard et l'autre tendit les bras vers l'adolescent pour l'attraper.

En moins de temps qu'il n'en fallait pour le dire, Soledad se leva, prit son élan et sauta. Avant même d'avoir touché le sol, elle donna un coup à l'un des deux pirates pour l'obliger à lâcher son poignard et le frappa avec sa propre arme. Walker et Buenaventure atterrirent à sa droite et à sa gauche et passèrent aussitôt à l'attaque. Ils avaient bondi au beau milieu de la garde rapprochée de Tyrone, à dix pas à peine de Griffin, qui se jeta à terre.

Soledad n'eut pas le temps de chercher des yeux l'adolescent. Elle avait déjà fort à faire pour terrasser les nombreux pirates et cannibales autour d'elle avant que leurs adversaires ne se rendent compte qu'ils étaient attaqués non pas par une armée tout entière, mais par trois pauvres malheureux.

La technique de combat de Buenaventure ressemblait à celle des deux autres, à la différence près que la puissance de son sabre géant dépassait de beaucoup les coups de Soledad. Des corps hurlants gisaient autour de lui. Il bondit sur le côté et attrapa de la main gauche une poutre ramollie par les incendies de la nuit. La charpente d'une baraque adossée à une des maisons en corail était encore en flammes.

– Walker ! Soledad ! Attention ! cria Buenaventure.

La baraque s'inclina dans une éruption de bois embrasé et une pluie de feu s'abattit sur le groupe de pirates. La plupart avaient cessé de se battre et essayaient uniquement d'esquiver les flammes. Plusieurs bouts de poutre tombèrent sur Buenaventure. Un cri de fureur monta de son gosier. Walker fut lui aussi touché, mais un peu moins grièvement ; Soledad fut la seule des trois à échapper à cet enfer de flammes. Son adversaire direct fut également épargné et ils continuèrent à se battre au milieu des cris et des colonnes de fumée qui enveloppèrent bientôt toute la scène. D'un coup de sabre en pleine rotation, elle parvint à jeter l'homme à terre. Elle chercha Walker dans un accès de panique et le vit en train de se battre avec un cannibale, les cheveux fumants. Buenaventure s'était lui aussi remis debout. Il avait une horrible brûlure sur le bras gauche, mais paraissait pour le reste en état de se battre.

Et Griffin ? où était-il ?

La plupart des pirates s'étaient enfuis dans les ruines avoisinantes, chassés par le feu. Certains avaient sans doute poursuivi leur ascension. Il ne servait à rien de rester en bas à se battre si la majeure partie des troupes de défenseurs attendait sur le rempart supérieur. Tyrone avait disparu, lui aussi.

Un homme aux boucles blondes sortit en trébuchant du mur de fumée et s'approcha de Soledad, secoué par d'atroces quintes de toux. Elle le reconnut soudain et se mit aussitôt en position d'attaque.

– Bannon ! cria-t-elle en contrant la lame de son épée. Tu as commis une grave erreur !

Il ne répondit pas et se mit à frapper avec encore plus de force, l'obligeant à reculer de quelques pas en direction de la rive.

La fumée mordante était de plus en plus épaisse. La puanteur lui faisait mal à la gorge et lui coupait le souffle.

Mais Soledad n'avait pas le choix : elle devait sauver sa peau et elle était presque reconnaissante au destin d'avoir fait en sorte que Bannon croise sa route. Elle le méprisait d'avoir trahi sa fille adoptive Jolly et d'avoir voulu la livrer à Tyrone et au maelström.

Bannon continuait à se battre avec acharnement, sans rien dire. Leurs lames s'entrechoquaient sans cesse. Il était plus fort qu'elle, mais elle était plus habile pour manier le sabre et aussi plus rapide. Les attaques qu'il portait n'en étaient que plus brutales. Elle se demandait si la lame de son propre sabre n'allait pas se briser sous la violence des coups de Bannon, mais le métal tenait bon. Les vibrations qui lui remontaient jusqu'à l'épaule étaient si fortes qu'elles finirent par lui paralyser complètement le bras.

Bannon prit son élan pour porter le coup mortel. Contrairement à ce qu'on disait de lui, il ne souriait pas au moment d'achever son adversaire et renonça même à toute mimique narquoise. Il voulait manifestement s'acquitter de sa tâche le plus rapidement possible.

Soledad gémit et essaya de nouveau de lever le bras pour parer le coup.

Un bruit terrible retentit. Bannon tressaillit, s'immobilisa brièvement, baissa les yeux et contempla d'un air ahuri la lame qui sortait de son torse. Ses yeux s'agrandirent lentement, sa bouche s'ouvrit.

– Par tous les chiens de l'enfer ! murmura-t-il.

Puis il s'effondra, aussi silencieusement qu'il s'était battu. Il tomba le visage à terre et resta allongé au sol. Un vieux sabre en piteux état était planté dans son dos.

Une silhouette vêtue d'un pantalon blanc et rouge bondit par-dessus le cadavre et prit Soledad dans ses bras.

– Griffin !

– Princesse !

Ils restèrent ainsi dans les bras l'un de l'autre, comme s'ils ne s'étaient pas vus depuis des années. Cela faisait du bien de le savoir à nouveau auprès d'eux.

Lorsqu'elle le relâcha, elle remarqua qu'il vacillait, puis ses jambes cédèrent.

– Griffin ? dit-elle en se penchant aussitôt sur lui. Que se passe-t-il ? Tu es blessé ?

Il essaya de sourire, mais cela lui donna un air encore plus fatigué et vidé de toute substance. Ils n'avaient pas dormi depuis une éternité, mais l'épuisement à lui seul ne pouvait expliquer son état.

– Tu saignes !

Elle repoussa délicatement son bras sur le côté et contempla avec effroi la tache rouge sombre. Sa chemise sale de pirate était totalement imprégnée de sang.

– Pas profond, murmura-t-il. Pas de danger.

Soledad ne fit pas attention à ce qu'il disait et leva la tête :

– Walker ! Buenaventure ! cria-t-elle dans la fumée.

Ses yeux piquaient, elle avait de plus en plus de mal à respirer, mais plus rien ne lui importait en dehors de l'adolescent.

– Il faut que l'un de vous deux vienne m'aider !

Un cri transperça le rideau de fumée en guise de réponse, puis Buenaventure arriva à pas lourds et pressés, suivi par un Walker tout ébouriffé et couvert d'égratignures. Sa chemise était à moitié trouée par les flammes, mais il ne paraissait pas avoir de blessures graves.

– La plupart ont continué leur marche, constata-t-il en toussant. Cette fumée va nous tuer si... (Il se tut en apercevant le sang dans le flanc de Griffin.) Sacré nom de nom !

Les lèvres de Griffin tressaillirent à nouveau, mais ce n'était plus cette fois que pour esquisser l'ombre d'un sourire.

– Rien de grave. Ça fait juste un peu... mal...

– On va s'occuper de toi, mon garçon.

Buenaventure poussa Soledad sur le côté et souleva Griffin du sol comme s'il s'agissait d'une plume, en faisant bien attention à ne pas lui faire encore plus mal.

– Il faut que nous allions nous réfugier derrière le rempart, dit Soledad. Il a besoin d'aide.

– Pas question.

Mais elle ne démordait pas de son idée.

– Nous pouvons y arriver, vous croyez ?

– Non, dit Walker avec sa franchise habituelle. Nous sommes désormais derrière les lignes ennemies. Ils ont probablement déjà commencé à se battre sur le rempart. Et il y a encore plus d'hommes de Tyrone qui attendent en bas, sur la rive. Dès que la fumée va se dissiper, ils vont débarquer ici. (Il lança un regard soucieux en direction de Griffin qui reposait tel un enfant dans les bras musclés de Buenaventure.) Je crois que nous ferions bien de chercher une cachette et d'attendre un moment plus favorable pour rejoindre les autres. Nous avons eu une sacrée chance jusqu'à maintenant.

« Il a raison », pensa Soledad. La bagarre avec les hommes de Tyrone aurait pu se terminer tout autrement si Buenaventure n'avait pas fait s'écrouler la baraque en flammes.

– Je peux marcher, glissa Griffin dans un souffle, bien peu convaincant.

– C'est ça, c'est ça.

Buenaventure se mit aussitôt en route et se dirigea vers un endroit un peu moins enfumé pour mieux évaluer la gravité de la situation. Soledad et Walker le suivirent.

Devant eux, la ruelle en escalier était déserte. Mais ils entendaient le bruit de la bataille qui faisait rage un peu plus haut. Cette fois, il s'agissait d'une bataille entre humains.

– Nous sommes coincés entre deux vagues de combattants, dit Buenaventure. Les autres équipes restées sur les bateaux ne vont pas tarder à arriver. Il faut nous dépêcher.

Ils se dirigèrent en courant vers les marches, enjambèrent des cadavres de goguelins et de défenseurs et atteignirent bientôt le quartier des poètes.

Derrière eux, les bruits de pas et les cris se rapprochaient.

– Ils arrivent ! murmura Walker.

– Cachons-nous dans l'une des maisons !

Buenaventure se précipita vers une entrée et s'apprêtait à ouvrir la porte lorsque Soledad le retint.

– Non ! Allons un peu plus loin.

Walker lança un regard désespéré par-dessus son épaule. La fumée au pied de la ruelle en escalier décrivait d'étranges tourbillons de plus en plus agités. Des silhouettes humaines apparurent. Les premiers combattants allaient déboucher de la nappe de fumée d'un instant à l'autre et découvriraient alors les fugitifs.

– À gauche !

Les deux hommes n'avaient guère d'autre choix que de suivre Soledad qui courait devant eux. Griffin serrait les dents dans les bras de Buenaventure. Malgré la douleur et les secousses, il était sur le point de s'endormir.

Soledad dévala une ruelle, atteignit un croisement et repartit vers le haut. Les hommes de Tyrone pouvaient apparaître d'un instant à l'autre.

– Soledad ! Il faut que nous nous réfugiions dans l'une des maisons !

Pour un peu, le cri de Walker l'aurait fait changer d'avis, mais elle continua à avancer. Elle bifurqua à nouveau dans une ruelle et s'arrêta devant une porte, hors d'haleine. Au bout du passage, elle aperçut des hommes du roi des cannibales.

Walker la rejoignit devant l'étroite maison de corail, tout haletant. La façade ne faisait que quelques pas de large. Il reconnut aussitôt l'endroit.

Buenaventure les rattrapa en soufflant bruyamment et ne s'arrêta même pas :

– Ils sont juste derrière nous !

Il défonça la porte avant même que Soledad ait le temps de lui dire qu'elle n'était pas fermée à clé.

Ils le suivirent tous les deux à l'intérieur. Mais, une fois dans la maison, Walker retint Soledad par le bras.

– Y a-t-il une raison particulière à ce que tu nous aies amenés ici ?

Elle referma la porte derrière eux. Le battant rebondit à cause de la serrure brisée.

– Dépêche-toi. Commence déjà par m'aider !

Ensemble, ils poussèrent un coffre en bois contre la porte. Cela ne retiendrait pas leurs adversaires bien longtemps s'ils avaient remarqué la présence des quatre compères, mais, dans le cas contraire, cela empêchait de voir de la rue que quelqu'un avait pénétré ici.

– Alors ? demanda Walker.

– D'abord, cette maison est plus haute que les autres, dit Soledad. Du grenier, on a vue sur le rempart supérieur. Je le sais, je viens d'y aller.

– Tu es allée voir le ver ?

Walker haussa un sourcil. Soledad ne savait pas si c'était une marque de mécontentement ou bien de simple surprise.

– C'est un peu compliqué à expliquer, dit-elle en évitant son regard. J'ai vu quelque chose, dans la ville inférieure. Et il m'a semblé que c'était peut-être...

– Venez vite ! tonna la voix de Buenaventure.

Ils n'avaient pas remarqué qu'il avait déjà gravi l'escalier jusqu'au grenier.

Avant même d'entrer dans la pièce, alors qu'ils se trouvaient encore dans l'escalier, Soledad sentit qu'il y avait quelque chose d'anormal. Mais elle ne comprit qu'au tout dernier moment ce qui la dérangeait.

Il faisait trop clair.

Trop de lumière passait par la porte, comme si...

– Où est le toit ? s'exclama Walker lorsqu'ils firent irruption dans le grenier.

Le ciel gris-bleu béait au-dessus d'eux, sillonné de langues de fumée. Les deux murs du pignon étaient encore là, mais le plafond mansardé avait disparu et il ne restait plus que quelques pics par endroits.

– Où est le ver, nom de Dieu ? demanda Buenaventure, les yeux rivés sur le ciel.

Il parut se rappeler soudain qu'il tenait Griffin dans les bras et posa doucement le garçon devant lui. Le sol était couvert de bouts de cocon. Des pelotes blanches et grises voletaient et se déposaient dans les coins pour former des tas fibreux ou restaient accrochées comme de l'écume sur les bouts de toit aux formes déchiquetées. Buenaventure en rassembla quelques-unes et les glissa sous la nuque de Griffin en guise d'oreiller.

– Je ne suis pas... Je vais bien..., dit doucement l'adolescent.

Buenaventure opina le plus sérieusement du monde :

– Tu as juste besoin d'un peu de sommeil, comme nous tous.

– Mais nous n'avons pas le temps de...

La voix de Griffin faiblissait de plus en plus et il ne termina pas sa phrase.

Soledad se pencha sur lui, inquiète.

– Qu'est-ce qui lui arrive ?

– Il dort, c'est tout, dit l'homme pitbull. Laisse-le se reposer. Ça va apaiser ses souffrances, au moins un petit peu.

Tandis que Walker inspectait les bouts de toit comme s'il cherchait désespérément le ver du bois dans les restes de cocon, Soledad défit prudemment les boutons de la chemise de Griffin et contempla la plaie sur son flanc. Elle ne paraissait vraiment pas si grave : une série de petites coupures, pas assez profondes pour mettre réellement ses jours en danger, même s'il avait perdu beaucoup de sang. Le pire était sans doute la douleur. Les blessures se trouvaient au-dessus des côtes et allaient peut-être jusqu'à l'os.

Elle épongea de la manche le front du garçon endormi et le confia à la surveillance de l'homme pitbull.

– Regarde-moi ça, dit Walker accroupi dans un coin de la mansarde en examinant quelque chose devant lui sur le sol.

Soledad plissa les yeux.

– C'est le cocon ?

– Ce qu'il en reste. Il y en a encore plus ici. Le reste a sans doute été emporté par le vent, dans la cour ou ailleurs.

Les bouts de toile blanche évoquaient une gigantesque coquille d'œuf aux bords crantés.

Walker fit une chiquenaude et le bout de toile se balança.

– On ne dirait pas que ça a été découpé, si ?

– Non, renchérit Soledad, c'est comme si la chose avait éclaté. Il a dû sortir de lui-même de son cocon.

Elle regarda les murs qui se dressaient vers le ciel. On aurait dit qu'il y avait eu une explosion. L'onde de choc avait dû projeter à l'extérieur tous les morceaux qui étaient sans doute parsemés dans tout le quartier, car ils n'avaient pas remarqué de tas dans la ruelle. Le toit avait été réduit en poussière.

– Qu'est-ce que tu voulais dire, tout à l'heure ? demanda Walker. Tu as commencé à expliquer qu'il t'était venu une idée à propos du ver.

Elle se rappela avec un frisson le serpent dans la ville inférieure, cette créature étrange dont le regard l'avait convaincue qu'elle avait affaire non pas à un animal, mais à l'un des anciens dieux d'Aelenium. Même maintenant, dans cette pièce dévastée, elle ne pouvait s'empêcher de faire le parallèle avec la sensation qu'elle avait ressentie face au ver dans son cocon.

– Le ver n'est pas un ver, dit-elle. En tout cas, c'est ce que je pense.

– Et il serait quoi, d'après toi ?

– Un dieu.

Walker la regarda d'un air amorphe. « S'il rit, pensa-t-elle, je lui colle ma main sur la figure. »

Mais il resta accroupi sans réaction et se contenta de la dévisager.

– Un dieu ? répéta-t-il d'une voix sourde. Notre ver du bois ?

– Les anciens Égyptiens vénéraient les scarabées. Les Indiens vouent un culte aux tortues. Les Indiens de la jungle ont même...

Il l'interrompit d'un geste.

– Mais... c'est un vrai casse-pieds. Un emmerdeur de première catégorie. Il a failli bouffer mon bateau !

– Certains dieux mangeaient des hommes, à ce qu'on

dit, répliqua-t-elle avec un sourire triste. Tu préférerais peut-être ça ?

– J'aurais moins de mal à te croire dans ce cas, répondit-il avant d'ajouter aussitôt : Enfin, ce n'est pas que je ne te crois pas... mais... tu veux dire que ce bidule, là, serait une divinité ? Nom d'une pipe !

– Le doute est le privilège de celui qui croit, dit au même moment derrière eux une voix étrangement familière et en même temps très différente. Sans foi, il ne peut y avoir de doute.

Soledad et Walker se retournèrent vivement. Buenaventure leva les yeux de Griffin sans lâcher la main droite de l'adolescent et regarda ce qui venait de surgir derrière les murs déchiquetés. La créature s'éleva majestueusement au-dessus de l'arrière-cour où elle attendait peut-être pendant tout ce temps. Ou bien peut-être dormait-elle et venait-elle tout juste d'émerger de ses rêves.

Une lumière aveuglante inonda les ruines de la mansarde où se tenaient les quatre pirates et couvrit un instant le soleil matinal dont les rayons tremblants se perdaient dans la fumée.

– N'ayez pas peur ! leur lança le nouveau dieu, tout auréolé de sa couronne de flammes.

Puis il ajouta plus bas, sur un ton beaucoup plus terre à terre :

– Par toutes les anguilles de la côte, j'ai une de ces faims ! Je pourrais manger un navire entier !

Chapitre 16
La crevasse

Le nid de la mère des goguelins disparut dans le noir, hors du champ de vision de Jolly. Tandis que le rocher se dissipait dans l'obscurité, elle fit de son mieux pour le bannir également de sa mémoire.

De quelques brasses vigoureuses, elle s'approcha du cœur de la crevasse, escortée par des poissons luisants qui suivaient le moindre de ses gestes.

Kangousta lui avait expliqué comment sortir de la grotte et Jolly avait ainsi trouvé sans hésitation le chemin pour quitter le nid des goguelins. Elle était sortie par une fente en zigzag dans la partie supérieure de la montagne, juste assez grande pour ses épaules. Elle s'était alors rendu compte que Kangousta n'avait pas été enfermée dans la montagne une fois prisonnière, mais que la montagne avait dû être amenée au-dessus d'elle pour la maintenir en captivité. Voilà donc de quoi était capable la force à laquelle Jolly allait se mesurer.

Étrangement, cette idée ne l'effrayait presque plus. Cela faisait longtemps déjà que plus rien ne pouvait l'impressionner ; et sa décision était prise, inébranlable. Elle n'aurait jamais cru parvenir à un tel état où courage, désespoir et indifférence ne faisaient plus qu'un. Elle avait l'impression que des forces la déplaçaient sur un plateau de jeu et étaient en train de la pousser vers la dernière case. Là où tout allait se décider.

Elle flottait au-dessus du labyrinthe de failles qui entourait la montagne des goguelins, enveloppée par la danse des particules en suspension dans les profondeurs de la mer. Le cortège de poissons luisants la suivait à quelques pas, et elle se demanda avec inquiétude si les minuscules animaux ne risquaient pas d'attirer l'attention du maelström. Elle n'apercevait plus aucun goguelin albinos, mais la plupart des fentes étaient de toute manière trop sombres pour sa vision de têtard ; elle ignorait tout ce qui pouvait bien se presser au fond des brèches. Elle ne voyait pas trace non plus de Munk ni d'Aïna. Ils avaient sans doute atteint depuis longtemps déjà la source du maelström.

Les rochers semblaient de plus en plus bas. Le fond de la mer paraissait aller en pente sur les derniers mètres. Finalement, le paysage rocailleux laissa la place à une vaste étendue de sable.

Le but de son périple était situé quelque part là-dedans, elle le sentait. Il se trouvait encore hors de son champ de vision, mais elle éprouvait un mouvement d'aspiration. Il ne pouvait pas s'agir du courant du maelström lui-même, car, dans ce cas, elle aurait déjà été broyée depuis longtemps. Peut-être cette force venait-elle d'elle-même : elle voulait que les choses en finissent, d'une manière ou d'une autre.

Elle avait l'impression d'être à l'apogée de son pouvoir et sentit pour la première fois un léger battement en portant la main sur la sacoche des coquillages à sa ceinture. Comme si une chose la pressait de la libérer et de s'ouvrir aux forces magiques.

Jolly descendit peu à peu et s'arrêta juste au-dessus du sol. Derrière elle, les rochers disparurent à nouveau dans l'obscurité. Elle était entourée de sable gris et mort qui paraissait avoir été lissé par une patte géante – sans doute par les courants chercheurs balayant le fond de la mer à intervalles irréguliers.

Peu à peu, quelque chose se dessina devant elle dans l'obscurité. Au début, elle crut qu'il s'agissait d'une immense tour pivotant sur elle-même à une vitesse vertigineuse. En examinant plus attentivement la base de la tour, elle se rendit compte qu'il s'agissait des deux moitiés d'un coquillage béant en forme d'éventail, blanc et gigantesque, à moitié enterré. Seuls les bords dentelés dépassaient du sol et emplissaient tout son champ de vision.

Le coquillage géant était entouré d'une multitude de petites formes, de plus en plus nombreuses au fur et à mesure que Jolly se rapprochait du centre de la crevasse. Elle se retrouva bientôt au-dessus de milliers de coquillages gros comme le poing qui formaient un tapis continu et dissimulaient entièrement le sable.

La base du maelström n'était pas plus large que les tours des forteresses bâties par les Espagnols, les Anglais et les Français sur les côtes des îles des Caraïbes. Mais ce n'était pas la même chose de se trouver face à une construction en pierre que face à une tornade d'eau en furie. Des tourbillons de sable s'élevaient au centre du coquillage géant ouvert ; ils étaient la seule manifestation concrète de l'action du maelström sur ses environs immédiats. Jolly ne ressentait toujours aucun mouvement d'aspiration ; elle était uniquement attirée en pensée, comme si la simple vue du maelström déclenchait en elle le désir presque incontrôlable de s'en approcher.

Si la base du maelström en forme d'entonnoir était somme toute très mince par rapport à ses dimensions à la surface de la mer, le spectacle de cette colonne d'eau tourbillonnante était suffisamment impressionnant pour inspirer à Jolly un sentiment de respect infini. Lors de sa descente dans les profondeurs de la mer, elle avait réfléchi plus d'une fois à ce qu'elle éprouverait face au maelström. Le moment était enfin arrivé : la vision lui coupait le souffle, elle se sentait minuscule et impuissante, et les battements impatients dans la poche qu'elle portait à sa ceinture n'y changeaient rien.

Les coquillages insistaient pour qu'elle les libère enfin. La magie grondait en eux, et Jolly se demanda avec angoisse si ces forces n'allaient pas se retourner contre elle à la vue du coquillage géant. La mer de coquillages en dessous d'elle la faisait douter de ses propres facultés. Le maelström ne dérobait-il pas à ces milliers de coquillages leurs forces magiques afin de nourrir les siennes ?

Il n'y avait ni goguelins ni dispositifs de défense. L'endroit n'avait rien d'une forteresse et Aïna n'était pas une princesse résidant dans son château. Combien de perles magiques étaient déjà sorties de ces coquillages et quels pouvoirs conféraient-elles à leur nouvelle propriétaire ? D'une part, la capacité à soumettre l'océan et à le transformer en un tourbillon avide ; d'autre part, la faculté d'ouvrir des portails entre les mondes.

Jolly en était persuadée : la véritable Aïna avait cessé d'exister des milliers d'années plus tôt. Les forces que l'adolescente avait conjurées autrefois l'avaient happée depuis longtemps déjà. Comme un serpent qui se mord lui-même la queue. Il ne restait que la tête, habitée par un mélange d'espoir, de souvenirs et d'envie de vengeance. C'est ainsi que le maelström avait formé cette silhouette sans corps qu'il avait lancée à leurs devants pour séduire Munk.

Une forme apparut au milieu des nuages de poussière, à l'endroit où se rejoignaient les deux moitiés de coquillage et où s'élevait l'entonnoir du maelström. La silhouette était si incroyablement petite devant cet arrière-plan à couper le souffle que Jolly faillit ne pas la voir.

Jolly s'immobilisa en suspension. Elle était venue jusqu'ici pour... pour quoi faire, à vrai dire ? Déballer ses coquillages, les disposer en cercle et espérer que l'ombre de la magie allait avoir un quelconque effet sur ce qui s'étendait sous ses yeux ?

La silhouette s'approcha en flottant au-dessus du tapis de coquillages. Jolly se rendit compte alors qu'il s'agissait de Munk. Il ne s'occupait pas le moins du monde du maelström dans son dos.

– Tu viens pour te battre ? lui cria-t-elle.

Sa voix tremblait, mais cela ne servait à rien d'essayer de masquer sa crainte. Il la connaissait beaucoup trop bien pour ne pas savoir ce qu'elle éprouvait à cet instant précis.

– Ça me fait de la peine de te voir ainsi, dit-il en approchant sans faire le moindre mouvement, comme s'il était porté par un courant.

– De me voir comment ?

– Seule. Et si fragile.

– Je suis blessée, Munk. Pas fragile.

Il pencha un peu la tête – presque comme Aïna – en agitant les pointes des doigts dans un geste anodin.

– Parce qu'Aïna t'a enfermée ?

– Il est bien pire d'être trahie que battue, rétorqua-t-elle.

Elle s'était attendue à ce qu'il ait complètement succombé à l'influence du maelström lorsqu'elle arriverait sur les lieux. Mais elle était troublée qu'il n'ait pas changé d'apparence. Il n'était ni pâle ni maladif, il n'avait pas les yeux brillants et ne montrait aucun autre signe de possession, contrairement à ce qu'elle avait imaginé. Bien au contraire. Jolly se rendit compte qu'il était beaucoup plus douloureux de le voir ainsi, débordant de force, comblé, très loin du garçon fatigué et confus incapable de se soustraire à l'influence d'Aïna.

Il était ici de son plein gré. Ce qu'il disait, ce qu'il allait faire se passait de son plein gré et par conviction de sa part.

Jolly était si ébranlée qu'elle en perdit tout contrôle sur son corps pendant quelques instants et descendit vers le sol. Les coquillages claquèrent sous ses pieds. Elle se hâta de remonter et lutta quelques secondes pour tenir en suspension dans l'eau.

– N'aie pas peur, dit Munk. S'ils voulaient te tuer, ils auraient pu le faire il y a déjà longtemps. Elle dit qu'elle veut que tu sois son alliée, Jolly, pas son ennemie.

– Que t'a-t-elle promis pour que tu te laisses emberlificoter de la sorte ?

– Promis ? répéta-t-il, l'air sincèrement surpris. Tu crois vraiment qu'elle a eu besoin de me promettre quoi que ce soit ? Elle m'a juste expliqué la raison de tout ça. Le caractère inéluctable de la situation, quoi que nous fassions, toi et moi.

– Dans ce cas, c'est encore beaucoup plus grave que je ne le pensais, dit-elle dédaigneusement. Tu n'as pas simplement cédé, tu t'es rangé de son côté ! Du côté du maelström !

– Tu continues à envisager tout ça comme une guerre, n'est-ce pas ? Les bons d'un côté, les mauvais de l'autre ?

– Non, répliqua-t-elle. (Elle se souvenait de la leçon des tisseuses d'eau et elle savait depuis longtemps déjà que ce n'était pas si simple.) Mais il est forcément mal de tuer d'autres êtres ou de les transformer en esclaves, Munk. Tu le sais. Ou bien est-ce que le maelström a effacé tous tes souvenirs en même temps que ton sens moral ? Il a tué tes parents. L'as-tu vraiment oublié ?

Elle vit que ses paroles l'avaient touché. Elles les avait bien prononcées dans ce but.

Il s'approcha en nageant ; ils n'étaient désormais plus qu'à une trentaine de pas l'un de l'autre.

– C'était une erreur, dit-il en prenant manifestement sur lui (ou bien essayait-il simplement de s'en convaincre ?). Un malentendu, ajouta-t-il.

Elle le regarda bouche bée, incapable de répondre quoi que ce soit. Un malentendu ? Le meurtre de ses parents ? Elle secoua la tête et glissa la main droite dans la poche où elle gardait ses coquillages. Il n'y avait presque plus de place dans l'étroit étui de cuir et elle dut faire attention à ne pas abîmer les fragiles coquilles. Une agréable chaleur monta le long de son bras jusqu'à sa cage thoracique.

– Tu n'es plus le même, dit-elle d'un ton lourd de reproches. Comment peux-tu imaginer qu'il soit bien de laisser les maîtres de la *Mare Tenebrosum* pénétrer dans notre monde ? Grand Dieu, que peux-tu voir de positif là-dedans ?

Munk se tut longuement. Ses traits tressaillirent.

– La *Mare Tenebrosum* n'a plus grand-chose à voir avec tout ça, finit-il par dire. Tout a commencé avec elle, mais les choses vont finir sans elle.

Il s'arrêta à dix pas d'elle à peine. Ils se trouvaient à présent à la même hauteur au-dessus de la mer de coquillages. Derrière Munk, la colonne d'eau du maelström tournait indéfiniment sur elle-même, telle une toupie infatigable se refusant à perdre de la vitesse. L'eau grondait et bouillonnait, mais le bruit n'était pas assez fort pour couvrir leurs paroles. Les lois de la nature n'étaient pas simplement incontrôlables au fond de la mer : elles avaient totalement disparu.

– Aïna m'a tout expliqué, dit Munk en regardant nerveusement autour de lui. Les maîtres de la *Mare Tenebrosum* l'ont faite maelström pour qu'elle leur serve de porte d'accès à notre monde. Mais quand le maelström a été vaincu par les autres têtards à l'époque, les maîtres n'ont pas bougé le petit doigt pour lui venir en aide. Au lieu de quoi ils l'ont regardée être faite prisonnière. Le temps ne joue aucun rôle pour ces créatures, pas même quelques milliers d'années, et ils ont décidé d'attendre. Ils n'avaient pas non plus à subir les atroces souffrances dont était victime le maelström... ou plutôt Aïna.

« Bon Dieu, se dit Jolly, cette ordure lui a complètement tourné la tête. »

Il poursuivit :

– Lorsque le maelström a repris des forces et s'est libéré de sa prison, les maîtres de la *Mare Tenebrosum* ont exigé qu'il se mette à leur service. Mais il a décidé de prendre seul le contrôle de ce monde, sans servir en quoi que ce soit ceux qui l'avaient créé, puis trahi. (Il fit un geste de la main en direction du maelström.) Aïna n'a fait que se défendre, Jolly. Et tu as failli subir le même destin. Rappelle-toi quand tu as échoué avec Griffin sur l'île du métamorphe. Ce n'était pas un hasard. Le métamorphe obéissait à la *Mare Tenebrosum*. Et son pont n'avait été bâti que pour une seule raison : te mener jusqu'aux maîtres. Avec toi, ils auraient eu un nouveau maelström et disposé d'une porte d'accès depuis leur monde, cette fois. Tu as eu de la chance, constata-t-il en baissant la voix. Aïna t'a envoyé les goguelins pour détruire le pont quand il en était encore temps. C'est ça qui t'a sauvée.

Jolly le dévisagea. Elle revoyait le pont et la vision de cette mer obscure infinie. Que lui avait dit le métamorphe sur l'île, déjà ? « Tu es attendue. »

Ses paroles devenaient compréhensibles, tout à coup. Elle frissonna. Et si les goguelins n'avaient pas attaqué le pont ? Est-ce elle qui aurait ouvert la porte aux maîtres ? Aurait-elle permis que le malheur s'abatte sur le monde ? Munk avait raison, les goguelins l'avaient sauvée du destin qui l'attendait.

Elle recula d'un pas instinctivement, mais Munk la suivit.

Jolly le fusilla du regard.

– Tu ne comprends donc pas ce qui est en train de se passer, Munk ? Tu ne vois pas ce que le maelström fait de nous ? Nous allons connaître le même sort que les têtards autrefois ! Il va transformer l'un de nous en Acherus. Le monstre qui a tué tes parents ! poursuivit-elle en le criblant de mots pareils à autant de coups. Il était comme nous, autrefois. Et c'est valable également pour la créature qui mène les armées de goguelins. Le maelström va faire la même chose de nous. Il veut que nous l'aidions, mais pas en tant qu'égaux, comme des esclaves sans volonté. Veux-tu vraiment devenir comme l'Acherus ? Est-ce là ce que tu souhaites ? conclut-elle avec tant de rage qu'elle faillit en broyer les coquillages dans sa poche.

Munk se tut un moment, comme s'il guettait de nouveaux murmures dans son esprit, une réponse qui lui était soufflée par quelqu'un d'autre.

–Je..., commença-t-il, mais il s'arrêta aussitôt lorsqu'une deuxième silhouette apparut derrière lui.

La forme se détacha de la colonne tempétueuse du maelström. On aurait dit que l'eau elle-même lui avait donné vie. Le corps d'Aïna, transparent au départ, gagnait en couleur et en consistance au fur et à mesure qu'elle s'approchait.

Jolly eut l'impression que la mer gelait autour d'elle, tant elle avait froid. Elle s'était pourtant attendue à ce que, tôt ou tard, quelqu'un... ou plutôt quelque chose apparaisse sous les traits de l'adolescente.

Le reflet d'Aïna s'éleva au-dessus du maelström et au même moment, le mur tourbillonnant s'ouvrit quelques instants comme un rideau. Jolly put lancer un rapide regard à l'intérieur de la colonne d'eau, dans l'âme du maelström.

Il n'y avait rien. Juste un gouffre vide et noir.

–Munk ! s'exclama Jolly d'une voix conjuratoire avant qu'Aïna ne soit assez proche pour la retenir.

La mer de coquillages en dessous d'eux semblait agitée des signes avant-coureurs d'un tremblement de terre.

–Elle va faire de nous ses esclaves. Ce n'est quand même pas ce que tu souhaites !

La jeune fille n'était plus qu'à un jet de pierre. Elle n'avait pas besoin de nager pour avancer : elle était portée par un courant généré par la colonne d'eau.

Jolly rejoignit Munk d'une brasse. Sur l'instant, elle crut qu'il allait l'esquiver, mais il resta sur place et soutint son regard à grand-peine. Il y avait dans ses yeux une prière qu'elle ne voulait pas voir. Elle ne la comprenait pas, elle ne le comprenait pas.

Elle l'attrapa par les bras.

– Munk, s'il te plaît... Elle va faire de toi une créature pareille à l'Acherus. Voilà ce qui va nous arriver à nous deux.

– Elle m'a montré que je faisais partie de ce monde, dit-il d'une voix sourde. Nous sommes des têtards. Nous sommes nés de la mer. C'est ici que se recoupent les brins magiques.

« Non, se dit Jolly, certainement pas. » Elle avait vu de ses yeux l'endroit où naissaient les brins magiques et ce n'était pas le même. Aucun autre endroit ne pouvait contenir autant de fils de magie que l'espace situé entre les rouets des trois vieilles femmes au fond de l'eau. Mais comment le lui faire comprendre ? Il n'était pas là lorsqu'elle avait fait la rencontre des tisseuses d'eau, il ne les connaissait pas. Comment lui expliquer qu'il existait dans un recoin de l'océan des forces encore plus grandes et que c'était là qu'étaient véritablement nés les têtards ? Cela paraissait impossible à la vue de l'infernal scénario qui se jouait dans le dos de Munk.

Aïna s'arrêta à côté d'eux. Ses lèvres s'ouvrirent et Jolly vit dans sa bouche un palais, des dents et une langue se former au moment même où elle ouvrait la bouche, et pas une seconde plus tôt.

Pourquoi le maelström faisait-il un usage aussi économe de ses pouvoirs ? N'en avait-il pas assez ? Ou bien avait-il déjà jeté une grande partie de ses forces dans la bataille pour Aelenium ? Était-ce la raison pour laquelle il tenait tant à s'approprier leurs pouvoirs de têtards ? Jolly inspira profondément et ses poumons s'emplirent d'eau. Voilà sans doute la raison pour laquelle elle était encore en vie : le maelström avait besoin d'elle.

Jolly était de plus en plus excitée, mais elle s'efforça de ne pas le montrer.

– Pourquoi résistes-tu de la sorte ? demanda Aïna.

Même sa voix ne se formait qu'au dernier moment. Les syllabes, au début vagues et confuses, se raffermirent pour prendre la voix de l'adolescente. Était-ce par pure négligence puisqu'il n'était plus nécessaire de leurrer Jolly ? Ou bien Aïna sentait-elle vraiment ses forces l'abandonner ?

Aussi fascinante que soit cette idée, elle était aussi effrayante. Si son ennemi était si pressé de l'attirer dans son camp, il ne tarderait pas à faire usage de la force.

Les traits d'Aïna se figèrent dans un sourire :

– Munk a compris que sa place était ici, à mes côtés. Pourquoi luttes-tu contre cette idée ? Les humains ne veulent pas des têtards. Ils nous détestent.

– Tu dis ça parce qu'ils t'ont rejetée autrefois.

– Et tous les têtards qu'ils ont tués ? Pourquoi êtes-vous les deux seuls survivants ? Ne comprends-tu pas à quel point les hommes sont bêtes ? Ils sont incapables de voir plus loin que le bout de leur nez, de s'ouvrir à des choses nouvelles. Ils craignent ce qu'ils ne comprennent pas. Ils parlent de toi dans ton dos, ils te montrent du doigt et se demandent comment ils vont se débarrasser de toi une fois que tu auras accompli ton travail. Tu veux peut-être nous faire croire que tu ne t'en es pas aperçue, mais, au fond de toi, tu connais la vérité.

Jolly secoua la tête.

– Ils nous ont accueillis, Munk et moi, et traités comme tous les autres.

– Ce n'est pas vrai, rétorqua Aïna en regardant Munk dans l'espoir qu'il renchérisse.

Il hésita un instant, puis acquiesça.

– Ils nous ont toujours dit que nous étions différents des autres. Ils nous regardaient dans les rues d'Aelenium et parlaient à voix basse quand ils nous croisaient.

Le regard de Jolly se glaça.

– Et tu en étais ravi, si je me souviens bien. Nom de Dieu, Munk ! Tu as même essayé de me retenir quand j'ai voulu partir à la recherche de Bannon.

– Parce que... parce que je ne voulais pas rester tout seul là-bas, avoua-t-il tout bas.

– Parce qu'il avait peur, dit Aïna. Pas vrai, Munk ?

Il opina avec une expression hésitante.

– Oui.

– Ici, dans la crevasse, tu ne seras jamais seul. Tu es avec les tiens.

Jolly fit un mouvement des jambes qui l'éloigna d'Aïna et de Munk.

– Munk, le supplia-t-elle, elle ment ! Elle a transformé les têtards qui l'ont suivie et en a fait ses créatures ! Des monstres !

Il ne répondit rien et se contenta de mordiller obstinément sa lèvre inférieure.

Aïna modifia sa stratégie et ses traits se durcirent. Sa voix prit une intonation autoritaire pour signifier à

Jolly que la phase des discussions arrivait à son terme. Le maelström était pressé, pour des raisons qu'elle ne pouvait là encore que supputer.

– Aelenium est tombé, dit Aïna. Il n'y a plus rien qui vous attende là-haut.

– Si c'était vrai, tu n'aurais pas besoin de nous, rétorqua Jolly en réprimant un tremblement dans sa voix.

Et si Aïna disait la vérité ? Mais ce n'était pas possible.

– Aelenium continue à se battre, je le sais.

– Tu as vu ce qui est arrivé à la première ville étoile de mer. Elle a sombré et a été brisée en mille morceaux. Beaucoup y ont laissé leur vie et l'histoire va se répéter aujourd'hui. À l'époque, ils ont essayé de me faire prisonnière. Ils ont failli échouer, mais j'ai au moins réussi à détruire la ville. (Aïna tendit la main comme pour toucher Munk.) Montre-lui de quel bord tu es, Munk.

Jolly glissa les doigts dans les coquillages qu'elle portait à sa ceinture. Cette poignée de coques qui crissaient sous ses doigts ne lui était d'aucune utilité sur le moment. Elle aurait eu besoin de les étaler et de faire apparaître la perle magique. Tout cela aurait pris beaucoup trop de temps.

– Ne fais pas ça, dit-elle à Munk.

– Il veut que tu restes avec lui, dit Aïna. N'est-ce pas, Munk ?

– Oui, fit-il.

– Tu peux la forcer, dit Aïna. Il suffit que tu le veuilles.

– Tu as déjà essayé, dit Jolly. Tu te souviens quand tu as voulu m'obliger à rester ?

C'était peut-être une erreur de lui rappeler sa défaite sur le *Carfax*. Mais que diable ! C'était tellement douloureux de le voir ainsi. En dépit de toutes leurs disputes, il était toujours Munk, le fils de fermiers qui l'avait tirée de l'eau et sauvée. Son ami.

Aïna commençait à perdre patience.

– Fais-le ! lança-t-elle à Munk. Ou bien c'est moi qui vais m'en charger !

Jolly regarda autour d'elle. L'essaim de poissons luisants dansait derrière elle dans l'eau grise. Elle ne pouvait espérer aucune aide de leur part. Il fallait qu'elle trouve elle-même une solution. Elle regarda le tapis infini de coquillages et ses pensées s'enfoncèrent peu à peu à travers les coques vides.

Ce qu'elle y sentit la bouleversa : il n'y avait plus de magie dans ces coquillages, aucune vie propre, pas le moindre signe de leur force antérieure. Le maelström les avait vidés, il leur avait dérobé leur force pour l'utiliser à ses fins. Ce que Jolly avait pris pour une incroyable concentration de magie était en réalité un cimetière. La magie de tous ces coquillages était perdue à jamais. Une infinie tristesse s'empara de son âme. Elle avait l'impression qu'on lui avait dérobé ce qu'elle possédait de plus précieux, qu'on l'avait rongée jusqu'à l'os. Et elle comprit alors que c'était ce qui attendait Munk et elle-même : le maelström allait dévorer leur magie, s'approprier leurs talents et leurs forces pour n'en plus rien laisser. Ce n'étaient pas eux qui prendraient la place de l'Acherus et du seigneur des goguelins, mais leurs enveloppes vides de toute substance. C'était pour cette raison que les serviteurs du maelström avaient besoin de nouveaux corps : ils n'étaient pas capables de se déplacer par leurs propres forces.

La silhouette qui se tenait en suspension devant Jolly n'était pas Aïna non plus, mais une image que le maelström avait reconstituée pour les leurrer et les narguer.

Jolly s'enfonça plus encore en pensée dans la couche de coquillages jusqu'à ce qu'elle atteigne le fond de la crevasse et trouve enfin ce qu'elle cherchait.

Les brins magiques. Le réseau ancestral des tisseuses d'eau. Ses milliers de ramifications complexes recouvraient l'endroit.

Lors du naufrage du *Carfax*, les tisseuses d'eau avaient attiré Jolly jusqu'à elles par un tunnel d'eau qui l'avait transportée à une vitesse folle jusqu'à leur nid sous-marin. Pouvaient-elles le faire à nouveau ? Ne serait-ce que pour la protéger du maelström – et de Munk ?

Elle essaya d'attraper en pensée l'un des brins magiques, mais fut alors elle-même soudain happée par une force qui l'éloignait des brins. Son lien avec le fil magique se déchira comme une corde trop tendue, remonta tel un fouet des profondeurs et se perdit dans la lueur crépusculaire de la crevasse. Jolly se secoua, sa vue s'éclaircit.

Elle aperçut Munk assis en tailleur sur le sol, au milieu d'une mer de coquillages calcinés. Il avait fermé les yeux pour mieux se concentrer.

Elle vit encore autre chose.

Elle s'était trompée lorsqu'elle était partie du principe que tous les coquillages en dessous d'elle étaient morts. Quelques rares coquillages bouillonnaient encore. Ceux de Munk ! Et au milieu d'eux, le plus grand et le plus beau – celui qu'Aïna lui avait donné.

Munk avait dû les poser sur le sol pour former un motif avant que Jolly n'arrive au pied du maelström. Avec Aïna, ils avaient attiré Jolly au milieu de ce cercle. Une perle luisante était apparue sous ses pieds, juste au-dessus du sol, débordante de force, plus lumineuse que toutes les perles que Jolly avait pu voir jusqu'à maintenant. Munk avait besoin du coquillage remis par Aïna pour faire naître une telle force.

Aïna sourit. Son visage avait définitivement perdu toute innocence. Ses traits se déformèrent, se mirent à tourbillonner et décrivirent une tornade conduisant directement à l'intérieur de son crâne. Jolly la dévisagea, puis lutta pour détacher les yeux de cette vision. Mais les forces de Munk la maintenaient fermement, comme si elle était enveloppée d'une couche de glace paralysante. Sous elle, la perle luisante grandissait à vue d'œil. Elle touchait à présent ses pieds et se mit à monter le long de son corps en gonflant tout autour d'elle.

« Elle est en train de m'avaler ! » se dit Jolly.

Mais même ce sentiment de panique ne lui donnait pas la force nécessaire pour y résister.

Elle voulut dire quelque chose, mais sa bouche ne lui obéissait plus. Sa langue et sa mâchoire étaient figées. Elle ne pouvait que cligner des yeux en fixant tout droit devant elle le tourbillon qui avait remplacé les traits d'Aïna.

Des points lumineux lui apparurent à gauche et à droite et passèrent à côté d'elle à toute vitesse. Les poissons luisants des tisseuses d'eau, aspirés par le tourbillon du crâne d'Aïna, furent gobés tout rond. Leur lumière s'éteignit dans le gouffre de la tornade grise et Jolly éprouva une violente douleur, comme si quelqu'un avait enfoncé une aiguille entre ses côtes. Puis la lumière de la perle atteignit son visage et l'enveloppa. Jolly était à présent au cœur d'une boule de flammes.

Elle sentit monter en elle un cri désespéré, un mélange de colère, de haine envers le maelström et de fureur envers Munk qui était trop faible ou trop bête, ou peut-être trop blessé par son amour pour Griffin, pour l'écouter.

Il ne semblait pas se rendre compte de la transformation d'Aïna. Il ne restait plus rien du corps de l'adolescente, juste une spirale vertigineuse tournant à toute vitesse sur elle-même. Le tourbillon se terminait en bas par un filet d'eau qui se dirigeait avec des mouvements de fouet vers l'énorme colonne d'eau du maelström pour se fondre en elle. La grande perle dans laquelle Jolly était prisonnière fut elle aussi bientôt happée par ce mouvement. Accroupie, incapable de faire quoi que ce soit, elle se sentit irrémédiablement aspirée par le tourbillon intérieur du maelström.

Chapitre 17

Les pleurs des dieux

Le flot de lumière qui baignait le ciel au-dessus de la maison était aveuglant. Lorsque le ver – ou plutôt la créature qu'il était devenue – leur avait adressé la parole la première fois, Soledad avait été incapable de reconnaître quelle forme il avait pris. Mais, tandis que le drôle d'être jurait et se lamentait qu'il avait faim et que personne ici ne semblait prêt à offrir ne serait-ce qu'un petit tronc d'arbre à un dieu affamé, les yeux de Soledad s'habituaient peu à peu à la clarté et elle distinguait enfin ce qui se trouvait au centre de l'auréole de lumière.

Le ver s'était transformé en un serpent à plumes dont le corps puissant se tortillait inlassablement en l'air, porté par des ailes suffisamment larges pour couvrir toute la charpente. Ses battements d'ailes soufflaient de l'air tiède et humide sur les ruines du grenier et faisaient s'envoler les restes de toile qui virevoltaient comme des flocons. Les écailles de la créature étaient d'une couleur pourpre sombre, presque noire, de même que ses ailes couvertes de duvet comme celles d'un oiseau ; celles-ci se trouvaient sur le tiers supérieur du corps du serpent qui devait faire vingt pas tout étendu, même s'il était difficile d'estimer sa longueur en raison de ses contorsions répétées.

Walker cria et Buenaventure vint se poster devant Griffin pour le protéger. Soledad garda quant à elle sa contenance. Elle était intérieurement aussi bouleversée que ses amis, mais elle avait un avantage sur eux : elle avait déjà eu affaire à pareille créature. L'être qu'elle avait rencontré n'était pas ailé, mais il était tout aussi gigantesque. Même la tête triangulaire du reptile ressemblait à s'y méprendre à celle du serpent marin dans la ville sous-marine. En d'autres circonstances, elle aurait pu croire que des ailes avaient poussé sur la créature vivant dans les profondeurs d'Aelenium et lui avaient permis de remonter à la surface.

Cependant, en dépit de son allure élégante et de ses dimensions nouvelles, il était indéniable qu'il s'agissait du Vermeilleux Ver du bois. Dieu ou pas dieu, il tenait le même langage ponctué de jurons.

– Par le traître souffle de Tezcatlipoca, n'y a-t-il donc personne ici qui puisse donner une portion de bois à un dieu serpent tout juste éclos ?

Il se tut et parut réfléchir, puis poussa un soupir apitoyé sur lui-même.

– J'ai mangé ce qu'il y avait comme bois dans la cour, mais ça n'aurait même pas suffi à rassasier un ver, alors...

Il s'interrompit à nouveau. Ses yeux de serpent avaient découvert Griffin. Le crâne pointu contourna sans peine Buenaventure et se pencha délicatement sur l'adolescent avec un mouvement de balancier. L'homme pitbull paraissait mourir d'envie de fracasser la tête du dieu serpent à mains nues, mais il se contenta de respirer profondément et le laissa faire.

– Hé, mon garçon ! dit la créature d'une voix soucieuse et zézayante qui ressemblait étonnamment à celle du ver, en beaucoup plus puissant. Que t'arrive-t-il ?

Le corps de serpent ondoya et s'enroula malgré lui autour de Buenaventure. Il fixa Soledad de ses pupilles minces :

– Il n'est pas mort, n'est-ce pas ?

– Non, répondit-elle. Juste épuisé et blessé.

Le crâne du reptile recula dans un tressaillement, puis ses yeux d'ambre se posèrent à nouveau sur Griffin. La lumière qui enveloppait son puissant corps de serpent baignait désormais également Buenaventure et le garçon inconscient. Soledad s'attendait presque à ce que cette lumière ait un effet miraculeux sur Griffin. Mais lorsque la créature relâcha l'homme pitbull furieux, elle vit que Griffin n'était toujours pas réveillé. Les croûtes sur son flanc brillaient d'un rouge profond.

– Où est la fille ? demanda le serpent. Où est Jolly ?

– Toujours dans la crevasse, dit Soledad.

Elle l'espérait en tout cas.

– La crevasse... bien sûr.

La voix de la créature était à présent pensive ; le ver paraissait se rappeler peu à peu tout ce qui avait précédé sa nymphose.

Soledad vit que Walker plissait le front.

– Qu'est-ce que c'est que ce truc, par la barbe de Morgan ? demanda-t-il de manière fort peu diplomatique en désignant le serpent à plumes.

La question n'était adressée à personne en particulier, mais il vint se planter devant la créature, les poings sur les hanches, le menton levé, les yeux rivés sur l'immense tête.

– Qu'es-tu devenu, ver ? Tu ressembles à ces bestioles qu'on trouve sous les cailloux.

– Walker, dit Soledad doucement pour qu'il se modère un peu.

– Sssssssss, fit le serpent.

Sa langue fourchue traversa l'air, puis disparut à nouveau entre ses mâchoires couvertes d'écailles.

– Il faudrait un caillou autrement plus gros que tous ceux que tu peux soulever. Ne sois donc pas si présomptueux, mon ami.

Était-ce une invitation à se battre ? Non, se dit Soledad, sans doute pas. Le Vermeilleux Ver du bois était glouton, menteur et totalement imbu de lui-même, mais un cœur bon battait dans sa... poitrine, si on pouvait parler de poitrine à la vue de cette créature.

– Je suis le Grand Serpent, dit-il d'une voix qui inspirait le respect. Je vole d'un monde à l'autre, porté par les vents, et dévore les ennemis de l'Ancien Peuple.

Soledad connaissait les mythes du dieu serpent des Indiens que se racontaient les aborigènes des îles. Elle avait vu des dessins et des reliefs représentant le serpent à plumes dans les ruines du temple de la jungle du Yucatán lorsqu'elle s'y était rendue avec son père des années plus tôt. Mais elle se demandait si la divinité mythique des aborigènes était bien identique à la créature qui se trouvait devant eux. Cela paraissait incroyable. Et il semblait encore plus fou d'admettre que le serpent à plumes et le Vermeilleux Ver du bois ne soient qu'une seule et même créature.

– Dévorer les ennemis, répéta Walker, en voilà une bonne idée !

Le corps du serpent se balança, mais rien n'indiquait s'il s'agissait d'un signe d'acquiescement.

– Peux-tu emmener Griffin de l'autre côté du rempart ? demanda Soledad.

Une bourrasque la saisit et ses cheveux balayèrent son visage. Mais, cette fois, ce n'étaient pas les mouvements du serpent qui faisaient tourbillonner l'air au-dessus du toit.

– Nous allons nous en charger, fit D'Artois, assis sur sa raie.

La silhouette carrée de l'animal emplissait le ciel au-dessus d'eux, mais elle ne jetait aucune ombre car la lumière du serpent éclairait la mansarde. Personne n'avait vu la raie s'approcher, tant ils étaient fascinés par le serpent.

Le capitaine était suivi de deux autres raies volantes chevauchées par des cavaliers et des tireurs. L'éclat du dieu serpent se reflétait dans les motifs en coquillages de leurs uniformes en cuir. Les soldats avaient les yeux braqués sur la créature qui se tenait au centre du cercle de lumière. L'un des tireurs brandit son fusil en direction du serpent, mais D'Artois éleva aussitôt la main pour lui faire signe de baisser son arme.

– J'ai vu lors de mon séjour à Aelenium des choses autrement plus folles qu'un serpent avec des plumes, déclara-t-il.

Soledad frissonna en pensant aux créatures que le capitaine avait bien pu rencontrer au cours de toutes ces années. Peut-être des êtres encore plus vieux et encore plus grands que le serpent de mer de la ville sous-marine ?

Il lui vint alors une idée.

– Vous saviez ce qu'il allait devenir !

Ses paroles s'adressaient à D'Artois, mais son geste désignait le serpent volant.

– Pas lorsqu'il est arrivé ici, répliqua le capitaine. Mais quand la nymphose a débuté... Disons qu'Aelenium a sur certains êtres des effets proprement incroyables. La ville fait surgir en nous des choses qui seraient peut-être restées cachées autrement.

La remarque était si juste que tous, y compris Walker, s'abstinrent de répondre quoi que ce soit. Une chose était sûre : l'observation de D'Artois ne s'appliquait pas seulement au serpent, elle était vraie pour chacun d'entre eux.

Du bruit monta de la ruelle. L'attroupement au-dessus de la maison avait attiré l'attention de l'ennemi et une deuxième vague d'attaquants n'allait pas tarder à déferler sur eux. Des coups de feu retentirent. L'une des raies tressaillit. Une balle l'avait atteinte au ventre. Mais une seule balle n'était pas nécessairement mortelle pour un animal de cette taille. Plusieurs coups, toutefois, risquaient de faire s'écrouler les poissons géants.

D'Artois hurla des ordres et les trois raies s'écartèrent aussitôt. Même en pareille situation, leurs mouvements restaient lents, leurs réactions posées. Les tireurs firent feu en direction de la ruelle.

Au même moment, le serpent à plumes fusa au milieu des raies en se contorsionnant, passa au-dessus de la mansarde et s'enfonça dans la ruelle.

Des hurlements de terreur s'élevèrent. Lorsque Soledad parvint à surmonter sa torpeur pour se précipiter avec les autres au bord du toit et regarder ce qui se passait plus bas, le combat était déjà terminé – si l'on pouvait parler de combat pour désigner ce qui venait de se passer. Le serpent avait gobé en l'espace de quelques secondes l'armée de pirates et de cannibales. Soledad eut la chair de poule en apercevant les restes d'un corps dégringoler de sa gueule.

Il n'y eut pas de deuxième attaque. Si les autres hommes de Tyrone avaient vu ce qui s'était passé, ils préféraient bien sûr garder leurs distances. Mais Soledad doutait que de nombreux témoins aient assisté à la scène. L'attaque du serpent avait été d'une extrême rapidité et la fumée empêchait de voir ce qui se passait.

Le visage blême, D'Artois donna un ordre bref à l'un de ses hommes. Celui-ci abaissa sa raie et Buenaventure aida à attacher en selle Griffin qui grommelait, mais n'avait toujours pas complètement recouvré ses esprits. L'animal redécolla et emporta Griffin vers le rempart.

Soledad, Walker et Buenaventure se répartirent sur les deux autres raies et ils s'envolèrent bientôt au-dessus des pignons de corail d'Aelenium en direction du front supérieur.

Le serpent à plumes les suivait juste un peu plus loin. Il n'avait rien dit depuis qu'il avait attaqué les hommes de Tyrone. La lumière qui l'entourait faiblissait peu à peu.

La transformation du ver paraissait encore inachevée.

Le marchand aux esprits ne remarqua pas l'envol des compagnons. Seul sur le balcon de la bibliothèque, il contemplait le déroulement de la bataille entre les lambeaux de fumée. Les attaquants se pressaient comme des termites dans les ruelles de la ville étoile de mer et c'est cette vision qui finit de le décider.

– C'est une erreur, dit le marchand aux esprits, et c'est peut-être même idiot et irresponsable. Mais je vais faire ce qui doit être fait.

Il avait parlé tout haut, car ce qu'il s'apprêtait à faire était trop important et lourd de conséquences pour qu'il le confie simplement au gouffre muet de ses pensées.

Il était debout, seul au milieu des flocons de cendre portés par le vent et des bruits de combat au loin.

Le Père était resté près de ses livres. Ces milliers de livres lui tenaient désormais plus à cœur que les hommes qu'il avait autrefois créés. Son esprit avait souffert durant toutes ces années. L'évolution avait débuté avec la chute de la première ville étoile de mer. Ou bien même avant ? Mais elle n'avait rien d'une déchéance se manifestant dans ses propos ou dans ses gestes. Sa passivité était la même depuis des millénaires déjà. Il s'agissait plutôt d'un vague sentiment, d'une odeur de déclin et de mort qui soufflait à travers les salles de la bibliothèque. Et comme il n'y avait en cet endroit rien d'autre qui puisse mourir, le marchand aux esprits n'avait aucun doute quant à la source de ce pressentiment.

Le monde allait à sa perte, lentement, mais sûrement.

Le maelström était sur le point de tout dévorer. Et s'il ne le faisait pas, les dieux ressuscités le feraient à sa place.

Le marchand aux esprits s'était résolu à ramener à la vie leurs esprits – les esprits de ces divinités qui s'étaient autrefois retirées à Aelenium et y avaient péri, oubliées de tous. Il ne voyait plus d'autre solution que de combattre une catastrophe par une autre. Jolly et Munk devaient avoir atteint la crevasse depuis longtemps déjà et rien n'indiquait qu'ils avaient réussi à prendre le contrôle du maelström. Les défenseurs d'Aelenium avaient payé le prix fort pour laisser suffisamment de temps aux têtards.

Mais le délai arrivait à son terme. Aelenium allait céder sous les assauts du roi des cannibales et le maelström atteindrait ainsi son but. Ce n'étaient plus les maîtres de la *Mare Tenebrosum* qui l'intéressaient, comme l'avait supposé durant un temps le marchand aux esprits : il s'en était servi pour accroître son pouvoir, mais il ne songeait nullement à leur ouvrir la porte. Ce monde était désormais le sien, et il lui donnerait la forme qui lui plaisait.

Une chose était déjà sûre : ce serait un monde sans êtres humains. Aïna allait enfin venger sa race.

Ce n'étaient ni la fatigue ni l'indifférence du Père qui avaient incité le marchand aux esprits à prendre cette décision. Le destin de l'humanité n'était pas un jeu. Le marchand aux esprits avait passé trop de temps au milieu des hommes pour penser autrement.

S'il s'apprêtait à faire la dernière chose qui soit en son pouvoir, c'était par pur désarroi. Pour la première fois, peut-être, dans son existence sans fin.

Il inspira à nouveau l'odeur nauséabonde de guerre, comme un dernier rappel à l'ordre de ne pas céder. Puis il retourna dans la bibliothèque. Ses perroquets noirs voletaient dans l'immense coupole de corail, mais même leur présence ne suffit pas à le consoler.

– As-tu pris ta décision ? demanda le Père en levant les yeux de son livre aux caractères devenus presque invisibles avec le temps (il connaissait de toute manière par cœur le contenu des ouvrages).

– Je vais le faire, dit le marchand aux esprits.

Le Père referma le livre et se leva. Le bruit retentit dans la salle comme un coup de canon.

– Je ne vais pas venir avec toi, dit-il d'un ton fatigué.

Il marqua une pause, puis reprit :
– Mon chemin s'arrête ici.
Le marchand aux esprits opina :
– Je sais. Tu ne peux pas m'aider.
Le Père secoua la tête.
– Ce n'est pas ce que je veux dire, dit-il.
Le marchand aux esprits sursauta, mais le Père lui fit signe de se taire d'un geste de la main.
– Je suis pareil aux caractères sur ces pages, dit-il en montrant le livre blanc qu'il venait d'ouvrir. Sans m'en rendre compte, j'ai perdu toutes mes couleurs avec le temps. Nous avons l'impression que les caractères sont encore là car nous connaissons par cœur ce qui est dit, toi, moi et quelques autres habitants de cette ville. Mais en vérité, conclut-il avec un profond soupir, plus personne ne peut me lire.
Le marchand aux esprits voulut protester, mais le Père le retint une fois de plus par un geste.
– Garde-toi de dire que l'on a encore besoin de moi ici ! s'exclama-t-il avec une véhémence que venait toutefois atténuer un sourire plein de bonté. J'ai créé ce monde, c'est exact, mais j'ai été incapable de le protéger des dangers extérieurs et de lui-même. Ma place n'est plus ici. Laisse-moi m'en aller, mon ami, avant que je ne sois obligé d'assister à sa fin.
– Je...
– Je t'en prie.
Le marchand aux esprits fit un pas en arrière et se retint d'une main au bord de la table. Son coude heurta une pile de livres et la fit tomber. Aucun des deux hommes ne regarda les lourds volumes s'écraser dans un nuage de poussière. Les ouvrages gisaient sur le sol comme des pigeons morts aux ailes déployées.

– Toi seul peux me rendre ce dernier service, dit le Père d'une voix insistante. Peut-être en ai-je été moi-même capable, il y a très longtemps. Je ne m'en souviens plus. Mais toi, tu le peux.

Les propos du Père auraient peut-être paru énigmatiques à quiconque assistant à la scène, mais le marchand aux esprits comprenait chacune de ses paroles. Leur sens se dressait devant lui avec autant de netteté que si quelqu'un l'avait gravé dans le verre avec un diamant. Et leur sonorité était tout aussi douloureuse à ses oreilles.

– Tu demandes beaucoup.

– Non, dit le Père. Juste de faire preuve de fermeté.

– Plus que cela. Tu es...

– Vieux.

– Nous le sommes tous.

– Vieux et pâli. Presque tombé dans l'oubli. Ils vénèrent peut-être quelque chose qu'ils assimilent à moi. Le créateur sans nom, le père de tout, la parole à l'origine des temps. Mais ce n'est plus vraiment moi. Ils ont oublié la vérité, et il va bientôt m'arriver ce qui est arrivé aux autres dieux que j'ai moi-même créés autrefois. Je vais disparaître.

– Tu veux que je te transforme en histoire ? Comme je l'ai fait pour la mère de Munk ? demanda le marchand aux esprits d'une voix tremblante. Mais cela revient à te tuer !

– Non. Tu m'offres un avenir, si ce mot a encore un sens en ce bas monde. Fais-le, mon ami.

– C'est une erreur.

Le Père secoua la tête avec un petit sourire.

– Comment des histoires peuvent-elles être une erreur ? Tu sais pertinemment que j'ai raison. Je t'en prie. Ensuite...

– Tu continueras à vivre sous forme d'histoire, dit le marchand aux esprits d'une voix sourde.

Peut-être le Père avait-il raison. Qu'étaient les autres dieux aux yeux des hommes, sinon des histoires ?

Le Père lit dans ses pensées.

– Je savais que tu comprendrais.

Sans attendre sa réponse, il se laissa retomber sur sa chaise et posa la main droite sur la reliure du livre, comme s'il se sentait plus proche que jamais de ces pages.

– Viens derrière moi, dit-il en fermant les yeux.

Le marchand aux esprits hésitait encore. Puis il prit sur lui, vint se placer dans le dos du Père et posa les deux mains sur ses épaules. Des larmes lui montèrent aux yeux et coulèrent bientôt le long de ses joues. C'était la deuxième fois en l'espace de quelques minutes qu'il pleurait. Il s'était écoulé des milliers d'années sans qu'il ne verse le moindre sanglot, et voilà que ses larmes coulaient librement sur l'épaule du Père.

– Je vais faire de toi une histoire, dit-il doucement. Tu vas devenir une histoire où la lumière naît de l'ombre. Où des peuples naissent et disparaissent. Une histoire empreinte de souffrance et d'injustice, mais aussi de félicité et d'un grand bonheur. Une histoire où des choses se font et se défont, une histoire d'ascensions et de déclins, d'espoir constant, de renouveau. Une histoire de pères et de fils, d'esprits et de vie dans l'éternité. Une histoire remplie de ces hommes que tu as créés et qui se raconteront entre eux cette histoire, car ils en font partie et ne feront à jamais qu'un avec toi.

Le corps fragile ne s'affaissa pas, il ne tressaillit même pas. Mais, lorsque le marchand aux esprits leva délicatement les mains de l'épaule du Père et fit le tour de la chaise, il vit que la vie avait délaissé le corps du vieillard comme l'oisillon quitte le nid. Avec elle, l'histoire du Père allait s'envoler à travers le monde pour y être racontée, écoutée et répétée.

– Adieu, mon ami, murmura le marchand. (Il se pencha et embrassa le vieil homme sur le front.) Ton chemin n'a pas été aisé, mais il l'est davantage désormais, car il se poursuit sans le poids de la faute ni celui du deuil.

Le marchand aux esprits enfouit le visage dans ses mains et pleura jusqu'à ce que ses larmes se tarissent.

Puis il décida de se rendre à l'endroit le plus haut de la ville, là où Aelenium touchait pratiquement le ciel, et sortit l'anneau argenté de sous sa cape. Ses doigts caressèrent le métal et tâtèrent les courants invisibles.

Il ne jeta même pas un dernier regard en direction du Père en sortant de la bibliothèque. Il avait l'impression d'entendre déjà des milliers de voix au loin raconter une histoire et lui donner vie.

Chapitre 18
La vieille raie

Les sons de la bataille parvenaient très étouffés aux oreilles de Griffin. Au début, il eut l'impression d'une simple tempête. Cela lui rappelait ces nuits où le vent soufflait contre les bordages et faisait claquer les voiles lugubrement. Puis il distingua peu à peu des voix, des cris, des cliquètements de lames, le tonnerre des coups de pistolet et de fusil.

Griffin se redressa d'un bond. Il était allongé sur le sol dur d'une maison, entre des blessés gémissants que l'on avait déposés les uns à côté des autres comme dans un hôpital militaire, la plupart juste allongés sur des couvertures, certains – comme lui – à même le sol.

Quelqu'un avait glissé quelques vieux vêtements sous sa tête. L'air était moite et lourd, les odeurs de sang, de sueur et de mort se mêlaient à une puanteur moisie.

Griffin se remit debout et tituba vers la sortie, comme anesthésié. Il devait faire attention à ne pas trébucher sur les autres hommes – et les quelques femmes – allongés sur le sol. Un médecin penché au-dessus d'un blessé aux pansements trempés lui lança un regard épuisé avant de fixer à nouveau son attention sur le patient qui avait besoin de son aide.

La plaie sur son flanc lui faisait mal, surtout depuis qu'il s'était redressé aussi brusquement. Il se dit que ce n'était pas grave et eut honte qu'on l'ait amené ici pour cette égratignure.

Était-il si faible ? Il s'en souvenait à peine. Il revoyait Soledad bondissant d'un pont de corail au milieu de la garde rapprochée de Tyrone. Buenaventure et Walker étaient là, eux aussi. Mais ensuite ? Il se rappelait un combat désespéré. Une fumée mordante. Et une lumière claire dans laquelle se déplaçait quelque chose qui ressemblait à un serpent géant.

Oui, il se souvenait du serpent. De ses ailes.

Il se souvenait aussi vaguement d'hommes qui le maintenaient sur le dos d'une raie tandis qu'ils survolaient le grouillement d'une bataille. Puis, plus rien. Il ne s'était pas endormi, il avait dû perdre connaissance.

Tandis qu'il franchissait la porte, de plus en plus d'images remontaient à sa mémoire. Les goguelins dans l'eau. Le métamorphe qui se décomposait sous ses yeux en des milliers de minuscules insectes. Jasconius montant des profondeurs, la gueule ouverte, et gobant le garçon à la pieuvre.

Jasconius s'était sacrifié pour lui et avait vaincu le seigneur des goguelins.

Griffin sortit en courant dans la ruelle et se retrouva mêlé à un véritable tumulte. Des blessés étaient portés hors du champ de bataille, certains muets, d'autres hurlants ; des silhouettes s'agitaient comme des fourmis et couraient dans tous les sens en murmurant des bribes de phrases ou en éclatant en sanglots.

Il chercha désespérément ses amis du regard. L'une des plus grandes places de la ville s'étendait devant lui. C'était là que les marchands dressaient autrefois leurs stands et leurs tentes pour vendre les marchandises qu'ils avaient achetées à Haïti ou sur les îles des Antilles. L'endroit était alors empli d'odeurs d'épices, de mets exotiques et d'un affairement enjoué, même durant les derniers jours de tension qui avaient précédé l'invasion.

À présent, la place sur laquelle débouchaient trois larges ruelles était couverte de combattants blessés ou épuisés en quête d'un instant de répit. Le champ de bataille à proprement parler se trouvait à une cinquantaine de pas de là.

Griffin se retourna et regarda le sommet de la montagne. Il ne vit de fumée nulle part. Cela signifiait que le tiers supérieur de la ville au moins était encore intact.

Soudain, de la poussière se souleva autour de lui et une ombre immense se posa sur la place.

– Griffin ! cria D'Artois. Tu es déjà debout ?

– Oui, capitaine. La situation est grave ?

D'Artois paraissait aussi fatigué que tous les combattants, mais Griffin distingua en plus dans son épuisement l'ombre de la résignation.

– Elle n'est pas bonne, dit le capitaine.

Derrière lui, le tireur profitait de ces quelques minutes pour recharger ses fusils et ses pistolets.

Griffin décida de poser à voix haute une question qui lui avait traversé l'esprit à maintes reprises à son réveil, durant ces secondes étranges et floues où les pensées paraissent prendre vie et s'émanciper :

– Pourquoi le marchand aux esprits ne nous aide-t-il pas ?

– Que veux-tu qu'il fasse, mon garçon ?

– Il pourrait réveiller tous les esprits des morts pour qu'ils se battent à nos côtés !

D'Artois émit un petit rire proche d'un jappement auquel on se serait plutôt attendu dans la gueule de Buenaventure.

– Si seulement c'était aussi simple... Comment les esprits vont-ils distinguer les amis de leurs ennemis ? Crois-moi, nous en avons parlé, et plus d'une fois, mais ce serait inutile. Le marchand devrait expliquer à chaque esprit un à un avec qui il doit se battre. Si nous avions toute une troupe de personnes capables de conjurer et de contrôler les esprits, peut-être... Mais seul ? Impossible.

– Est-ce que vous avez une raie pour moi quelque part ?

Griffin leva les yeux vers le ciel où se tenaient quelques-unes des immenses créatures. Leurs tireurs faisaient feu sur les attaquants.

– La plupart d'entre nous sont en train de se battre de l'autre côté de la ville, dit D'Artois. Là où le rempart a cédé. Le comte Aristoteles est tombé et beaucoup d'hommes très bons avec lui. Nous retenons les hommes de Tyrone du mieux que nous pouvons en leur bloquant le passage vers les quartiers supérieurs. Pour l'instant, nous y parvenons.

Il regarda derrière lui et vit que son tireur avait fini de recharger ses armes.

– Monte, Griffin ! s'exclama-t-il. Je vais te déposer sur l'une des pistes d'atterrissage.

Griffin ne se fit pas prier, courut vers les ailes déployées de la raie et monta en selle entre D'Artois et le tireur.

–Merci, dit-il. Je crois que je me rendrai beaucoup plus utile sur le dos d'une raie que sur le rempart.

–La situation est peut-être désespérée, mais nous n'allons pas abandonner et admettre notre défaite aussi facilement, répliqua D'Artois tandis qu'il faisait remonter la raie. Tu es un garçon courageux, Griffin. J'ai entendu, et beaucoup d'autres avec moi, ce que tu as fait pour nous. C'est un miracle que tu aies survécu, et le mot est peut-être faible. Si tu nous communiques ta chance et ton courage, mon garçon, qui sait si nous ne réussirons pas à nous en sortir ?

Griffin rougit en entendant les mots du capitaine. Il était bien content de ne pas avoir à regarder D'Artois et son tireur dans les yeux.

La raie les emmena loin de la grande place et du rempart où la bataille faisait rage. Puis elle entreprit de contourner le cône de corail. On aurait dit qu'une couronne de mousse s'était déposée tout autour de la ville. De l'autre côté de la montagne, le tumulte des hommes en train de se battre avait progressé encore un peu plus vers le haut, mais une troupe de cavaliers aux raies maîtrisait pour l'instant les attaquants. Bien que le rempart ait cédé, les hommes de Tyrone n'avaient aucune chance contre les attaques groupées venant des airs. Tant que les autres postes de défense résistaient et que les cavaliers aux raies n'avaient pas à se répartir entre différents endroits, les dommages n'étaient pas trop alarmants.

–Capitaine ? demanda Griffin.

–Nous sommes bientôt arrivés. Regarde la place en bas… Tu devrais y trouver une raie.

–Pendant que j'étais parti, avez-vous eu des nouvelles de Jolly ?

Le soldat secoua la tête.
– Non, désolé.
– Rien du tout ? Pas le moindre petit signe de faiblesse du maelström ? Ou... n'importe quoi d'autre... ?
D'Artois haussa les épaules et fit redescendre la raie.
– Nous n'avons plus aucun éclaireur. J'ignore ce qui se passerait si le maelström se refermait d'un moment à l'autre. Si les têtards réussissent dans leur mission, nous finirons bien par le remarquer, ne penses-tu pas ?
Griffin opina, l'air songeur, mais en réalité, ses pensées étaient déjà ailleurs : en pleine mer, au-dessus d'un gouffre hurlant de masses d'eau écumantes, près d'une jeune fille qui devait faire face à tout cela, seule.
Le capitaine le laissa descendre et remonta aussitôt dans les airs avec sa raie.
Griffin leur fit un signe de la main, puis il se tourna vers les montures qui attendaient au nord de la petite place, les nageoires étendues. Leurs cavaliers étaient morts ou disparus et plusieurs raies avaient été blessées par des lances de goguelins ou des tirs de pistolet.
Il choisit une raie qui était encore à peu près en état de poursuivre malgré quelques égratignures, tapota son crâne plat, puis monta en selle.
– Tiens, attrape ! lui cria l'un des jeunes garçons qui s'occupaient des animaux en lançant à Griffin un sabre. Nous n'avons plus de tireurs au sol. Il va falloir que tu t'en sortes seul.
Griffin glissa le sabre dans un étui sur la selle. Il siffla et chuchota un ordre pour que la raie décolle en décrivant un demi-cercle étroit. De la poussière se souleva lorsque les deux nageoires brassèrent l'air au-dessus du sol.

Quelques instants plus tard, il se trouvait déjà de l'autre côté de la ville. Il lança un dernier regard à ses amis en train de se battre sur le rempart. Puis il fit faire demi-tour à la raie, se dirigea vers l'eau, survola les dernières franges de l'anneau de brume qui ressemblait à une prairie d'herbe blanche et ne tarda pas à se retrouver en pleine mer.

La vapeur d'eau dissimulait au loin l'horizon. On aurait dit une montagne grise aux sommets mouvants qui montaient et descendaient. Les premiers effets du maelström n'allaient pas tarder à atteindre Aelenium.

– Vole aussi vite que tu peux, ordonna-t-il à sa raie.

Mais il s'agissait en fait davantage d'un ordre adressé à lui-même.

– Amène-moi près du maelström.

Soledad transperça de son sabre un pirate qui était en train d'escalader le rempart en agitant son épée d'un geste triomphant.

« Quel idiot ! pensa-t-elle amèrement. Nous allons être vaincus par une armée d'idiots. »

Cela rendait la défaite encore plus douloureuse.

Walker et Buenaventure se battaient sur la crête du rempart avec autant de fougue que s'ils venaient d'arriver et de se mêler à la bataille. En réalité, ils étaient aussi épuisés que Soledad et n'avaient plus à opposer à leurs adversaires qu'un dernier accès de révolte.

Beaucoup de défenseurs étaient morts, tout d'abord lors des combats contre les goguelins, puis durant la bataille contre les pirates et les cannibales. Certains pans du rempart avaient déjà cédé de l'autre côté de la ville, disait-on. Le comte Aristoteles à la tête des défenseurs avait été tué et plusieurs membres du

Conseil avec lui. Ce n'était qu'une question de minutes avant que les premiers ennemis ne prennent d'assaut les refuges situés au cœur de la ville. Les femmes et les enfants d'Aelenium allaient périr, et avec eux les derniers espoirs. À quoi bon continuer à lutter sur le rempart lorsque ceux pour qui on se battait avaient été tués par des hordes barbares ?

Tout était tellement différent des histoires de batailles glorieuses dont Soledad avait été bercée durant son enfance. L'honneur, la fierté, l'héroïsme : tout cela n'avait pas sa place ici.

Soledad ne se sentait en rien l'âme d'une héroïne lorsqu'elle abattait l'un de leurs ennemis. La seule conviction qui l'habitait était d'avoir gagné ainsi une ou deux minutes supplémentaires. Leurs opposants n'en menaient sans doute guère plus large. Les cannibales auxquels les rumeurs et les légendes avaient ôté toute dimension humaine se révélaient des hommes tout à fait normaux.

Certes, ils étaient horribles à voir avec leurs peintures et les abominables trophées qui se balançaient sur leurs épaules et à leur taille. Mais ils ressemblaient en quelque sorte aux goguelins, eux aussi envoyés par d'autres au combat.

Tyrone avait attiré dans son camp les chefs des tribus cannibales, avait participé à leurs rites, vénéré leurs coutumes et s'était ainsi hissé à leur tête.

Et voilà que ses sujets mouraient par dizaines pour lui, aveuglés par ses promesses, trompés, exploités. Ils allaient peut-être l'emporter, mais à quel prix ? Le maelström ne ferait pas de différence entre eux et les autres humains. Il les éliminerait de la surface de la terre avant même qu'ils ne comprennent leur erreur.

En attendant, le serpent à plumes s'activait au milieu d'eux comme un démon et faisait régner la terreur autour de lui. C'était grâce à lui que le rempart tenait bon de ce côté d'Aelenium. De nombreuses flèches étaient plantées dans son corps couvert d'écailles, mais l'extrémité de sa queue et plus encore sa gueule terrible continuaient à semer la mort parmi les assaillants.

Soledad s'était attendue à ce que les cannibales paniquent et se dispersent en apercevant le serpent, mais cet espoir s'était vite dissipé. Dès que les premiers projectiles transpercèrent la peau du serpent, les guerriers perdirent tout respect et envoyèrent des salves désespérées en direction de la créature. Certains le blessaient au corps, d'autres lui arrachaient même des plumes pourpres. Mais aucun n'eut le temps de savourer son triomphe.

Le bras de Soledad faiblissait peu à peu, la douleur des blessures envahissait de plus en plus son esprit. Tout son corps lui faisait mal, sa vue se troublait. Elle n'allait plus tenir longtemps.

Il fallait que quelque chose se passe. Maintenant. Ils allaient sinon tous y laisser leur vie et bien plus encore.

L'aire des raies située au sommet du cône en corail était déserte lorsque le marchand aux esprits franchit le grand porche. Même les plus jeunes animaux prenaient part aux combats.

Tous les garçons d'écurie étaient partis avec leurs protégés plus bas dans la ville pour soigner les raies blessées sur les places et dans les rues les plus larges. Il ne restait plus des animaux qu'une légère odeur humide de poisson.

L'après-midi était déjà bien avancé et le soleil était bas, si bien que ses rayons n'éclairaient que le bord de l'ouverture dans le plafond d'une cinquantaine pas de diamètre. La bordure brillait comme un anneau doré et se reflétait dans les flaques d'eau sur le sol.

Le marchand aux esprits traversa la halle déserte à grands pas et s'approcha de l'escalier qui montait le long des murs. Il venait de gravir les premières marches lorsque son regard se posa sur l'une des alvéoles.

Il s'était trompé lorsqu'il avait supposé que tous les refuges des raies étaient vides. Il restait un animal, blotti dans son trou sous l'escalier. Le marchand comprit aussitôt, à la vue de sa peau tannée et de sa respiration difficile, qu'il s'agissait d'une raie particulièrement vieille. Sans doute était-elle trop faible pour partir avec les autres.

Le marchand aux esprits hésita brièvement, puis redescendit l'escalier, s'approcha du trou et s'accroupit. Ses genoux lui faisaient mal, tout son squelette semblait grincer et protester contre ce mouvement.

L'animal était allongé dans une mare douillette, les nageoires déployées. L'eau frissonnait à chacune de ses respirations.

– Alors, ma vieille, dit le marchand avec l'impression irritante de se parler à lui-même. Tu aimerais bien être dehors avec les autres, pas vrai ? C'est le problème, une fois qu'on a compris qui sont les siens. On ne peut plus s'en détacher, qu'on le veuille ou non. Je suis dans la même situation, constata-t-il avec un sourire compatissant.

Il leva les yeux vers l'ouverture dans le plafond. L'aire des raies se trouvait au milieu d'un plateau qui constituait le point culminant de la ville étoile de mer.

Pour pouvoir conjurer tous les esprits des divinités mortes, il lui fallait embrasser du regard l'ensemble de la cité et apercevoir le moindre recoin où l'une d'elles pouvait être décédée.

L'animal respirait de plus en plus fort depuis qu'il avait remarqué la présence du visiteur. Le marchand aux esprits ne savait pas si la raie se doutait de qui il était. Probablement pas, car il était un dieu pour les hommes, et non pour les animaux. Cela le différenciait, lui et tous les autres dieux d'Aelenium, des trois tisseuses d'eau qui n'avaient pas été imposées à ce monde, mais avaient jailli de lui, de chaque plante, de chaque pierre, de chaque animal.

Elles étaient nées des rêves, des souhaits, des nécessités de chaque fibre de ce monde. Autant de choses sur lesquelles le Père n'avait jamais eu un réel pouvoir. Il avait créé le monde, mais il ne l'avait pas compris.

Le marchand aux esprits savait que le Père enviait les tisseuses. Elles avaient constitué le premier pas de ce monde pour s'émanciper par rapport à son créateur. L'enfant s'était détaché du père et s'était engagé sur sa propre voie.

Il se redressa en soupirant et vit alors que la raie bougeait au fond de son trou. Elle finit par se soulever du sol en battant péniblement des nageoires. L'eau tombait en rigoles de son corps. Son crâne se trouvait à présent à hauteur du visage du marchand.

– Tu cherches à me dire quelque chose, mon ami ?

Le marchand sentit le poids de ces yeux noirs encore jeunes par rapport à lui, mais immensément vieux pour une raie. Il fut pris d'une étrange excitation à la vue de l'animal qui était en train de dépasser en cet instant précis ses limites physiques.

Les nageoires de la raie bougeaient très lentement, juste assez pour maintenir son corps lourd au-dessus de l'alvéole. L'animal s'abaissa un peu et se tourna vers le marchand aux esprits.

– Tu veux que je monte ? réfléchit-il tout haut avant d'acquiescer : Pourquoi pas, si tu arrives à me porter jusqu'au plateau ?

Il prit place sur le dos de la raie non sellée et ressentit à nouveau combien l'animal était pareil à lui. Tous deux se révoltaient contre le destin et la nature. Une sensation de chaleur envahit son corps et il se sentit presque ami avec le courageux animal.

Ils montèrent jusqu'à l'ouverture dans le plafond. Les rayons du soleil les saisirent et les baignèrent d'une lumière de bronze. La raie déposa le marchand sur la large corniche du plateau et se posa à terre, hors d'haleine.

Quelques instants plus tard, elle cessa de respirer. Ce n'était pas cet ultime effort qui lui avait coûté la vie. Elle était morte parce que tel était son souhait : être utile une dernière fois avant de s'enfoncer enfin dans un sommeil satisfait et paisible.

Le marchand aux esprits s'accroupit à nouveau, caressa le corps inerte et prit congé de la raie silencieusement. Cette rencontre était un signe d'une incroyable évidence.

L'heure était venue de prendre congé de tout ce qui existait ici.

Il se releva et contempla au nord la large bande de brume tourbillonnante annonciatrice du maelström. Un point noir avançait dans les airs, une raie qui s'éloignait à toute allure de la ville étoile de mer et se dirigeait vers le maelström. Une silhouette était assise sur l'animal.

Le marchand aux esprits se doutait de qui il s'agissait. Griffin avait dû sentir que les choses touchaient à leur fin à Aelenium. Sans doute n'avait-il plus supporté d'attendre sans rien faire, tandis que Jolly devait lutter seule contre les forces du maelström.

Si elle était encore en vie.

Le marchand aux esprits commençait à en douter.

L'anneau d'argent à la main, il s'approcha du bord de la corniche et entreprit de faire le tour du plateau. Son regard balaya tous les quartiers d'Aelenium, les toits, les coins de rues, les ruelles, les langues de fumée, les bancs de mouettes et de raies.

Il commença à murmurer les paroles conjuratrices.

Chapitre 19

La fin de toute magie

Jolly flottait à l'intérieur de la perle embrasée, suffisamment grande pour porter une personne tout entière, comme un enfant dans le corps de sa mère, les yeux fermés, les lèvres pressées. Elle se laissait aller à cette douce sensation d'intimité, enveloppée par une vague de chaleur. Elle avait atteint son but, elle était arrivée en un lieu qui l'emplissait d'un sentiment de bonheur, de paix et de sécurité.

La perle magique avait transpercé la paroi bouillonnante de la colonne d'eau et se trouvait à présent au cœur du maelström, dans un gouffre noir qui n'inspirait plus aucun effroi à Jolly, car l'obscurité ne faisait que renforcer l'éclat de la perle et sa beauté intérieure.

Jolly voyait défiler devant elle tous les rêves de sa vie dans une explosion de millions d'images comprimées en un seul instant. Un feu d'artifice puissant de couleurs, d'odeurs, de sons éclatait sous son crâne. Des visages et des voix l'encerclaient comme des moustiques autour d'un feu de joie. Elle se sentait en même temps habitée par une flamme intérieure, brûlante de force, débordante de sentiments oubliés qui remontaient en elle – le bonheur, la tristesse, la souffrance...

Tellement de souffrance.

Ses amis mouraient.

Jolly ouvrit les paupières en clignant des yeux. La lumière qu'elle n'avait perçue que de manière atténuée à travers ses paupières closes l'aveugla comme une lame ardente. C'est dans cet instant d'aveuglement total qu'elle comprit la vérité.

Elle était prisonnière. Le maelström l'avait avalée.

Ses rêves se firent cauchemars. Finies les visions oniriques lointaines ; elle ne voyait plus que des peurs et des soucis qui s'abattaient sur elle avec violence. Le souvenir de choses qui venaient tout juste de se produire la torturait : le portrait d'Aïna se dissipant dans un tourbillon et l'aspirant avec la perle, et Munk qui avait fait surgir la perle, aveuglé non pas par la lumière magique, mais par les tentations du maelström. Ce n'était pas le pouvoir qui l'intéressait : il cherchait en réalité sa place au sein du monde (ce en quoi il ressemblait à tous les autres, y compris Jolly) et un peu de chaleur.

Jolly ouvrit la bouche et cria. Un long hurlement aigu qui transperça l'enveloppe de la perle et résonna dans les profondeurs des ténèbres.

Elle donna des coups de pied et se débattit, mais rien n'y fit. Il n'y avait ni haut ni bas, juste le vide autour d'elle. Elle se doutait de l'endroit où elle se trouvait. En dépit des efforts du maelström pour s'émanciper des maîtres de l'autre monde, un pan de la *Mare Tenebrosum* vivait en lui. Où passait toute l'eau qu'il aspirait ? Sûrement pas au fond de la mer, car ils n'auraient alors pas pu s'en approcher de la sorte. Il existait donc un lien avec la *Mare Tenebrosum*, que le maelström le veuille ou non. Ou plus exactement il était lui-même ce lien. Il avait beau vivre, penser, planifier la fin d'un monde tout entier – il avait été créé pour être une voie d'accès, un outil, un portail destiné aux maîtres de la *Mare Tenebrosum*. Quelque chose d'eux se trouvait aussi en lui, et les ténèbres faisaient partie de son monde.

Bien que tout cela ne soit que des suppositions, Jolly s'imaginait flottant entre les mondes, au cœur d'un tunnel tourbillonnant qui reliait deux niveaux de l'existence.

Elle vit soudain un point de lumière surgir dans l'obscurité et grandir peu à peu. Il fonçait sur la perle dans laquelle elle était prisonnière.

C'était Munk. L'incroyable clarté qui l'entourait venait du coquillage posé dans sa main droite. Le coquillage qu'Aïna lui avait offert. Cet objet superbe et dangereux qui murmurait des choses quand on le tenait contre son oreille.

–Jolly, n'aie pas peur, dit une voix.

Elle ne reconnut pas tout de suite la voix de Munk. Il s'arrêta à un mètre de la perle, en suspension dans les ténèbres. Ses lèvres bougèrent, mais il ne sortait aucun son de sa bouche. Elle avait l'impression d'entendre ce qu'il disait *avant* qu'il ne prononce les mots et elle mit quelques instants à se rendre compte que c'était à cause de la perle. La boule embrasée dans laquelle elle était prisonnière brisait et déformait le temps ; elle paraissait entendre en temps réel, mais ce qu'elle voyait avait déjà eu lieu quelques instants plus tôt. Cela pouvait paraître un détail au vu du tragique de sa situation, mais il contribua à lui donner l'impression d'être dans un rêve.

– Jamais de la vie je ne te ferais du mal, dit la voix de Munk dans ses oreilles avant qu'elle ne voie les lèvres bouger de l'autre côté de la perle.

– Où sommes-nous ? demanda-t-elle, ravalant le flot d'injures qui lui étaient venues à l'esprit.

– À l'intérieur du maelström.

– Je le sais bien. (Le savait-elle vraiment ? En tout cas, c'était ce qu'elle avait effectivement supposé.) Mais qu'est-ce que c'est ? Toute cette obscurité ?

Il répondit d'une voix enjouée et, lorsqu'elle le vit prononcer les mots avec quelques secondes de décalage, elle remarqua qu'il esquissait en effet un sourire :

– Tu es trop habituée à ta vision de têtard, c'est tout. Nous ne sommes plus dans l'eau... en tout cas dans aucune mer de notre monde. La vision des têtards ne nous est plus d'aucun secours ici. Il fait sombre parce que... parce qu'ici tout est sombre. C'était déjà dans le cas dans la crevasse, à part pour nous.

L'explication était lumineuse, mais cela ne lui semblait de toute manière pas assez important pour s'y attarder davantage. Il avait peut-être raison. Ou peut-être pas. Peu lui importait.

– Je veux sortir d'ici, Munk. Aide-moi.

– Essaie, dit-il à sa grande surprise.

– Essayer quoi ?

– De la casser.

Il s'écoula là encore un instant avant qu'elle ne réalise qu'il souriait en disant cela. Puis il ajouta :

– Fais-moi confiance.

Elle trouva la remarque assez saugrenue, mais elle ne se fit pas prier. Elle lança le poing contre la paroi de la perle et constata à sa grande stupéfaction que son poing transperçait la lumière. Elle essaya de bouger les doigts. Elle les sentit remuer, mais, étrangement, elle ne vit son mouvement qu'avec un temps de retard. Sa main elle aussi se trouvait à présent en dehors de la perle et donc dans une autre dimension temporelle.

Elle se demanda si Munk avait la même impression. Voyait-il également ses gestes à l'intérieur de la perle avec un léger décalage ? Dans ce cas, elle devait offrir un bien curieux spectacle de l'extérieur, avec sa main et son corps dans deux dimensions distinctes.

Elle glissa la deuxième main à travers la paroi.

– Déchire-la, lui dit Munk.

D'un coup, elle écarta la paroi de la perle, si vite que les ténèbres la frappèrent au visage comme une bourrasque. Puis elle se glissa par la fente pour rejoindre Munk. La clarté provenant du coquillage dans sa main donnait à ses traits un aspect grimaçant.

Comme Munk, Jolly flottait désormais dans le néant. Ce n'était pas de l'eau. C'était plus huileux, plus épais, et il était difficile de s'y mouvoir. Peut-être cette étrange lenteur n'était-elle également qu'une conséquence de la distorsion temporelle qui régnait en ces lieux.

– N'aie pas peur, redit Munk.

Elle se rendit compte à présent combien il paraissait épuisé, vidé, blême.

– Aïna ne peut pas venir ici.

Jolly ne comprenait pas où il voulait en venir. Mais elle savait une chose : Aïna ne pouvait débarquer ici, parce qu'ils se trouvaient à l'intérieur d'elle – à l'intérieur du maelström.

– Mais pourquoi... ? commença-t-elle.

Munk désigna la perle embrasée qui flottait dans le dos de Jolly. La fente s'était entre-temps refermée.

– La magie d'Aïna n'est toujours malgré tout que la magie d'un têtard. Des milliers de fois plus puissante, certes, mais certaines règles s'appliquent également à elle.

Jolly secoua la tête, incrédule. Elle était furieuse, mais en même temps tellement décontenancée. À quel jeu jouait Munk ? De quel côté était-il vraiment ?

– La magie des têtards ne s'exerce que dans la mer ou bien tout près de l'eau, dit-il. Sur les vagues, sur les plages, parfois un peu plus en retrait, dans l'arrière-pays. Mais cet endroit-ci n'est pas la mer. Pas à l'intérieur du maelström.

Elle commençait à comprendre peu à peu ce qui se passait. Ils se trouvaient entre deux mondes. Elle s'imaginait l'endroit tel un tunnel, comme la queue du maelström débordant dans la *Mare Tenebrosum*. Si c'était vrai, la magie des têtards y perdait peu à peu ses pouvoirs et c'était pour cette raison que Jolly avait réussi à se libérer.

– Mais c'est toi qui m'as enfermée dans la perle, dit-elle.

Il n'y avait plus aucune colère dans sa voix en dépit de son ton de reproche.

Il acquiesça.

– Parce que la magie d'Aïna n'y pouvait plus rien contre toi.

– Tu veux dire que c'était une ruse ? demanda-t-elle, pas vraiment convaincue.

Munk esquissa un sourire, mais même cela semblait lui demander trop d'efforts.

– C'était pour éveiller sa confiance et pour te protéger d'elle. Mais surtout pour pouvoir introduire *cette chose* ici, conclut-il en fixant la clarté dans le dos de Jolly.

Jolly se retourna vivement et contempla la perle qui brillait pareille à une lune dans les ténèbres. Elle tendit la main et fit une chiquenaude sur la perle. L'enveloppe lumineuse se creusa comme une gourde en peau portée par le courant. C'est alors seulement que Jolly remarqua que la clarté de la perle faiblissait. C'était évident – elle était elle aussi le fruit de la magie des têtards.

Elle plissa le front, puis se retourna vers Munk.

– Tu m'as enfermée dans la perle pour qu'Aïna m'aspire à l'intérieur d'elle-même ?

Il opina, mais son regard restait braqué sur la forme lumineuse tremblotante.

– Je savais qu'elle nous mentait. Ou plutôt, je m'en doutais. Je n'en ai eu la confirmation que lorsqu'elle a raconté que tous les coquillages sauf un avaient été écrasés sous la pierre. Tu te rappelles quand je suis resté un instant en arrière alors que vous vous étiez remises en marche, avec Aïna ? J'ai regardé sous la pierre. Il n'y avait rien. Pas le moindre débris.

– Tu veux dire que tu le savais durant tout ce temps ? Et tu ne m'as rien dit ?

– Je ne voulais pas qu'elle se doute de quoi que ce soit. Il fallait qu'elle croie que j'étais dans son camp, dit Munk.

Mais son ton n'était plus aussi arrogant. C'était le Munk d'avant qui parlait, d'une voix infiniment fatiguée.

– Sinon, elle ne nous aurait pas laissés venir jusqu'ici. Ses goguelins auraient pu nous déchiqueter à tout moment. (Il hésita un instant et parut guetter des bruits dans l'obscurité.) Tout a failli échouer quand elle t'a enfermée dans le mont des goguelins. (Il se tut et contempla le coquillage d'Aïna comme s'il admirait un trésor infini.) Elle m'a remis elle-même son arme la plus dangereuse pour me convaincre de sa bonne foi. Cette chose murmure des choses à l'oreille quand on l'écoute. Mais pour pouvoir l'utiliser contre elle, j'avais besoin d'un prétexte. Il ne fallait pas qu'elle se rende compte de ce que je faisais. Et pour ça, j'avais besoin de toi. Si tu n'avais pas réussi à te libérer...

Il haussa les épaules et n'acheva pas sa phrase.

Elle ne comprenait toujours pas où il voulait en venir ni quel était son plan, mais peut-être était-elle tout simplement trop fatiguée pour cela. Il l'avait enfermée dans la perle parce qu'il savait, ou du moins il espérait que le maelström allait l'avaler. Mais en quoi espérait-il nuire de la sorte à Aïna ?

Elle attendit qu'il poursuive son récit, mais les traits de Munk s'obscurcirent soudain. Il fit un tour sur lui-même et son regard balaya les ténèbres. Une ride profonde s'était creusée sur son front et le faisait paraître subitement beaucoup plus vieux.

– Tu le sens, toi aussi ?

Bien trop excitée pour penser à quoi que ce soit d'autre que toutes les questions en suspens dans son esprit, elle se contenta de hausser les épaules.

– Dehors, dit-il tout doucement.

Jolly sentit sa gorge se serrer.

– Que veux-tu dire ? demanda-t-elle d'une voix étranglée.

– Il y a quelque chose.

Jolly inspira profondément.

– Aïna ?

Il secoua lentement la tête sans la regarder.

– Non, ce n'est pas elle.

– Qui, dans ce cas ?

– Je ne sais pas.

Il se rapprocha de Jolly à reculons, mais le courant qu'elle sentait ne venait pas de lui.

– Quelque chose nous encercle, murmura-t-il.

Jolly voulut répliquer quelque chose, mais aucun son ne sortit de sa bouche.

Derrière elle, l'éclat de la perle faiblissait.

– Qu'est-ce que c'est ? finit-elle par articuler tandis que ses yeux cherchaient en vain un repère dans l'obscurité.

– Tu veux dire que tu le sens aussi ?

Munk ressemblait à une moulure en grès dans la lumière faiblissante de la perle géante. Son corps avait perdu tout relief. La lueur les baignait tous deux d'un jaune brunâtre.

– Je le sens, mais je ne vois rien, rétorqua Jolly. Et tu ne sais vraiment pas ce que c'est ?

– Non.

Elle devait se réhabituer à lui faire confiance et cela n'était pas si facile.

– Qu'allons-nous faire maintenant ?

Il ne répondit pas. Soudain, ses yeux s'écarquillèrent et se posèrent, fascinés, sur autre chose que la perle à l'éclat déclinant.

Elle se retourna et suivit son regard, mais il n'y avait rien.

– Tu as vu quelque chose ? demanda-t-elle, tout excitée.

Il opina d'un mouvement raide.

– Oui.

– Quoi ?

Elle continuait à essayer de distinguer quelque chose.

– C’était grand.

– Grand comment ?

Il s’apprêtait à répondre lorsqu’une forme passa à nouveau au bord de la zone éclairée durant une fraction de seconde. La chose disparut dans un mouvement fluide et fantomatique. Manifestement, il s’agissait juste d’une petite partie d’un corps autrement plus gigantesque.

– Par la barbe de Morgan ! s’écria Munk.

Cela faisait longtemps qu’elle ne l’avait pas entendu dire cela. Malgré tout ce qui s’était passé dans la crevasse, le juron réveilla en elle de doux souvenirs.

– Est-ce l’un des maîtres de la *Mare Tenebrosum* ?

Sa voix n’était plus qu’un murmure et elle n’était pas sûre que Munk la comprenne, mais il acquiesça.

– Peut-être. Le maelström était leur porte d’accès, à l’origine.

Jolly ferma les yeux durant deux ou trois secondes. Les mêmes pensées lui avaient traversé l’esprit quelques instants plus tôt. Si ce lieu était en quelque sorte un endroit intermédiaire, un tunnel entre leur monde et la *Mare Tenebrosum*, et si l’un des maîtres de la *Mare Tenebrosum* ou même plusieurs d’entre eux se trouvaient déjà dans le passage, le maelström n’était pas aussi puissant qu’Aïna avait voulu leur faire croire. Kangousta avait dit que le maelström n’avait nullement l’intention de servir de porte d’accès aux maîtres de la *Mare Tenebrosum*. Si certains avaient néanmoins réussi à s’infiltrer ici, cela signifiait que le maelström avait dû perdre une partie de son pouvoir. Qu’est-ce qui pouvait bien l’affaiblir de la sorte ? Il n’avait pas participé lui-même à l’attaque d’Aelenium. Il devait donc s’agir d’autre chose.

« Réfléchis ! » s'exhorta-t-elle en pensée.

Peut-être qu'en abattant l'Acherus Munk avait infligé au maelström une blessure beaucoup plus profonde qu'ils ne l'avaient pensé jusqu'à maintenant. Le maelström se servait du pouvoir magique de ses serviteurs têtards. Une fois l'Acherus mort, il ne lui restait plus que le deuxième têtard, le seigneur des goguelins. Et si celui-ci était mort également durant la bataille d'Aelenium ? Le maelström était-il désormais privé des deux tiers de son pouvoir ?

– Jolly !

Elle sursauta et s'attendit à ce que quelque chose de gigantesque s'abatte sur elle. Mais ce n'était que Munk.

– La lumière de la perle faiblit ! déclara-t-il, tout excité. Elle se consume. Tu comprends ?

– Oui, quand elle sera totalement éteinte, la chose va nous attraper et...

– Ce n'est pas ce que je veux dire !

Elle le regarda d'un air interrogateur.

– Que veux-tu dire alors ?

– Cette perle était la plus forte concentration de magie que j'aie jamais fait apparaître, dit-il. Elle était... *énorme*. S'il y a encore de la lumière, ça signifie que sa magie n'a pas encore complètement disparu.

– Mais nous savons que la magie des têtards n'a ici aucun...

– Oui. En tout cas, c'est une possibilité. Mais la perle continue à briller, et ça signifie que sa magie est encore vivante.

– Et alors ?

Elle se doutait que tout cela faisait partie de son plan d'origine lorsqu'il l'avait introduite avec la perle dans cet endroit. Mais quel était son plan ?

Il regarda les ténèbres derrière elle, mais la créature gardait ses distances et continuait à tourner en rond en évitant la lumière de la perle, comme si elle craignait cette lueur blafarde.

– Tu te rappelles ce que je t'ai raconté sur l'île de mes parents ? demanda-t-il d'une voix hachée. La première fois que j'ai utilisé la magie et que j'ai omis de replacer la perle magique dans le coquillage à la fin du sortilège ?

– Le feuillage des palmiers de l'île est devenu tout rouge. Et le toit de votre ferme a brûlé. Mais quel est le...

Il opina vivement.

– Et quand tu m'as empêché sur le *Carfax* de replacer la perle dans le coquillage, le sortilège est devenu fou et m'a blessé dans le dos.

Elle commençait à comprendre ce qu'il voulait dire.

– Que va-t-il se passer à ton avis, demanda Munk, si la plus grande et la plus puissante des perles que j'aie jamais créée ne retourne pas dans son coquillage ?

Il avala sa salive et elle vit sa pomme d'Adam sautiller dans la lumière blême.

– Les autres coquillages se trouvent quelque part dans la crevasse, poursuivit Munk. Celui-ci est le seul dans lequel la magie peut se réfugier.

Il montra le coquillage d'Aïna posé sur sa main.

– Si une perle d'une telle puissance n'est pas replacée dans son coquillage, dit Jolly d'une voix elle aussi gagnée par l'émotion, il va sans doute se produire... quelque chose de très grave, n'est-ce pas ? Une catastrophe.

Il acquiesça avec une profonde tristesse.

– La magie va chercher le coquillage le plus proche pour s'y réfugier, continua Jolly en tremblant. Il faudrait un coquillage sacrément grand pour contenir une telle magie déchaînée.

–Le coquillage du maelström, dit Munk. Sa source.

Jolly regarda la perle ratatinée qui ressemblait maintenant à une vessie de porc informe. Il ne restait plus de son éclat passé qu'une misérable lueur. Elle risquait de s'éteindre complètement d'un instant à l'autre.

Munk tressaillit.

–C'était encore lui !

Il désigna une forme de plus en plus proche dans l'obscurité.

Cela ne faisait pas de doute, la créature allait se jeter sur eux dès que la lumière magique s'éteindrait.

Mais Jolly n'avait d'yeux que pour la perle mourante.

–Elle va peut-être exploser comme des milliers de tonneaux de poudre. Ou bien... déclencher quelque chose de complètement fou !

Munk baissa les yeux d'un air accablé.

–Si elle possède ne serait-ce que la moitié de ses pouvoirs présumés, elle va tout démolir dans un périmètre de plusieurs milles.

–Nous aussi ?

Elle connaissait déjà la réponse. Mais l'idée de sa propre mort lui importait à peine, subitement. Elle avait l'impression qu'il était écrit d'avance qu'elle ne reviendrait jamais vivante des profondeurs. Et lorsqu'elle regardait au fond de son cœur, elle se rendait compte qu'elle le savait depuis le début. Ou qu'elle s'en doutait, en tout cas.

Un calme étrange l'envahit. Elle éprouvait presque un sentiment de... satisfaction.

Elle lui fit un petit signe d'acquiescement et il leva la main tenant le coquillage d'Aïna, lui lança un dernier regard, puis l'écrasa du poing si violemment que la coque explosa en un nuage de minuscules éclats. Un bruit retentit, pareil à un cri très lointain porté par la tempête.

Jolly tendit le bras et prit Munk par la main.

Au même moment, elle eut l'impression que le visage de Munk était aspiré en arrière dans les ténèbres. Mais il ne s'éloignait pas : c'était l'obscurité qui paraissait se rapprocher et les envelopper comme un flot d'encre noire.

La perle pâlissait de plus en plus.

– Jolly ? entendit-elle.

Puis elle fut emportée par un courant puissant. Leurs mains durent se lâcher.

Quelque chose fonçait sur elle.

La perle, à peine visible encore, explosa.

En un instant, l'obscurité fut déchirée par une lueur aveuglante. La magie libérée s'enflamma comme une étincelle qui atteint le bout de la mèche.

Le silence se fit.

La raie portait Griffin au-dessus des abords du maelström. Vues d'en haut, les masses d'eau tumultueuses ressemblaient à un paysage mouvant. Les flots s'agitaient par bandes larges, se brisaient, se mêlaient dans d'innombrables petits tourbillons, suffisamment grands pour avaler une flotte tout entière. Les crêtes glissaient les unes dans les autres. Des mains géantes d'eau salée et d'écume se dressaient hors de la mer et semblaient se tendre vers la raie et son cavalier qui avançaient dans le ciel.

Griffin était à deux cents longueurs d'homme environ au-dessus de l'océan. Jamais encore il n'était monté si haut à dos de raie. Depuis qu'il avait quitté Aelenium, il avait progressé non seulement en avant, mais aussi en hauteur afin d'avoir une vision d'ensemble de la bête.

Mais il s'était trompé quand il avait cru qu'il pourrait se faire une idée de l'étendue du maelström en montant assez haut. Les masses d'eau déferlantes remplissaient déjà tout son champ de vision, et il ne voyait toujours pas l'œil du tourbillon.

Au bout d'un moment, il remarqua que le monde semblait s'incurver vers le bas, comme si la courbure du globe terrestre était subitement visible à l'œil nu. C'est donc là que commençait la descente dans le gouffre pour se rendre au cœur de cette monstruosité monumentale et insaisissable.

Il avait cessé depuis longtemps de percevoir les sons qui l'entouraient. Ses oreilles capitulaient face à la tâche consistant à filtrer des bruits ou même de simples variations dans ce chaos. Tout n'était plus qu'un grondement continu qui emplissait sa tête et menaçait de la faire exploser.

La raie avait peur de ce qui s'étendait sous elle. Parfois, elle se cabrait et tressaillait si vivement que Griffin craignait de tomber de selle malgré ses harnais. À Tortuga, il avait entendu un prêtre décrire l'apocalypse, la fin du monde, la bête infernale qui émergerait des flots au jour du jugement dernier. Cette vision de la fin du monde était fausse : il comprenait maintenant que c'était la mer elle-même qui se soulevait, ce qui était beaucoup plus effrayant et atroce que n'importe quelle créature de chair et de sang.

Les crêtes des vagues du maelström s'étendaient dans toutes les directions et la surface bouillonnante s'enfonçait de plus en plus. Elle continuait pratiquement à la verticale à présent et il prit conscience une fois de plus des forces incroyables qui devaient s'exercer pour courber de la sorte l'océan tel l'échine d'un gigantesque être vivant.

Il tira sur les rênes pour faire comprendre à la raie qu'il fallait monter encore plus haut. L'animal obéit. La raie serait sûrement montée sur la lune si Griffin le lui avait demandé, tant que cela lui permettait de se mettre hors de portée du gouffre s'ouvrant sous eux, mille après mille.

Alors que la pente s'était transformée en une paroi verticale et qu'une couverture nuageuse tumultueuse faite de vapeur et d'écume s'étendait sous lui, il aperçut au loin l'autre côté du gouffre. Il se trouvait donc à présent au centre du maelström. Des vents rabattants sournois tiraient sur les nageoires de la raie, les courants d'air menaçaient de l'aspirer dans les profondeurs. Il était difficile d'évaluer le diamètre de cet entonnoir titanesque, mais il devait bien faire plusieurs milles. Griffin s'efforça en vain d'imaginer cette gueule béante s'enfonçant sur trente mille pieds au cœur du monde, de plus en plus étroite, jusqu'à ce qu'elle ne soit plus qu'un simple coquillage en son point le plus profond.

Et Jolly était quelque part là-dessous.

« Si jamais elle est arrivée jusque-là », lui souffla une voix intérieure. Il fit de son mieux pour réprimer cette pensée, mais il n'y parvint pas complètement. Jolly avait pénétré dans des régions situées au-delà de l'entendement humain, avec pour seul compagnon quelqu'un qui était devenu par le passé son pire ennemi.

Il ne servait à rien de se bercer de faux espoirs. Les chances qu'elle s'en sorte étaient très faibles. Et pourtant, il était heureux d'être ici, à l'endroit le plus proche possible de Jolly. Il ne pouvait qu'espérer, voire prier qu'elle soit encore en vie.

Il songea réellement un instant à se précipiter dans le gouffre avec la raie, juste pour voir jusqu'où ils iraient. À quelle profondeur pouvait-on s'enfoncer dans le maelström sans être happé par les murs d'eau en rotation ? Mais il rejeta cette idée. À quoi bon risquer sa propre vie ? Cela n'aiderait ni Jolly ni ses amis restés à Aelenium.

D'une certaine façon, il était presque soulagé, malgré tout. Il voyait enfin de ses propres yeux ce dont ils avaient parlé tout ce temps. Il voyait devant lui le maelström hurlant, il sentait ce terrible mouvement d'aspiration. Il se sentait proche de l'ennemi et cela attisait à nouveau sa haine. Si jamais il réussissait à retourner vivant à Aelenium, il lutterait pour libérer les hommes jusqu'à sombrer s'il le fallait.

Avant de repartir vers la ville étoile de mer, il ne put résister à la tentation de descendre un peu plus, comme si l'attrait du maelström s'exerçait aussi sur ses pensées et qu'une force magnétique l'entraînait vers le vide.

« Approche ! crachait une voix du fond du maelström. Tu ne peux pas m'échapper. »

Tandis qu'il luttait contre la tentation, il se passa quelque chose qui l'ébranla et le ramena à la réalité.

Au-delà de la nappe de vapeur et des geysers qui se dressaient de temps en temps comme des ponts au-dessus du gouffre, il aperçut une clarté aveuglante.

Sur le moment, il crut qu'il s'agissait d'un nouveau nuage de gouttelettes, juste plus blanc et plus compact que les autres. Mais il se rendit compte alors que l'ensemble de la couverture nuageuse était embrasée. On aurait dit qu'un éclair avait mis le feu au monde tout entier l'espace d'un instant.

Une fontaine de lumière surgit des tréfonds et une colonne de feu tremblante s'éleva à quelques jets de pierre de Griffin, au centre du maelström.

La raie se cabra comme si elle venait de heurter un mur invisible. Griffin hurla d'effroi, s'affaissa dans son harnais et lutta quelques secondes pour ne pas tomber de selle. Les plaies dans son flanc le faisaient souffrir. L'animal se remit d'aplomb. Griffin parvint à se redresser péniblement et à retrouver son équilibre, le cœur battant. La colonne de lumière disparut sous ses yeux dans une cascade de points aveuglants.

Un grondement monstrueux monta des profondeurs et couvrit le hurlement des masses d'eau. Il paraissait tourner avec les parois du maelström et rebondir d'un côté à l'autre. La raie paniqua, mais sans se braquer cette fois. Elle se contenta d'accélérer avec des battements de nageoire puissants, plus vite que Griffin n'avait jamais vu une raie avancer. L'animal cherchait le chemin le plus rapide pour rejoindre le bord du maelström, loin des essaims de points lumineux dansants.

Le grondement s'amplifia et, soudain, Griffin eut l'impression que le bord de l'entonnoir reculait de plus en plus comme pour empêcher que la raie et son cavalier le rejoignent jamais. Tandis qu'une étrange course faisait rage entre la raie et la courbure du maelström, Griffin regarda dans le vide par-dessus les nageoires de sa monture.

Les nuages de vapeur s'écartèrent, de même que les masses d'eau entourant le gouffre marin. L'entonnoir était de plus en plus large et un cri bestial emplissait le monde. C'était bien davantage qu'un simple bruit de vagues et de tempête.

Les nageoires de la raie s'élevaient et s'abaissaient de plus en plus vite. L'animal paraissait avoir encore des réserves. Griffin voyait approcher peu à peu le bord du gouffre, cette pente tourbillonnante qui se prolongeait par le plan horizontal de l'océan.

Mais, avant d'arriver jusque-là, Griffin vit encore autre chose.

Il n'y avait plus de vapeur d'eau en dessous de lui. Les nuages s'étaient effacés et les parois de l'entonnoir brillaient, comme si l'eau s'était transformée en lave ardente.

Un puits d'eau descendait jusqu'au fond de la mer.

Il eut le vertige et la nausée, mais seule de la bile remonta dans son œsophage. Ce n'était pas étonnant, il n'avait rien mangé depuis une éternité.

Il apercevait sous lui la crevasse.

Le fossé béant devait mesurer environ six milles de profondeur et deux milles de largeur. Le fond était blanc. Sans doute du sable. On aurait dit un bout de désert au milieu de la mer. Quelque chose brillait en son centre. Un point. Cela pouvait être toutes sortes de choses. C'était beaucoup trop gros pour être un être humain. Peut-être une épave de bateau.

Ou un coquillage fermé.

La raie poussa un cri étrange qui ressemblait à un signal d'alarme. Peu après, Griffin comprit pourquoi.

Le gouffre se refermait ! Les parois tourbillonnantes du maelström se rapprochaient de toutes parts. Il ne voyait déjà plus le fond de la mer. Les vagues tournaient de plus en plus vite, elles se resserraient, les flots de l'océan emplissaient le vide.

– Plus vite ! cria Griffin, paniqué. Plus vite !

La raie avançait déjà à une vitesse comparable à celle d'un hippocampe. Ses nageoires bougeaient à un rythme inouï et son cœur battait si fort que Griffin le sentait tressauter sous la selle.

Ils finirent par y arriver.

Il n'aurait pas pu vraiment dire comment.

Lorsque le maelström se referma derrière eux et que la colossale colonne d'eau se dressa dans le ciel, ils étaient juste assez loin pour ne pas être engloutis par les flots.

Griffin ferma les yeux et cria en sentant le rideau transparent de l'eau retomber autour de lui.

Sous eux, la surface de la mer se courba en une vague de plusieurs centaines de mètres de haut. Elle parut se figer un instant, puis explosa dans toutes les directions dans une éruption d'une force incommensurable avant d'ensevelir sous elle les rives du monde.

Les voix des divinités résonnaient dans l'esprit du marchand aux esprits lorsqu'il aperçut la clarté à l'horizon. Un doigt de lumière aveuglante surgit dans le ciel bleu-gris, pareil à un poignard embrasé.

Le marchand aux esprits fut distrait un instant et se déconnecta des esprits oubliés. Un cri furieux monta des étendues où ils attendaient, impatients d'être ramenés à la vie. Puis le cri s'interrompit subitement.

Un poing invisible frappa le marchand aux esprits et le projeta à terre. L'anneau d'argent s'échappa de sa main et tomba sur la corniche. Le marchand avait de la chance de n'avoir trébuché que de quelques pas en arrière ; un peu plus, et il serait tombé au fond du nid des raies en basculant par-dessus le bord du plateau.

Il resta allongé à terre, gémissant, la tête néanmoins soulevée pour regarder fixement l'horizon.

La lumière faiblit au milieu des bancs de brume. Le monde semblait retenir son souffle. Le silence lui bouchait les oreilles comme de la cire liquide. La seule chose qu'il entendait était le battement du sang dans ses tempes. Même le bruit de la bataille semblait s'être arrêté. Peut-être les combattants sentaient-ils qu'il se passait quelque chose de totalement inattendu.

La porte par laquelle les esprits des anciennes divinités avaient tenté de pénétrer dans ce monde s'était refermée. Il faudrait beaucoup de force et de conviction pour la rouvrir et relancer la conjuration.

Mais peut-être n'était-ce plus nécessaire.

Une tour d'eau grise s'éleva du cœur du maelström, à des milles de là. Même de loin, on la distinguait nettement. Sa pointe toucha le ciel, s'épanouit comme le calice d'une fleur et éclata dans une explosion de cascades d'eau.

Le marchand aux esprits vit tout cela et comprit aussitôt que la vague n'allait pas tarder à déferler. Il le sut avant même de voir apparaître le mur d'eau salée qui faisait trembler l'air et sous lequel l'océan se courbait et ruait comme un animal farouche.

Les deux perroquets s'envolèrent jusqu'à ce qu'ils ne soient plus que deux points sombres.

Le marchand aux esprits se remit péniblement debout, chercha un endroit où s'accrocher et découvrit le cadavre de la vieille raie. Sans quitter du regard la vague géante sur le point de s'écraser sur Aelenium, il courut vers la bête morte, s'adossa contre elle et ferma les yeux de peur.

Muet, sans un geste, il attendait la fin.

Chapitre 20

La débâcle

Quelques minutes avant que la lumière mystérieuse déchire le maelström, que le marchand aux esprits stoppe le sortilège et que la raie de Griffin rassemble ses dernières forces pour se mettre en sûreté au-dessus de la vague déferlante, le rempart situé dans le tiers supérieur d'Aelenium céda pour la deuxième fois.

Après une première victoire sur le flanc sud, les attaquants avaient réussi à vaincre à nouveau la résistance désespérée de la garde. Les hommes en guenilles qui avaient passé des journées entières dans les cales de la flotte de Tyrone et attendu dans l'obscurité la fin de la bataille navale contre les capitaines des Antilles se déversèrent sur le rempart. Plusieurs canons, traînés sur des roulettes dans les ruelles en pente, avaient percé une brèche dans les systèmes de défense. De nombreux habitants d'Aelenium auraient péri si le commandant en poste n'avait compris en temps voulu ce qui se passait et ordonné à ses forces de se mettre à l'abri dans les ruelles voisines.

Les pirates et les cannibales armés de sabres traversèrent l'épaisse fumée des canons en trébuchant sur les éclats de corail et de bois ; ils débarquèrent avec des hurlements féroces sur la place où jouaient autrefois les enfants et où les gens avaient coutume de se rassembler le soir venu autour d'un verre de vin en chantant.

La première vague d'assaillants fut ralentie par les gardes dissimulés au coin des ruelles et derrière des barricades de fortune. Les suivants profitèrent d'un instant de répit lorsque les tireurs durent recharger leurs armes et ils attirèrent les défenseurs dans de farouches combats d'homme à homme.

Les cavaliers des raies découvrirent d'en haut ce qui s'était passé, et D'Artois divisa aussitôt son armée pour qu'une des troupes qui se battaient avec acharnement dans la zone sud rejoigne la nouvelle brèche à l'ouest. Les attaquants à l'ouest furent ainsi gênés dans leur progression, mais ceux du sud avaient désormais affaire à une résistance moindre et prenaient peu à peu le dessus.

– C'est sans espoir, déclara le commandant à son tireur. (En tant que meneur des troupes, il n'aurait pas dû montrer son désespoir, mais ils se connaissaient depuis de nombreuses années et n'avaient plus de secrets l'un pour l'autre.) Ils vont prendre le contrôle de la ville, dit-il avec consternation. Avant même le coucher du soleil.

En guise de réponse, son compagnon tira une nouvelle salve dans les airs. Lorsque la fumée des fusils se dissipa, son regard se posa sur le brouillard au nord.

– Regarde un peu ! s'écria-t-il en tapotant l'épaule de D'Artois.

Le capitaine suivit du regard sa main tendue et vit de quoi il voulait parler. Au-delà de l'anneau de brume aux bords effilochés, le ciel venait de prendre une couleur blanche aveuglante, comme si un deuxième soleil se levait sur l'Atlantique. La lumière fut suivie d'un bref crépuscule, puis un grondement de fin du monde résonna, pareil à l'éruption d'un volcan.

Quelque chose d'immense et de gris déchira le champ de vision du capitaine. On aurait dit qu'une hache avait fendu l'horizon. Le monde parut se mettre à la renverse et l'eau de l'océan se déversa en hurlant dans le ciel.

Soledad avait cessé depuis longtemps de compter les flèches plantées dans le corps du serpent à plumes. La créature issue du Vermeilleux Ver du bois continuait à se battre avec la férocité d'un fauve, mais ses forces faiblissaient peu à peu en raison de ses nombreuses blessures. Certes, ses morsures et les coups portés avec l'extrémité de son corps étaient la plupart du temps mortels, mais il offrait aussi, du fait de sa grande taille, une cible facile pour les flèches des cannibales et les balles des pirates.

De l'abri où elle s'était réfugiée derrière le rempart pour souffler un moment, Soledad voyait nettement que le reptile ailé saignait en différents endroits, y compris là où aucune flèche n'était plantée dans ses écailles. Et même s'il continuait à répandre la panique autour de lui, chaque impact de flèche était accompagné de cris triomphaux qui redonnaient du courage aux assaillants.

Soledad s'apprêtait à se relever pour se jeter à nouveau dans la bataille quand elle aperçut Buenaventure à côté d'elle, la langue pendante. Son sabre denté était couvert d'encoches.

– Walker est blessé ! lui cria-t-il.

Le cœur de Soledad s'arrêta de battre un instant.

– Je l'ai descendu du rempart, poursuivit l'homme pitbull, et je l'ai amené dans une maison vide au bord de la place. Celle aux petites fenêtres, là-bas.

– C'est grave ?

– Pas trop. Une blessure au flanc. Et un coup de couteau profond dans le bras gauche. Il ne va pas mourir. Mais il a perdu beaucoup de sang et ne peut plus se battre.

– Prends ma place, je reviens. Celle-là, tu dis ? dit-elle en désignant l'une des maisons.

Buenaventure eut un grommellement affirmatif, puis repartit à l'assaut en poussant un cri de guerre.

Soledad courut aussi vite qu'elle le pouvait le long de la place. Il lui fallut éviter plusieurs blessés qui attendaient d'être transportés du rempart vers les hôpitaux de fortune. Au début de la bataille, des renforts arrivaient régulièrement sur la place, mais ce n'était plus le cas depuis un moment déjà. Tous ceux qui étaient capables de tenir une arme se battaient déjà en première ligne.

Elle atteignit l'entrée de la maison, se rua dans le couloir et regarda par les portes ouvertes.

– Walker ?

– Soledad ? fit une voix au premier étage. Ici, en haut ! Cette bestiole puante qui se prétend mon ami m'a déposé ici comme un vieillard. Aide-moi à...

Il s'interrompit en la voyant dans l'encadrement de la porte au premier étage, les traits dévorés par la peur.

– Sacrebleu, dit-il avec une grimace de douleur, tu te fais bien du souci pour moi, ma parole !

Il était allongé sur les couvertures, un simple oreiller glissé sous la nuque. Le reste de la pièce était vide, tous les meubles avaient été transportés dehors pour consolider le rempart.

– Pas du tout, répliqua-t-elle en bondissant près de lui et en le prenant dans ses bras. Quand il a dit que tu étais blessé, j'ai pensé…

Il essaya de se redresser.

– Je n'ai rien. Ça me rend dingue d'être allongé là, inutile, pendant que…

Le reste de ses paroles fut étouffé par un vacarme effrayant qui couvrit même le bruit de la bataille.

Soledad bondit.

– Qu'est-ce que…

Elle n'entendait plus sa propre voix, tant le bruit à l'extérieur était fort. Le sol trembla et un vent violent la catapulta en tous sens dans la pièce. Elle s'écrasa près d'une fenêtre et tenta de se relever en gémissant, mais son sens de l'équilibre l'avait totalement abandonnée pour une raison quelconque. C'est alors qu'elle comprit pourquoi : le sol n'était plus droit. Toute la maison était penchée comme un bateau dans la tempête !

Les volets en bois avaient été broyés par un tir perdu et elle pouvait donc regarder sans encombre ce qui se passait sur la place.

Sur le moment, elle ne comprit rien à la scène qui se déroulait sous ses yeux.

Une sorte d'ouragan s'était emparé de la ville. Elle apercevait de l'eau, de l'écume, une mousse grise, des gens paniqués. Mais ce n'était qu'un avant-goût de ce qui se profilait au loin.

Elle apercevait un mur gris.

« Le maelström, pensa-t-elle presque imperturbablement. Il arrive, il vient nous chercher. »

Mais ce n'était pas le maelström. C'était l'océan lui-même qui se soulevait.

Elle vit encore autre chose durant l'une de ces secondes interminables avant que la vague géante ne s'abatte sur Aelenium.

Le rempart avait disparu, emporté par les premières masses d'eau. Et avec lui toutes les personnes qui s'y trouvaient. Il n'y avait plus rien là où Soledad s'était battue quelques secondes plus tôt.

Buenaventure et tous les autres avaient disparu.

La vague géante était bien de l'eau et elle en avait même le goût, pour les pauvres malheureux en train de se noyer. Mais, durant les quelques secondes où elle atteignit Aelenium, elle sembla se transformer en une masse de pierre qui broyait indifféremment les personnes, les coraux et les bateaux qui se trouvaient sur la rive.

Par le plus grand des miracles au cœur de tout ce malheur, de ces morts et de ce sentiment absolu de fin du monde, la chaîne de l'ancre résista à la vague.

Ce miracle fut accompagné de toute une série d'autres phénomènes inouïs, moins importants, mais incroyablement précieux pour les personnes concernées.

Comme cette petite fille qui s'était enfuie avec son frère dans la montagne pour observer la bataille d'en haut ; elle fut recueillie au dernier moment par une nageoire de raie lorsqu'une trombe d'eau la fit tomber d'un toit.

Ou encore ce cannibale qui avait sauté sur une statue pour se mettre à l'abri des flots. Lorsque les masses d'eau emportèrent la statue sous lui, l'aborigène attira l'un des gardes sur les épaules de la statue et ils restèrent ainsi blottis l'un contre l'autre, ennemis mortels quelques secondes plus tôt, désormais alliés pour affronter l'incroyable force qui leur faisait face.

Le cuistot d'un bateau de pirates ne survécut que parce qu'il s'était réfugié au dernier moment dans un tonneau de pommes à moitié vide, la tête la première. Il fut miraculeusement épargné quand la coque du voilier se fracassa sous lui, et on le retrouva plus tard inconscient mais encore vivant dans son tonneau à la dérive, toujours la tête en bas. Plus jamais il ne prit la mer et il ne mangea pas la moindre pomme durant le restant de ses jours.

Une petite troupe de gardes avait réussi à grimper sur le toit de l'unique maison qui ne fut pas détruite dans le quartier des poètes. Une vieille femme s'était rendue en boitant jusqu'au rempart en dépit de son grand âge et se battit contre les premières vagues en brandissant sa canne comme un soldat qui manie le sabre pour effrayer et faire reculer l'ennemi ; elle aussi survécut. Il y avait également ce médecin qui, dans un accès de désespoir, s'était arc-bouté contre la porte de l'hôpital de fortune pour protéger les nombreux blessés ; les flots contournèrent la maison, peut-être parce qu'un dieu avait eu pitié ou bien tout simplement parce que le bâtiment était un peu surélevé par rapport aux maisons voisines.

On compta beaucoup d'épisodes de la sorte, mais encore plus nombreux furent ceux qui s'achevèrent tragiquement par des morts ou des disparitions soudaines, en particulier dans le camp des assaillants. La vague submergea en effet les deux tiers inférieurs d'Aelenium, où se trouvaient alors exclusivement des pirates et des cannibales. Tous furent emportés. Il ne resta pas un seul des douzaines de bateaux amarrés devant la rive, et les quelques personnes qui étaient restées à bord durant la bataille se noyèrent à de rares exceptions près.

Sur le rempart aussi, tout fut détruit. Les deux camps enregistrèrent de nombreuses pertes.

Seules les personnes qui se trouvaient au-dessus du rempart furent presque complètement épargnées : de nombreux gardes blessés, des habitants d'Aelenium, mais aussi tous ceux qui avaient réussi à se réfugier suffisamment haut avant l'arrivée de l'eau.

Personne n'a jamais su combien de gens sont morts ce jour-là. Des recensements ont été entrepris plus tard dans la ville étoile de mer, mais le nombre de pirates et de cannibales défunts n'a jamais été connu.

La flotte de Tyrone avait été anéantie d'un seul coup.

Alors que la vague continuait à progresser vers les Petites Antilles, puis vers le continent où elle finit par perdre de sa force et mourir tout à fait, Soledad et Walker étaient assis l'un contre l'autre dans la chambre où Buenaventure avait amené le capitaine.

Ils étaient accroupis dans un coin, sans rien dire, les yeux fermés, écoutant la respiration de l'autre et le rugissement de plus en plus faible à l'extérieur.

Ils finirent par se séparer, et Soledad aida Walker à s'approcher de la fenêtre.

–Je vais sortir et le chercher, fit la princesse d'une voix atone. Je vais le trouver. Il doit bien être quelque part.

–Je viens avec toi, dit Walker.

–Non !

–C'est mon ami.

–Je vais le trouver pour toi, dit-elle doucement. Tu n'es pas en état de partir à sa recherche.

–Je n'ai rien au bras droit. Je peux me battre et tirer au...

Elle posa un doigt sur ses lèvres.

–Avec une blessure pareille au flanc ? Laisse-moi d'abord aller faire un tour dehors pour voir ce qu'il en est. Ensuite, je viendrai te chercher.

Elle se mit debout d'un bond et recula de deux pas pour ne pas qu'il puisse la retenir. Elle avait mal rien qu'à le regarder. Il tenta de se relever avec une grimace de souffrance, essaya de la suivre et fut obligé de renoncer tant la douleur était vive.

–S'il te plaît, dit-elle, reste ici. Je ne supporterais pas de te perdre.

Leurs regards se croisèrent à nouveau. Il renonça et s'appuya contre le mur, épuisé.

–Il est certainement quelque part dehors, dit-il.

Elle lui adressa un sourire encourageant en guise d'adieu, puis descendit en courant les marches et sortit de la maison. Des torrents coulaient dans les ruelles et la ville entière tanguait comme un galion par forte houle. Soledad ne savait pas trop quelles conséquences avait eu le passage de la vague géante, mais elle doutait de plus en plus qu'il s'agisse d'une arme du maelström. Les hommes de Tyrone étaient sur le point de l'emporter quand cela s'était produit. Pourquoi le maelström les aurait-il fait ainsi mourir ?

« Parce que les vies humaines ne signifient rien pour lui, pensa-t-elle froidement. Et parce que l'attaque n'allait sans doute pas assez vite à son goût. »

Mais qu'avait gagné le maelström ? Aelenium n'avait pas sombré, très vraisemblablement grâce à la chaîne de l'ancre et à ceux qui la protégeaient. Soledad se rappela sa rencontre dans la ville sous-marine et les yeux brillants du serpent de mer. Elle éprouvait une infinie reconnaissance.

La plupart des blessés se trouvaient toujours au même endroit sur la place. Certains avaient été projetés les uns contre les autres, quelques-uns avaient sans doute été emportés par la vague – Soledad n'en était pas bien sûre. Les premiers sauveteurs se risquaient peu à peu dans les ruelles supérieures, la plupart avec des mines effrayées, le pas mal assuré. Tous regardaient sans cesse vers le nord, où le ciel bleu rayonnait à présent. Si une deuxième vague devait arriver, il n'y avait encore aucun signe annonciateur.

Soledad passa à côté d'hommes blessés et hagards et atteignit bientôt les trois carrefours où se dressait autrefois le rempart. Quelques débris y gisaient. Les fortifications avaient presque entièrement disparu.

Elle regarda la ruelle centrale qui ne se poursuivait que sur quelques douzaines de pas. La vague avait détruit une grande partie des constructions dans la partie centrale d'Aelenium et arraché des murs et des toits pour ne plus laisser que des ruines. L'eau ruisselait de toutes parts.

C'était encore pire plus bas.

Les quartiers situés dans le tiers inférieur d'Aelenium jusqu'à la rive avaient quasi disparu. Il ne restait plus rien des centaines de maisons qui se dressaient là quelques instants plus tôt. Les versants lisses et blancs paraissaient couverts de blocs de glace hérissés, seuls vestiges du labyrinthe de ruelles qui s'étendait à cet endroit autrefois. D'où elle était, Soledad apercevait une pointe d'étoile de mer, complètement déserte elle aussi. Comme arasée.

L'armée de Tyrone avait disparu. Soledad eut la chair de poule et des larmes mouillèrent ses yeux. Elle pleurait les beautés perdues d'Aelenium et la mort de tous ces êtres.

– Princesse ?

La question fut suivie d'une explosion de joie :

– Soledad, c'est bien toi !

Elle se retourna vivement, mais il n'y avait personne. Elle aperçut alors une silhouette sombre qui planait dans le ciel. Le serpent à plumes se tenait au-dessus d'elle, les ailes toutes ébouriffées ; des bouts de flèches cassées étaient plantés telles des épines dans son corps couvert d'écailles.

– Tu as vu Buenaventure ? demanda Soledad. Mon Dieu, dans quel état tu es ! Il faut que nous retirions ces flèches...

– Laisse, l'interrompit le serpent. Ce sont juste des égratignures. Et non, je ne l'ai pas vu. Sais-tu s'il était sur le rempart quand... quand c'est arrivé ? continua-t-il en baissant la voix.

– Il faut que je le retrouve !

Soledad essaya de surmonter l'effroi que lui inspiraient les quartiers dévastés, mais elle ne pouvait faire abstraction de tous ces morts. Elle se tourna à nouveau vers les maisons broyées.

– Le pire, c'est qu'ils ont tout bonnement disparu. Comme s'ils étaient encore en vie, mais autre part.

Le serpent la regarda en clignant de ses yeux sombres, puis remonta avec un battement d'ailes énergique.

–Je vais t'aider à le chercher, dit-il en se dirigeant vers les toits au-dessus du rempart à l'est, tandis que Soledad courait vers l'ouest.

Elle tomba bientôt sur de premiers blessés qui avaient été propulsés par la vague à travers des fenêtres et des portes, dans des arrière-cours et contre des murs. Certains avaient été projetés à des coins de rue comme des marchandises en vrac. Il était bien possible que Buenaventure ait subi le même sort.

Elle eut beau chercher comme une folle, impossible de le trouver. Elle demanda à beaucoup s'ils l'avaient vu, mais elle n'obtint que peu de réponses, car la plupart étaient trop choqués pour comprendre ce qu'elle leur disait. Soledad aida quelques blessés et resta à leurs côtés, impatiente, en attendant l'arrivée d'autres secours. Puis elle reprit sa quête.

En vain. Il n'y avait pas trace de Buenaventure. Découragée et triste, elle retourna sur la grande place où elle l'avait vu pour la dernière fois et y retrouva le serpent qui rentrait de ses recherches à l'est.

–Rien, lui cria la créature entre deux battements d'ailes. Et toi ?

Soledad secoua la tête sans un mot et se demanda comment elle allait faire part à Walker de la terrible nouvelle. Quels mots utiliser pour lui annoncer que son meilleur ami avait été emporté par les flots et était mort noyé ? qu'il ne reverrait jamais Buenaventure ?

Elle murmura un remerciement enroué à l'adresse du serpent, puis traversa la place à pas lents en direction de la maison où elle avait laissé Walker.

La place était désormais couverte de monde. La plupart des combattants avaient déposé leurs armes et s'entraidaient du mieux qu'ils le pouvaient. Il y avait aussi parmi eux quelques cannibales évacués par des gardes échevelés. Plus personne ne semblait en état de se battre, comme si tout ce pour ce quoi ils avaient lutté était devenu subitement flou dans leurs têtes. Soledad était dans le même état d'esprit. Tout cela semblait tellement loin, alors que les derniers combats ne remontaient qu'à une heure ou deux peut-être.

Le scénario était irréel. La ville, le vent, les hommes – tout avait changé avec la catastrophe. Soledad n'avait pas la force de lever les yeux vers le ciel bleu ; elle avait l'impression que sa clarté et sa beauté la nargueraient.

Elle atteignit la porte de la maison et se demanda si c'était elle qui l'avait laissée ouverte. Non, elle était sûre d'avoir tiré le battant derrière elle en sortant. Walker l'avait-il suivie ? Elle monta les marches quatre à quatre : Buenaventure était-il en vie et avait-il retrouvé la piste de son ami blessé ?

Une autre idée lui trottait dans la tête. Ou plutôt un vague pressentiment. La main posée sur le sabre qu'elle portait à la ceinture, elle s'approcha de la porte de la chambre.

Elle entra dans la pièce, le cœur battant.

– Walker ?

Un homme aux épaules larges, vêtu de vêtements noirs, se tenait à l'autre bout de la pièce. Il portait une lame nue à la main droite et un pistolet chargé à la main gauche. Sa redingote était couverte de croûtes et de sang, mais lui-même ne semblait pas blessé. Sa longue queue de cheval sur son crâne par ailleurs rasé était tout emmêlée et on aurait dit qu'il s'était approché trop près d'un feu. Mais le plus effrayant, c'étaient les peintures de guerre qui avaient coulé sur son visage, comme si ses traits avaient fondu avant de se figer à nouveau en prenant des formes nouvelles et bizarres.

Walker était étendu sur le sol devant lui. Tyrone avait le pied droit posé sur la cage thoracique du capitaine, tel un commandant posant pour le portrait du vainqueur.

–Je t'attendais, princesse, dit le roi des cannibales en découvrant ses dents taillées en pointe.

Chapitre 21

Où est Jolly ?

Griffin sentait que la raie fatiguait.

Les battements de nageoires de l'animal étaient de plus en plus lents et il avait du mal à maintenir leur altitude.

Les cascades d'eau avaient failli faire tomber Griffin de la selle. La raie était déjà suffisamment éloignée du cœur du maelström au moment de l'éruption, mais l'explosion titanesque avait fait s'abattre sur eux des fontaines lourdes de plusieurs tonnes.

L'immense colonne d'eau était retombée, les vagues avaient disparu, la mer reprenait peu à peu son aspect lisse. D'en haut (ils devaient se trouver à six cents ou sept cents pieds au-dessus de l'eau), on aurait pu croire qu'il ne s'était rien passé. La mer était juste agitée par une petite houle, bien qu'il n'y ait pas un nuage dans le ciel et que le temps ne soit même pas particulièrement venteux.

Mais la chose la plus extraordinaire, bien plus surprenante que ces vagues sans vent, c'était que le maelström avait disparu.

Au début, Griffin avait cru que la vague était une arme utilisée par leurs adversaires pour détruire Aelenium et les îles des Caraïbes. Mais il se rendait compte à présent que le maelström n'existait plus. Il avait été détruit. Leur plus grand ennemi avait tout simplement cessé d'exister.

Quelque chose paraissait avoir explosé au plus profond du tourbillon, d'où la lumière aveuglante montant du cœur du cyclone ; cette même force avait fait gonfler le maelström comme une enveloppe vide avant de le laisser retomber. Les parois du tunnel d'eau s'étaient affaissées de trente mille mètres de haut comme si les murs d'une incroyable construction s'écroulaient. Les forces ainsi générées avaient donné naissance à la vague.

Qu'était devenue Jolly dans tout ce chaos ? Qu'était-il arrivé à Aelenium et à ses amis ?

La vague s'était dirigée vers la ville étoile de mer telle une montagne mouvante. Griffin avait passé suffisamment d'années en mer pour savoir combien le contact avec l'eau pouvait être brutal. La vague qui s'était abattue sur la ville était certainement aussi dure qu'un mur de diamant. Il était impossible d'échapper à une telle force et inutile de lutter ; si près du centre de la détonation, la force avait dû être colossale et tout dévaster sur son passage.

En regardant vers le sud, il vit que l'horizon était flou et gris. L'anneau de brume entourant Aelenium semblait au moins avoir résisté. Mais qu'y avait-il derrière ? Il préférait ne pas imaginer l'étendue de la catastrophe.

Il se sentait très seul, assis sur sa raie. Et si jamais il était le dernier survivant de la ville étoile de mer ? Si tous les autres étaient morts broyés ou noyés ?

Il se cramponnait aux rênes et ses ongles s'enfonçaient dans le gras de ses mains. Les blessures que lui avait infligées le wyver lui faisaient atrocement mal, tout à coup. Son flanc gauche était dévoré par une douleur alternativement brûlante et glacée.

C'est alors qu'il aperçut le point sombre sous l'eau.

Un bout d'épave, sans doute – ou bien était-ce une personne ?

– Descends ! cria-t-il à la raie.

L'animal s'approcha de la surface bleu-gris en décrivant une large boucle. Les couronnes de mousse blanche recouvraient la mer d'une fine toile qui ressemblait à un filet de pêcheur vue d'en haut.

Une silhouette flottait au milieu de ce filet.

Ou plutôt, elle courait sur les vagues et avait le plus grand mal à rester debout. Le sol tanguait si violemment que le moindre pas à la surface représentait un défi. Durant sa descente, Griffin vit plusieurs fois la silhouette tomber et se remettre debout après plusieurs essais, pour perdre de nouveau l'équilibre quelques pas plus loin sur la mer démontée.

Il hurla le nom de Jolly, mais le vent emporta son cri. Le têtard n'avait pas encore remarqué sa présence, bien trop occupé à avancer sur l'océan en folie.

– Jolly ! cria-t-il à nouveau.

Mais il se tut aussitôt. La personne en bas n'était pas Jolly, même si elle portait la tenue de cuir huilée dans laquelle les deux têtards avaient quitté la ville étoile de mer.

C'était Munk qui levait la tête et regardait le ciel en clignant des yeux. Il dut remarquer la silhouette immense et sombre de la raie, car il s'immobilisa. Une vague se forma sous ses pieds, mais sans le renverser. Ses lèvres dessinèrent le nom de Griffin.

– Munk ! cria Griffin, trop excité pour dire quoi que ce soit.

Un affreux soupçon commençait à l'envahir. Les mains tremblantes, il obligea la raie à descendre et se mit à faire le tour de l'adolescent debout sur l'eau :

– Où est Jolly ? demanda-t-il.

Munk le regarda comme s'il lui fallait un moment pour comprendre la signification de chaque mot.

– Jolly ? répéta-t-il, comme paralysé.

– Où est-elle ? cria Griffin.

Il avait le plus grand mal à se contrôler. Toutes ses craintes se confirmaient subitement. Il avait mis en garde Jolly contre Munk, mais elle n'avait pas voulu l'écouter.

– Qu'est-ce que tu lui as fait ?

– Je... rien. Elle... n'est pas ici.

– Tu veux dire qu'elle est encore là-dessous ?

– Je... je ne sais pas.

Munk devait tourner sur lui-même pour suivre des yeux le vol de la raie. Il vacillait et manqua tomber plusieurs fois.

– Tu ne *sais* pas ?

Griffin ne pouvait plus réprimer la colère qui montait en lui. Il bouillonnait intérieurement. Après le désespoir des dernières heures, toute cette souffrance, ces pertes – c'était plus qu'il n'en pouvait supporter.

– Qu'as-tu fait, Munk ? ... Nom de Dieu, je savais que tu allais la trahir !

Munk le regarda avec de grands yeux. Il était livide et avait l'air malade. Peut-être était-il juste trop épuisé pour le contredire.

La colère et la tristesse aveuglaient Griffin. Ses plaies brûlaient de plus en plus et le sang tempêtait dans ses oreilles comme une cascade. Il n'avait plus qu'une idée en tête : Munk était rentré en laissant Jolly seule en bas. Elle était morte. Par la faute de Munk.

Griffin tira sur les rênes et lança la raie à l'assaut de son adversaire.

Munk se jeta sur le côté au dernier moment avant que l'animal ne puisse le heurter. Il tomba à plat sur une vague et gémit de douleur.

Griffin poussa un juron, fit s'arrêter la raie beaucoup trop brusquement et faillit tomber de selle. Ses blessures se rouvrirent, mais il n'y fit pas attention.

Il se retourna et se lança à nouveau sur Munk, encore plus près de la surface de l'eau. Cette fois, il n'allait pas lui échapper.

Soledad contemplait le corps inerte devant elle. Tyrone ne bougeait pas d'un pouce. D'où elle était, elle ne pouvait pas voir si Walker était mort. Mais pourquoi Tyrone l'aurait-il laissé en vie ?

Elle brandit son sabre avec un hurlement de douleur et se rua en avant. Tyrone parut un instant surpris de la véhémence de sa réaction, puis dégaina un pistolet dans sa direction. Mais cela n'impressionna pas Soledad. Sans réfléchir un instant au danger, elle parcourut les derniers mètres et tendit la lame en direction de Tyrone. Le roi des cannibales recula d'un bond et para l'attaque.

Des étincelles jaillirent au contact des deux armes. Soledad se trouvait à présent juste devant lui. Le corps de Walker gisait à ses pieds, inerte. Y avait-il du sang frais quelque part ? Respirait-il encore ? Le roi des cannibales ne lui laissa pas le temps de chercher les réponses à ces questions et entreprit de lui arracher le sabre des mains.

Soledad l'esquiva d'un bond et remarqua avec soulagement que Tyrone la suivait. Il glissa de la main gauche le pistolet dans sa ceinture. Ne voulait-il donc pas la tuer ? Walker, en tout cas, restait dans son coin et c'était là le but premier de la manœuvre : attirer l'ennemi loin de lui. Soit Tyrone ne s'intéressait plus au capitaine – soit Walker était déjà mort.

Elle évita avec un cri l'attaque suivante de Tyrone. Elle était maintenant tout près de la porte et allait à reculons en direction du couloir.

– J'ai vu ton ami chien amener Walker dans cette maison, dit Tyrone entre deux coups de sabre. Dès que l'eau s'est retirée, je suis venu ici parce que je me doutais que je t'y trouverais tôt ou tard, princesse.

Les sabres s'entrechoquèrent avec une force incroyable. Les deux lames présentaient de profondes encoches.

– Imagine comme j'ai été déçu de ne découvrir ici que cette vermine. Blessé, qui plus est. Pas en état de se défendre un tant soit peu.

L'attaque de Soledad le surprit, mais il se reprit rapidement et riposta. Ils étaient à présent sortis de la chambre. Tyrone pressait Soledad vers l'escalier ; peut-être espérait-il que cela lui faciliterait la tâche quand elle serait obligée de reculer en descendant les marches.

– Il est mort ? lança-t-elle entre ses lèvres serrées.

Le sourire de Tyrone était si glacial que même ses dents limées en pointe ne pouvaient le rendre plus effrayant.

Elle porta un coup qui l'atteignit à l'épaule. Il bondit en arrière avec un halètement de surprise. Elle distingua brièvement les deux pointes noircies de sa langue fourchue, caractéristiques des tribus de l'Orénoque. Soledad pria le ciel de lui donner une chance de couper cette langue.

Il sourit à nouveau. La plaie sur son épaule saignait, mais elle ne semblait pas le gêner.

– Je ne veux pas te tuer, princesse. J'ai juste besoin d'une otage pour quitter la ville. Ils vont bien me remettre une raie si je menace de défigurer ton joli minois, tu ne penses pas ?

Elle eut un petit bruit méprisant.

– Plutôt mourir sur-le-champ.

Il haussa les épaules.

– Si tu ne me laisses pas le choix.

La main de Tyrone se dirigea vers sa ceinture, mais ce n'était pour l'instant toujours qu'une menace. Le regard de Soledad se posa sur le pistolet. Il était toujours chargé.

« Quel risque inconsidéré ! » pensa-t-elle. Elle se fendit, esquiva un coup de côté et visa le pistolet du bout de son sabre.

La lame effleura la gâchette.

Tyrone hurla lorsque le coup partit. La poudre noire explosa avec une flamme verte. Un jet de fumée descendit le long de sa jambe gauche. Le genou du roi des cannibales céda et une flaque de sang couvrit le sol. La balle s'était enfouie dans sa cuisse.

– Espèce de... sorcière ! cria-t-il d'une voix étranglée par la douleur.

Il parvint néanmoins à rester debout grâce à une force de caractère exceptionnelle, s'adossa contre le mur du couloir et para avec succès le coup suivant.

– Abandonne, Tyrone, lui lança-t-elle entre deux respirations rapides. Tu n'as aucune chance, avec une blessure pareille.

Ses traits furent déformés par une grimace démoniaque. Seul son regard restait humain au milieu de ce visage diabolique.

– Je détiens le pouvoir chamanique, dit-il d'une voix coupante. J'ai rencontré le maelström en rêve. Dans son rêve à lui. Personne n'est jamais allé jusque là-bas. C'est pour ça qu'il m'a choisi. Et il est... encore... mon maître.

Il pressa sa main gauche contre la plaie. La fumée s'était dissipée et Soledad vit les dégâts causés par la balle sur la jambe.

– Il va... m'aider, dit-il en haletant et en se laissant glisser contre le mur.

Soledad voulut lui donner un coup de pied pour le désarmer, mais il leva son sabre si violemment dans sa direction qu'il faillit l'éventrer. Elle recula et se rendit vite compte qu'il n'avait en réalité pas la moindre chance. Toutefois, il lui barrait toujours l'accès à la pièce où se trouvait Walker.

– Que lui as-tu fait ? demanda-t-elle froidement.

Tyrone ne répondit pas et se contenta de rire, de plus en plus fort.

– Qu'est-il arrivé à Walker ? répéta-t-elle.

Mais lorsqu'elle tenta à nouveau un pas dans sa direction, il agita son sabre pour la faire reculer.

Elle perdit le peu de patience qui lui restait, simula une nouvelle attaque, mais bondit en fait par-dessus son arme et atterrit avec le pied droit sur sa jambe blessée. Le cri de Tyrone fut si sonore qu'il devait être audible depuis la place.

« Parfait, pensa-t-elle, peut-être que quelqu'un va venir faire le sale boulot à ma place. »

D'un coup de pied gauche, elle lui arracha définitivement l'arme des mains, se pencha en avant et planta la pointe du sabre sur sa poitrine.

– Un geste de trop et..., le menaça-t-elle.

Tyrone rit à nouveau. Son rire se transforma cependant bientôt en une toux rauque.

Soledad prit son élan, mais changea d'avis au dernier moment. Plutôt que de le tuer, elle lui asséna de toutes ses forces un coup sur le crâne avec la poignée du sabre. La toux s'interrompit, les traits de Tyrone parurent se décomposer, son menton tomba sur sa poitrine. Il s'affaissa, inconscient.

Soledad l'enjamba et se traîna jusqu'à la porte de la chambre. Le rire de Tyrone semblait la suivre comme un écho fantomatique quand elle pénétra dans la pièce et se pencha sur le corps inerte de Walker.

Munk hurla quelque chose et se jeta à nouveau sur le côté pour échapper à la masse énorme de la raie. Griffin ne comprenait pas ce qu'il disait et poussa un juron, vexé d'avoir manqué de nouveau son adversaire.

Munk avait Jolly sur la conscience, cela ne faisait aucun doute. Tout le désarroi que Griffin avait éprouvé au cours des derniers jours et des dernières heures, le vide qu'il avait ressenti après sa victoire contre le wyver ressurgissait en lui. Munk n'était pas responsable de tout, il s'en rendait compte, mais tout cela ne faisait plus de différence. Ce que Griffin avait enduré durant la bataille, il l'avait fait pour Jolly, pour avoir une chance de revoir son sourire. Par sa trahison, Munk avait rendu impossibles ces retrouvailles.

Griffin avait le sentiment que tout le reste était devenu sans importance.

Que le wyver et le seigneur des goguelins soient vivants ou morts, qu'Aelenium ait sombré ou non – tout cela lui paraissait subitement dérisoire, et il n'avait pas la force ni le calme nécessaires pour y réfléchir.

Il voulait simplement que Munk paie pour ce qu'il avait fait. Sur l'instant, cela lui semblait plus capital que tout le reste, et il était lui-même étonné de la soif de vengeance et du désespoir tapis en lui.

« Tu délires, murmura une voix en lui. Tu perds la raison. »

Et quand bien même.

Pour la troisième fois, il fit faire demi-tour à la raie. Munk avait disparu derrière une montagne de vagues, mais cela ne suffirait pas à le sauver.

Les paupières de Walker tressaillirent lorsque Soledad se mit à le secouer. Elle le serra dans ses bras en le dévorant des yeux, comme si elle ne pouvait pas croire ce qu'elle voyait.

Elle était tellement sûre que Tyrone l'avait tué.

Mais il était vivant.

Walker était vivant !

– J'ai... mal à la tête..., geignit-il, tout engourdi.

Elle le contempla bouche bée, puis elle l'attira contre elle, ce qui lui fit pousser un nouveau gémissement de douleur, mais elle ne s'en soucia pas. Elle le pressa contre elle en pleurant, comme elle l'avait fait pour la dernière fois lors de la mort de son père, Scarab, et elle constata au plus profond d'elle-même que l'on pleure les mêmes larmes lorsqu'un être nous quitte et lorsqu'il nous revient.

Walker finit par prendre la tête de Soledad entre ses mains, très doucement, et l'embrassa. Elle trouvait étrange d'éprouver de pareils sentiments pour ce pirate grossier et mal rasé, mais elle renonça à apporter une réponse à cette question.

– Je pensais que tu étais mort, murmura-t-elle à son oreille.

Il essaya de se rappeler, hésitant.

– Tyrone... Où est-il ?

– Il est allongé dehors, dans le couloir.

De sa main valide, il lui caressa les cheveux.

– Tu t'es battue avec lui ?

Elle acquiesça.

– Il est blessé. Et inconscient.

Walker sourit.

– J'ai vu sur le rempart... Tu as laissé la vie à un sacré paquet de ces vauriens. Tu t'es prise de tendresse pour eux, pas vrai ?

Elle évita un instant son regard, comme si elle avait honte, puis elle le regarda de nouveau dans les yeux et l'embrassa en souriant.

Lorsqu'elle éloigna le visage de lui, elle vit que son regard avait changé. Le pirate était devenu blême. Avant qu'elle ne puisse dire quoi que ce soit, elle sentit le bras de Walker la repousser. Totalement perplexe, elle se jeta sur le côté et heurta le mur. Elle voulut protester et c'est alors qu'elle vit la silhouette qui s'était approchée d'elle par-derrière, le sabre levé, prête à lui fendre la tête d'un seul coup.

Tyrone avait le regard hagard et la bouche entrouverte.

Il se tourna vers elle. Son sourire hautain avait disparu et il n'y avait plus que de la haine sur ses traits et sous ses peintures de guerre à moitié effacées. On aurait dit que quelqu'un avait tracé des sillons profonds sur un visage de glaise.

– Non ! hurla Walker en comprenant que Tyrone s'apprêtait à lancer son sabre sur Soledad comme une lance.

– Va au diable ! murmura le roi des cannibales.

Elle voulut rouler sur le côté, mais fut distraite par un mouvement qui lui fit perdre une seconde.

Quelque chose venait de cogner contre la porte, pareil à un taureau furieux. Elle vit du métal briller.

Tyrone lança le sabre.

Elle se tourna au dernier moment, mais pas assez vite. La lame se planta dans son épaule droite et projeta son buste contre le sol.

Une silhouette énorme se précipita sur Tyrone et porta son coup sans même s'arrêter. Une lame de sabre dentée coupa la queue de cheval noire. Soledad entendit deux coups de tonnerre, puis le roi des cannibales tomba à terre, mort.

La douleur dans son épaule la rendait folle. Elle gémit tout bas, souleva à nouveau la tête et regarda la lame plantée dans son épaule.

– Oh non ! murmura-t-elle d'une voix atone.

Walker s'approcha d'elle en rampant et lui attrapa la nuque avant qu'elle ne perde connaissance. Elle vit son expression anxieuse au-dessus d'elle, puis tout devint noir devant ses yeux.

Il y avait un second visage à côté du sien.

Bizarrement, c'était une tête de chien.

– Griffin ! s'exclama Munk en se remettant debout. Arrête un peu ce cirque !

« Cirque » était encore bien trop gentil par rapport à ce que complotait Griffin. Mais en passant pour la troisième fois au-dessus de Munk, il fut soudain pris de sérieux doutes. Totalement absorbé par la bataille, il se sentait prêt à frapper en tous sens sans se poser de questions sur les torts de chacun. Qu'étaient devenus ses principes, son sens de la justice, de l'équité ?

Avait-il totalement perdu la raison ?

Effrayé par sa propre attitude, il tira sur les rênes de la raie et lui fit faire à nouveau demi-tour, mais beaucoup plus lentement cette fois. Il retourna vers Munk qui était accroupi sur les vagues, hors d'haleine, les yeux levés vers lui.

Griffin se racla la gorge. Sa tension et son agressivité s'estompaient quelque peu, mais la panique continuait à l'envahir quand il pensait à Jolly.

– Où est-elle ? demanda-t-il à l'adolescent.

– Je ne sais pas, nom de Dieu ! (Munk paraissait sur le point d'éclater en sanglots, mais il se retint.) Il y a eu une lumière... aveuglante... et elle a... nous avons été séparés. Tout est allé si vite. De l'eau est arrivée de tous les côtés, et au même moment... Je ne sais pas, c'était comme si quelque chose m'attrapait... comme un tunnel dans la mer... qui m'attirait... quelque part. Tout à coup, je me suis retrouvé à la surface et... J'ignore complètement où elle est, Griffin ! Je ne le sais pas.

– Vous êtes allés ensemble dans le maelström ? demanda Griffin.

– Nous étions au cœur du maelström, répondit Munk, le visage dévasté par le désespoir et la colère. Si j'ai réussi à remonter vivant jusqu'ici, ce n'est pas pour finir renversé par une raie, nom d'un chien ! Je n'ai pas fait de mal à Jolly. La perle... la magie a... explosé... Il y a eu une lumière incroyable... et...

Il avala sa salive et se tut.

La mauvaise conscience étreignait Griffin et il se sentait subitement plus bas que tout. Avait-il vraiment eu l'intention de tuer, Munk ? Grand Dieu, qu'est-ce que cette saleté de guerre avait fait d'eux s'ils en venaient à s'entre-tuer comme des ennemis ?

– Si je m'approche assez de la surface de l'eau, tu vas réussir à monter ? demanda Griffin.

– Je pense, oui.

Griffin fit décrire une petite courbe à la raie et descendit si bas que la crête des vagues fouettait le ventre de l'animal. Munk attrapa le bout d'une nageoire et se hissa. À bout de souffle et visiblement affaibli, il grimpa en selle derrière Griffin.

– Je suis désolé, dit Griffin sincèrement. Je... je ne sais pas ce qui m'a pris.

– C'est à cause de Jolly que tu l'as fait, dit Munk faiblement.

Son ton n'avait rien d'accusateur, il s'agissait d'une simple constatation.

– Oui, dit Griffin, mal à l'aise.

Munk posa la main sur son épaule.

– Alors, vas-y ! dit-il. Trouvons-la !

Chapitre 22
Le fil magique

Quelque part dans les profondeurs de l'océan, Jolly glissait dans un tube d'eau. Ce n'était pas un tourbillon comme le maelström, mais un passage horizontal dans la mer. La clarté et les ténèbres se succédaient autour d'elle, parfois sous forme de simples taches de couleur, parfois de bancs entiers de poissons ou de coraux, ou bien de créatures comme elle n'en avait jamais vu. Au début, elle fut prise de panique, essaya de ralentir, de se défendre, mais en vain. Puis elle se rappela qu'elle avait déjà emprunté le même chemin par le passé et elle comprit alors que ce passage à travers la mer n'était peut-être en fait qu'une illusion.

Elle ne savait toujours pas si les tisseuses d'eau vivaient bel et bien au fond de l'océan tel qu'elle le connaissait. L'Olympe des dieux grecs n'était certainement pas non plus une montagne comme les autres et l'Asgard des Normands ne se trouvait pas au bout d'un véritable arc-en-ciel.

Elle finit par se laisser porter, les yeux fermés, en se concentrant pour ne pas être prise de nausée malgré la vitesse affolante. Il n'était pas question de se présenter devant les tisseuses d'eau la mine verdâtre et les yeux injectés de sang.

Les minutes – ou les heures ? – qui avaient précédé avaient filé dans un vertige étrange, comme si elle était extérieure à ce qui se passait. La dernière chose dont elle se souvenait précisément, c'était la perle s'éteignant peu à peu dans les ténèbres du maelström. Puis un mouvement terrible qu'elle avait senti sans rien voir. Quelque chose s'était précipité vers elle à une vitesse infernale. Une chose si grande qu'elle repoussait l'eau tout autour d'elle avant de l'emporter, quelque part, loin de la perle et, aussi, loin de Munk.

Munk ! Que lui était-il arrivé ? Cette idée lui faisait mal, comme si... Oui, comme si elle risquait de ne plus jamais le revoir.

Et puis il y avait eu la lumière, au loin, repoussée par les masses d'eau. Et devant la lumière, l'espace d'une fraction de seconde, une silhouette gigantesque. La créature l'avait contournée, puis s'était dirigée vers elle lorsque la lumière s'était éteinte. Mais tout avait été bien trop vite pour qu'elle puisse distinguer les moindres détails. Elle n'avait gardé qu'une impression de grandeur monstrueuse et d'étrangeté. Une sorte de stupeur face à la force libérée sous ses yeux.

La lumière s'était alors faite ténèbres, sans doute pas pour de vrai, du moins, dans son souvenir. Elle supposait qu'elle s'était évanouie durant quelques instants. Peut-être ce qui se passait sous ses yeux était-il trop étrange, trop immense pour ses sens. Elle avait l'impression que son entendement avait fermé les écoutilles et s'était refusé à percevoir quoi que ce soit de tout ce qui était en train de se dérouler, de même que la coque d'un galion ne peut accueillir qu'un certain chargement, et pas davantage. Sa faculté d'entendement était remplie à ras bord comme un tonneau d'eau de pluie que la moindre goutte supplémentaire fait déborder.

Et voilà qu'elle allait retrouver à présent les tisseuses d'eau.

Il était étrange qu'elle accepte comme une parfaite évidence sa rencontre avec les trois femmes. Elle était arrivée au bout de son périple. Elle ignorait si la magie libérée par la perle avait détruit ou non le maelström. Mais, d'une manière ou d'une autre, c'était la fin.

Peut-être était-elle morte.

« Non, tu n'es pas morte », dit une voix féminine dans ses pensées. Lorsqu'elle rouvrit les yeux, elle s'enfonça de quelques pas dans le sable pour atteindre un endroit situé sous la mer.

Elle se retrouva face à trois rouets couverts de coquillages disposés en triangle. Les trois tisseuses d'eau étaient en train de filer, leurs visages ancestraux tournés vers l'extérieur. Comme la première fois où elles avaient fait venir Jolly à elles, elles étaient reliées entre elles par leurs longs cheveux. Les mèches blanches étaient tendues sur quelques mètres et formaient entre elles un faisceau de fines toiles d'araignée.

– Tu n'es pas morte, répéta la voix.

Déjà à l'époque, Jolly avait été irritée de ne pas savoir laquelle parlait. Jamais elles ne levaient la tête ou ne s'arrêtaient de filer. Leurs doigts couraient inlassablement sur les rouets et tissaient les fils d'eau qui leur servaient à fabriquer le filet magique. Des brins épais comme le doigt, transparents comme du cristal, s'étendaient à perte de vue, à travers les profondeurs des océans.

– Te revoilà, constata l'une des vieilles femmes.

– C'est bien, dit une autre.

– Très bien, dit la troisième.

– Cela veut dire que le maelström est détruit.

– L'accès à la *Mare Tenebrosum* est refermé.

– La menace des maîtres bannie.

– Pour l'instant.

– Oui, pour l'instant.

– Pas à jamais.

– Sans doute pas.

Jolly avait la tête qui tournait, tant les tisseuses parlaient rapidement. Ses genoux cédèrent sous elle et elle s'accroupit. Le sable se bombait sous ses yeux. Elle avait le vertige et la nausée.

– Ça va passer, dit l'une des vieilles femmes.

– N'aie pas peur.

Jolly leva la tête et se redressa fièrement.

– Je n'ai pas peur. Je n'ai pas peur de vous.

Elles restèrent muettes toutes les trois. Leurs doigts dansaient sur les rouets. Elles gardaient les yeux baissés.

– Je peux vous poser une question ?

– Autant que tu veux, répliqua l'une des femmes.

Jolly réfléchit brièvement.

– Aïna est devenue maelström parce qu'elle s'est acoquinée avec les maîtres de la *Mare Tenebrosum*, c'est bien ça ?

– Ils lui ont donné les pouvoirs nécessaires pour devenir maelström.

Ce n'était pas exactement la même chose, mais la différence n'avait pas d'importance. Jolly poursuivit :

– Puis elle s'est... le maelström s'est soustrait aux maîtres de la *Mare Tenebrosum*. Il voulait se venger seul des hommes. C'était la vengeance d'Aïna. C'est bien ça ?

– C'est une explication, oui.

– Mais quel rôle a joué le métamorphe dans tout ça ? demanda Jolly.

– C'était une créature des maîtres. Ils l'ont fait naître par-delà les frontières entre les mondes, grâce à la magie du maelström.

Une deuxième tisseuse reprit le fil :

– Lorsque le maelström s'en est rendu compte, il était trop tard. Le wyver avait construit le pont grâce auquel tu devais accéder à la *Mare Tenebrosum*.

– C'est pour cela que le maelström a envoyé les goguelins, dit la troisième femme.

– Il ne pouvait toutefois tuer le wyver qui avait été fait en partie à partir de lui. Le maelström aurait dû diriger sa magie contre lui-même pour le détruire.

– Mais le wyver a pourtant bien péri !

– C'est ton ami qui l'a tué.

– Mon ami ? s'exclama Jolly, toute excitée. Vous voulez dire... Griffin ?... Comment va-t-il ?

– Il est vivant.

Elle était si soulagée que ses genoux faillirent céder à nouveau sous elle.

– Il a détruit le wyver, dit l'une des tisseuses d'un ton impassible, et il a accompli ainsi ce que le maelström ne pouvait faire.

Jolly se redressa :

– Il ne l'a certainement pas fait pour aider le maelström.

– Bien sûr que non.

– Mais il n'en reste pas moins que la mort du wyver arrangeait le maelström. Ainsi, les maîtres de la *Mare Tenebrosum* n'avaient plus aucun moyen d'agir sur la bataille d'Aelenium.

– Qu'est devenue Aelenium ? Sont-ils tous sains et saufs ?

L'espoir était bien mince, elle en était consciente. Cela aurait été trop simple.

– Aelenium va être reconstruite.

– Et mes amis ? demanda Jolly d'une voix hésitante.

Elle avait peur de la réponse. Une peur panique.

– Beaucoup ont survécu au combat.

– Ça veut dire... que quelques-uns sont morts, pas vrai ? balbutia-t-elle, même si le fait de savoir que Griffin était encore en vie l'emportait sur tous les autres sentiments.

– Oui.

Elle avala sa salive et sentit une boule dans sa gorge.

– Et Munk ?

– Le deuxième têtard est en vie.

Elle inspira profondément.

– D'autres sont morts, dit l'une des tisseuses.

– Il s'en est allé.

Interloquée, Jolly réfléchit un instant, puis elle comprit :

– Le Père est mort ?

– Le créateur est parti.

– Il a laissé le monde derrière lui.

– Sous notre protection.

Les pensées s'agitaient dans la tête de Jolly comme un essaim de moustiques. Elle se doutait qu'elle oubliait certaines choses qu'elle aurait dû demander, car c'était vraisemblablement sa dernière chance. Mais une seule question lui vint à l'esprit. Elle la posa sur un ton de reproche :

– Pourquoi ne m'avez-vous pas aidée quand j'étais dans la crevasse ?

– Nous l'avons fait.

– Du mieux que nous pouvions.

– Nous avons envoyé les poissons lumineux.

Jolly acquiesça lentement.

– Le maelström les a avalés.

– Oui, c'est triste.

– Mais quand les choses se sont corsées, pourquoi ne m'avez-vous pas tirée de là ? demanda Jolly. Comme vous venez de le faire.

– Nous ne le pouvions pas.

– Pas si près du maelström.

– Pas tant qu'il était vivant.

– Il aurait aspiré nos forces et n'en serait devenu que plus puissant.

– Et même si nous en avions été capables, quelle raison aurions-nous eue d'aller te chercher ?

Jolly avait mal partout et l'impression de vertige ne cessait pas. Elle se dirigea lentement vers l'une des tisseuses.

– Quelle raison ? répéta-t-elle. J'ai failli mourir ! Voilà pourquoi.

– Mais qui aurait pu alors détruire le maelström ? demanda la vieille femme de manière désarmante.

Jolly baissa la voix.

– Je ne l'ai pas détruit. C'est Munk qui l'a fait. C'était son idée, et la magie aussi.

– Il ne l'aurait pas fait si tu n'avais pas été avec lui. Tu l'as ramené à la raison.

– Tout cela faisait partie de ton destin.

– C'est toi qui as servi de déclic.

– Qui est plus important ? demanda une des tisseuses. Le canon ou le canonnier qui met le feu à la mèche ?

– Le sabre ou le soldat qui le dégaine ?

– Le soldat ou le général qui le mène au combat ?

Tout tournait autour de Jolly : les paroles des vieilles femmes paraissaient prendre forme autour d'elle, comme un tourbillon de syllabes et de lettres qui la berçait et lui donnait envie de bâiller.

– Nous te remercions, Jolly.

– Tu es épuisée et tu dois maintenant te reposer.

Elle acquiesça, un peu hébétée.

– J'aimerais bien le faire auprès de mes amis.

– Adieu, Jolly. Tu as accompli beaucoup plus que tu ne le penses.

– Tellement plus.

Elle se sentit happée une fois de plus par une force invisible et voulut protester. Quelque chose l'arracha du sol. Bientôt, les trois femmes ne furent plus que des points de plus en plus pâles, au loin, près de la source mystérieuse du fil. L'expression « fil de l'histoire » vint à l'esprit de Jolly. L'histoire ne prenait-elle pas sa source auprès des tisseuses ? C'étaient elles qui avaient créé les têtards, Aïna également, et donc en quelque sorte le maelström lui-même. Jolly avait le sentiment d'avoir trouvé la piste d'une vérité encore plus grande. Mais souvent, lorsqu'on remarque qu'on est tout proche de découvrir quelque chose d'important, cette chose s'échappe avant qu'on ne puisse la saisir. Et c'est ainsi que Jolly oublia son observation et n'y attacha pas plus d'importance sur le moment.

Autour d'elle, l'eau se transforma une nouvelle fois en un étroit tunnel et, pour la première fois, elle comprit qu'elle se déplaçait en fait à travers les brins magiques eux-mêmes. Elle était en train de suivre un fil jusqu'à son extrémité.

Griffin et Munk n'échangèrent pas une parole durant leur retour vers Aelenium. La raie changeait constamment d'altitude tant elle était épuisée.

Ils avaient passé des heures à tourner en rond au-dessus de la mer, tout d'abord à l'endroit où se trouvait le maelström, puis sur un périmètre plus large. Munk avait fini par remarquer qu'ils se déplaçaient en spirale, comme si le maelström continuait à les attirer. La remarque avait suscité en Griffin un tel malaise qu'il s'était mis à faire avancer la raie en zigzag ; il avait été presque soulagé de ne ressentir aucune aspiration surnaturelle qui tenterait de les faire revenir à leur trajectoire en spirale.

Ils avaient fait tout cela pour rien. Ils n'avaient pas trouvé Jolly. La nuit n'avait pas tardé à tomber, mais ils avaient continué à chercher tandis que la lune transformait la mer en une étendue de sommets gris et de vallées noires comme jais.

Sans doute auraient-ils poursuivi leur vol jusqu'au petit matin et plus longtemps encore si la raie n'avait commencé à donner des signes d'épuisement. Elle avait passé des heures dans le tumulte de la bataille et n'avait pratiquement pas eu un instant de répit avant que Griffin ne décide de partir à la recherche du maelström. Cette fois, elle était réellement à bout de forces.

– Elle va tomber si nous ne faisons pas demi-tour, avait dit Griffin.

Munk avait acquiescé sans un mot. Cela ne servait à rien. Ils ne retrouveraient pas Jolly.

Ils approchaient à présent de l'anneau de brume. Au premier coup d'œil, on aurait pu croire que rien n'avait changé, s'il n'y avait eu ces innombrables bouts d'épaves flottant à la surface. Ils finirent par apercevoir également des cadavres dans l'eau et se préparèrent intérieurement à affronter la vision d'horreur qui devait les attendre de l'autre côté du banc de brouillard.

Lorsque la brume finit par s'éclaircir, le spectacle qui s'offrit à eux dépassa leurs pires craintes. La vision des versants de corail dévastés était atroce. Ces paysages grisâtres rappelaient à Griffin les blocs de lave déchiquetés sur les flancs des volcans de certaines îles des Caraïbes. Mais le pire, c'était qu'il ne voyait aucun être humain au cœur de ce paysage désolé. Il s'était attendu à ce que des individus ou de petits groupes traversent les ruines à la recherche de survivants ou de biens récupérables. Mais tout était totalement désert et mort.

En approchant davantage, il constata grâce au clair de lune que le tiers supérieur de la ville avait été épargné. On y apercevait encore des maisons intactes, des tours et des palais ; les ruelles et les places étaient toujours traversées par de petits ponts ; et les points embrasés qu'il distinguait en de nombreux endroits s'avérèrent être des feux de camp autour desquels se pressaient de nombreuses personnes.

Munk ne disait toujours rien et ne répondait que par quelques mots confus quand Griffin lui adressait la parole. Il avait sans doute espéré que la destruction du maelström avait préservé Aelenium du pire et constatait à présent douloureusement que cela n'avait pas été le cas.

Mais en dépit de toutes ces frayeurs et de toute cette douleur, ils avaient des raisons d'être reconnaissants : la ville était toujours accrochée à l'ancre et il y restait des survivants pour reconstruire ce que la guerre et la vague géante avaient détruit.

La raie survola en vacillant les toits du quartier intact et rassembla ses dernières forces pour monter vers le nid.

Deux personnes se tenaient sur la corniche entourant l'aire d'atterrissage. L'une d'entre elles était le marchand aux esprits. Son ample manteau gonflé par le vent cachait la deuxième silhouette. Tous deux semblèrent se tourner vers les arrivants, mais la raie était trop fatiguée pour ralentir, voire faire du surplace. À bout de forces, elle se laissa tomber au-dessus de l'ouverture et atterrit violemment sur le sol de la salle des raies.

Des garçons d'écurie accoururent de tous côtés pour prendre soin de l'animal. Griffin et Munk s'aidèrent mutuellement à s'extirper de leurs sangles avant que les autres ne s'en chargent. Tous deux étaient aussi épuisés que la raie et les blessures de Griffin le faisaient tant souffrir qu'il redoutait qu'elles se soient infectées. Il n'avait pas perdu beaucoup de sang, mais sa chemise était collée aux croûtes. Cela le tiraillait et le lançait si fort qu'il avait du mal à tenir sur ses jambes.

Munk le vit trébucher et voulut le retenir, mais ils tombèrent tous deux et restèrent assis par terre, épuisés. Griffin enfouit le visage dans ses mains.

– Griffin, mon garçon, fit la voix du marchand aux esprits à travers le manteau de reproches et de tristesse qui s'était déposé autour de lui. Je suis heureux que tu sois de retour parmi nous.

Griffin baissa les mains et regarda le borgne. Les deux perroquets étaient assis sur ses épaules, la tête de côté. Tout étourdi, il se demanda pourquoi le marchand aux esprits souriait.

Une main se posa sur l'épaule de Griffin. La main de Munk.

Lentement, comme en rêve, Griffin tourna la tête dans sa direction. Il vit que Munk souriait, lui aussi. Qu'est-ce que...

– Griffin, dit le marchand en faisant un pas sur le côté. Regarde qui est là.

Griffin aperçut alors la silhouette qui se tenait derrière lui sur la corniche.

Il éclata en sanglots.

Jolly s'agenouilla à côté de lui et l'embrassa.

Chapitre 23

Le nouveau monde

Deux jours plus tard, les hippocampes revinrent.

Debout à côté de Griffin sur le balcon, Jolly contemplait les versants dévastés qui descendaient jusqu'à l'eau. Le soleil des Caraïbes brillait dans le ciel transparent et faisait scintiller la crête des vagues. Les premiers hippocampes n'étaient que des points à l'horizon au beau milieu de cet éclat aveuglant ; mais bientôt, des troupeaux entiers émergèrent du mur de brume et s'approchèrent de la pointe désolée de l'étoile de mer où se trouvaient autrefois leurs écuries. Les premiers avaient déjà atteint la rive et se rassemblaient devant les anciennes portes d'accès.

– D'Artois avait donc raison, dit Griffin. Il était sûr qu'ils retrouveraient leur chemin.

Jolly avait du mal à détacher les yeux du spectacle majestueux du troupeau d'hippocampes. Elle lança un sourire de côté à Griffin.

– Qu'est-ce que tu fais encore là ? demanda-t-elle en riant. Tu meurs d'envie d'aller les retrouver.

– Je veux juste vérifier si Matador est parmi eux.

– Il y est sûrement.

– Oui... espérons-le.

Sur ces mots, il pivota sur ses talons, lui adressa un rapide sourire par-dessus l'épaule et disparut à l'intérieur du palais. Il se déplaçait avec beaucoup de vivacité malgré son buste entièrement couvert de pansements.

Jolly le regarda s'éloigner. Ses douzaines de tresses blondes virevoltaient derrière lui comme la queue d'une comète. Elle lui avait confié combien elle était heureuse d'être avec lui. Elle le lui avait dit plus d'une fois depuis son retour. Mais elle n'avait encore jamais réussi à lui expliquer, ne serait-ce qu'à demi-mot, ce qu'elle ressentait vraiment pour lui.

Elle se retourna vers l'eau avec un léger soupir. Les premiers hippocampes avaient déjà été accueillis sur la rive. On avait accroché en toute hâte sur leurs dos des selles trouvées dans les ateliers des hauts quartiers et les premiers cavaliers quittaient la rive pour mettre de l'ordre dans la formation chaotique. Il surgissait sans cesse de nouveaux hippocampes dans le pan de brouillard. Les animaux ne s'étaient pas quittés au cours des jours derniers. Sans doute s'étaient-ils réfugiés à des profondeurs où la vague n'avait eu aucun effet sur eux.

– Jolly ? fit la voix de Soledad à l'intérieur du bâtiment sur un ton soucieux. Que se passe-t-il ? Griffin vient de passer en courant comme s'il avait des milliers de goguelins à ses trousses.

Jolly rentra dans la pièce. Soledad était allongée sur le lit de la chambre d'ami, le bras gauche et l'épaule droite bandée, tellement impatiente qu'elle semblait prête à déchirer en lambeaux le plafond. Une ride profonde barrait son front jusqu'à la racine du nez.

– Grand Dieu ! gémit-elle. J'en ai tellement assez d'être allongée ici pendant…

Jolly la fit taire d'un geste et s'assit sur le bord du lit. Au cours des deux derniers jours, ils avaient passé beaucoup de temps au chevet de la princesse avec Griffin ; tous trois s'étaient raconté leurs aventures, ils avaient vibré ensemble et avaient constaté que cela leur faisait beaucoup de bien de parler de toutes ces choses, comme si elles devenaient de la sorte des histoires un peu trop folles, tout droit sorties de l'imagination d'un conteur. Munk passait aussi de temps en temps, mais il retournait généralement très vite dans les bibliothèques où le marchand aux esprits faisait de son mieux pour l'initier aux mystères des livres du Père. Munk avait demandé la permission de rester à Aelenium pour pouvoir se consacrer à l'étude des ouvrages. Soledad supposait qu'il cherchait avant tout à éviter de participer à la reconstruction des quartiers démolis, mais Jolly savait pertinemment que Munk était véritablement fasciné par les livres et le savoir ancien, et que la mort du Père et la fin du maelström n'y changeaient rien. Les bibliothèques d'Aelenium lui offraient des possibilités d'études infinies.

Les têtards évitaient de parler de leur voyage au fond de la mer. L'heure finirait bien par arriver où ils seraient capables de raconter ce qui leur était arrivé. Mais, pour l'instant, les souvenirs étaient trop frais.

– Alors, dit Soledad d'un ton grave tandis que Jolly prenait place auprès d'elle, que se passe-t-il ? Ne me dis pas que tu es assez stupide pour t'être disputée avec Griffin alors que vous venez tout juste…

Jolly attrapa la main de Soledad et secoua la tête en riant.

– Ne t'inquiète pas ! Tous les autres gens ne passent pas leurs journées à se chamailler pour se montrer combien ils tiennent l'un à l'autre.

– Si tu fais référence au petit accrochage de ce matin entre Walker et moi-même, je peux t'assurer qu'il est tout à fait possible de s'apprécier sans être... toujours du même avis.

– Buenaventure dit que vous vous êtes aboyé au nez comme deux chiens des rues se battant pour un os.

– S'il a dit ça, il doit avoir ses raisons, dit Soledad avec un sourire. En tout cas, ce n'était pas une vraie dispute. Ça me rend folle de passer mes journées allongée ici, et ce pauvre Walker en fait sans doute les frais de temps à autre. Mais passons – Griffin et toi...

– Tout va pour le mieux, ne t'inquiète pas.

Jolly lui raconta le retour des hippocampes et le visage de la princesse s'éclaira :

– Dieu merci ! Les gens d'ici ont perdu suffisamment de choses comme ça. C'est bien qu'il leur reste au moins les hippocampes.

Jolly voulut répliquer quelque chose, mais son regard se posa alors sur la fenêtre ouverte. Le ciel s'assombrit et des raies passèrent en piqué devant la balustrade. Des cris montèrent au loin.

– Que se passe-t-il encore ? s'exclama Jolly en sortant sur le balcon.

– Alors ? cria Soledad impatiemment avant même que Jolly n'atteigne le balcon. Tu vois quelque chose ?

– Attends, je... Oh non !

Jolly revint dans la pièce à toute allure et se précipita vers la porte de la même manière que Griffin venait de le faire.

Soledad se redressa à grand-peine.

– Est-ce que quelqu'un pourrait m'expliquer ce qui...

Jolly s'arrêta, la main tremblante posée sur la poignée. Son visage était blême.

– La baleine. Son cadavre a été retrouvé en mer.

Elle ne rattrapa pas Griffin en chemin. Quand elle arriva au bord de l'eau, elle le vit au premier rang et se faufila pour le rejoindre. Ses traits étaient gris et figés.

Elle suivit son regard rivé sur le cadavre de l'énorme baleine. Le corps de l'animal dépassait des vagues, à un jet de pierre de la rive, telle une île venant d'émerger des flots. Plusieurs raies le survolaient et quelques cavaliers d'hippocampes avaient quitté le reste de la formation pour rejoindre Jasconius.

La baleine dérivait sur le flanc. D'où ils étaient, ils voyaient l'un de ses yeux hagards regardant le ciel. Un instant, Jolly crut y déceler un signe de vie, un mouvement, mais elle comprit rapidement qu'il ne s'agissait que du reflet des raies dans l'immense pupille noire.

Elle prit le bras de Griffin et sentit son corps raidi. Il ne répondit pas tout de suite à son étreinte.

– Je suis désolée, murmura Jolly.

– Je savais qu'il était mort, dit-il d'une voix chargée.

Il se détacha d'elle doucement et appela l'un des cavaliers. Le cavalier n'entendit pas sa voix étranglée par la tristesse, mais il le héla à nouveau et, cette fois, l'hippocampe s'approcha. L'homme hésita un instant, puis descendit de selle près de l'embarcadère et laissa sa monture à Griffin.

Jolly le regarda se diriger vers la baleine morte. Sans prêter attention à ses pansements, il se laissa glisser dans l'eau, émergea des vagues et entreprit d'escalader le corps de la baleine avec des gestes un peu gauches, gênés par ses blessures.

La foule rassemblée sur la rive restait muette. Tous regardaient, fascinés, l'adolescent évoluer sur le gigantesque cadavre, d'abord à quatre pattes, puis légèrement penché en avant.

Jolly bondit et se mit à courir sur les vagues à grands pas. En arrivant près de la baleine, elle entreprit d'escalader la peau lisse et finit par rejoindre Griffin.

Il était accroupi à côté de l'œil de Jasconius. Son visage était trempé, elle ne pouvait pas voir s'il pleurait. Elle s'agenouilla à côté de lui sans un mot, prit sa main et la tint serrée tout le temps qu'il lui fallut pour prendre congé de Jasconius. Personne ne les gêna, ni les gens sur la rive qui se dispersèrent dans un silence recueilli, ni les cavaliers des raies qui finirent par faire demi-tour et repartir vers leur nid.

– C'était mon ami, tu comprends ? dit Griffin doucement au bout d'un moment, sans quitter des yeux le grand œil sombre.

– Je sais, répondit-elle en avalant sa salive. Et Jasconius le savait sûrement aussi.

Griffin acquiesça lentement.

– Il m'a sauvé la vie. Et à toute la ville. Sans lui, les goguelins...

Il s'interrompit et baissa la tête.

Jolly hésita à lui passer un bras autour du cou et l'attirer contre elle, mais elle se ravisa. Il chercherait sa présence quand l'instant serait venu pour lui. En attendant, c'était son moment. Le sien et celui de Jasconius.

Un hippocampe approcha de la baleine. Le capitaine D'Artois était assis dessus, un bras en bandoulière. Il lança un regard navré à Griffin.

– Tout le monde ici se souviendra de lui, dit-il si bas que sa voix couvrit à peine le bruit des vaguelettes autour de la baleine morte, comme s'il craignait de brusquer l'adolescent plongé dans sa tristesse.

Griffin leva la tête. L'eau sur son visage avait séché, mais ses yeux restaient rougis.

– Jasconius était très vieux. Et très seul jusqu'à ce qu'Ebenezer vienne à lui.

Il s'arrêta un instant, puis reprit :

– Il savait pourquoi il se sacrifiait. Ebenezer lui a montré que certains hommes sont différents.

Un bruit de clapotis leur parvint soudain de la gueule à moitié ouverte de la baleine, puis ils perçurent une série de respirations hachées. Griffin tressaillit et se laissa glisser sur le crâne du cétacé, tout excité.

Jolly le suivit et vit son visage s'illuminer.

– Ebenezer ! cria-t-il en glissant à moitié le bras à l'intérieur de la gueule. Ebenezer ! Dieu soit loué !...

Jolly attrapa le deuxième bras du vieil homme qui avait surgi de la gueule de la baleine en toussant et haletant. Ils le hissèrent à eux deux entre les énormes dents. D'Artois avait toutes les peines du monde à maîtriser son hippocampe qui semblait aussi excité que son cavalier.

Ebenezer les contempla d'un air ahuri, puis Griffin se jeta à son cou avec un cri de joie. Le moine rit.

– Doucement, doucement, mon garçon !

Bien qu'il soit encore très faible, il lui rendit son étreinte chaleureuse.

Griffin ne se détacha de lui qu'à regret :

– Nous pensions que tu étais mort...

– J'étais derrière la porte, fit Ebenezer, haletant. Quand j'ai remarqué que nous remontions... je me suis risqué. J'ai vu le garçon mort et… les restes de la pieuvre… Puis j'ai nagé vers la lumière…

Griffin l'embrassa à nouveau, si fort que le vieux moine en eut le souffle coupé. Son regard se posa alors sur l'œil mort de la baleine et ses traits s'assombrirent.

Jolly chercha le regard de D'Artois avec un sentiment d'impuissance. D'un geste doux de la main, il lui fit comprendre que le mieux était de ne rien faire et de rester assise là à attendre.

« Laisse-les seuls un instant, semblaient dire ses yeux. Laisse-les prendre congé ensemble de leur ami. »

Ils restèrent donc accroupis ainsi sur le corps de Jasconius, tandis que les vagues se brisaient sur le cadavre et que le vent soufflait sur les pointes désertes de l'étoile de mer. Des coups de marteau étouffés et des cris leur parvenaient des versants. La brume prenait des formes étranges et les raies brillaient dans le ciel.

C'est Munk qui eut l'idée du livre.

Aelenium prit congé de Jasconius avec tous les honneurs et lesta le cadavre pour qu'il retourne à jamais dans les profondeurs de la mer. Le lendemain, Ebenezer demanda à visiter les bibliothèques d'Aelenium et Munk se proposa aussitôt comme guide. Au cours de cet après-midi, Ebenezer lui parla de ses travaux de chercheur sur la côte trente ans plus tôt, de ses écrits sur le monde des insectes de l'Orénoque et de ses dessins, et lui confia à quel point il regrettait que tout cela ait dû disparaître lors de son naufrage.

Munk se rappela ce que Jolly lui avait raconté sur sa quête des araignées de la *Maigre Maddy*. Elle était tombée dans la bibliothèque sur un livre rédigé trente ans plus tôt par un missionnaire, mais imprimé en Europe après que l'auteur avait péri dans un prétendu naufrage.

Après avoir fait le tour des lieux avec Ebenezer, Munk finit par dénicher l'ouvrage en question dans un coin de la bibliothèque et l'apporta à Jolly. Ils furent transportés de joie en découvrant avec Griffin le nom de l'auteur sur la page de garde. Griffin fut en particulier ravi de la trouvaille et il courut aussitôt le dire à Soledad qui était en train de faire sa première promenade avec Walker hors du palais. Il lui raconta tout et elle se réjouit avec lui. Même Walker murmura quelques mots enthousiastes.

Le soir venu, alors qu'ils étaient assis tous ensemble et que le serpent à plumes s'était confortablement lové sous la fenêtre, ses ailes éclairées par le clair de lune, Griffin se leva soudain, demanda le silence et les fit trinquer à la mémoire du défunt Jasconius et d'Ebenezer. Puis il remit solennellement au moine le livre qui provenait de la bibliothèque.

Après ces trente années passées dans le ventre de la baleine, Ebenezer souleva la couverture en cuir et vit son nom sur la première page. Il en fut si ému qu'il s'écroula sur sa chaise et se mit à feuilleter fiévreusement l'ouvrage, tandis que Jolly et Griffin se tenaient par la main sous la table. Buenaventure vint se poster derrière Munk, lui tapota l'épaule et lui murmura de sa voix de chien grondante que l'on pouvait accomplir dans la vie de grandes choses – vaincre le maelström, par exemple – et de plus petites choses – comme transporter d'allégresse un vieil homme – et que les deux se valaient sensiblement.

Ils restèrent longuement assis ensemble ce soir-là à se raconter des histoires, forger des plans et rêver de leur avenir à Aelenium ou ailleurs. Pendant tout ce temps, Ebenezer gardait le livre précieusement pressé contre sa poitrine. Dès qu'il avait l'impression que personne ne le regardait, il le caressait et essuyait une larme au coin de son œil.

Plusieurs semaines s'étaient écoulées depuis la destruction du maelström quand Soledad enfila de nouveau une combinaison de plongeur. Elle s'empara d'une pierre jaillissante et plongea avec Jolly dans les profondeurs. Son épaule lui faisait encore un peu mal et son bras gauche était plus raide que le droit, mais elle était étonnée de se rétablir si rapidement.

Elles restèrent assises un instant sur un des maillons en acier de la chaîne de l'ancre, les jambes pendantes au-dessus des tréfonds bleu-noir. Jolly entendait ce que Soledad lui disait sous son masque et, bien qu'elle connaisse déjà l'histoire de sa rencontre dans la ville sous-marine, elle fut contente de l'entendre à nouveau, car Soledad lui décrivit cette fois les moindres détails et lui expliqua également ce qu'elle avait demandé au serpent géant. Jolly se rappela le sentiment qui s'était emparé d'elle et de Munk lorsqu'ils avaient découvert la ville inférieure lors de leurs premières journées à Aelenium, leur panique et leur sentiment d'être poursuivis par quelque chose qui se tenait juste en dehors de leur champ de vision de têtard. Tout prenait sens subitement et elle comprit que ce qui les suivait alors n'était pas forcément animé par de mauvaises intentions.

Elle regarda les versants en corail déchiquetés de la ville inférieure qui se perdaient dans les profondeurs. La beauté de ces formes complexes la toucha, même si c'était d'une autre manière que lorsqu'elle les avait aperçues pour la première fois.

Elle finit par adresser un petit signe de tête à Soledad et elles se remirent en route. La princesse conduisit Jolly dans une caverne et elles pénétrèrent dans la ville inférieure. Jolly jouait à présent les éclaireurs : elle avait moins de mal à s'orienter dans les grottes obscures et les tunnels. Soledad avait sur elle quelques pierres luisantes qu'elle semait afin de marquer leur chemin pour le retour.

Bientôt, elles atteignirent un conduit vertical qui s'enfonçait très bas. Jolly était à peu près sûre qu'il s'agissait du passage qu'elle avait emprunté à l'époque avec Munk.

Soledad changea la pierre jaillissante sous son casque de plongée, puis scruta l'obscurité. Jolly essaya d'imaginer combien ces ténèbres sans fond devaient être angoissants si l'on ne possédait pas une vision de têtard ; elle-même se sentait mal à l'aise, pourtant elle voyait cent fois plus loin que Soledad.

Elle fut donc d'autant plus étonnée d'entendre la princesse déclarer :

– Il arrive.

Jolly s'apprêtait à demander pourquoi elle en était si sûre quand elle l'aperçut elle aussi.

Quelque chose bougeait aux limites de son champ de vision, là où le puits se perdait dans les ténèbres. L'obscurité se mit à faire des vagues et elle vit émerger quelque chose, un énorme crâne de reptile, triangulaire, avec de fines pupilles, suivi d'un corps de serpent monstrueusement long. La créature fusa vers elles comme une flèche en repoussant sur son passage de telles masses d'eau que la pression projeta Jolly et Soledad plusieurs mètres en arrière.

Soledad garda son calme, mais Jolly dut prendre sur elle pour ne pas fuir devant la rapidité du serpent d'eau. La fente par laquelle elles étaient arrivées semblait inaccessible.

Puis le serpent ralentit, les courants s'atténuèrent. Le crâne surgit devant elles et s'arrêta à hauteur de leurs visages.

– Nous sommes venues te dire merci, dit Soledad sous son casque.

Le serpent les contempla lentement, sans réaction manifeste, puis son regard se posa sur Jolly. Sa gueule s'entrouvrit et un bout de langue fin et fourchu se tendit dans sa direction.

– N'aie pas peur, il ne va rien te faire.

La voix de Soledad était étouffée par le casque et il était difficile de dire si elle pensait elle-même ce qu'elle venait de dire.

Mais il se passa alors quelque chose d'étrange. Alors que quelques secondes plus tôt elle brûlait de s'enfuir, Jolly sentit soudain toutes ses craintes s'évanouir en percevant sur sa joue le contact de la langue. Les deux pointes caressèrent son menton, son cou et descendirent jusqu'au cœur. Elles y restèrent l'espace de deux ou trois respirations avant de se retirer vivement et de disparaître dans la gueule du serpent.

Cela n'inspira à Jolly aucun soulagement. Elle n'avait plus peur du tout. Elle comprenait maintenant ce que Soledad avait ressenti lorsqu'elle s'était retrouvée la première fois face à la créature. Ce sentiment était aux antipodes de l'aspect effarant du reptile géant, d'une façon si époustouflante qu'elle en eut un instant le vertige.

– Soledad dit que tu as protégé la chaîne de l'ancre contre les attaques des goguelins, dit Jolly au serpent. (Était-ce une illusion ou bien un éclair de compréhension venait-il vraiment de traverser les yeux froids du serpent ?) Sans toi, la ville aurait été détruite par la vague.

Elle réfléchit brièvement et, ne trouvant rien d'autre à ajouter, se contenta de faire une révérence dans l'eau en déclarant tout simplement :

– Merci.

Le crâne du serpent s'agita un peu – il était difficile de dire s'il s'agissait d'un mouvement ou bien d'un simple effet du courant. La langue se tendit une deuxième fois, toucha Jolly, puis Soledad, et disparut à nouveau dans sa gueule. Le corps immense fit demi-tour sous leurs yeux et disparut dans les ténèbres.

Jolly et Soledad restèrent un moment à regarder l'obscurité en dessous d'elles, puis la princesse finit par expliquer :

– Je voulais que tu le voies. Pour être sûre que je n'avais pas rêvé.

– Il est superbe, dit Jolly. Très vieux, je crois.

Elle se rappela Jasconius qui devait reposer au fond de la mer et se demanda s'il existait encore beaucoup d'autres créatures de la sorte dans les ténèbres. Des créatures effrayantes à première vue, mais en réalité si différentes de ce que les humains projetaient en elles. Un frisson lui parcourut le dos, mais cette fois, il s'agissait d'un sentiment agréable, reposant sur la certitude que même sa rencontre avec les divinités et les tisseuses d'eau n'était que l'annonce de nombreux miracles à venir.

Elles firent demi-tour, revinrent sur leurs pas à travers la ville inférieure et franchirent bientôt un rideau de rayons de soleil qui tombaient dans l'eau.

– Tu crois que le ver peut aller sous l'eau avec son nouveau corps ? demanda Soledad juste avant qu'elles n'atteignent la surface de l'eau. S'il en est capable, il y a quelqu'un qui l'attend en bas.

Jolly s'empara en souriant des premiers échelons et remonta sur la pointe de l'étoile de mer.

Griffin les attendait à l'embarcadère avec Walker et Buenaventure. Tous trois étaient très impatients d'écouter leur récit. Elles durent répéter ensuite leurs aventures pour Munk et le Vermeilleux Ver du bois, puis une troisième fois pour le marchand aux esprits. Il acquiesça en les écoutant, le regard perdu dans le vague, et retourna sans un mot dans la bibliothèque en s'appuyant sur le bâton du Père, comme si les événements l'avaient fait vieillir de plusieurs années d'un coup.

Les perroquets aux yeux rouges et jaunes étaient assis sur ses épaules et ils n'en bougèrent pas quand le marchand aux esprits s'approcha de la balustrade où se tenait autrefois le Père pour contempler la mer nocturne. Il regarda les versants de corail où de nouvelles maisons avaient déjà été rebâties sur les hauteurs, puis le plateau du sommet survolé par des raies dont les ombres semblaient avaler les étoiles.

Enfin, il posa les yeux sur l'étendue d'eau entre les pointes de l'étoile de mer et l'anneau de brume, et son regard pénétra dans les profondeurs de l'océan, là où se trouvaient toutes les créatures, petites et immenses.

Il vit Jasconius rêvant dans le noir et les brins magiques nouvellement tissés à l'endroit où s'étaient formées autrefois les fissures.

Hugh et Moe croassaient doucement à ses oreilles. Le marchand aux esprits retourna dans la pièce. Son bâton résonnait sur le sol à chacun de ses pas ; le bruit le suivait comme un compagnon invisible.

Il ferma doucement la porte qui menait à la balustrade et s'enfonça dans le labyrinthe de livres. Munk et Ebenezer l'y attendaient avec des milliers de questions auxquelles il apporterait des dizaines de milliers de réponses.

L'adolescent, le moine et le dieu se plongèrent aussitôt dans leurs récits. Prenant conscience de la situation, le marchand aux esprits éclata de rire. Ses compagnons lui demandèrent pourquoi et il bafouilla une histoire de destin, d'âge et de savoir, puis s'absorba à nouveau dans son recueillement mystique afin qu'ils ne puissent percer ses pensées. Mais à la vérité, il appréciait leur compagnie et, pour la première fois depuis longtemps, était en paix avec lui-même.

À quelques murs de corail de là, Jolly et Griffin étaient en train de s'embrasser, Soledad et Walker se chamaillaient, l'ancien ver astiquait ses plumes en sifflotant sous les hautes fenêtres en ogive et Buenaventure peaufinait à la lueur d'une bougie les plans du nouveau bateau dessinés sur une grande feuille de papier ; ce serait un trois-mâts, comme le *Carfax*, mais plus mince et plus rapide, du moins l'espérait-il.

Les deux adolescents décidèrent de faire une promenade au clair de lune. Ils longèrent les colonnes du palais, humèrent l'air marin salé et contemplèrent les feux de joie des travailleurs en contrebas sur les versants.

Cette nuit-là, Griffin acheva enfin le corail tatoué dans le dos de Jolly.

FIN

Table

MIS EN PAGES PAR DV ARTS GRAPHIQUES À LA ROCHELLE,
CET OUVRAGE
A ÉTÉ ACHEVÉ D'IMPRIMER
SUR ROTO-PAGE
PAR L'IMPRIMERIE FLOCH À MAYENNE
EN MARS 2008

Éditions du Rocher
28, rue Comte-Félix-Gastaldi
Monaco

Dépôt légal : avril 2008.
N° d'édition : CNE section commerce et industrie
Monaco : 19023.
N° d'impression : 70814.

Imprimé en France